KATHARINA PETERS

INSELMORD

atb aufbau taschenbuch

KATHARINA PETERS, Jahrgang 1960, schloss ein Studium in Germanistik und Kunstgeschichte ab. Sie ist passionierte Marathonläuferin, begeistert sich für japanische Kampfkunst und lebt in Schleswig-Holstein – wenn sie sich nicht gerade zu Recherchearbeiten auf Rügen aufhält.

Ihre Serie um die Ermittlerin Romy Beccare hat eine Gesamtauflage von über 600.000 Exemplaren.

An einem frühen Morgen entdeckt ein Tourist auf der Halbinsel Mönchgut eine weibliche Leiche am steinigen Naturstrand zwischen Nonnenloch und Zickersches Höft. Die junge Frau ist nach erster Einschätzung in den Nachtstunden brutal zusammengeschlagen und erdrosselt worden. Die Identität des Opfers ist schnell ermittelt. Svenja Bollheim stammte aus Neubrandenburg, hatte kürzlich ihr Studium der Landschaftsarchitektur beendet und wollte einige Tage auf der Insel ausspannen. Hauptkommissarin Romy Beccare tappt lange im Dunkeln. Wo ist das Motiv für diesen grausamen Mord? Dann erfährt sie, dass Svenja vor sieben Jahren mit ihrer Klasse auf Rügen war. Damals ist ihre Mitschülerin Marina verschwunden. Erst Monate später wurde Marina tot in einer Ruine gefunden, ohne dass man noch eine Todesursache ermitteln konnte. Romy ahnt, dass es eine Verbindung zwischen den beiden Todesfällen gibt, und bald entdeckt sie einen ersten Hinweis – und sie findet heraus, dass der Fundort Nonnenloch eine besondere Geschichte hat. Schon vor Jahrhunderten wurden dort Frauen bestraft und gequält.

KATHARINA

PETERS

INSELMORD

EIN RÜGEN-KRIMI

aufbau taschenbuch

MIX
Papier | Fördert
gute Waldnutzung
FSC® C083411

ISBN 978-3-7466-3773-0

Aufbau Taschenbuch ist eine Marke
der Aufbau Verlage GmbH & Co. KG

1. Auflage 2023

Umschlaggestaltung Christin Wilhelm, www.grafic4u.de
unter Verwendung von Motiven von © Resul Muslu /shutterstock,
© Nataliia Melnychuk / shutterstock und © Maciej Bledowski / shutterstock
Satz LVD GmbH, Berlin
Druck und Binden CPI books GmbH, Leck, Germany
Printed in Germany

www.aufbau-verlage.de

PROLOG

Als wäre man ganz allein auf der Welt und völlig eins mit ihr und ihrem Tun. Für Augenblicke war alles still und perfekt. Die ersten Sonnenstrahlen, die über das Wasser glitten, das zärtliche Seufzen der Wellen, die steinernen Kolosse am Strand, in der Ferne ein Horizont, den niemand für sich beanspruchte. Er sog die Intensität des Moments in sich auf, dann drehte er sich wieder um, warf seinen beiden Mitstreitern einen auffordernden Blick zu, worauf die sich schweigend auf den Rückweg machten. Als das leise Knirschen ihrer Schritte nicht mehr zu hören war, wandte er sich langsam der ausgestreckten Gestalt zu und betrachtete sie. Auch sie war perfekt – wie hingegossen auf dem dunklen, steinigen Strand an diesem besonderen Ort. Nonnenloch. Er trat zu ihr und sog das Geräusch der Steine unter seinen Füßen tief in sich auf. Ihr Gesicht, der ganze Körper trug die Spuren der Bestrafung. So wie es sein sollte. Nichts war dem Zufall überlassen. Der Schmerz hatte sie gereinigt. Für immer, wenn sie es richtig verstanden hatte.

Er kniete sich zu ihr, als sie die Augen aufschlug. Ein tiefer Schmerz strahlte ihm entgegen, eingebunden in Angst und Hilflosigkeit – auch das sollte genau so sein. Er nickte ihr zu. »Du hast es verstanden?«, fragte er leise.

Sie deutete ein Nicken an.

»Dann sag es.«

»Ich habe es verstanden.«

»Was genau hast du verstanden?«

»Das ist meine letzte Chance«, flüsterte sie, und ihre Stimme vibrierte.

»Ganz genau – dies ist deine letzte Chance. Nutze sie.«

»Ja.« Ihre aufgeschlagenen Lippen zitterten.

»Das Nonnenloch und die Insel sind deine Zeugen.« Das klang ein wenig melodramatisch, wie ihm bewusst war. Der Satz gefiel ihm trotzdem. Er passte zu diesem besonderen Ort wie das gesamte Ritual.

»Was passiert, wenn du dich nicht daran hältst und dich wieder dem bösen Geist überlässt?«

»Ich werde vernichtet.«

»So ist es.« Er strich ihr mit beinahe zärtlicher Geste eine Strähne aus dem Gesicht. »Und was sagst du, wenn man dich nach den Spuren in deinem Gesicht fragt?«

»Ich bin gestürzt.«

»Richtig, das bist du ja auch. Wir haben es dir nur vor Augen geführt. Solltest du je auf andere Gedanken kommen …«

»Das werde ich nicht.«

Er nickte zufrieden. »Und nun geh nach Hause.«

Sie richtete sich langsam auf. Der Heimweg würde mühsam werden. Das gehörte auch zum Prozedere dazu. Er beobachtete, wie sie mit unsicheren Schritten über die Steine stolperte und schließlich den Weg nach oben zum Abhang einschlug. Die Route über die Zickerschen Berge bis Gager würde ihr einiges abverlangen. Er zweifelte nicht daran, dass es ihr ernst war.

1

Die Diskrepanz könnte nicht größer sein. Romy löste den Blick vom dunstverhangenen Horizont, dem friedvollen und stillen Ausblick auf die See, den sie so häufig am frühen Morgen genoss, und wandte sich um. Rechtsmediziner Doktor Möller hockte neben der Leiche und sah ihr mit ernstem Gesicht entgegen. »Irgendwann heute Nacht«, erklärte er unaufgefordert. »Die junge Frau wurde misshandelt und erdrosselt. Mehr kann ich noch nicht sagen.«

Misshandelt und erdrosselt. Romy ging neben Möller in die Knie. Ein Urlauber hatte die Leiche entdeckt, als er, mit dem ersten Morgenlicht von Gager kommend, über die Zickerschen Berge Richtung Nonnenloch gewandert war und den Tag am steinigen Ufer begrüßen wollte. Das Mönchgut gehörte zu den schönsten Orten auf Rügen, hier hatte Romy vor vielen Jahren einen wunderbaren Urlaub genossen und sich endgültig in die Insel verliebt, nun lebte sie nur wenige Kilometer entfernt in einem Häuschen in Middelhagen. Ein Mord an einem so wunderbaren Ort machte ihn noch schrecklicher, dachte sie und wusste zugleich, wie unsinnig der Gedanke war.

Möller räusperte sich leise. Sie sah ihn an. »Haben Sie eine Ahnung, was der Täter benutzt hat?«

Er schüttelte den Kopf. »Im Moment kommt alles Mögliche infrage – ein Gürtel, ein Strick …« Er hob die Hände. »Buhl wird vielleicht fündig.«

Sie richtete sich langsam wieder auf. Marco Buhl und seine Leute von der Technik und Spurensicherung suchten bereits die Gegend ab, nicht nur im unmittelbaren Bereich des Tatorts. Das Mordopfer hieß Svenja Bellheim, stammte aus Neubrandenburg und hätte in wenigen Wochen ihren fünfundzwanzigsten Geburtstag gefeiert. So viel hatte Buhl ihr schon mitgeteilt. Er war mit seinen Mitarbeitern vor Romy am Tatort eingetroffen, hatte den Fundort und den Leichnam gesichert. Sie war auf dem Weg zu einer Besprechung in Stralsund gewesen, als er angerufen hatte, und war sofort umgekehrt. »Es fehlt nichts«, hatte er berichtet. »Sie hatte Geldbörse, Handy und den Schlüssel von einem Ferienhaus in Gager dabei …« Kurzes Zögern. »Vielleicht war sie da unten, um den Morgen zu begrüßen.« Das hatte ungewohnt ausschweifend für Buhl geklungen, der sonst eher raue Töne anschlug und meist kurz angebunden war.

»Und sie sollte den Tag nicht mehr erleben«, hatte Romy leise hinzugefügt.

Inzwischen war laut Möllers erster Einschätzung wohl davon auszugehen, dass Svenja Bellheim bereits in der Nacht am Ufer gewesen war. Ein Treffen mit wem auch immer? Ein Ausflug, eine nächtliche Wanderung? In der Hoffnung, Zeugin des alten und schaurigen Spuks am Nonnenloch werden zu können? Viele Touristen besuchten den Ort auch wegen der alten Sage, zumindest nachts. Am Westende der Halbinsel Mönchgut befand sich ein Ufervorsprung, der Swantegard oder die heilige Gegend genannt wurde. Eine Absenkung innerhalb des Vorsprungs wurde als Nonnenloch bezeichnet. Der Sage nach waren dort vor Jahrhunderten Nonnen, die nicht keusch gelebt hatten, hinabgestürzt worden, und ihr Wehklagen sollte angeblich in manchen mondbeschienenen Nächten immer noch weithin zu hören sein. Romy war mit solchen Geschichten wenig zu beeindrucken, aber der Gedanke, dass die junge Frau sich auf dem Weg gemacht hatte, weil die alte Sage Neugier in ihr geweckt hatte, ließ sie frösteln.

Romy verabschiedete sich von Möller und wandte sich an Buhl, der ihr den Schlüssel zum Ferienhaus aushändigte. »Die Handydaten kriegt Max so schnell wie möglich«, erklärte er.

Romy schlug den Weg Richtung Gager zu dem Ferienhaus ein und telefonierte währenddessen zunächst mit Bergen und dann mit Stralsund. Jan – Leiter des Kriminalkommissariats in der Hansestadt und somit zugleich ihr Vorgesetzter und Ehemann – kam gerade aus einer Teamsitzung, und Romy konnte hören, dass er den Flur entlangeilte, während er ihrem Bericht lauschte. »Wie geht es weiter?«, fragte er schließlich.

»Ich sehe mich erst mal im Ferienhaus um und nehme Kontakt mit den Angehörigen auf. Max wird mit den ersten Recherchen bereits begonnen haben. Und dann müssen wir wohl abwarten, bis die Ergebnisse von Buhl und Möller vorliegen. Fest steht, dass die junge Frau brutal ermordet wurde – an einem der schönsten Orte auf der Insel.«

»Irgendwelche Hinweise?«

»Nein, nichts bislang, aber Buhl sucht noch.«

»Ich informiere den Staatsanwalt. Es wird ihm wichtig sein, dass wir zügig zu Ergebnissen kommen. Die Feriensaison steht unmittelbar bevor und …«

»Auch ohne den üblichen Touristenandrang möchte ich so schnell wie möglich in Erfahrung bringen, was hier passiert ist und wer der Täter ist«, warf Romy ein.

»Das werde ich ihm ausrichten … Ach, sag mal – was hältst du davon, wenn ich dir Finn zur Verstärkung schicke? Ich bin ziemlich unter Zeitdruck, und er hat sich beim letzten Fall gut bewährt.«

Finn Maurer stammte aus Kiel und hatte seine Ausbildung erst wenige Monate zuvor beendet, als er Romy Anfang des Jahres bei den Ermittlungen zu den Toten am Selliner See unterstützt hatte. Der junge Mann war kaum größer als sie, ein zarter, rothaariger Hänfling, der wie siebzehn wirkte, aber einiges auf dem Kasten hatte.

»Ja, er hat sich absolut bewährt«, bestätigte sie. »Und ich habe nichts dagegen, zumal Ruth gerade Urlaub macht.« Kommissarin

Ruth Kranold aus Greifswald unterstützte die Ermittlungen auf der Insel häufig als Springerin in besonderen Fällen. »Und wir wissen noch nicht, wohin dieser Fall uns führen wird.«

»Alles klar. Halt mich auf dem Laufenden.«

Wenig später schloss Romy die Tür zu einem kleinen Bungalow auf, der sich hinter einem Gasthof am östlichen Ende des Ortes befand. Von dort aus waren es über die Boddenstraße kaum zwei Kilometer bis zum großen Strand zwischen Lobbe und Thiessow, an dem Romy bevorzugt ihre Morgenrunde drehte. Gager war immer noch ein kleiner Inselort inmitten von Hügeln und Wiesen, auf denen sich Schafherden aneinanderdrängten und der sich auch bei großem touristischem Andrang in der Hochsaison seine Beschaulichkeit bewahrte. Hoffentlich bleibt das so, dachte Romy, während sie durch die Diele in den Wohnraum trat und sich umsah. Nur das Nötigste, dachte sie, während ihr Blick über das Mobiliar schweifte – eine Koch- und Essecke, Sofa und Sessel vor einer Anrichte mit Fernseher, im zweiten Raum war lediglich Platz für ein Bett und einen Kleiderschrank, das Bad war winzig. Eine Seitentür führte hinaus auf die Terrasse und ein Stück Rasen. Eine Sommerunterkunft, überlegte Romy – hier ruhte man sich lediglich aus und aß etwas, bevor man zum nächsten Ausflug startete oder sich an den Strand legte.

Im Kleiderschrank waren Klamotten für höchstens einige Tage untergebracht, auf dem Nachtschrank lag ein Tablet. Romy steckte es ein und ging wieder in den Wohnraum, als es an der Tür klopfte.

»Hallo? Bist du da, Svenja?«, erklang eine Männerstimme.

Romy öffnete die Tür. Ein Hüne mit breiten Schultern, deutlich fortgeschrittener Glatze und Bartschatten blickte ihr mit gerunzelter Stirn entgegen. »Wer sind Sie denn?«, fragte er, und das klang mehr als unfreundlich.

Romy zückte ihren Ausweis. »Hauptkommissarin Ramona Beccare«, erklärte sie. »Und Sie …«

»Bernd Glauber, ich bin der Wirt vom Gasthof«, er wies mit dem Daumen über die Schulter, »und der Vermieter dieses Ferienhauses. Was ist ...« Er brach abrupt ab, hob eine Hand und strich sich über den Kopf. »Ist etwas passiert?« Er suchte ihren Blick. »Unten am Nonnenloch ist Polizei unterwegs ...«

»Ein Urlauber hat dort eine tote Frau entdeckt«, sagte Romy. »Es spricht alles dafür, dass es sich um Svenja Bollheim handelt.«

Bernd Glauber lehnte eine Hand an den Türrahmen und starrte sie entsetzt an.

»Kannten Sie Frau Bollheim näher?«

»Sie war häufiger ...« Er schüttelte den Kopf und schluckte. »Das ist ja ... schrecklich. Was ist passiert?«

»Dazu kann ich im Moment nichts Konkretes sagen. Wir gehen jedoch von einer Gewalttat aus.« Romy trat beiseite. »Setzen wir uns einen Moment?«

Bernd Glauber zögerte kurz, dann nickte er, trat ein und steuerte den Esstisch an. Der Stuhl ächzte unter seinem Gewicht. Er legte die Hände auf den Tisch und sah sie verstört an.

»Wann haben Sie Svenja zum letzten Mal gesehen?«, fragte Romy und setzte sich zu ihm.

»Gestern«, erwiderte er prompt. »Ich habe ihr einen Wäscheständer vorbeigebracht – das war am Nachmittag.« Er nickte langsam, starrte kurz ins Leere und blickte Romy dann irritiert an. »Wie merkwürdig so ein Satz plötzlich klingt.« Er holte tief Luft. »Sie hat Badesachen aufgehängt und erzählt, dass sie am Abend noch mal über die Zickerschen Berge laufen wollte – um sich die Schafe anzusehen und den Frühsommer zu genießen, er sei viel schöner als die heiße Zeit im Juli und August ...« Glauber schluckte. »Svenja hat die Insel geliebt«, fuhr er leise fort. »Und sie hat immer diesen Bungalow gebucht, seitdem sie vor einigen Jahren das erste Mal hier war. Damals war sie mit einer Studentengruppe im Biosphärenreservat unterwegs gewesen und wollte noch ein paar Tage dranhängen. Die Gruppe war damals zum Essen in meinem Lokal, und sie hat mich auf den Bungalow angesprochen …« Er brach ab und senkte den Kopf. »Ich rede zu viel«, flüsterte er. »Das ist doch alles komplett unwichtig für Sie.«

»Nein, das ist es nicht«, entgegnete Romy.

Er sah sie an.

»Erzählen Sie weiter – bitte.«

Er nickte. »Na schön. Sie hat mich damals gefragt, ob ich den alten Bungalow vermiete.« Er lächelte plötzlich. »Das hatte ich immer vorgehabt, bin aber nie dazu gekommen, ihn dafür herzurichten. Das Häuschen war ziemlich heruntergekommen. So was kann man ja niemandem anbieten. Sie hat dann vorgeschlagen, ein paar Arbeiten zu übernehmen und dafür einige Tage kostenfrei dort zu wohnen. Das war ein guter Deal. Sie hat sich mächtig ins Zeug gelegt – gemalert, die Dielen bearbeitet, Schränke auf Vordermann gebracht … Na ja, seitdem wohnt sie immer hier, wenn sie auf der Insel ist. Und eigentlich wollte sie bleiben.«

Romy neigte den Kopf zur Seite. »Sie hatte vor, nach Rügen umzusiedeln?«

»Vielleicht war das auch nur so eine fixe Idee von ihr, aber … Na ja, Svenja hatte gerade ihr Studium beendet – Landschaftsarchitektur. Sie wollte ein paar Tage ausspannen und sich gleichzeitig um einen Job bemühen, auch hier in der Gegend. Soweit ich weiß, ist sie sogar zu Gesprächen eingeladen worden. Vielleicht hätte das auch geklappt. Sie war gut, und sie wäre richtig hier gewesen …« Glauber faltete die Hände zusammen. In seinem Gesicht arbeitete es. Er biss sich auf die Unterlippe. Offensichtlich hatte er Mühe, die Tränen zurückzuhalten.

Lass deine Tränen doch einfach laufen, dachte Romy. Aber das tat er nicht, er erhob sich abrupt. »Wenn Sie noch Fragen haben, kommen Sie einfach rüber in den Gasthof. Ich muss das erst mal verarbeiten …«

»Kollegen von mir müssen sich hier noch genauer umsehen«, warf Romy rasch ein.

»Schließen Sie ab, und legen Sie den Schlüssel unter den Blumentopf an der Tür. So machen wir das immer hier.« Er wandte sich zum Gehen.

»Hatte Svenja in den letzten Tagen Besuch?«

Er schüttelte den Kopf. »Das weiß ich nicht.« Damit verließ er den Bungalow.

Romy sah ihm einen Moment nach, dann unternahm sie noch einen Rundgang durchs Haus. In der Diele hing ein Schlüsselbund, den sie kurzentschlossen einsteckte; den Autoschlüssel ließ sie hängen. Schließlich rief sie Max an. »Hast du dich schon mit ihrem Account beschäftigt?«, fragte sie nach kurzer Begrüßung.

»Ich habe gerade damit angefangen. Svenja Bollheim war Landschaftsarchitektin und …«

»Das weiß ich schon. Kannst du mal nachschauen, ob sie Bewerbungen geschrieben hatte?«

»Hat sie. Und es gab Gespräche … warte, ja, in Stralsund und Bergen. Soll ich da mal nachfassen?«

»Ja. Hast du schon die Kontaktdaten von der Familie?«

»Schicke ich dir. Die Mutter lebt inzwischen in Grimmen, der Vater ist vor einigen Jahren verstorben. Es gibt noch einen älteren Bruder, Patrick – er arbeitet in Hannover.«

Romy spürte, wie ihr Herz schwer wurde. Sie musste persönlich mit der Mutter sprechen.

»Fährst du nach Grimmen?«, fragte Max nach kurzer Pause.

»Es bleibt mir nichts anderes übrig … Bevor ich es vergesse – ich habe ihr Tablet dabei und bringe es nachher mit. Vielleicht kannst du es entsperren. Und noch was – es gibt hier keine Einbruchspuren oder dergleichen, doch Buhl sollte sich auch hier umsehen und den Wagen unter die Lupe nehmen. Der Autoschlüssel hängt in der Diele, den Schlüssel fürs Haus findet er unter dem Blumentopf an der Tür.«

»Richte ich ihm aus.«

Wenig später machte Romy sich auf den Weg. Sie fuhr über Putbus und Poseritz Richtung Altefähr. Eine strahlende Junisonne stand am tiefblauen Himmel, als sie den Strelasund überquerte. Einige Boote schaukelten übers Wasser. Die Silhouette der Hansestadt tauchte vor ihr auf. Der frühe Sommer lag wie ein zärtliches Versprechen über der Stadt.

Romy war nicht zum ersten Mal die Überbringerin einer Todesnachricht. Diese Aufgabe wurde nicht einfacher. Es war überhaupt ein Irrtum, davon auszugehen, dass ihre Arbeit als Kommissarin mit den Jahren leichter wurde. Es war eher so, dass sie gelernt hatte, sich vor den besonders eindringlichen Bildern und den auslösenden Emotionen zu schützen, indem sie ihre Aufgaben bei der Tätergreifung sofort in den Vordergrund rückte. Routinen in den Abläufen halfen, die innere Balance wiederzuerlangen. Doch der antrainierte Schutz erwies sich als löchrig und unzuverlässig, je erschütternder die Fälle waren, je grausamer und gewissenloser die Täter vorgegangen und je jünger und wehrloser die Opfer waren. Manchmal kamen die Eindrücke nachts zurück oder blitzten in völlig unerwarteten Momenten auf. Davor war kaum jemand gefeit, zu dessen Aufgabe es gehörte, sich mit schweren Gewaltverbrechen und Tötungsdelikten zu befassen. Und einer Mutter zu erklären, dass ihre Tochter ermordet worden war – eine junge Frau, die ihr ganzes Leben vor sich gehabt hatte –, konnte und durfte niemals Routine werden.

Der entscheidende Gedanke und die damit verbundene Frage lautete für Romy und ihr Team: Was hatte den Täter veranlasst, eine junge Frau zu überfallen, sie zu quälen und ihr Leben zu beenden? Noch dazu auf diese Weise. Existierte eine persönliche Verbindung, oder war Svenja ein zufälliges Opfer gewesen? Dem Akt des Erdrosselns lag ein unmissverständlicher Tötungsdrang zugrunde. Svenja war bekleidet gewesen – eine Vergewaltigung war unwahrscheinlich, aber natürlich im Moment noch nicht völlig auszuschließen.

Romy wollte nach ihrem Smartphone greifen, um den Rechtsmediziner anzurufen, dann entschied sie sich dagegen. Er würde sich melden, sobald die ersten Ergebnisse vorlagen. Das tat Möller immer. Sie sollte ihn nicht von der Arbeit abhalten, indem sie ihn bedrängte. Das klang beinahe gelassen. Ich entwickle mich doch noch zur Zähmerin meiner eigenen Ungeduld, dachte sie. Vielleicht. Ein wenig.

Svenjas Mutter arbeitete als Bauzeichnerin in einem Architekturbüro. Nach einer knappen Stunde Fahrzeit lenkte Romy den Wagen auf den Parkplatz im Innenhof. Zwei junge Leute kamen ihr entgegen, als sie ihn abgestellt hatte. Auf die Frage nach Franziska Bollheim wies einer der beiden auf den hinteren Ausgang, an dem ein Tisch stand, um den mehrere Stühle unter einem Schirm gruppiert waren. »Sie macht gerade Pause. Wenn es nicht dringend ist, warten Sie ein paar Minuten, damit sie ihren Kaffee in Ruhe trinken kann.«

Es ist dringend, dachte Romy, während sie sich bedankte, aber ich warte trotzdem. Sie behielt den Tisch im Blick. Svenjas Mutter reckte ihr Gesicht in die Sonne, trank ihren Kaffee und blickte zwischendurch kurz auf ihr Handy. Ungefähr fünf Minuten später griff sie nach ihrer Tasse und stand auf. Romy atmete tief durch und trat näher. Franziska Bollheim sah aus wie eine ältere Version ihrer Tochter – eine grazile Frau mit dunkelblondem Haar und bernsteinfarbenen Augen, knapp fünfzig Jahre alt. Sie lächelte Romy entgegen. »Kann ich etwas für Sie tun?«, fragte sie. »Haben Sie einen Termin mit einem der Architekten?«

»Ich wünschte, es wäre so.« Romy hörte selbst, wie unsicher ihre Stimme klang.

Frau Bollheim warf ihr einen fragenden Blick zu.

»Ich bin Ramona Beccare, die leitende Kriminalkommissarin aus Bergen auf Rügen«, stellte sie sich vor.

Franziska Bollheim blinzelte. Plötzlich verfärbten sich ihre Lippen weiß. Sie atmete tief ein. »Ist etwas passiert?«

»Ja«, antwortete Romy. »Es tut mir aufrichtig leid.«

Bollheim fasste nach der Tischkante und sank auf ihren Stuhl zurück. »Sagen Sie schon – was ist geschehen?«

Romy setzte sich zu ihr. »Wir haben heute Morgen eine junge leblose Frau am westlichen Ufer des Mönchguts entdeckt«, erklärte sie leise. Leblose Frau – klang das besser? Besser als was? Besser als tot und ermordet. Ja. Aber es änderte nichts.

Franziska Bollheim starrte sie an.

»In der Nähe des Nonnenlochs«, führte Romy weiter aus. »Wir haben Papiere, Handy und Schlüssel bei ihr gefunden und müssen davon ausgehen, dass es sich um Ihre Tochter handelt.« Den Hinweis auf die Identifizierung sparte sie sich in diesem Moment.

Svenjas Mutter atmete flach. Ihr Blick war eingefroren. Plötzlich schüttelte sie kurz den Kopf. »Sagen Sie endlich: Was ist passiert? Hatte sie einen Unfall?«

»Wir müssen von einem Gewaltverbrechen ausgehen.«

»Wie bitte?«

Romy ertrug den fassungslosen Blick nur mit Mühe. »Wir stehen ganz am Anfang unserer Ermittlungen.«

»Was ist mit meinem Kind passiert?«

»Wir wissen es noch nicht, Frau Bollheim …«

»Sie wurde ermordet?«

Romy atmete tief ein. Dann nickte sie. Stille senkte sich herab. Romy wartete, bis Bollheim sie wieder ansah. »Und jetzt?«, flüsterte sie. »Was mache ich jetzt ohne mein Kind?« Die Frage hallte in Romy nach. Eine Antwort gab es darauf nicht. Jetzt nicht. Morgen auch nicht. Nie.

Die beiden jungen Leute, die sie wenige Minuten zuvor auf dem Parkplatz begrüßt hatten, kehrten ins Büro zurück. Romy stand auf und trat ihnen entgegen, als Svenjas Mutter sich nicht rührte. »Würden Sie im Büro Bescheid sagen, dass Frau Bollheim nach Hause geht?«, fragte sie in leisem Ton.

»Wie …«

Romy schüttelte den Kopf. »Später erfahren Sie sicher mehr.« Sie griff nach ihrem Ausweis.

Die beiden sahen sie verdutzt an, zögerten einen Moment, nickten schließlich und betraten dann das Haus. Einer drehte sich in der Tür noch einmal um und starrte einen Moment in ihre Richtung, bevor er sich abwandte und seinem Kollegen folgte.

Romy sah Frau Bollheim an. »Ich würde Sie gerne nach Hause fahren.«

Sie zuckte zusammen. »Wie bitte?«

»Was halten Sie davon, wenn ich Sie nach Hause fahre?«

»Ich bin mit dem Fahrrad hier.«

»Könnten Sie es stehen lassen?«

»Nein. Ich brauche es täglich«, beharrte Bollheim.

»Gut, dann packe ich es in den Kofferraum.«

Svenjas Mutter sah auf, nickte langsam. »Sie wollen mich nicht alleine lassen, oder?«

»Das stimmt. Und ich würde gerne mit Ihnen reden – über Ihre Tochter.«

»Das kann ich nicht – nicht jetzt. Und auch nicht in zehn Minuten. Eher morgen, wenn überhaupt …«

»Vielleicht darf ich Ihnen einige Fragen stellen.«

Franziska Bollheim schüttelte den Kopf und erhob sich. »Das hat alles Zeit. Viel Zeit.«

»Wir suchen den Täter. Und je eher wir wissen …«

»Später«, warf Franziska Bollheim ein. »Ich schaffe das jetzt nicht. Verstehen Sie das nicht? Bringen Sie mich jetzt nach Hause?«

»Natürlich.«

Romy verstaute das Fahrrad. Kurz darauf waren sie unterwegs. Franziska Bollheim wohnte in einem Mehrfamilienhaus im Süden der Stadt. In der Nähe befand sich eine Schule, die Grünanlagen waren gepflegt; es roch nach Flieder. Kindergeschrei erklang, als Romy ausstieg. Sie hob das Rad aus dem Kofferraum. »Darf ich es Ihnen in den Keller bringen?«

Bollheim nickte. »Ja, danke.« Sie ging vor und öffnete die Türen. Ihre Bewegungen wirkten mechanisch und steif.

Romy schob das Rad in den Ständer und blickte auf ihre Hände. »Darf ich kurz mit hochkommen und mich waschen?«

Bollheim hob den Blick. »Das ist ein Trick, oder?«, flüsterte sie. »Ich möchte lieber allein sein.«

»Geben Sie mir fünf Minuten – bitte.«

Es dauerte eine kleine Ewigkeit, bis Svenjas Mutter reagierte. »Gut, kommen Sie«, sagte sie schließlich leise.

Franziska Bollheim wohnte im zweiten Stock. Sie schloss die Tür auf und ging, ohne auf Romy zu achten, schnurstracks ins Wohnzimmer. Dort blieb sie mitten im Raum stehen, umfasste mit beiden Händen ihr Gesicht und begann, zu schreien.

2

Max hatte die Daten vom Smartphone auf seinen Rechner überspielt und ordnete sie nun in Kontakte, Kommunikation, Fotos und Aktivitäten, die er um allgemeine und recherchierte Angaben zu Svenja Bollheims Biographie ergänzte und in seine Falltabelle einpflegte. Er liebte diese Aufgabe. Die Aufklärung eines Morddelikts war für ihn zunächst einmal kaum etwas anderes als die Analyse eines Ereignisses, das durch ein zunehmend dichter mit Informationen gefülltes Netz Schlussfolgerungen auf die Geschehnisse zuließ, Hintergründe hervorhob und das Umfeld beleuchtete. Idealerweise stachen im Laufe der Ermittlungen Namen hervor oder führten zumindest in die fallentscheidende Richtung, oder es fielen Stichworte, die Schlaglichter auf wichtige Themen warfen. Doch natürlich lief es selten ideal. Als das Team Anfang des Jahres innerhalb kürzester Zeit einen dringend Tatverdächtigen festgenommen hatte, deutete alles darauf hin, dass der Mann einen Tierarzt ermordet hatte: ein starkes Motiv, Umstände, die gegen ihn sprachen, eine höchst beeindruckende Beweislage, Tatort und Zeit. Erst die Beleuchtung der weiteren Hintergründe im Zusammenhang mit einem anderen Mordfall hatte sie schließlich auf eine zweite Spur geführt. Wenige Stunden nach der Entdeckung der ermordeten Svenja Bollheim war bislang nur klar, dass sie während eines abendlichen Ausflugs überfallen worden war.

Max erledigte einige Telefonate und rief Mails ab, dann wandte er sich wieder der Recherche zu. Svenja hatte vor kurzem ihr Studium beendet und war nach Rügen gereist – ihre Lieblingsinsel seit vielen Jahren –, wo sie sich nicht nur ein paar Tage erholen wollte, sondern bereits berufliche Pläne in Angriff genommen hatte. Bewerbungsschreiben hatte sie schon vor einiger Zeit auf den Weg gebracht. Die beiden Vorstellungsgespräche in Stralsund und Bergen waren unauffällig verlaufen – im Sinne des nachfolgenden Geschehens. Max hatte die entsprechenden Kontaktdaten in seine Tabelle aufgenommen und suchte nun in den sozialen Netzwerken nach Svenja. Sie hatte hin und wieder knappe Statements über ihr Herzensthema verfasst, das in der Hauptsache den Schutz von Naturlandschaften sowie Fragen des Umweltschutzes umfasste, ergänzt durch Fotoserien oder auch kurze Videos. Wie es aussah, war Svenja eine Verfechterin ökologischer und nachhaltiger Konzepte gewesen, die ihrer Ansicht nach den Vorrang vor Fragen der Gestaltung und Bautechnik erhalten sollten – und vor touristischen Belangen.

Max klickte sich durch Aufnahmen aus dem Jasmunder Nationalpark sowie von Boddenlandschaften im gesamten Ostseebereich und widmete sich schließlich der Diplomarbeit. Svenja hatte über die Neuendorfer Wiek auf Rügen geschrieben. Dort hatte es über viele Jahre eine Auseinandersetzung um den Kiesabbau gegeben, bis 2013 in dem artenreichen Gebiet vom BUND ein Naturlehrpfad eröffnet worden war. Damit konnten die Lebensräume für Tausende von Wasservögeln gerettet werden. Schöne Sache, dachte Max. Wir dürfen gespannt sein, wie es weitergeht, wenn die nächsten Hotel- und Ferienhaussiedlungen auf der Insel entstehen sollen und es wieder einmal darum geht, was schwerer wiegt: Naturschutz und Ursprünglichkeit, die Belange der Rüganer oder wirtschaftliche Interessen. Aber die Arbeitsplätze! Ein Totschlagargument. Er seufzte leise und holte sich eine Tasse Tee.

Zwei Stunden später traf Finn ein. Er hatte sich den Kollegen angeschlossen, die in der Umgebung des Tatorts nach Zeugen suchten – vornehmlich Urlauber und Bewohner aus dem angrenzenden Ort Gager und Nachbarn im Umkreis des Bungalows. Fallbetreffend weiterführende Aussagen: Fehlanzeige.

Finn goss sich einen Kaffee ein. »Immerhin habe ich einiges an Foto- und Videomaterial von Urlaubern sichern können, die in den letzten Tagen im Mönchgut unterwegs waren.« Er reichte Max einen USB-Stick und zuckte mit den Achseln. »Vielleicht entdecken wir ja noch etwas, was wichtig werden könnte.« Er trank einen Schluck und verzog das Gesicht. »Der schmeckt aber ziemlich ... gewöhnungsbedürftig«, schob er hinterher.

Max zuckte mit den Achseln. »Was soll ich sagen? Du kannst gerne Fines Job übernehmen – wir müssen noch mindestens drei Wochen ohne sie auskommen, und das heißt auch: kein leckerer Imbiss, und der Kaffee, den wir zusammenbrauen, ist zugegebenermaßen selten ein Hochgenuss.«

Die Kollegin, seit rund drei Jahrzehnten gute Seele im Bergener Innendienst des Kommissariats, hatte sich bei einem Sturz einen komplizierten Beinbruch zugezogen und fiel wohl für längere Zeit aus. Das war nicht nur bezüglich des leiblichen Wohls höchst bedauerlich.

»Das klingt übel – in jeder Hinsicht«, meinte Finn. »Vielleicht sollte ich tatsächlich mal einspringen. Als Brot- und Kuchenbäcker kann ich übrigens durchaus punkten ...« Er räusperte sich. »Aber das nur so nebenbei. Ich war noch bei dem Gastwirt, aber der war kaum ansprechbar. Wirkte ziemlich schockiert. Immerhin hat er versprochen, sich zu melden und uns ein paar Namen von Gästen zu liefern – Leute, die in letzter Zeit dort waren und Svenja kannten.« Finn warf einen Blick auf den Monitor. »Gibt es schon Namen aus dem Uni-Umfeld?«

»Ich schicke dir eine Liste mit Leuten, die du kontaktieren kannst. Und die entscheidende Frage lautet ...«

»Wer hat sie wann zuletzt gesehen oder gesprochen und womöglich etwas Besonderes bemerkt?« Finn zwinkerte. »Alles klar.«

»Ich hatte wohl vergessen, dass du inzwischen ein gestandener Kommissar bist.«

»Passiert häufiger.« Finn lächelte und nahm nebenan am großen Besprechungstisch Platz. Bevor er sich an die Arbeit machte, setzte er frischen Kaffee auf.

Max konzentrierte sich wieder auf seine Fotodateien, und es wurde still im Kommissariat.

Romy hatte Tee gekocht und die Kanne auf ein Stövchen gestellt. Sie war aufgewühlt wie schon lange nicht mehr. Das verzweifelte Schreien der Frau hallte immer noch in ihr nach, obwohl Svenjas Mutter bereits Minuten zuvor verstummt war. Es wäre sinnvoll und angemessen, eine Beamtin vom psychologischen Notdienst anzurufen, doch Romy war sicher, dass Franziska Bollheim rigoros ablehnen würde, zumindest für den Moment. Inzwischen saß sie still auf dem Sofa, hatte sich ein Kissen auf die Knie gelegt und blickte versteinert ins Leere. Romy reichte ihr eine Tasse Tee. Bollheim wandte ihr langsam das Gesicht zu. »Zwei Stückchen Kandis?«, flüsterte sie.

»Ja – wie Sie gesagt haben. Heidelbeertee mit Kandis, zwei Stückchen.«

Bollheim trank vorsichtig einige kleine Schlucke. »Sie sind sehr umsichtig. Aber nun sollten Sie gehen und Ihre Arbeit machen.«

»Erzählen Sie von Svenja«, erwiderte Romy.

»Das ist unmöglich … Wo soll ich anfangen? Und außerdem …«

»Wann haben Sie sie zum letzten Mal gesehen oder sich mit ihr unterhalten?«, fragte Romy.

»Sie ist auf dem Weg zur Insel bei mir vorbeigefahren. Das war … am letzten Samstag. Wir haben zusammen gefrühstückt. Sie hat sich gefreut wie ein kleines Kind.« Bollheim senkte den Kopf. Ihr Gesicht war nass und bleich.

Romy wartete.

»Sie hatte viel vor. Das Studium war geschafft, und nun sollte es weitergehen«, fuhr Bollheim schließlich fort. »Das Mönchgut … Es war ihr Lieblingsort auf der Insel. Und der Jasmund.«

»Bei mir ist es genauso«, bemerkte Romy.

Bollheim nickte und sah einen Moment auf ihre Hände. »Sie hatte keinen Streit oder irgendwelche Probleme mit anderen«, meinte sie dann. »Darauf wollen Sie doch hinaus, oder?«

»Ich hätte Sie danach gefragt – ja. Wir suchen nach Ansatzpunkten, die uns weiterhelfen könnten.«

»Svenja hat studiert, sie spielte Squash und ist gerne gesurft. Sie war eine ganz normale junge Frau.«

»Gibt es einen Freund oder eine Partnerin?«

»Sie hatte bis vor einigen Monaten eine Beziehung – Jascha.« Bollheim schwieg einen Moment. »Er hat auch in Neubrandenburg studiert – Bauingenieur – und in meiner Firma ein Praktikum absolviert«, fuhr sie dann fort. »Ich habe das vermittelt. Die beiden passten gut zusammen, soweit ich das beurteilen konnte. Ich weiß nicht, warum sie sich getrennt haben. Svenja hat nur erzählt, dass es vorbei wäre – er hätte Schluss gemacht. Doch sonderlich erschüttert wirkte sie nicht.« Bollheim sah Romy an. »Ich kann Ihnen seine Nummer geben, wenn Sie möchten, die habe ich noch aus seiner Praktikumszeit.«

»Das wäre hilfreich«, entgegnete Romy, obwohl sie sicher war, dass Max die Kontaktdaten längst erfasst hatte.

Bollheim beugte sich vor und goss Tee nach. »Sie war mein Lieblingskind«, sagte sie nach einer kurzen Pause in leisem Ton. »Ich weiß – man soll die Liebe zu seinen Kindern gerecht verteilen und keines bevorzugen. Darum habe ich mich immer bemüht. Aber … Ja, Svenja war nun mal mein besonderes Herzkind. Sie hat mich tiefer berührt als ihr Bruder, das konnte ich einfach nicht verhindern. Und ich denke, er hat es immer gewusst und mir auch nicht übel genommen – hoffe ich.«

»Ihr Sohn arbeitet in Hannover.«

»Ach, das wissen Sie schon?«

»Wir haben zügig mit den Recherchen begonnen.«

»Ja, Patrick arbeitet bei VW. Er macht Karriere, wenn ich das richtig verstanden habe. Jedenfalls leitet er mit knapp dreißig schon eine Abteilung, verdient sehr viel Geld und hat eigentlich kaum Freizeit …« Franziska Bollheim nickte. »Sein Vater wäre stolz auf ihn.« Sie verzog den Mund. »Ich bin es natürlich auch …«

Es ist ihr egal, dachte Romy. Und die Verbindung war nie innig gewesen. Das kam in den besten Familien vor. Sie selbst wusste, dass ihre Eltern sich einen intensiveren Austausch mit ihrer Tochter und dem Schwiegersohn wünschten, aber Romy war ganz froh, dass viele hundert Kilometer zwischen Rügen und München lagen und Familientreffen damit von vornherein limitiert und auf Urlaubszeiten beschränkt waren.

»Ist es Ihnen recht, wenn ich mit Ihrem Sohn spreche?«, fragte Romy weiter. »Vielleicht kann er sich freinehmen und …«

»Ich glaube, er ist zurzeit auf Dienstreise«, warf Franziska Bollheim ein.

»Meinen Sie nicht, dass er nach Hause kommen und Sie unterstützen würde?«

Franziska Bollheim runzelte die Stirn. »Ja, vielleicht …« Sie strich sich über die Stirn.

»Ich könnte mit ihm reden.«

Sie schüttelte den Kopf. »Das sollte ich selbst tun.«

Romy nickte.

»Sie können mich jetzt allein lassen.«

Da bin ich nicht sicher, dachte Romy. »Eine Beamtin vom psychologischen Notdienst wird Kontakt zu Ihnen aufnehmen.«

»Das ist nicht nötig.«

Sie wird es trotzdem tun, dachte Romy, während sie langsam aufstand. »Noch etwas, Frau Bollheim, ich habe den Hausschlüssel aus dem Bungalow mitgenommen und möchte mich in Svenjas Wohnung umsehen. Ein Beschluss liegt wahrscheinlich noch nicht vor, der ist aber unter diesen Umständen eine reine Formsache. Ich hoffe …«

»Natürlich.«

»Möchten Sie mich begleiten?«

»Nein.«

Als Romy wenige Minuten später das Haus verließ, hatte sie ein ungutes Gefühl. Sie setzte sich in den Wagen, schrieb Jan eine Nachricht und bat ihn, psychologische Unterstützung für Svenjas Mutter zügig zu ermöglichen, dann ließ sie sich die Telefonnummern von Svenjas Bruder und ihrem Ex-Freund geben. Weder Jascha Fehlberg noch Patrick Bollheim waren zu erreichen. Romy sprach beiden auf die Mobilbox und machte sich auf den Weg nach Neubrandenburg. An einem Imbiss versorgte sie sich mit einem Fischbrötchen und merkte erst jetzt, wie ausgehungert sie war. Sie hatte seit dem Frühstück am frühen Morgen nichts mehr gegessen, und inzwischen war es Nachmittag.

Svenja hatte im Osten von Neubrandenburg gewohnt – in der Nähe des Kiessees. Ihre Wohnung war groß und gemütlich, keine übliche Studentenbude – und kein Single-Haushalt. Romy schätzte, dass Svenja und ihr Freund zusammengelebt hatten und sie sich angesichts ihrer Pläne entschlossen hatte, die Wohnung erst dann aufzugeben, wenn sie nach Rügen zog. Es gab ein gemeinsames Arbeitszimmer, in dem ein Regal leergeräumt war. Auf Svenjas Schreibtisch stapelten sich Fachliteratur und Kartenmaterial, die wohl mit ihrer Abschlussarbeit zusammenhingen. An der Wand befand sich eine große Rügenkarte mit detaillierten Hinweisen zu Landschaftsschutzgebieten. Romy setzte sich an den Schreibtisch, fuhr den PC hoch und öffnete die Schubladen. Der Bildschirm flackerte auf. Ein Passwort wurde angefordert. Natürlich, was sonst? Romy seufzte. Darum mussten sich die Experten kümmern. Ihr Handy klingelte, als sie gerade in die Küche ging. Jascha Fehlberg meldete sich mit dezent verwundert klingender Stimme. »Sie hatten um meinen Rückruf gebeten. Habe ich das richtig verstanden – Kriminalpolizei Bergen auf Rügen? Ist etwas passiert?«

»Es tut mir leid, Herr Fehlberg. Ich muss Ihnen mitteilen, dass Ihre ehemalige Freundin heute Morgen tot aufgefunden wurde.«

Schweigen.

»Wir müssen von einer schweren Straftat ausgehen.«

»Svenja ist tot?«, fragte er leise.

»So leid es mir tut, ja. Ein Urlauber hat sie entdeckt.«

Fehlberg schwieg. »Geht es um Mord?«

»Es sieht alles danach aus.«

»Aber das ist doch ...«

»Ich weiß – unvorstellbar«, warf Romy ein. »Das ist es fast immer. Ich würde gerne mit Ihnen sprechen«, fügte sie nach einer kurzen Pause hinzu. »Ich bin gerade in Svenjas Wohnung. Hätten Sie die Möglichkeit, vorbeizukommen?«

»Sie sind in Neubrandenburg?«, fragte er verblüfft. »Ich dachte, Sie sind von der Insel ...«

»Ich nehme die Dinge gerne selbst in die Hand«, erklärte Romy. »Hätten Sie Zeit? Ein persönliches Gespräch ist meistens aufschlussreicher als ein Telefonat.«

»Ja, natürlich. Ich mache mich so schnell wie möglich auf den Weg.«

Als Fehlberg eintraf, war eine gute halbe Stunde vergangen. Romy hatte die Zeit genutzt, sich weiter in der Wohnung umgesehen, und einige Fotos gemacht. Außerdem hatte sie die örtlichen Kollegen informiert.

Fehlberg war ein großer und schlaksiger Typ mit schmalem Gesicht; er wirkte zutiefst betroffen und schien unsicher, wie er sich verhalten sollte. Romy ließ ihm einen Moment Zeit, dann nahmen sie im Wohnzimmer am Esstisch Platz, und sie ergriff das Wort. »Sie haben hier zusammengelebt.«

Er fuhr sich mit beiden Händen durchs Haar und blickte kurz

ins Leere. »Ja, stimmt«, sagte er dann. »Bis vor ... ungefähr drei Monaten.« Er hob den Blick. »Ist das wichtig?«

»Im Moment ist alles wichtig.«

Er nickte. »Okay ... Wir waren gut ein Jahr zusammen und hatten insgesamt eine schöne Zeit, aber ... Na ja, im Alltag passte es nicht so gut, das haben wir schnell gemerkt, als wir zusammengezogen waren. Es sollte wohl nicht für die Ewigkeit sein. Ich habe mir schließlich eine andere Wohnung gesucht, und wir hatten seitdem kaum noch Kontakt.«

Romy lehnte sich zurück. Das klang bemerkenswert unaufgeregt.

»Sie steckte in ihren Prüfungen, ich habe gerade meinen ersten Job angetreten, und irgendwie wurde klar, dass das mit uns nicht reichte – für die Zukunft und so weiter. Unsere Trennung war übrigens kein großes Drama.«

»Sie haben die Beziehung beendet, oder?«

Er nickte. »Ja, stimmt. Ich wollte kein langes Hin und Her und habe dann einen klaren Trennstrich gezogen.«

»Svenja wollte nach Rügen.«

»Ja, das war auch so ein Punkt«, meinte Fehlberg. »Ich habe ihre Begeisterung nicht geteilt und wäre lieber weiter Richtung Süden gezogen. Und das kommt ja vielleicht noch. Meine Firma baut zurzeit in der Nähe von Berlin ein neues Unternehmen auf, und es ist gut möglich, dass ich da bald ...« Er brach ab und strich sich erneut durchs Haar. »Was rede ich da nur? Das ist jetzt doch völlig egal.« Er atmete tief ein.

Romy warf ihm einen verständnisvollen Blick zu. »Wissen Sie von Problemen oder Konflikten, die Svenja beschäftigten?«

»Nein. Wie gesagt – wir hatten schon länger keinen Kontakt mehr. Svenja war kein Typ, der sich lange mit Problemen aufhielt – weder im Studium noch im Freundeskreis. Wenn es mal mit irgendwem Streit gab, räumte sie den schnell aus oder zog einen Strich darunter.«

»Gab es so etwas wie eine beste Freundin?«

Fehlberg überlegte kurz. »Schwer zu sagen.« Er zögerte. »Sie war ein sehr aktiver Mensch, und es gab eine Menge Kontakte …« Er zuckte mit den Achseln. »Die beste Freundin? Da kann ich mich wirklich nicht festlegen.«

Vielleicht hatte es gar nicht die eine enge Freundschaft gegeben, überlegte Romy. Habe ich eine beste Freundin, mit der ich über Gott und die Welt rede und jedes große und kleine Problem bespreche? Nein. Die letzte Frau, zu der sie eine innige Beziehung hatte, hieß Irina und war eine Kollegin, die während ihrer Ausbildung zu ihrer Gruppe gestoßen war – später waren sie in unterschiedliche Richtungen aufgebrochen und hatten sich bemerkenswert schnell aus den Augen verloren. Schade eigentlich. Irina war ein Ass in Selbstverteidigung gewesen und hatte auch bei den Schießübungen immer ganz vorne gelegen.

Fehlberg musterte sie aufmerksam. »Haben Sie noch weitere Fragen? Ich müsste nämlich noch mal in die Firma.«

»Nur noch eine – ich muss Sie fragen, wo Sie gestern Abend waren.« Romy hob rasch beide Hände. »Das ist reine Routine und hat nicht das Geringste mit dem bisherigen Stand der Ermittlungen geschweige denn Verdächtigungen zu tun.«

»Ich verstehe.« Fehlberg zog sein Smartphone aus der Tasche – auf dem Sperrbildschirm leuchtete das Foto von einem einsamen Strand auf – und öffnete seine Kalender-App. »Ich war bis spät abends unterwegs für meine Firma, gleich danach haben wir den Geburtstag eines Kollegen in einem Lokal gefeiert.«

»Geht das etwas genauer? Nur der Vollständigkeit halber.«

»Natürlich. Ich schicke Ihnen seine Kontaktdaten.«

»Danke.«

Wenig später verabschiedete sich Jascha Fehlberg. Romy wartete auf das Eintreffen eines Kollegen des hiesigen Kommissariats und machte sich schließlich auf den Rückweg. Weitere Gespräche im Freundeskreis und im Umfeld der Uni verschob Romy auf den nächsten Tag. Sie ließ die Eindrücke während der Fahrt Revue passieren. Eine völlig verzweifelte Mutter, die Romy kaum gewagt hatte, allein zu lassen, der Ex, der sich ihrer Einschätzung nach reservierter gab, als er tatsächlich war. Eine junge aktive Frau, die bereits vor Jahren ihre Liebe zur Insel entdeckt hatte und nun auf Rügen neu durchstarten wollte. So wie ich damals, dachte Romy – als sie zum ersten Mal mit Moritz hier war, ihrem damaligen Lebensgefährten, der später auf tragische Weise früh verstarb. Das lag viele Jahre zurück.

Kurz vor Stralsund meldete sich der Rechtsmediziner. »Ihr Körper weist zahlreiche Schlagverletzungen auf – heftige Fausthiebe, Tritte. Wutgeladen, würde ich sagen. Und der oder die Täter trugen Handschuhe, oder sie haben ihre Spuren beseitigt – das geht mit Salzwasser ziemlich gut. Salzrückstände auf Haut und Kleidung sprechen dafür.«

»Es könnten mehrere gewesen sein?«

»Davon gehe ich aus«, bestätigte Doktor Möller. »Die Größe und Abdrücke der Faustschläge variiert. Aber das ist im Moment lediglich eine erste Einschätzung, die Sie im Hinterkopf behalten sollten, bis ich weitere Untersuchungen und Analysen durchgeführt habe.«

»Wie sieht es mit sexueller Gewalt aus?«

»Ja – auf sehr brutale Weise. Die Verletzungen sind beträchtlich.«

Romy runzelte Stirn. »Sie war vollständig bekleidet.«

»Tja, was soll ich sagen? Vielleicht sollte das verschleiert werden, oder die Vergewaltigung fand kurz vorher statt.«

»Das klingt seltsam.«

»Ich stimme Ihnen zu. Womöglich gibt es eine andere Erklärung. Auf jeden Fall habe ich eindeutige Verletzungsspuren festgestellt. Ich sage Ihnen Bescheid, sobald es mehr zu berichten gibt.«

»Danke.« Romy unterbrach die Verbindung und wählte sofort Buhls Nummer, während sie langsam weiterfuhr.

»Ich hätte dich innerhalb der nächsten halben Stunde angerufen«, meldete er sich und verzichtete auf eine Begrüßung.

»Hast du schon was für mich?«

»Was brennt dir besonders unter den Nägeln?«, fragte Buhl.

»Ist der Fundort auch der Tatort?«

»Gute Frage. Die Spurenlage so dicht am Wasser, noch dazu auf dem steinigen Untergrund, ist alles andere als ideal«, erklärte Buhl. »Da sind mehrere Szenarien möglich.«

»Könnte man die Leiche dorthin gebracht haben?«

»Nicht völlig auszuschließen. Wir haben uns auf dem Weg nach oben und auf dem Wanderweg selbstverständlich sehr genau umgesehen – ohne fündig zu werden. Keine Spurenlage, die auf Besonderheiten hinweist, besser gesagt: Da ist ja immer viel los, und es lässt sich bislang und ohne weitere Anhaltspunkte kaum etwas feststellen, das mit einem Verbrechen zu tun haben könnte – Kampfspuren zum Beispiel.«

»Wer immer da unterwegs war, hat sich demnach zu Fuß an ihre Fersen geheftet – die Wege sind ja für Fahrzeuge gesperrt«, stellte Romy fest.

»Was erst mal nichts heißen muss, aber wir haben keine entsprechenden Hinweise entdeckt, und mein Team war den ganzen Tag dort und hat sich gründlich umgesehen. Es bleibt noch die Möglichkeit, dass sie mit dem Boot unterwegs waren. Nachts wäre das kaum aufgefallen.«

»Klingt zu umständlich, aber mir ist natürlich klar, dass das kein schlagendes Argument ist«, entgegnete Romy. »Wir wissen, dass sie abends zu einem Spaziergang Richtung Zickersche Berge aufgebrochen ist. Und im Moment spricht einiges für ein Szenario, in dem sie verfolgt und überfallen wurde – und möglicherweise waren es sogar mehrere Täter, sagt Möller.«

Einen Moment blieb es still. Ein Abendspaziergang über die

Zickerschen Berge, während die Sonne allmählich unterging. Ein Verfolger – oder auch mehrere – würden kaum auffallen, wenn sie sich einigermaßen unauffällig bewegten.

»Wir schauen uns morgen gründlich in dem Bungalow um, und die Kollegen in Neubrandenburg machen in der Wohnung ihren Job«, ergriff Buhl schließlich wieder das Wort. »Vielleicht entdecken wir etwas.«

»Vergesst den Wagen nicht.«

»Tun wir nicht.«

Romy setzte den Blinker und bog ab in Richtung Mönchgut. Buhl war noch in der Leitung. »Sie muss jemandem ganz gewaltig auf die Füße getreten sein«, sagte sie plötzlich. »Diese Brutalität ist keine Zufallstat eines entgleisten Psychopathen – der hätte kaum seine Spuren verwischt oder sich größere Mühe gegeben, nicht aufzufallen. Das ist jedenfalls meine Einschätzung – die natürlich im Moment einfach nur meinem Bauchgefühl entspringt.« Und meinem Entsetzen, fügte sie lautlos hinzu.

»Für Brutalität braucht es manchmal nur einen winzigen Auslöser – einen Trigger, der eine ganze Hasswelle auslösen kann.«

Romy wartete.

»Und dann ist der Täter nicht mehr zu stoppen.« Buhl räusperte sich leise.

»Willst du auf etwas Bestimmtes hinaus?«

»Wir haben vor einiger Zeit mal in Greifswald ausgeholfen – da hat eine fünfzigjährige Frau ihren alten Vater totgeschlagen. Scheinbar aus dem Nichts heraus. Der Fall hat mir keine Ruhe gelassen, und ich habe nachgehakt. Die Täterin hat einige unschöne Geschichten aus ihrer Kindheit erzählt. Ihr Vater war ein brutaler und grausamer Schläger. Er hat regelmäßig seinen Gürtel benutzt und sie grün und blau geprügelt, während er irgendeinen Schlager summte.«

Romy holte tief Luft.

»An dem Abend, als sie bei ihm war, wollte sie reinen Tisch machen«, fuhr Buhl fort. »Ihr Leben neu sortieren und Altes aufarbeiten. Ihr Vater fand das eher lächerlich, und irgendwann summte er diese Melodie. Die Angeklagte sagte aus, dass sie einfach rotgesehen und nach dem erstbesten Gegenstand gegriffen hätte. Als sie wieder zu sich kam, lag ihr Vater mit eingeschlagenem Schädel vor ihr. Und sie war froh, dass er still war – ihre Worte. Übrigens – kein schöner Anblick, das kann ich dir sagen.«

»Das klingt aufschlussreich und erschreckend zugleich«, murmelte Romy. »Aber …«

»Ich weiß, so schlimm sah Svenja nicht aus. Und dennoch könnte die Situation eskaliert sein, und dem Täter blieb dann nur noch der Mord – aus Angst vor Entdeckung.«

»Sie wurde auch vergewaltigt«, fügte Romy hinzu.

Buhl überlegte kurz. »Und danach hat man sie wieder angekleidet?«

»Ja, das ist merkwürdig, oder?«

»In der Tat.«

»Warten wir den vollständigen Bericht ab, bevor wir uns das Hirn weiter zermartern.«

»Alles klar, Chefin. Mach jetzt besser Feierabend.«

»Gute Idee – gilt für dich auch.«

Romy fuhr direkt nach Hause. Jan war noch unterwegs; sie setzte sich auf die Terrasse, schrieb ein Memo und mailte es nach Bergen und Stralsund. Dann stellte sie ihr Handy auf lautlos und machte sich auf den Weg zum Strand. Sie nahm die Route quer durch die Salzwiesen. Eine leichte Brise war aufgekommen.

3

Bis zum nächsten Mittag hatten Romy und Finn einen großen Teil von Svenjas Kontakten abtelefoniert beziehungsweise um Rückruf gebeten. Es war niemand dabei, der nicht entsetzt und ratlos reagierte. Eine Kommilitonin aus Svenjas Uni-Lerngruppe brachte minutenlang kein Wort heraus und bat schließlich darum, später zurückrufen zu können. Ein Mitspieler aus der Squash-Gruppe war so erschüttert, dass er das Gespräch abbrach.

Schließlich meldete sich eine Freundin, die gerade von einer Geschäftsreise zurückgekehrt war. »Ich habe es eben erfahren«, sagte Viola Klamm leise. »Wir haben uns bei einem Surfseminar auf Rügen beziehungsweise Ummanz kennengelernt – im letzten Jahr. Svenja gehörte zu den Fortgeschrittenen, ich stand das erste Mal auf dem Brett. Seitdem sind wir im lockeren Kontakt geblieben und haben uns immer mal wieder zum Surfen verabredet …«

Romy warf einen Blick in die Kontaktinformationen, die Max auf die Schnelle recherchiert hatte. Viola Klamm war Ende zwanzig und in einer Immobilienfirma beschäftigt, in der sie für überregionale Projekte zuständig war. Den Fotos in den sozialen Netzwerken nach zu urteilen war sie eine erfolgreiche und attraktive Frau, die wusste, wie man sich präsentierte.

»Wann haben Sie sich das letzte Mal gesehen oder miteinander gesprochen?«, fragte Romy.

»Das liegt zwei, drei Wochen zurück. Wir haben uns in der Stadt auf einen Kaffee getroffen. Sie war fröhlich und aufgeregt …« Viola unterbrach für einen Moment. »Die überstandene Prüfung und die Aussicht auf ihre Rügenreise haben sie förmlich strahlen lassen.«

»Hat Svenja von ihren Bewerbungen erzählt?«

»Ja – sie hatte die Hoffnung, zu zwei Gesprächen eingeladen zu werden. Es war alles bestens, und jetzt …« Sie schluckte.

Romy wartete einen Moment. »Svenja war bereits seit einigen Monaten von ihrem Freund getrennt. Wissen Sie von Problemen?«

»Warum fragen Sie danach?«

»Weil ich danach fragen muss. Ein derartiges Verbrechen rechtfertigt die unterschiedlichsten Fragen in sämtliche Richtungen. Es bedeutet keineswegs, dass bereits ein Verdacht besteht.«

»Okay. Na ja, die beiden haben das ganz gut über die Bühne gekriegt – also die Trennung«, berichtete Viola Klamm weiter. »Soweit ich weiß, gab es kein großes Theater. Er ist ausgezogen und Ende. Allerdings denke ich, dass sie mir nicht unbedingt von Details berichtet hätte. Wir waren ja nur locker befreundet. Auf jeden Fall wirkte sie nicht auffallend mitgenommen und auch nicht wie jemand, der seinen Schmerz verdrängt.«

Das entsprach in etwa dem, was Svenjas Mutter und Jascha Fehlberg berichtet hatten.

»Es war Jascha wichtig, dass alles diskret abläuft und er nicht blöd dasteht – so etwas hat sie mal erwähnt.«

Romy runzelte die Stirn. »Wie ist das zu verstehen?«

»Er wollte nicht der Loser sein, der abserviert wird. Männer sind manchmal merkwürdig, auch oder gerade wenn es um eine gescheiterte Beziehung geht.«

»Hat nicht er Schluss gemacht?«

»So klang das nicht für mich. Aber wie gesagt – genauer weiß ich es nicht. Vielleicht war es ihm wichtig gewesen, nicht als der Verlassene zu wirken, sondern als derjenige, der eine klare Entscheidung getroffen hat. Damit steht man auch im Freundeskreis besser da. Manche Männer legen gesteigerten Wert auf die Außenwirkung, wenn ich das mal so pauschal sagen darf.«

Interessante Einschätzung, dachte Romy. Doch das Ganze lag

Monate zurück. Wer die Beziehung warum beendet hatte, dürfte inzwischen bedeutungslos sein. Sowohl Jascha als auch Svenja waren ihre eigenen Wege gegangen, und nichts wies darauf hin, dass es im Zusammenhang mit der Trennung zu tiefergreifenden Konflikten gekommen war. Hinweise auf eine neue Beziehung hatte Max bislang nicht entdeckt.

»Danke, dass Sie sich gemeldet haben«, sagte Romy schließlich.

»Das ist doch selbstverständlich.«

Romy notierte einige Stichpunkte, sprach kurz mit den Neubrandenburger Kollegen und überflog gerade einen Zwischenbericht von Buhl, als Max mit dem Tablet in der Hand in der Tür stand. Sie sah auf. »Komm rein. Hast du was entdeckt?«

Er setzte sich zu ihr. »Ein Foto, hinter dem möglicherweise mehr stecken könnte.«

Romy betrachtete die Aufnahme – ein Selfie, das Svenja in einer Eisdiele zeigte. Ihre Miene war nachdenklich, still. Im Hintergrund war die aktuelle Angebots- und Preistafel zu erkennen, vor der eine Familie Aufstellung genommen hatte. Das jüngste Kind blickte mit offenem Mund nach oben.

»Das ist in Göhren«, erklärte Max. »Wirkt ziemlich belanglos – auf den ersten Blick.«

»Kann man so sagen – Kategorie: Touristen fotografieren sich beim Essen, am Strand, in der Hotelbar …«

»Sie war aber keine normale Touristin«, gab Max zu bedenken. »Und das Bild ist für sich genommen komplett bedeutungslos, wenn man es mit den anderen Aufnahmen vergleicht – erst recht mit ihren wirklich schönen Naturfotos. Also habe ich einen Blick in die Mediathek geworfen. Sie hat das Foto dort mit einem Hinweis versehen: ›Hier haben wir vor sieben Jahren oft unser Eis gegessen, und alles war noch in bester Ordnung.‹«

»Vor sieben Jahren? Hast du dazu schon was in Erfahrung bringen können?«

Max lächelte – was für eine Frage. »Natürlich. Es geht um eine Kursfahrt mit ihrem Oberstufenjahrgang, ein knappes Jahr vor dem Abi. In ihrem Facebook-Account habe ich dazu einige ältere Fotodateien entdeckt und mir die Liste der Schülerinnen und Schüler genauer angesehen. Ein weiterer Abgleich führte mich dann zu einem Vermisstenfall – auf der Rückreise fehlte die achtzehnjährige Marina Arnold. Ihre Leiche wurde ein halbes Jahr später entdeckt – in der Bauruine eines ehemaligen Ferienlagers an der Boddenstraße gut einen Kilometer außerhalb von Gager.«

Romy runzelte die Stirn. »Was ist passiert?«

»Die Todesursache war nicht mehr eindeutig feststellbar. Marina Arnold wurde unter Schutt und Steinplatten gefunden, und die Verletzungsspuren könnten sowohl auf eine Gewalttat als auch auf ein Unfallgeschehen in dem baufälligen Gebäude hinweisen. Fest steht, dass sich bei der Rückfahrt der Gruppe kaum jemand Sorgen machte. Man ging wohl davon aus, dass Marina spontan beschlossen hatte, alleine in die Sommerferien zu starten. Weitere Ermittlungen führten ins Leere.«

Romy schüttelte den Kopf. »Das klingt merkwürdig.«

»War mir klar, dass du zu dieser Einschätzung gelangen würdest. Du solltest Kasper fragen.«

Romy war zu diesem Zeitpunkt noch gar nicht auf der Insel tätig gewesen. Der Ex-Kollege Kasper Schneider war inzwischen pensioniert, unterstützte das Team aber immer wieder und dürfte demnach mehr dazu wissen. »Das werde ich tun – solange wir keine anderen Hinweise haben, kann es nicht schaden, an der Stelle tiefer zu graben.«

Max nickte. »Und ich guck mir die Sache auf meine Art auch noch mal genauer an.«

Sie griff nach ihrem Handy, kaum dass Max ihr den Rücken zugekehrt hatte. Kasper nahm das Gespräch sofort an, doch Romy konnte den Hintergrundgeräuschen entnehmen, dass er unterwegs war. »Moin, Kollege. Ich störe nur ungern. Soll ich später noch mal anrufen?«

»Ich bin auf dem Markt in Sassnitz und gerade auf dem Weg zum Auto. Gibt es was Besonderes?«

»Sagt dir der Name Marina Arnold etwas?«

Kasper überlegte nur kurz. »Die vermisste Schülerin, die später in einer Bauruine in Gager entdeckt wurde?«

»Ich bewundere dein Gedächtnis immer wieder.«

»Ich bin ganz zufrieden damit. Dürfte ein paar Jahre zurückliegen – du warst noch nicht auf der Insel.«

»Auch das ist zutreffend. Alle Achtung!«

»Da wir auf Rügen glücklicherweise nicht ständig mit toten Mädchen zu tun haben, ist das kein großes Kunststück«, wiegelte Kasper ab. Romy hörte, dass er in seinen Wagen stieg und die Tür zuschlug.

»Aber habt ihr nicht gerade mit einem aktuellen und besonders hässlichen Fall zu tun?«, schob er nach.

»Stimmt. Der Mord an der jungen Frau hat uns zum Fall von Marina Arnold geführt. Die beiden waren Schulkolleginnen und gemeinsam auf der Jahrgangsfahrt.«

»Du vermutest einen Zusammenhang?«

»Bisher nicht. Aber ich würde gerne mehr dazu erfahren.«

»Komm in einer Stunde vorbei«, meinte Kasper. »Es gibt Fisch.«

»Was sonst?« Romy lächelte. »Danke für die Einladung.«

»Bratkartoffeln oder Kartoffelsalat dazu?«

»Kartoffelsalat.«

»Gute Wahl. Ich werde eine große Portion zubereiten und später Fine auch noch eine Schüssel vorbeibringen.«

Es war früher Nachmittag, als Romy bei Kasper eintraf. Der köstliche Geruch vertrieb für Momente die Anspannung, die jeder neue Fall mit sich brachte. Sie setzten sich auf die Terrasse und aßen schweigend – oder plauderten über Belanglosigkeiten. Erst beim Nachtisch – Erdbeeren mit Vanilleeis und Espresso – ergriff Kasper schließlich das Wort. »Marina Arnold. Das war zunächst mal ein völlig unaufgeregter und unauffälliger Fall oder besser gesagt: Es war anfangs gar kein Fall. Eine Schülerin hatte sich offenbar entschlossen, nicht die gemeinsame Heimreise mit ihrem Jahrgang anzutreten, sondern bereits allein in die großen Ferien aufzubrechen – Richtung Norwegen oder Schweden, wie sie in einer SMS mitgeteilt hatte. Sie war schon am Abend vorher allein unterwegs gewesen, und niemand wunderte sich großartig über ihren spontanen Entschluss. Sie machte wohl häufiger ihr eigenes Ding, wie es bei späteren Befragungen einhellig hieß.«

Romy lehnte sich zurück und strich sich über den gut gefüllten Bauch. Kasper war ein hervorragender Koch und Gastgeber.

»Marina war volljährig, und nicht einmal, als sich herausstellte, dass sie einen Teil ihrer Sachen in der Unterkunft zurückgelassen hatte, kam Unruhe auf – weder bei den Schülern noch im Kreis der Betreuerinnen und Lehrer«, fuhr Kasper nachdenklich fort. »Sie war wohl genau so: impulsiv und unberechenbar, immer für eine Überraschung gut.«

Romy trank einen Schluck Kaffee und wartete, dass Kasper fortfuhr.

»Erst eine gute Woche später kam etwas Bewegung in die Sache. Die Eltern hatten sich bei der Polizei gemeldet und angegeben, dass sie ihre Tochter nicht erreichen konnten. Das hieß aber immer noch nichts. Eine Achtzehnjährige muss sich nicht mit Mama und Papa in Verbindung setzen, wenn sie nicht will.«

»Lass mich raten – bis ein Vermisstenfall daraus wurde, vergingen noch einmal mehrere Wochen.«

»Du hast es erfasst. Als sich die Ferien dem Ende zuneigten und Marina weiterhin verschwunden blieb, wurde es unruhiger. Doch die Befragungen der Mitschüler und Lehrkräfte brachten keinerlei neue Erkenntnisse oder Hinweise. Marina war eine begabte Oberstufenschülerin, sie galt als eigenwillig, forsch und selbstständig, und viele hielten es für wahrscheinlich, dass sie unterwegs war und ihre Ferien genoss, ohne einen Gedanken an ihr Zuhause oder gar besorgte Eltern zu verschwenden. Ihr Handy könnte sie entsorgt haben. Auch auf Rügen fand sich kein einziger Anhaltspunkt zu ihrem Verbleib oder der gewählten Reiseroute. Dennoch wurde Marina nun als vermisst gemeldet.«

»Und es gab nie einen einzigen Hinweis?«

»Nichts, was irgendwie weiterführte. Und als ihre Leiche schließlich Monate später entdeckt wurde, war es nicht mehr möglich, die Todesursache eindeutig feststellen. Es war vieles vorstellbar: ein Unfall, ein Unglück in der Bauruine oder auch eine Gewalttat.« Kasper deutete eine abwägende Handbewegung an. »Kurzum: Wir haben nichts gefunden, was uns dem Geschehen näherbrachte.«

Romy suchte seinen Blick. »Und was dachtest du damals, was passiert sein könnte?«

»Ich hielt es für vorstellbar, dass sie sich dort mit Leuten getroffen hatte – zum Feiern und Trinken. Es gibt Menschen, die das toll finden – in zerfallenen Bauruinen Party machen. Das gibt ihnen einen wie auch immer gearteten Kick.« Kaspers Miene ließ keinerlei Zweifel daran aufkommen, was er von solchen Aktionen hielt – schon die Bezeichnung fand er wohl eher befremdlich.

»Und dann ist es zu einem Unglück gekommen – weil eine Wand einstürzte?«

»So etwas in der Art.« Kasper nickte. »Die baufällige Ruine bot eine Menge Gefahrenpotenzial. Und wer dabei war, hat sich aus dem Staub gemacht.«

»Gab es denn Spuren, die …«

»Jede Menge Flaschen und Kippen, Müll und so weiter, aber nichts, was uns weiterbrachte.«

Oder das Ambiente sollte genau diesen Eindruck erwecken, dachte Romy.

»Ich sehe dir an, dass du schon wieder über ein ganz anderes Hintergrundgeschehen nachdenkst«, stellte Kasper fest. »Die Verletzungen ließen in der Tat verschiedene Deutungen zu. Aber nach einem halben Jahr war es kaum noch möglich, im Detail und eindeutig zwischen Schlag- und Sturzverletzungen zu unterscheiden. Inzwischen gab es ja sogar Tierfraßspuren.«

»Ich verstehe. Die Leiche könnte aber auch dort abgelegt worden sein.«

»Nicht auszuschließen. Doch wir haben nichts entdeckt, was auf einen anderen Tatort hinwies oder auf ein irgendwie geartetes Verbrechen.« Kasper legte die Hände auf den Tisch. »Und was genau beschäftigt dich jetzt?«

»Die Tatsache, dass Svenja Bollheim Jahre später nur wenige Kilometer entfernt grausam ermordet wurde, gibt mir durchaus zu denken, auch wenn es keine Begründung für einen Zusammenhang gibt – sieht man einmal von einem Foto aus der Eisdiele ab, das Svenja mit einem melancholischen Vermerk abgespeichert hat. Zumindest kann man an der Stelle festhalten, dass sie sich mit den damaligen Ereignissen beschäftigt hat.«

»Ist das verwunderlich?« Kaspar zuckte mit den Achseln. »Sie war auf Rügen, saß in der Eisdiele, die sie auch damals besucht hat – gemeinsam mit Schulfreunden –, und die alten Erinnerungen kommen hoch. Vielleicht auch in Verbindung mit Schuldgefühlen, weil sich damals niemand großartige Gedanken um Marinas Verbleib gemacht hatte. Vielleicht wäre sie bei einer Suchaktion gleich am nächsten Morgen entdeckt worden und hätte gerettet werden können. Doch jeder war mit sich selbst beschäftigt gewesen oder hatte keine Lust gehabt, sich damit zu befassen.«

Der Einwand war berechtigt, und die Einschätzung klang realistisch, dachte Romy. *Hier haben wir vor sieben Jahren oft unser Eis gegessen, und alles war noch in bester Ordnung.* Sie wussten nicht, was geschehen war, und dennoch war nicht auszuschließen, dass auch Marina einem Gewalttäter zum Opfer gefallen war.

»Ich sehe keinen Zusammenhang zwischen den Ereignissen«, betonte Kasper erneut. »Aber wenn ich ganz sicher gehen wollte, würde ich noch mal den rechtsmedizinischen Befund bewerten lassen und mit Svenjas Bericht abgleichen. Falls der Staatsanwalt dir grünes Licht für derart ausschweifende Untersuchungen gibt.«

Romy nickte. »Gute Idee. Ich denke, mir wird schon was einfallen, um ihn zu überzeugen, dass wir an der Stelle noch einmal genauer hinschauen müssen. Es gibt zurzeit keine anderen Hinweise. Und Möller …«

»Ist dein spezieller Freund. Er wird sich die Zeit dafür nehmen, so oder so.« Kasper lächelte.

Als Romy wenig später ins Kommissariat zurückfuhr, fühlte sie sich satt und träge – und sehr nachdenklich. Es war keine besonders gute Idee, Fälle aufgrund lediglich eines gemeinsamen Aspekts in einen Fokus zu rücken, weil das Risiko groß war, dass sie weitere Übereinstimmungen lediglich heraufbeschwor und nur das sah, was sie sehen wollte. Zwei junge Frauen, die zusammen die Schulbank gedrückt hatten, waren im Abstand von ungefähr sieben Jahren auf Rügen ums Leben gekommen – an Tatorten, die nur wenige Kilometer voneinander entfernt im Mönchgut lagen. Doch der brutale Mord an Svenja war unbestritten, während Marinas Tod ungeklärt war.

Max hatte die alte Akte bereitgelegt, und während Romy die Einzelheiten durchging und auf einen Rückruf von Doktor Möller wartete, beschlich sie zunehmend ein ungutes Gefühl. Marina Arnold hatte sich am Vorabend der Abreise von der Gruppe entfernt und war auch am nächsten Tag nicht wieder aufgetaucht – und niemand schien verwundert oder gar beunruhigt. Die SMS hatte als Erklärung genügt. Marina machte mal eben wieder ihr Ding. War das tatsächlich überzeugend? Auch wenn die Schülerin volljährig war, bedeutete das noch lange nicht, dass sie sich während einer Schulveranstaltung nicht auch an Gruppenregeln zu halten hatte. Kaspers Hinweis auf Schuldgefühle war wichtig, dachte Romy. Man hätte sie vielleicht retten können – sofern ein Unfall geschehen war.

Als Möller anrief, hatte Romy gerade überlegt, Feierabend zu machen. Sie setzte ihn kurz ins Bild.

»Ich erinnere mich«, sagte er schließlich. »Das Mädchen lag unter Bautrümmern, und die Todesursache ließ sich nicht mehr eindeutig bestimmen, genauer gesagt: Die Verletzungen ließen einen weiten Interpretationsspielraum. Und ein paar Jahre später wird eine ehemalige Klassenkameradin ganz in der Nähe ermordet. Das klingt schon bizarr.«

»Und es lässt mir keine Ruhe. Halten Sie es für möglich, die Verletzungen der beiden auf signifikante Überstimmungen zu untersuchen?«

Kurzes Schweigen.

»Ich weiß, dass das wieder einmal ein Strohhalm ist«, fügte Romy hinzu. »Und der Staatsanwalt hat noch nicht mal zugestimmt. Ich möchte im Vorfeld sichergehen, dass Sie eine solche Analyse überhaupt für möglich halten.«

»Möglich ist vieles, Kommissarin Beccare. Es stellt sich jedoch die Frage, ob und in welcher Weise Übereinstimmungen aussagekräftig wären, zumal bei Marina Arnold lediglich die alten Protokolle und Berichte zur Verfügung stehen. Selbst bei ähnlichen …«

»Für sich allein betrachtet – wahrscheinlich nicht«, warf Romy ein. »Aber falls im Verlauf der Ermittlungen weitere Merkmale hinzukämen, entdecken wir vielleicht Hinweise auf …«

»Sie halten es für möglich, dass es einen Täter gibt, der beide Frauen auf dem Gewissen hat?«

Romy seufzte leise. »Zugegeben, das klingt ziemlich voreilig, zumal gar nicht klar ist, wie Marina gestorben ist. Aber der Gedanke hat sich eingeschlichen – ja. Doch selbst wenn er sich als abwegig erweisen sollte, bleibt ja immer noch das ungeklärte Todesgeschehen.«

»Die Ermittlungen liefen seinerzeit ins Leere. Warum sollte es jetzt gelingen, die Hintergründe aufzudecken?«

Romy zögerte. »Ich will die Arbeit der Kollegen keinesfalls herunterspielen – oder heutige Ermittlungen grundsätzlich für Erfolg versprechender einstufen«, entgegnete sie dann nachdrücklich. Damit würde sie zudem Kasper Unrecht tun, und nichts lag ihr ferner. »Aber vielleicht kann uns Svenja auf eine neue Fährte führen. Sie hat sich wenige Tage vor ihrem Tod mit Marinas Geschichte befasst. Auch wenn ihre Gedanken herleitbar sind – es ist nicht auszuschließen, dass hinter der alten Geschichte mehr steckt als ein Unfall, und es bestünde jetzt womöglich die wenn auch geringe Chance, mehr zu erfahren.«

Möller schien nachdenklich geworden. »Gut, ich befasse mich mit beiden Fällen und suche nach Übereinstimmungen, sobald ich den endgültigen Untersuchungsbericht von Svenja Bollheim fertiggestellt habe.«

»Das klingt großartig. Danke, Doktor.« Romy legte das Handy beiseite und ging nach kurzem Überlegen zu Max hinüber. »Sag mal, Kollege, die alten Tatortfotos von der Bauruine …«

»Darum kümmert Finn sich gerade. Er dachte sich schon, dass du danach fragen würdest.« Max lächelte.

Romy ging zurück in den Besprechungsraum, wo Finn sich mit konzentrierter Miene über sein Tablet beugte. Sie setzte sich neben ihn, und der Kollege warf ihr einen kurzen Seitenblick zu. »Marina Arnold lag unter dem Bauschutt gegraben«, sagte er leise. »Es sieht aus, als wäre alles Mögliche auf sie heruntergekracht – Verstrebungen, Steine, Eisenstangen.«

Romy ließ die Fotos auf sich wirken. Eine zarte Mädchengestalt inmitten einer Bauruine. Auf den ersten Blick schien es völlig plausibel, dass Gemäuer und brüchige Bauteile auf sie herabgestürzt waren und die junge Frau unter sich begraben hatten – sie war bewusstlos und schwer verletzt liegen geblieben und später gestorben.

»Kasper hat erwähnt, dass solche Bauruinen immer wieder gerne als Party-Location benutzt werden«, ergriff sie schließlich wieder das Wort. »So ähnlich wie in dem alten Prora-Komplex.«

Finn nickte kurz und rief die nächste Fotoserie auf. »Jede Menge Müll, Flaschen, Pizzaschachteln, Kippen und so weiter. Aber …« Er kratzte sich am Hinterkopf. »Die Gebäude der ehemaligen Anlage zerfallen seit fünfundzwanzig Jahren, und als coole Party-Location machen sie nicht unbedingt etwas her.«

»Aber offensichtlich haben sich da immer wieder Leute getroffen, wie der Müll beweist.«

»Nicht auszuschließen …« Sein Zögern war spürbar.

»Was geht dir durch den Kopf?«

»Die Leute werfen ihren Müll überall ab. Und cool ist anders.«

Romy schätzte, dass Finn sich diesbezüglich wesentlich besser auskannte. »Vielleicht lässt sich dazu noch mehr herausfinden«, meinte sie schließlich.

»Ich könnte mal versuchen, was zu recherchieren.«

»Tu das.« Sie stand auf und sah kurz auf die Uhr. »Muss auch nicht mehr unbedingt heute sein.«

Finn lächelte. »Feierabend kann ich immer noch machen.«

Romy verabschiedete sich wenig später und machte sich auf den Heimweg. Sie schlug kurzentschlossen den Weg Richtung Gager ein und stellte den Wagen an der Boddenstraße ab. Hinter einer Zaunanlage, die genauso in Jahren gekommen war, zerfielen die alten Gebäude. Das Ferienlager hatte zu Groß Zicker gehört und war zwischen 1945 und 1990 genutzt worden, wie sie inzwischen nachgelesen hatten. Moos hatte die teils eingesunkenen Dächer erobert, Buschwerk und Gestrüpp überzogen die Wände und den Innenhof, die Fenster starrten blicklos ins Leere oder waren mit Holzbrettern vernagelt. Romy zögerte einen Moment, dann suchte sie an der straßenabgewandten Seite nach einer Möglichkeit, den Zaun unbemerkt zu überwinden. Vor sieben Jahren dürfte es hier kaum wesentlich besser ausgesehen haben, dachte sie, als sie wenig später das Gelände erkundete und vorsichtige Blicke in einzelne Räume warf. Und cool war wohl tatsächlich anders. Die alten Gebäude duckten sich wie vergessen immer mehr zu Boden, und die Natur gewann das Gelände zurück.

Eine halbe Stunde später saß Romy wieder im Wagen. Spekulationen über das Geschehen vor sieben Jahren waren wenig hilfreich, und doch schien es nicht verkehrt, alle Möglichkeiten im Kopf durchzuspielen. Falls Marina getötet und auf dem Gelände abgelegt worden war, hatte der Täter es darauf angelegt, den Eindruck eines Unfalls zu erwecken. Das Gleiche galt für die Annahme, dass sie dort ermordet worden war. Bei beiden Varianten spielten andere Menschen eine Rolle, und die Frage stellte sich, wen Marina in den Tagen getroffen und mit wem sie sich verabredet hatte. Dass sie allein in den Gebäuden herumgestreunt war, ließ sich nicht gänzlich ausschließen, doch Romy hielt den Gedanken für abwegig.

Als sie zu Hause eintraf, hatte Jan gekocht und eine Flasche Wein geöffnet. Er lächelte ihr entgegen und bestand darauf, dass sie ihre Abmachung einhielten – keine Gespräche über ihre Fälle während des Essens. Und auch anschließend gestaltete sich der Austausch kurz. Jan war gemeinsam mit Kollegen aus Rostock mit Bandenkriminalität beschäftigt und hatte wenig Spielraum für die Ermittlungen auf Rügen. Dass Romy längst den alten Fall in die Untersuchungen eingebunden hatte, verwunderte ihn nur einen Augenblick. »Ich spreche mit dem Staatsanwalt«, sagte er dann. »Der Ansatz wird ihn überzeugen, sobald Möller etwas entdeckt.«

»Oder Finn und Max.«

Jan hob sein Glas und suchte ihren Blick. »Mal was ganz anderes, wenn du nichts dagegen hast.«

»Natürlich nicht.«

»Es gibt noch etwas zu feiern. Das LKA hat mich mit der Gruppenleitung zur Bandenkriminalität im Bereich der Küste zwischen Rügen und Wismar beauftragt.«

»Oh – das klingt ja richtig gut.«

»Sie können aus ihren eigenen Reihen wohl gerade niemanden entbehren, aber der Aspekt stört mich herzlich wenig.«

Romy lächelte. »Sehr pragmatische Einstellung.«

»Richtig. Das heißt natürlich auch, dass ich noch weniger Zeit habe, wenn es auf Rügen hoch hergeht.«

»Kein Problem. Wir haben Finn, hin und wieder springt Ruth ein, und das allgemeine Prozedere geht ohnehin seinen Gang.«

»Das nenne ich auch eine pragmatische Einstellung.«

Romy gab ihm einen Kuss. Später räumten sie gemeinsam ab. »Hast du noch Lust auf einen Spaziergang?«

Jan schloss den Geschirrspüler und sah sie an. »Richtung Nonnenloch?«

Sie nickte. »Wir könnten mit dem Fahrrad fahren.«

»Gute Idee.«

Die Luft war klar und kühl. Ein perfekter Juniabend. Sie stellten ihre Räder wenige Meter vor dem Nonnenloch ab und gingen zu Fuß weiter. Der Bereich am Ufer war noch abgesperrt, das Band flatterte im Wind. Romy blickte Richtung Horizont und atmete tief durch. Ein wunderbares Fleckchen Erde. Das Bild von Svenja schob sich vor ihr inneres Auge – geschlagen, missbraucht, erdrosselt.

Jan legte den Arm um ihre Schulter.

»Hattest du Zeit, den Zwischenbericht von Möller zu lesen?«, fragte Romy in leisem Ton.

Er nickte.

»Könnte es sein, dass der Ort kein Zufall ist?«

Jan sah sie an.

»Das Nonnenloch als Ort der Bestrafung für abtrünnige Frauen.«

4

Finn wäre nie so verwegen, sich selbst als Party-Szenekenner zu bezeichnen, doch ein Freund aus der Schulzeit war inzwischen Mitbesitzer eines Clubs in Stralsund und darüber hinaus Mitgründer und Geschäftsführer einer Eventfirma. Finn machte sich am späten Freitagabend nach kurzer Rücksprache auf den Weg in den Club – zwischen Fähr- und Rügenbrücke direkt am Hafen gelegen, verfügte die Location über viele Stammgäste und lockte Touristen an, die nach faulen Stunden am Strand Lust auf das Nachtleben in der Hansestadt bekamen.

Der Türsteher – Marcel, ein massiger Hundertzwanzig-Kilo-Typ, mit dem man besser nicht lange diskutierte, wenn er sich entschieden hatte, einen Gast abzuweisen – musterte Finn eindringlich, dann lächelte er. »Der Chef hat dich schon angekündigt! Nur hereinspaziert. Er wartet auf dich.«

Finn lächelte zurück. Er war klein und zierlich, wog kaum die Hälfte von dem, was Marcel auf die Waage brachte, und wirkte mit seiner Sommersprossennase und dem Rotschopf wie ein Teenager. Das war seit Jahren sein Schicksal, und wahrscheinlich würde es ihm auch in naher Zukunft nicht anders ergehen. Unter anderen Umständen würde Marcel sich kaum die Mühe machen, ihm den Zutritt zu verwehren – er würde ihn schlicht nicht wahrnehmen.

Der Dancefloor war kurz vor Mitternacht ungefähr zur Hälfte gefüllt, in ein, zwei Stunden würde es dort hoch hergehen. Aber an der Bar war einiges los, und die Beats hämmerten bereits mit beachtlicher Lautstärke. Finn orientierte sich einen Moment, dann entdeckte er Jakob beim Drinkmixen. Der ehemalige Schulkollege war etwa zwei Jahre älter – ein gut aussehender, athletischer Typ, der schon in der Schulzeit gerne und häufig im Mittelpunkt gestanden hatte und mit einem bemerkenswerten Geschäftssinn ausgestattet war. Finn hatte nie verstanden, warum Jakob sich überhaupt je mit ihm abgegeben hatte. Finn trat näher, als Jakob in seine Richtung blickte und ihn heranwinkte. »Schön, dich zu sehen. Was kann ich dir anbieten?«

»Eine Cola wäre schön.«

Jakob lächelte breit. »Na klar. Ohne Alkohol und Zucker, nehme ich an, dafür mit Eis und Zitrone.«

»Zucker ist okay.«

»Da bin ich ja erleichtert.« Jakob grinste, goss ein Glas ein und schob es über den Tresen. »Du willst heute Abend tatsächlich etwas Berufliches besprechen?«, fragte er dann.

Finn trank einen Schluck. Die Cola war eiskalt – und köstlich. »Ja. Ich brauche ein paar Informationen, und ich schätze, dass du genau der richtige Ansprechpartner bist.«

Jakob lachte kurz auf, dann musterte er Finn mit forschendem Blick. »Ich hoffe nicht, dass ich … sagen wir: in Schwierigkeiten bin oder geraten könnte?«

»Was?« Finn blickte ihn verdutzt an. »Wie kommst du denn darauf?«

»Na ja – wenn du Tipps zur Drogenszene brauchst oder Ähnliches, gerate ich möglicherweise in einen Konflikt, und bei aller Freundschaft, die ich zwischen uns immer noch hochhalte …«

Finn winkte ab. »Damit würde ich gar nicht erst zu dir kommen.«

Jakob grinste. »Das wollte ich hören. Worum geht es?« Er trat ein Stück zur Seite und beugte sich vor, während neben ihm ein anderer Barmann seinen Job übernahm.

»Sagt dir das Stichwort ›besondere Party-Location‹ etwas?«

Jakob hob eine Braue. »Planst du etwa eine Veranstaltung?« Er winkte ab. »Schon gut. Geht das etwas genauer?«

»Lost places«, fuhr Finn fort. »Feiern in verlassenen Gebäuden oder verfallenen Fabriken, Saufen in der Prora, Tanzen in Bauruinen.«

Jakob verzog den Mund. »Damit beschäftigt ihr euch bei der Polizei? Interessant. Vielleicht ist dein Job doch gar nicht so knochentrocken, wie ich immer dachte.«

Finn sah zur Seite, als zwei Leute neben ihm an die Bar drängten. »Können wir in dein Büro gehen?«

»Na klar. In Kürze wird es noch deutlich lauter, und dann ist an eine Unterhaltung ohnehin nicht mehr zu denken.«

Das Mobiliar in Jakobs Büro bestand aus seinem alten Mahagonischreibtisch, auf dem ein edler Laptop stand, auf einem Regal hinter ihm türmten sich Ordner bis zur Decke, in einer Anrichte war eine kleine Bar untergebracht. Finn ließ sich in einen roten Cocktailsessel fallen, der in den fünfziger Jahren im damaligen Westen modern gewesen sein dürfte und für den Sammler inzwischen horrende Preise bezahlten. Das zumindest hatte Jakob mal erzählt.

»Also – was genau interessiert dich an einer Party in schaurig-schräger Location?«

»Es gab vor einigen Jahren einen Leichenfund in einem ehemaligen Ferienlager auf Rügen. Die Gebäude konnten schon damals als Bauruinen bezeichnet werden – einsturzgefährdete Müllhalden. Die Leiche lag da etliche Monate, bevor sie entdeckt wurde.«

»Wo genau?«

Finn zögerte.

»Na komm – wie soll ich etwas dazu sagen, wenn ich nicht weiß, wovon du redest?«

»Groß Zicker, Gager, direkt an der Boddenstraße.«

Jakob lehnte sich zurück, dann griff er nach seinem Handy und öffnete die Routen-App. »Das sieht mehr als lost aus – wenig attraktiv. Ich habe jedenfalls noch nie davon gehört, dass da Partys stattfinden.«

»Es liegt etliche Jahre zurück. Wir waren damals noch Schüler.«

»Trotzdem – das wüsste ich. Der Prora-Komplex ist bekannt geworden für verrückte Feten, und es gibt einige verlassene Fabriken und Hallen im Bereich von stillgelegten Bahnstrecken, die gerne benutzt werden, aber Groß Zicker?« Er schüttelte den Kopf. »Noch dazu direkt an einer Straßenabzweigung? Noch nie davon gehört.« Erneutes Kopfschütteln. »Hast du Fotos von den Gebäuden?«

Finn reichte ihm sein Smartphone mit der geöffneten Foto-App. Jakob wischte sich durch die Serie. »Nein«, betonte er schließlich erneut.

»Wir haben Müll gefunden.«

Jakob zuckte mit den Achseln. »Müll allein muss nichts heißen.«

Finn nickte. »Wohl wahr.«

»Solange es Menschen gibt, die an einer Ampelkreuzung die Rotphase nutzen, um ihren Aschenbecher oder Fastfood-Verpackungsmüll auf die Straße zu kippen, überrascht mich nichts mehr.« Jakob überlegte kurz. »Die Leiche lag da mehrere Monate, bevor sie entdeckt wurde?«

Finn nickte.

»Das dürfte dann ja wohl belegen, dass da nichts los war – und Ausnahmen bestätigen die Regel.«

Stimmt, dachte Finn. Er nippte an seiner Cola.

»Aber ich höre mich gerne noch mal um, wenn es dir wichtig ist.«

»Das wäre super … Sagt dir eigentlich das Nonnenloch was?«

Jakob hob eine Braue. »Das ist doch auch in der Gegend, oder? Da sollen Mönche Nonnen in den Abgrund gestoßen haben, weil sie nicht keusch genug waren oder so was in der Art – der Sage nach.«

»Richtig.«

»Und?«

»Wäre das eine coole Location?«

Jakob spitzte die Lippen und nickte langsam. »Ich mache mich mal schlau dazu.«

»Danke dir.«

Als Finn den Club verließ, war eine gute Stunde vergangen. Er hatte noch eine zweite Cola getrunken und dabei den Tanzenden eine Weile zugesehen, bevor er den Heimweg angetreten hatte. Wer hatte eigentlich damals den Leichenfund gemeldet?

Zuhause angekommen, öffnete er die abgespeicherten Fallberichte und las das Protokoll. Eine junge Frau aus Gager hatte seinerzeit die Polizei angerufen. Ihr Hund war während der Morgenrunde ausgebüxt und hatte einen Ausflug aufs Gelände gemacht. Da er auf ihre Rufe nicht reagiert hatte, war sie kurzerhand durch ein Loch im Zaun geschlüpft. Wenig später war sie nicht nur auf ihren Hund gestoßen.

Die Reisegruppe hatte aus gut zwei Dutzend Leuten bestanden – zwanzig Schüler und Schülerinnen aus dem Leistungsfach Geographie plus vier Betreuerinnen und Betreuer aus dem Lehrerkollegium, ergänzt um eine Praktikantin. Zwei Schülerinnen lebten inzwischen nicht mehr, und einer der Lehrer war im letzten Jahr verstorben.

Romy fand die Datei auf ihrem Rechner – Namen, Kontaktdaten und allgemeine Informationen –, als sie am nächsten Morgen im Kommissariat eintraf. Dass Samstag war, spielte in einer aktuellen Mordermittlung keine Rolle; allenfalls nahm das Team es am Wochenende mit den üblichen Bürozeiten nicht ganz so genau. Romy hatte die ersten Gespräche geführt – die zu keinen neuen Erkenntnissen geführt hatten –, als Finns Memo zu seinem Gespräch mit einem Clubbesitzer eintraf. Dessen Einschätzung unterstützte eher die These, dass die Leiche dort versteckt werden sollte – vielleicht von jemandem, der sich darauf verlassen hatte, dass der Ort nicht regelmäßig frequentiert wurde. Romy war sehr gespannt, ob Möller wichtige Hinweise entdecken würde, die einen Zusammenhang zwischen den Taten belegen könnten, doch sie nahm sich fest vor, ihn nicht zu bedrängen. Sie kochte frischen Kaffee, dann rief sie den nächsten Namen auf ihrer Liste an – die Praktikantin – und wählte deren Mobilfunknummer.

Annabell Lüttich war damals Lehramtsstudentin gewesen, eine ehemalige Schülerin des Neubrandenburger Gymnasiums. Inzwischen war sie verheiratet und unterrichtete an der Schule. Lüttich ging sofort ans Telefon. Ihre Stimme klang munter. Romy stellte sich vor. »Entschuldigen Sie den kleinen Überfall am Wochenende«, führte sie weiter aus. »Ich würde Sie nicht stören, wenn es nicht dringend wäre. Hätten Sie ein paar Minuten Zeit für ein Gespräch?«

»Ja, natürlich ... Polizei? Ist etwas passiert?« Unruhe beherrschte plötzlich ihre Stimme.

»Sagen Ihnen die Namen Svenja Bollheim und Marina Arnold noch etwas?«

»Natürlich! Was für eine Frage!«, entgegnete Lüttich sofort. »Marina ist am Ende einer Gruppenfahrt nach Rügen vor etlichen Jahren verschwunden und wurde später tot aufgefunden. Aber was ist mit Svenja?«

Sie wusste es also noch nicht, dachte Romy. »Sie ist nach ihren Uniprüfungen für einige Tage auf die Insel gefahren – und wurde ermordet. Ihre Leiche wurde vor zwei Tagen entdeckt – am Westufer des Mönchguts.«

Stille. »Ich hatte keine Ahnung. Das ist ja furchtbar«, sagte Annabell Lüttich schließlich leise. »Ich war einige Tage nicht an der Schule – ich musste mich um meiner schwer erkrankte Mutter kümmern ...«

Romy ließ ihr einen Moment Zeit, bevor sie wieder das Wort ergriff. »Wir beschäftigen uns im Rahmen der Ermittlungen auch mit dem alten Fall, der nie aufgeklärt werden konnte. Vielleicht können Sie uns mit Einzelheiten zum damaligen Geschehen weiterhelfen.«

»Gibt es denn einen Zusammenhang?«, fragte Lüttich verblüfft.

»Das wissen wir nicht. Doch möglicherweise hat Svenja sich mit dem Geschehen beschäftigt, und ich habe den Eindruck, dass wir uns auch diesen Fall noch einmal genauer ansehen sollten.«

»Ach so.«

»Es wäre hilfreich, wenn Sie noch einmal an die alte Geschichte zurückdenken und mir dazu etwas sagen könnten.«

»Nun ja – wir sind damals alle befragt worden. Ich kann mir nicht vorstellen, dass mir heute mehr dazu einfällt.«

»Manchmal genügt eine neue Fragestellung vor einem anderen Hintergrund.«

»Zum Beispiel?«

»Waren Marina und Svenja befreundet?«

»Marina war eine Einzelgängerin, aber … doch, ja: Die beiden haben sich ganz gut verstanden. Als dicke Freundinnen würde ich sie allerdings nicht bezeichnen. Für so etwas war Marina einfach die falsche.«

Romy überlegte einen Moment. »Sie war nicht besonders beliebt?«

»Schwer zu sagen. Sie hat sich isoliert.«

»Könnte es sein, dass sie …«

»Gemobbt wurde?«, warf Lüttich rasch ein. »Nein. Marina war selbstbewusst und für eine Achtzehnjährige erstaunlich unabhängig. Es kümmerte sie nicht, was andere über sie sagten oder dachten.«

»Und was sagten und dachten andere?«

Lüttich setzte eine Pause. »Ich denke, Sie sind auf dem falschen Dampfer«, betonte sie dann.

Ich bin auf gar keinem Dampfer, dachte Romy. »Ich möchte

mich lediglich mit der damaligen Ausgangssituation vertraut machen. Dazu gehört auch die Stimmung in der Gruppe und Besonderheiten zu Marinas Persönlichkeit.«

»Sie war eine Einzelgängerin«, wiederholte Lüttich. »Und sie strahlte einen ... ja: gewissen Stolz und eine Reife aus, die den meisten jungen Leuten in diesem Alter noch fehlt. Sie war deutlich erwachsener als andere Oberstufenschülerinnen ein Jahr vor dem Abi. Damit können nicht alle umgehen.«

Neid, Missgunst, Eifersucht, fuhr es Romy durch den Kopf. »Hatte Marina einen Freund?«

»Keine Ahnung, ich glaube nicht. Sie hat neben der Schule gearbeitet und wollte direkt nach den Ferien ausziehen«, fuhr Lüttich fort. »Sie hat sich auf das Leben gefreut.«

Romy sah das Bild der jungen Frau vor sich – mitten im Aufbruch, an der Schwelle zu einem eigenständigen Leben, in der Schule eher isoliert, etwas Besonderes, womöglich sehr begabt. Zu Lüttichs Ausführungen passte auch die sorglose Reaktion aus dem Kreis der Mitschüler und Betreuerinnen. »Vor diesem Hintergrund ist dann wohl auch das Verhalten der Gruppe zu verstehen – Marina ist am Vorabend der Abreise verschwunden und nicht wieder aufgetaucht, und niemanden hat das sonderlich beschäftigt oder beunruhigt. Sie war ja volljährig und hat ohnehin immer ihr eigenes Ding gemacht.«

Romy war klar, dass ihre Zusammenfassung durchaus provozierend klang, und sie hörte, dass Lüttich tief durchatmete. »Ich muss zugeben – so war das tatsächlich«, entgegnete sie schließlich. »Marina hat sich darüber hinaus von niemandem etwas sagen lassen. Wenn sie gehen wollte, ist sie gegangen.« Kurzes Zögern. »Es gab übrigens im Vorfeld der Kursfahrt ein langes Gespräch mit ihr, denn ihr Verhalten war auch im Schulalltag problematisch.«

Romy notierte sich einige Stichworte. So ausführlich hatte sich bislang niemand zu Marina geäußert, auch wenn alle Befragten grundsätzlich betonten, dass die Klassenkameradin eine Außenseiterin gewesen war.

»Sie hatte fest zugesagt, sich an die Regeln zu halten, die für alle galten, aber kaum waren wir vor Ort, scherte sie aus«, fuhr Lüttich fort. »Das hat mich nicht besonders gewundert. Im Betreuerteam wurde natürlich diskutiert, wie wir darauf am besten reagieren könnten. Aber es herrschte dann doch Einvernehmen darüber, dass sie nicht nach Hause geschickt werden sollte. Es war die letzte gemeinsame Reise vor dem Abi, und … na ja – so schlimm war das alles ja dann doch nicht. Nachts noch mal rausschleichen oder einen Ausflug verpennen oder am Strand am Lagerfeuer sitzen, obwohl alle auf ihren Zimmern sein sollten – das sind ja nicht gerade Kapitalvergehen.«

Romy lächelte. »Keineswegs. Für solche Aktionen wäre ich auch zu haben gewesen. Und die Sache mit der SMS hat dann ausgereicht, Sie davon zu überzeugen, dass alles in Ordnung war?«

»Na ja – es hat mich nicht erstaunt, dass sie mal wieder ihre eigene Entscheidung getroffen hatte und lediglich kurz mitteilte, dass sie was anderes vorhatte. Es passte zu ihr.«

»Aber einen Großteil ihrer Sachen hat sie nicht mitgenommen. Hat Ihnen das nicht zu denken gegeben?«

Lüttich ließ sich Zeit mit der Antwort. »Doch, zugegeben, das fand ich seltsam. Aber … Na ja, sie hat die SMS geschickt, das war Erklärung genug. Sie geht davon aus, dass wir ihren Kram selbstverständlich mit nach Hause nehmen, bemerkte jemand aus dem Lehrerteam. Sehr bequeme Einstellung. Der Kollege war ziemlich sauer.«

»Haben Sie einen Namen parat?«

»Ja – Rolf Bernburg. Er lebt allerdings nicht mehr.«

»Und wie hat Svenja reagiert?«

»Genau wie alle anderen, und sie war diejenige, die Marinas Klamotten zusammengepackt und mitgenommen hat.«

»Gab es Ihnen zu denken, dass es auch gegen Ende der Ferien keinen Hinweis gab, wo sich Marina befand?«

»Ich war verreist«, erwiderte Lüttich. »Ich habe mich nicht mit Schulsachen beschäftigt. Selbst als die Polizei die Sache schließlich in die Hand nahm, war ich immer noch davon überzeugt, dass Marina durch Europa trampte oder Leute im Ausland kennengelernt und ihre Pläne geändert hatte. So war sie nun mal.«

Dabei lebte sie längst nicht mehr, dachte Romy. »Gab es Gespräche mit den Eltern?«

»Ich erinnere mich, dass die Schule überlegte, eine Gedenkfeier zu veranstalten. Doch die Eltern waren dagegen«, berichtete Lüttich weiter.

»Warum?«

»Keine Ahnung. Dazu müssen Sie die anderen Lehrer und Lehrerinnen oder Marinas Eltern selbst befragen.«

»Das werde ich tun. Vielen Dank erst einmal für Ihre Zeit.« Romy beendete das Telefonat und blickte einen Moment ins Leere. Dann versuchte sie, Marinas Eltern zu erreichen.

Der Vater nahm das Gespräch an und sagte zunächst eine ganze Weile gar nichts, nachdem Romy ihr Anliegen vorgebracht hatte. »Svenja ist auch tot?«, fragte er schließlich mit brüchiger Stimme. »Das gibt es doch gar nicht. Was ist bloß los auf dieser Insel?«

»Das versuchen wir herauszufinden«, betonte Romy. »Und Marinas Fall ist dabei auch ins Blickfeld gerückt. Ich würde gerne …«

»Meine Tochter ist ermordet worden«, warf Paul Arnold ein. »Es gab keinen Unfall. Das ist mir immer klarer geworden, je mehr Zeit vergangen ist. Und es wurde einiges versäumt damals.«

Romy lehnte sich zurück. Er klang verbittert. »Erzählen Sie doch einfach bitte.«

»Marina war eine besondere Persönlichkeit«, fuhr er nach kurzem Zögern in deutlich lebhafterem Ton fort. »Spontan und neugierig, hat sich immer von jeglichen Fesseln befreit und fand es völlig in Ordnung, ohne nähere Begründungen Pläne zu ändern. So war sie übrigens schon mit sechs Jahren, und es war nicht einfach mit ihr, das dürfen Sie mir glauben.«

»Insofern passte es zu ihr, am Vorabend der Abreise zu verschwinden und ...«

»Ja, durchaus. Gruppendisziplin war nie ihre Sache. Sie war eine Individualistin und durchaus eigen und manchmal störrisch, nervig. Man konnte sich nicht auf sie verlassen, das war das Problem. Ich verlasse mich grundsätzlich nur auf mich selbst, hatte sie immer gesagt. Und dennoch ... Svenja hat uns ja ihre Sachen gebracht – Rucksack, Klamotten, ein paar Bücher, das Ladekabel für ihr Handy und einiges an Kleinkram. Warum hätte sie all das zurücklassen sollen? War das kein Anlass, noch mal genauer zu überlegen, ob womöglich etwas anderes dahintersteckte?«

»Die Erklärung der Mitschülerinnen und Lehrer lautete, dass Marina spontan neue Pläne gefasst hatte«, erwiderte Romy. »Womöglich mit Leuten, die sie gerade erst kennengelernt hatte.«

»Ja, diese Begründung hat auch mich eine Weile zufriedengestellt, doch im Laufe der Zeit sind mir zunehmend Zweifel gekommen, mir und auch meiner Frau.«

»Woran machten die sich fest?«

»Ist das noch wichtig? Wir wissen doch inzwischen, dass diese Zweifel richtig waren.«

»Wir wissen aber immer noch nicht, was tatsächlich geschehen ist, und bis Ihre Tochter entdeckt wurde, vergingen viele Monate«, betonte Romy. »Und sieben Jahre später wird Marinas Mitschülerin ermordet – nicht weit von Marinas Fundort entfernt. Insofern finde ich jeden Gedanken und Zweifel, jede Frage spannend, die Sie damals beschäftigt hat.«

Paul Arnold atmete tief aus. »Na schön. Der Rucksack war neu, Marina hatte ihn zum Geburtstag bekommen. Ich habe mich gefragt, warum sie ihn einfach zurückgelassen hat, zumal es ein Geheimfach gab, in dem sich Bargeld befand. Und warum hat sie nicht mal das Ladekabel für ihr Handy eingesteckt? Hat sich niemand damit befasst, dass man ständig ein Ladekabel benötigt?«

»Vielleicht schon, doch die Erklärung lautete, dass man es nachkaufen kann – genau wie Kleidung.«

»Und woher hatte sie das Geld dafür und für eine längere Reise? Von ihrem Konto wurde nichts abgebucht«, erklärte Arnold. »Natürlich nicht. Da war ja schon alles zu spät, und sie war längst tot, wie sich später herausstellte.«

Romy runzelte die Stirn. »Haben Sie das seinerzeit bei der Polizei angegeben?«

»Ja. Und sie haben es vermerkt. Schließlich wurde das Ganze dann doch als Vermisstenfall eingestuft, aber zu dem Zeitpunkt waren schon etliche Wochen ins Land gegangen«, berichtete Arnold weiter. »Sie wissen ja selbst am besten, dass nichts dabei herauskam – ein paar Befragungen, Erkundigungen und allgemeine Recherchen, die den ursprünglichen Eindruck nicht ausgeräumt haben.«

»Die meisten glaubten immer noch, dass Marina eine tolle Zeit verlebte und einfach keine Lust hatte, sich bei ihren Eltern zu melden«, meinte Romy.

»Ja, genau – dabei lag sie seit Monaten unter diesen Bautrümmern … Ich weiß nicht, wie oft wir uns den Satz anhören mussten, dass sie achtzehn war und schon immer ihren eigenen Weg gegangen ist … Sie wollte ja sogar ausziehen.« Plötzlich klang seine Stimme bitter und dünn. »Wissen Sie, Marina hatte eine Wohnung in Aussicht. Man hat ihr zugetraut, dass sie die einfach sausen ließ, weil es gerade viel spannender war, durch die Gegend zu reisen. Das ist doch Blödsinn! Und einer der Lehrer meinte, sie hätte sich verliebt und wäre mit dem Typen abgehauen …« Er brach ab. »Das hätte sie uns gesagt, verstehen Sie? So viel Vertrauen herrschte nämlich zwischen uns. Sie hätte sich nicht einfach sang- und klanglos in einen abenteuerlichen Sommer verabschiedet.«

Einen Moment blieb es still.

»Dann wurde ihre Leiche gefunden«, ergriff Arnold wieder das Wort. Er sprach leise und bedächtig. »Unter Bautrümmern in dem alten Ferienlager. Ein Unfall? Niemals. Was wollte sie dort? Ein Treffen mit Leuten, die sich gerne in alten Ruinen herumtreiben? Wozu? Eine Party? Das ist absurd – und es passte nicht zu Marina. Man hat sie dort wie Müll abgelegt, und es sollte so aussehen, als ob ein Unglück geschehen war. Das ist passiert. Und es hat ja funktioniert.«

Romy durchfuhr ein Frösteln. Sie war sicher, dass Marinas Vater richtig lag. »Sie haben eine Gedenkfeier in der Schule abgelehnt.«

»Ja. Die meisten von denen waren Heuchler für mich.«

Das war starker Tobak. »Sie haben die Lage falsch eingeschätzt und halbherzig durchdachte Schlussfolgerungen gezogen«, beschwichtigte Romy. »Das endete tragisch, aber Sie können doch gar nicht wissen …«

»Es war mehr als das«, fiel Arnold ihr ins Wort. »Sie haben es versaut. Niemand wollte sich damals mit Marina beschäftigen – weder als sie verschwand, noch später, als klar war, dass etwas passiert war. Vielleicht hätte es verhindert werden können, wenn alle etwas mehr aufeinander geachtet hätten. Aber Marina war zu … Lassen wir das«, flüsterte er plötzlich. »Sie ist jemandem begegnet, der sie zerstört hat. Und niemand hat etwas mitbekommen, weil Marina immer wild und eigen war und sich damit jeder allgemeinen Einordnung widersetzte. Der Mörder wird damit durchkommen.«

»Ich hoffe, dass ich das verhindern kann«, entgegnete Romy.

»Eine einzelne Kommissarin will nach sieben Jahren den ganzen Fall noch einmal ausgraben?«

So weit durfte sie sich nicht aus dem Fenster lehnen. »Dafür werde ich mich einsetzen«, sagte sie vorsichtig. »Sofern sich Parallelen zwischen den Fällen zeigen, sollten wir noch einmal sehr genau hinsehen. Und ich bin natürlich nicht allein – ein ganzes Team steht hinter mir.«

Dazu sagte Paul Arnold nichts.

»Hat sich Svenja noch einmal bei Ihnen gemeldet?«, schob Romy nach.

»Ja. Sie war auf der Beerdigung, und später haben wir noch einmal geredet. Sie wirkte sehr erschüttert. Und nun ist sie auch … Das kann ich tatsächlich kaum begreifen. Ich weiß gar nicht, wie ich das meiner Frau beibringen soll.«

Romy wartete einen Moment. »Können Sie sich an den Namen des Lehrers erinnern, der auf einen Freund getippt hatte?«, fragte sie dann.

»Bernburg«, entgegnete Arnold sofort. »Rolf Bernburg, aber ich glaube, der …«

»Er ist inzwischen verstorben, ich weiß.«

Als Romy sich von Arnold verabschiedete, war kaum eine Viertelstunde vergangen, doch sie hatte das Gefühl, seit vielen Stunden mit intensiven Befragungen beschäftigt gewesen zu sein. Sie blickte auf ihre Liste. Bernburg war vor zwei Jahren verstorben – an einem Aneurysma. Seine Frau Eva – ebenfalls eine Lehrerin, die am Gymnasium in Neubrandenburg unterrichtet hatte – lebte inzwischen in Stralsund, wo sie an einer Gesamtschule den Fachbereich Fremdsprachen leitete. Romy griff nach ihrem Smartphone und hinterließ eine Nachricht auf der Mobilbox, bevor sie ihr Büro verließ, um Finn und Max zu begrüßen. Sie brachte die beiden auf den neuesten Stand.

»Okay – dann sollten wir versuchen, so viel wie möglich auch über das Umfeld von Marina Arnold herauszubekommen«, meinte Max. »Im Abgleich mit Svenja.«

»Ja – noch haben wir offiziell kein grünes Licht, und es wäre hilfreich, auf Parallelen zu stoßen. Möller braucht wohl noch eine Weile mit seinen Untersuchungen.«

»Das heißt, wir gucken uns Schüler und Schülerinnen, Lehrer, Freundinnen, sonstige Kontakte und so weiter an und halten nach Überschneidungen und Konfliktstoff Ausschau«, warf Finn ein.

Romy nickte. »Falls sich der Verdacht erhärtet, dass auch bei Marina ein Gewaltverbrechen vorlag, möchte ich den Fall in die aktuellen Ermittlungen einbeziehen.«

Max runzelte die Stirn. »Der Hintergrund könnte trotzdem völlig unterschiedlich sein.«

»Richtig. Wir bleiben einfach offen für beide Möglichkeiten.« Romy sah Finn an. »Ihr teilt euch die Recherchen auf, okay?«

»Machen wir. Ich habe da außerdem noch einen anderen Punkt, den ich vertiefen möchte. Er betrifft den Tatort Nonnenloch.«

»Alles klar. Dann lasst uns loslegen beziehungsweise weitermachen.«

Eva Bernburg rief eine Stunde später zurück, als Romy gerade den nächsten Kontakt auf ihrer Telefonliste abgehakt hatte und einen zweiten Versuch wagen wollte. Bernburg reagierte verblüfft, als Romy spontan ein persönliches Treffen in Stralsund vorschlug. Sie hatte genug von Telefonaten und Büroarbeit.

»Sie wollen mich tatsächlich wegen der alten Sache sprechen und dafür extra in die Hansestadt fahren?«

»Ich habe ohnehin einen Termin im Kriminalkommissariat«, erklärte Romy. »Von daher passt das sehr gut. Außerdem geht es um zwei Schülerinnen, die auch Sie persönlich kannten. Könnten Sie eine halbe Stunde erübrigen?«

»Nun … Ja, gut. Ich wollte mich gerade auf den Weg zu meinem Boot machen. Kommen Sie doch einfach in der City Marina vorbei.« Eva Bernburg nannte ihr den Liegeplatz.

»Das mache ich sehr gerne.«

Romy brach wenige Minuten später auf.

5

Annabell Lüttich erinnerte sich deutlicher an das Ehepaar Arnold, als ihr lieb war – der aufgebrachte Vater, dessen Wut den Schmerz zu übertönen suchte, und die stille, in sich zusammengesunkene Mutter, deren fassungslose Trauer wie ein bleigrauer Schatten im Raum stand. »Sie haben meine Tochter auf dem Gewissen«, hatte er damals dem versammelten Kollegium entgegengeschmettert. »Damit müssen Sie bis an Ihr Lebensende klarkommen.« Damit hatte er seine Frau am Arm gefasst und hinausgeführt.

Minutenlang hatte niemand etwas gesagt. Dann war Rolf Bernburg aufgestanden und hatte sich ein Glas Wasser geholt. Als er zurückkam, hatte er einen langen Blick in die Runde geworfen. »Sie hatten ihre Tochter nie im Griff, und nun machen sie uns verantwortlich. Das ist ziemlich …«

»Halt einfach die Klappe, Rolf!«, hatte der stellvertretende Schulleiter Peter Korr ihn unterbrochen. »Du weißt doch ganz genau, worum es hier geht. Wir haben nicht reagiert – und das war ebenso bequem wie falsch. Und es hat eine Schülerin womöglich das Leben gekostet. Somit liegt der Mann völlig richtig: Das können wir nicht verdrängen.«

Darauf hatte Bernburg nichts mehr erwidert – und auch sonst niemand. Verlegene Blicke, Unsicherheit, gespielte Gelassenheit.

Dass Peter Korr in diesem Moment das Betreuerteam nicht direkt angesprochen hatte, sondern das gesamte Kollegium einband, hatte Annabell ihm hoch angerechnet. Es hatte natürlich Einzelgespräche gegeben, und die waren unangenehm genug gewesen. Sie dachte selbst im Abstand von vielen Jahren ungern daran zurück. Korr war schon immer der aktivere Schulleiter gewesen, wenn es um die Belange der Schülerinnen und Schüler ging – um Probleme und Konflikte, Ausnahmesituationen, aber auch alltägliche Belastungen. Die Schulleiterin war eher die Verwaltungsfrau gewesen, die inzwischen in die Politik gegangen war, während Korr die Leitung komplett übernommen hatte. Eine gute Entscheidung.

Annabell öffnete die Balkontür. Das Wetter war einladend. Es roch frisch und zugleich nach einem heißen Sommer. Das war damals ganz ähnlich gewesen. Die Insel war bezaubernd gewesen. Das Grün im Mönchgut, die Stille im Schatten spendenden Jasmund und dieser wundervolle Strand von Glowe, auf dem sich die Wellen gebrochen hatten … Die Kursfahrt hätte rundherum wundervoll sein können – von Anfang bis Ende. Aber am letzten Tag hatte sich alles verändert.

Marina war eine besondere Persönlichkeit gewesen und durchaus provozierend oder zumindest herausfordernd in ihrer Haltung. Wenn sie jemanden nicht mochte, hatte sie damit nie hinter dem Berg gehalten – ob es um einen Mitschüler, eine Kollegin oder einen Lehrer, eine Lehrerin ging. Sie hatte dann ein Lächeln aufgesetzt, das mal jemand als verachtend und herablassend bezeichnet hatte, ein zynisch verzogener Mund voller Überheblichkeit. Annabell überlegte einen Moment, aber sie konnte sich nicht daran erinnern, in welchem Zusammenhang jemand diese Worte gewählt hatte. Sie waren auch in der Schärfe durchaus zutreffend, und wer Marina nicht leiden konnte, dem war ihr Außenseitertum auf die Nerven gegangen, alle andere hatten darüber hinweggesehen, oder es war ihnen schlicht egal gewesen.

Es hatte eine Feier gegeben – Grillen am Lagerfeuer, Musik, zu später Stunde hatten die Jugendlichen natürlich Alkohol getrunken, Annabell auch. Ein Joint war weitergereicht worden. Die Lehrer hatten sich zurückgezogen. Wann genau hatte Annabell Marina das letzte Mal gesehen? Am Anfang der Party waren alle da gewesen. Später hatten sich dann kleinere Gruppen gebildet –

vier, fünf Leute waren zu später Stunde baden gegangen, ein Pärchen hatte sich zum Knutschen zurückgezogen, eine kleine Gruppe hatte Nachschub an Alkohol besorgt. Wer wann am Feuer saß oder sich entfernt hatte, war nicht mehr nachvollziehbar gewesen. Annabell erinnerte sich plötzlich, dass Marina auf einem Foto, das am frühen Abend entstanden war, noch zu erkennen war – sie hatte etwas abseits gesessen und verträumt in die Flammen geblickt. Auf späteren Bildern tauchte sie nicht mehr auf, aber was hieß das schon? Niemand aus der Gruppe war durchgehend präsent gewesen. Das hatte der Kommissar, mit dem sie die Aufnahmen durchgegangen waren, auch bemerkt.

Annabell wandte sich um, als ihr Handy klingelte. Das Profilbild des Kollegen Malik Schumann, der seinerzeit auch auf der Kursfahrt dabei gewesen war, ploppte auf dem Display auf. Sie stellte die Verbindung her. »Hi, Annabell«, begrüßte er sie in herzlichem Ton. »Ich hoffe, ich störe nicht.«

»Tust du nicht. Ich ahne auch schon, warum du dich meldest.«

»Hat dich die Polizei auch schon angerufen?«

»Ja, eine Kommissarin aus Bergen.«

»Nun ist Svenja auch tot – das ist schon ziemlich heftig, oder?« Malik klang betroffen.

»Diese wunderbare Insel, und wenn man jetzt daran zurückdenkt, entsteht ein ziemlich mieses Gefühl.«

»Wohl wahr. Mir ist übrigens gerade noch etwas eingefallen. Könnte es sein, dass Svenja und Marina ein Paar waren?«

»Was?« Annabell schüttelte den Kopf. »Wie kommst du darauf?«

»Ich habe die beiden mal knutschen gesehen.«

»Tatsächlich?«

»Ja – allerdings weiß ich nicht, ob sie sich nicht nur einen Spaß daraus gemacht haben.«

»Darauf würde ich eher tippen. Die beiden waren doch nicht lesbisch«, meinte Annabell.

»Woher willst du das so genau wissen? Außerdem – schon mal was von bi gehört?« Er lachte unsicher.

Annabell zog beide Brauen hoch. »Also für mich wäre das komplett neu.«

»Na gut, das ist vielleicht auch nicht so wichtig …«

»Und was meintest du damit, dass sie sich einen Spaß daraus gemacht hätten?«, warf Annabell ein.

»Wir waren auf dieser Tour im Jasmund – mit dem Ranger. Ich weiß nicht mehr, wie der hieß. Ich hatte den Eindruck, dass sie ihn provozieren wollten.«

»Ach? Und?«

»Die beiden haben sich über ihn lustig gemacht – und ordentlich herumgeknutscht.«

»Das höre ich zum ersten Mal«, entgegnete Annabell verblüfft.

»Vielleicht ist es wichtig – angesichts dessen, was passiert ist. Meinst du, ich sollte das der Kommissarin noch mitteilen?«

»Ernsthaft, Malik? Du willst dich bei der Polizei melden und nachtragen, dass zwei Teenies sich damals bei einem unserer Ausflüge geküsst haben und damit womöglich jemanden in Verlegenheit gebracht oder provoziert haben? Nun, wenn du meinst, dass das einen Anruf wert ist, wünsche ich dir viel Spaß.«

»Ja, schon gut«, wiegelte Malik ab. »War ja nur so eine Idee.«

Malik war vierunddreißig Jahre alt, aber manchmal benahm er sich wie ein Siebzehnjähriger, wirkte schnell verunsichert und überfordert, brauchte oft Rückendeckung für seine Entscheidungen und war wankelmütig. Annabell hielt ihn fachlich für hervorragend – er unterrichtete Physik und Sport –, doch im Umgang mit den jungen Leuten und auch im Kollegium trat er selten souverän auf. Und manchmal nervte er ganz furchtbar.

»Mach, was du für richtig hältst«, sagte sie. »Aber ich denke, dass so ein Aspekt keine Rolle spielt. Die beiden haben herumgealbert. Das ist für junge Leute in dem Alter an der Tagesordnung.«

»Du hast recht«, meinte er. »Sehen wir uns am Montag, oder musst du wieder zu deiner Mutter?«

»Ich komme Montag in die Schule. Bis dann.«

Sie legte auf, bevor er sich nach dem Zustand ihrer Mutter erkundigen konnte. Sie lag im Sterben. Krebs. Inzwischen war sie im Hospiz, und Annabell und ihre Schwester wechselten sich mit den Besuchen ab. Einige Tage noch, dann war alles vorbei. Plötzlich ertrug Annabell den strahlend blauen Himmel nicht mehr. Sie schloss die Balkontür und zog den Vorhang zu.

Eva Bernburg besaß eine kleine Segelyacht, die sie von ihrem Großvater geerbt hatte, wie sie bereitwillig erzählte. Sie lud Romy zu einem Kaffee aufs Deck ein. Die Stimmung in der Marina könnte nicht schöner sein, dachte Romy, während sie die sommerlich beschwingte Atmosphäre auf sich wirken ließ. Segel flatterten im Wind, Kinderlachen und Musik, Möwen im Steilflug, viele Segler machten ihre Boote startklar oder kehrten gerade von einer ersten Morgenrunde zurück.

Eva Bernburg könnte als Model für ein Segler-Label arbeiten, dachte Romy. Ihre blau-weißen Klamotten saßen perfekt und waren genau der richtige Mix zwischen schickem und sportlichem Outfit. Bernburg war höchstens mittelgroß, wirkte jedoch ausgesprochen kraftvoll und dynamisch. Sie war Anfang vierzig, wie Romy ihren biographischen Daten entnommen hatte.

Bernburg trat aus der Kombüse und goss den Kaffee ein, bevor sie sich zu Romy setzte und ihren Blick suchte. »Ich bin seit einiger Zeit nicht mehr in Neubrandenburg, aber das wissen Sie wohl schon«, hob sie an.

Romy nickte. »Sie kannten Marina und auch Svenja aus dem Unterricht, und Ihr verstorbener Mann hat die Kursfahrt begleitet.«

»So ist es. Aber …« Sie hob eine Hand. »Was versprechen Sie sich an neuen Erkenntnissen?«

»In der Schule waren Marinas Verschwinden und später ihr Tod sicher ein Thema, und Ihr Mann wird auch mit Ihnen darüber gesprochen haben …«

»Selbstverständlich. Und? Wissen Sie – das war eine schreckliche Geschichte, und dass es nun auch Svenja erwischt hat …« Sie winkte ab. »Aber ich kann Ihnen kaum etwas Neues sagen.«

Romy hob das Kinn. »Ihr Mann kam nicht so gut klar mit Marina, stimmt's?« Das war ein Schuss ins Blaue, aber hin und wieder sorgte so ein unvermuteter Vorstoß für frischen Wind.

Eva Bernburg sah sie verdutzt an. »Wie kommen Sie darauf?«

»Ich habe etliche Gespräche geführt und …«

»Man hat Ihnen gesagt, dass mein Mann Probleme mit ihr hatte?«, warf Bernburg in unwirschem Ton ein. »Das ist ziemlicher Quatsch. Marina war eine schwierige Persönlichkeit …«

»Ja – sehr eigen, spontan, voller Tatendrang.«

»So klingt es fast sympathisch.«

»Wie würden Sie sie beschreiben?«, fragte Romy schnell nach.

»Sie war jemand, die gerne aneckte, sich lustig machte über Mitschüler, die nicht mit einer so schnellen Auffassungsgabe gesegnet waren, die immer ausscherte – weil sie Lust dazu hatte. Eine junge Frau, die es durchaus verstand, ihre Ellenbogen einzusetzen, und nichts auf Gruppenregeln und Zusammenhalt gab …« Eva Bernburg brach plötzlich ab und atmete tief durch.

Sie ist ja immer noch sauer, stellte Romy verblüfft fest. Was hat diese Schülerin ausgelöst?

»Mein Mann hat damals häufiger mal auf den Punkt gebracht, was viele dachten – nach dem Unglück hat sich ja kaum noch einer getraut, die Tatsachen unverblümt auszusprechen.«

»Zu diesen Tatsachen gehört allerdings auch, dass Marina verschwand, ohne dass es jemanden kümmerte, und einsam einen schrecklichen Tod starb. Ihre Leiche wurde erst Monate später in einer Bauruine entdeckt, und bislang weiß niemand, was tatsächlich passiert ist – abgesehen davon, dass sie auf gewaltsame Weise zu Tode kam.«

Eva Bernburg öffnete den Mund und schloss ihn wieder. Sie griff nach ihrer Tasse und stellte sie ab, ohne einen Schluck zu trinken. »Stimmt«, meinte sie schließlich und nickte langsam. »Und nun greifen Sie den alten Fall wieder auf?«

»Ja. Und alles, was Ihnen zu Marina und auch Svenja einfällt, könnte wichtig sein. Hatten Sie den Eindruck, dass die beiden befreundet waren?«

»Nein. Marina hat sich niemandem angeschlossen. Allerdings … Svenja kam mit jedem gut aus, auch mit Marina. Sie war im Grunde das genaue Gegenteil von ihr – zugewandt und offen, tolerant, teamfähig, und sie wusste immer, was sie wollte.«

Romy blickte einen Moment übers Wasser. Ein Motorboot überquerte den Strelasund und zog eine breite Gischt hinter sich her.

»Die Polizei hat damals nicht ausgeschlossen, dass ein tragisches Unglück passiert ist«, ergriff Eva Bernburg wieder das Wort. »Gehen Sie jetzt davon aus, dass Marina ermordet wurde?«

Romy wandte ihr wieder das Gesicht zu. »Wir können nichts ausschließen.« Sie überlegte kurz. »Hat Ihr Mann seinerzeit Fotos von der Fahrt mitgebracht?«

Bernburg zögerte. »Ein paar Schnappschüsse vielleicht, aber …« Sie schüttelte den Kopf. »Bei solchen Gruppenfahrten wurde immer eine Lehrkraft oder auch mal jemand aus dem Schülerkreis bestimmt, der für das Fotografieren und Filmen zuständig war. Das war allerdings nicht mein Mann. Er hatte kein Händchen dafür.«

»Und wer hatte das Händchen?«

Sie zuckte mit den Achseln. »Keine Ahnung. Ich denke aber mal, dass die Bilder nach allem, was geschehen war, niemanden mehr interessierten – weil ungute Erinnerungen damit verbunden waren und der Alltag eingekehrt war. Marina war und blieb verschwunden, und der Kurs bereitete sich aufs Abitur vor.«

Romy überlegte, ob Kasper sich diesbezüglich schlau gemacht hatte. Wenige Minuten nachdem sie sich von Eva Bernburg verabschiedet hatte, telefonierte sie mit dem Ex-Kollegen und erfuhr, dass die Fotoauswahl sehr dürftig gewesen war. »Ein, zwei Dutzend haben die uns zugeschickt – nichtssagende Aufnahmen. Nach sechs Monaten hatten die meisten viele der alten Bilder längst gelöscht. An der Stelle wirst du nicht weiterkommen.«

»So klingt es.« Max hatte zudem erwähnt, dass die Kameratechnik der Smartphones vor sieben Jahren nicht einmal annähernd mit den aktuellen Standards vergleichbar war und die Leute weniger fotografiert hatten, dachte Romy. »Danke, Kasper.« Sie zögerte einen Moment. »Ich hoffe übrigens, dass du ...«

»Ich nehme dir nicht übel, dass du meinen alten Fall noch einmal unter die Lupe nimmst«, warf Kasper schnell ein. »Mach dir darum keinen Kopf. Und wenn du etwas entdeckst, das ich damals übersehen habe, muss ich damit klarkommen – und nicht du.«

Romy fiel ein kleiner Stein vom Herzen, den sie bislang gar nicht bemerkt hatte. Kurz darauf fuhr sie ins Stralsunder Kommissariat. Jan saß am Telefon und koordinierte sein neues Team. Sie winkte ihm nur kurz zu und zog die Bürotür wieder heran, als ihr Smartphone klingelte – Max. »Ein ehemaliger Mitschüler von Marina, den wir bisher nicht erreichen konnten, hat sich gemeldet«, berichtete er. »Er hat damals die Jahrgangsstufe wiederholt. Inzwischen lebt er in der Nähe von Schwerin und besucht zurzeit Familie und Freunde. Er hat mitbekommen, dass wir den alten Fall bearbeiten und ...«

»Hat er was Interessantes beizusteuern?«, fiel Romy Max dezent ungeduldig ins Wort.

»Ich denke schon. Er meinte, dass es Stress gab. Und Marina war nicht ohne. Das waren seine Worte.«

»Hätte er Zeit für …«

»Hat er. Er befindet sich gerade für ein paar Tage auf Rügen. Seine Schwester arbeitet in einer Ferienanlage in Binz, und dort wohnt er auch zurzeit …«

»Max, ich brauche nicht die ganze Familiengeschichte.«

»Schon gut. Ich schicke dir seine Nummer, und du kannst ein Treffen mit ihm vereinbaren.«

Romy seufzte leise. »Danke.«

»Soll ich dir noch ein Foto von ihm schicken? Ich meine …«

»Ja, tu das. Kann nicht schaden.«

Oliver Mertel hatte ein Café in Strandnähe vorgeschlagen. Als Romy eintraf, wartete er an einem Tisch im Freien und sah ihr entgegen. Dank der Porträtaufnahme erkannte sie ihn sofort, doch womöglich wäre sie ohnehin auf ihn aufmerksam geworden. Mertel war ein auffallend attraktiver Mann – um nicht zu sagen: bildschön. Idealmaße, grün-blaue Augen, dunkelblondes Kurzhaar und ein überaus ansteckendes Lächeln. Als Romy nähertrat und ihm zunickte, stand er sofort auf und streckte die Hand aus. »Sie sind die Kommissarin?«

»Ramona Beccare, leitende Ermittlerin auf Rügen.«

Sein Lächeln vertiefte sich. »Ihr Name klingt nicht gerade nordisch.«

»Ich bin in München geboren, mein Vater ist in Neapel zur Welt gekommen.«

»Verstehe.«

Er hob den Kopf. »Trinken Sie auch einen Kaffee?«

Romy schüttelte den Kopf. »Ein Saft wäre mir lieber.«

Wenig später wurden die Getränke serviert. Oliver Mertel plauderte über seinen Job in der Beratungsbranche, und Romy amüsierte sich eine Weile über sein Bemühen, den Gastgeber zu spielen, bis sie schließlich das Wort ergriff. »Das klingt alles hochinteressant, aber lassen Sie uns über Marina sprechen.«

Er hob beide Hände mit einer beschwichtigenden Geste. »Ja, natürlich, darum sitzen wir ja hier zusammen. Ich bin manchmal ein bisschen ... Ach, ist ja auch egal, stellen Sie Ihre Fragen.«

»Sie erwähnten gegenüber meinem Kollegen, dass es Stress gab. Was darf ich mir darunter vorstellen?«

»Marina war immer gut für Stress«, erwiderte er sofort.

»Beschreiben Sie das mal konkreter.«

»Klar – Sie haben sicher von allen möglichen Leuten gehört, dass Marina keine Teamplayerin war und immer ...«

»Ihr Ding machte – ja, das hat bislang jeder und jede so oder so ähnlich beschrieben.«

»Na ja ...« Er blickte einen Moment in die Ferne. »Sie hat eine Show daraus gemacht – meiner Ansicht nach.« Er sah Romy wieder an und nickte ernst. »Sie war gut – sie musste nicht viel lernen, um gute Zensuren zu schreiben –, und sie hatte etwas Besonderes an sich, ja. Aber ... Sie fühlte sich überlegen und hat das zum Ausdruck gebracht. Das war nicht immer in Ordnung.«

»Nennen Sie mal ein Beispiel.«

»Sie hat sich über Leute lustig gemacht, die im Stoff nicht so gut mitkamen. Und das geschah meist sehr leise, unauffällig – ein süffisantes Lächeln, ein leiser Spruch hier, eine beiläufige Bemerkung dort. So in der Art. Sie war zynisch.«

Romy versuchte das Bild zu vervollständigen, das sie bisher gewonnen hatte. Mertels Beschreibung verdunkelte und verzerrte einige Aspekte, und das war durchaus bemerkenswert. Womöglich hatte er selbst zu den Mitschülern gehört, die Marinas Spott ertragen mussten. Er hatte sicherlich nicht zu den Leistungsstärksten gehört, sonst hätte er kaum das Jahr wiederholt. Sie zögerte. War es fair, ihn darauf anzusprechen? Sie blickte ihn an. Er lächelte. »Ich glaube, ich ahne, was Sie gerade denken.«

»Ach? Und?«

»Zugegeben – ich war kein Mathe-Ass und hatte damals auch sonst nicht gerade meine leistungsstärkste Schulzeit«, stellte

Mertel klar. »Und, ja: Marina war im Gegensatz zu mir unerreichbar gut. Aber das war mir egal.« Er zuckte mit den Achseln. »Mit dummen Sprüchen kann ich gut umgehen – meistens mache ich sie selbst. Das ist übrigens die beste Strategie.«

»Ich verstehe. Und während der Kursfahrt standen Zensuren wohl nicht unbedingt im Mittelpunkt«, meinte Romy.

»Richtig.« Oliver Mertel griff nach seiner Tasse und drehte sie zwischen den Händen. »Sie hatte häufig Stress mit Bernburg«, sagte er schließlich. »Der war überhaupt nicht davon angetan, dass sie ständig eine Extrawurst für sich in Anspruch nahm, und hat nicht mit seiner Meinung hinterm Berg gehalten.«

Auch das war nicht neu, nur in der Betonung schärfer. Und Bernburg konnte nicht mehr befragt werden. »Was glauben Sie, was an dem Abend passiert ist?«, fragte Romy schließlich. »Es gab ein Abschiedsfest, und …«

»… das Marina ziemlich langweilig fand«, warf Mertel ein. »Kinderkram. So nannte sie es.«

»Das hat sie tatsächlich so gesagt?«

»So oder so ähnlich.« Er zuckte mit den Achseln. »Sie ist gegangen und hat sich eine andere Party gesucht.«

»Woher wissen Sie das?« Romy blickte ihn gespannt an.

Er hob die Hände. »Sie haben danach gefragt, was ich glaube, das passiert sein könnte.«

»Stimmt. Nur, wie wahrscheinlich ist das? Falls sie in der Zwischenzeit andere Leute kennengelernt hatte, wäre das doch sicher jemandem aufgefallen – wir haben inzwischen mit einem Großteil der Schüler und Schülerinnen gesprochen, und die Polizei hat damals auch keine Hinweise auf andere Kontakte entdeckt.«

»Was besagt das schon? Man geht an einem lauen Sommerabend an den Strand oder in eine Bar und hat sofort Anschluss. Man feiert zusammen weiter, und dann kann doch alles Mögliche passiert sein, was sich in den Tagen zuvor in keiner Weise angedeutet hatte.«

Die Einschätzung fasste die Ausgangslage ziemlich gut zusammen, musste Romy anerkennen.

»Und sicher wird sich niemand zu Wort melden, der davon was mitbekommen hat – weder damals noch heute.«

»Da stimme ich Ihnen zu. Aber gehen wir noch mal einen Schritt in dem Szenario zurück«, schlug Romy vor. »Marina hat Anschluss gefunden, es wird gefeiert und dann?«

Er zögerte. »Dann könnte etwas eskaliert sein.«

»Sie meinen einen Übergriff?«

Oliver Mertel zuckte mit den Achseln. »Oder ...« Er nickte nachdenklich. »Eine Gruppe hat sich in Richtung dieser Bauruine auf den Weg gemacht, und Marina war dabei – um dort weiterzufeiern. Und dann ist etwas passiert: ein Unfall oder auch etwas anderes.«

Oder auch etwas anderes. Romy rief sich die Szene zum wiederholten Mal vor Augen. Das klang durchaus realistisch. Und wann hatte Marina die SMS geschrieben? Irgendwann spät in der Nacht oder in den frühen Morgenstunden. Oder jemand hatte ihr Handy benutzt und damit sehr viel Zeit gewonnen.

Romy sah hoch und traf auf Mertels Blick. »Ihre Ausführungen klingen sehr durchdacht.«

»Ich hatte Zeit, mir Gedanken zu machen, und so eine Geschichte vergisst man ja nicht so schnell.«

»Haben Sie womöglich viel mehr mitbekommen und scheuen sich, sämtliche Beobachtungen auszusprechen?«, fragte Romy und behielt ihn sehr genau im Auge.

Er schüttelte den Kopf. »Nein, natürlich nicht. Ich bin ein ziemlich gradliniger Typ«, betonte er eilig. »Wie kommen Sie darauf, dass ich etwas verschweigen würde?«

»Das bringt mein Beruf so mit sich.«

Er beugte sich vor und hob eine Hand. »Marina war waghalsig, das ist mein Eindruck gewesen – schon damals. Immer ein bisschen Risiko, ein wenig abseits der üblichen Bahnen, und das hat ihr letztlich das Genick gebrochen. Das ist meine Einschätzung.«

Romy warf einen Blick auf seine gestikulierende Hand, und er ließ sie sinken. »Und Svenja?«

Er setzte sich gerade auf.

»Ist Ihnen damals etwas an ihr aufgefallen – oder auch in der Zeit nach der Kursfahrt?«

»Nein.« Er überlegte einen Moment. »Ich hatte wenig mit ihr zu tun.«

»Wie hat sie reagiert, als Marina nicht wieder auftauchte?«

»Schwer zu sagen. Ich war ja nicht mehr im selben Jahrgang, und wir waren keine engen Freunde.«

»Gesprächsthema dürfte Marinas Verschwinden aber dennoch gewesen sein, oder?«

»Immer mal wieder – ja.« Er nickte und zuckte dann mit den Achseln. »Was soll ich sagen? Marina war einfach weg. Als hätte sie die Schule gewechselt. Sorgen machten sich wohl anfangs die wenigsten.«

»Und als bekannt wurde, dass sie tot war?«

»Das war ein ziemlicher Schock. Da ging es ganz schön hoch her.«

»Gegenseitige Schuldzuweisungen?«

»Ja, das auch.«

»Und Svenja?«

Oliver Mertel runzelte die Stirn. »Keine Ahnung. Wie gesagt, ich hatte noch nie viel mit ihr zu tun.«

Romy trank einen Schluck Saft und sah sich um. Auf der Strandpromenade herrschte inzwischen reges Treiben.

»Es steht fest, dass Svenja ermordet wurde?«, ergriff Mertel plötzlich wieder das Wort.

»Ja, daran besteht nicht der geringste Zweifel.« Romy erhob sich. »Danke für Ihre Zeit. Rufen Sie mich bitte an, falls Ihnen noch etwas einfällt.«

»Natürlich.« Er stand auch auf und schob die Hände in die Taschen. »Hoffentlich haben Sie Erfolg.«

»Das hoffe ich auch.« Romy ging ins Café und bezahlte die Getränke. Auf dem Weg zum Auto sprach sie einige Stichpunkte in die Audio-App. Sie saß gerade hinterm Steuer, als Max anrief. »Ich habe eine Überschneidung entdeckt, die aber möglicherweise völlig unbedeutend ist. Dennoch könnten wir …«

»Ich bin gespannt.«

Max räusperte sich. »Der Name Robert Berner taucht zweimal auf. Svenja hatte sich in mehreren Firmen für Garten- und Landschaftsarchitektur beworben, unter anderem in einem Betrieb hier in Bergen, der sich insbesondere für den Naturschutz und die Ursprünglichkeit der Insel stark macht und gegen ständige Kompromisse mit Tourismusbelangen eintritt sowie …«

»Ich weiß.« Romy gab sich Mühe, ihre Ungeduld zu zügeln.

»Einer der Teilhaber ist Robert Berner, ein echter Rügenkenner, der auch Gruppenführungen und Inselerkundigungen anbietet«, fuhr Max unbeirrt fort. »Er hat vor sieben Jahren, damals noch Student, einen Ausflug für den Kurs organisiert und auch selbst durchgeführt – Schwerpunkt Mönchgut.«

»Ach?«

»Svenja ist vor wenigen Tagen zum Vorstellungsgespräch bei ihm gewesen. Ich habe dir die Kontaktdaten bereits geschickt.«

»Danke, Max.«

Romy erreichte Robert Berner erst am späten Nachmittag. Er schien in Eile und hatte am Wochenende keine Zeit, versprach aber, am Montagmorgen ins Kommissariat zu kommen.

6

Bernd Glauber saß auf der Terrasse und starrte hinüber zum Bungalow. Das Häuschen lag verwaist im dicht gewachsenen Garten, ein kleiner Dschungel mit Potenzial, so hatte Svenja ihn einmal augenzwinkernd bezeichnet und versprochen, sich zwischendurch mit Rasenmäher und Schneidwerkzeugen an die Arbeit zu machen. »Schließlich bin ich Landschaftsarchitektin.« Doch dazu war sie nicht mehr gekommen.

Vor zwei Tagen hatte die Polizei es stundenlang durchsucht – so war es ihm jedenfalls vorgekommen. Als er später auf die Uhr gesehen hatte, war ihm klargeworden, dass die Beamten nach kaum zwei Stunden wieder aufgebrochen waren. Das Behördenfahrzeug hatte die Aufschrift »Kriminaltechnik« getragen. In Filmen hieß es immer, dass sie nach Fingerabdrücken und DNA-Spuren suchten, nach Hinweisen auf ein Verbrechen oder was auch immer. Mitten im Mönchgut, in seinem kleinen Bungalow, der liebevoll umschlungen war von einem dschungelähnlichen Garten mit Potenzial.

Er schüttelte den Kopf und zündete sich eine Zigarette an. Geräusche aus der Küche drangen nach draußen und wehten herüber – Stimmen und Töpfeklappern, lautes Lachen und dazwischen die mahnenden Worte seiner Frau. »Hört auf, zu quatschen, und beeilt euch!« Die Vorbereitungen für eine Reisegruppe aus Köln liefen auf Hochtouren. Der Bus würde in ungefähr zwei Stunden eintreffen, und dann gab es keine ruhige Minute mehr. Alle wollten essen und trinken, als hätte es seit Tagen nichts Ordentliches gegeben.

Bernd inhalierte tief und strich die Asche ab. Svenja war ihm über die Jahre ans Herz gewachsen – und seiner Frau auch.

Svenja war ein wenig die Tochter gewesen, die sie gerne gehabt hätten. Diesen Satz hatten sie beide nie ausgesprochen – als hätten sie Angst, dass ihr eigenes Kind sich dann noch mehr von ihnen entfernen würde. Aber das war ja gar nicht mehr möglich. Julia hatte ihr Elternhaus und die Insel nach der Schule verlassen, doch die Kluft zwischen ihnen hatte schon vorher bestanden. Ein wortloser Raum und doch spannungsgeladen und voll ebenso verschwommener wie unguter Gefühle. Bernd hätte viel dafür gegeben, wenn er wüsste, was genau seine Tochter bewegt hatte, als sie damals sang- und klanglos gegangen war. Und was sie heute bewegte, das es ihr quasi unmöglich machte, zu Weihnachten und zu den Geburtstagen kaum mehr als ein paar Grüße zu schicken. Er hatte sich oft genug den Kopf zermartert, und er wusste, dass es seiner Frau ähnlich ergangen war. Sie sprachen schon lange nicht mehr darüber. Sie kamen nie zu einem Ergebnis, übrig blieb immer nur der Schmerz, der tagelang wie eine dunkle Wolke über ihnen gehangen hatte. Also war es besser, zu schweigen.

Er drückte die Zigarette aus und rieb sich über den Nacken. Hinter ihm ertönten Schritte. Seine Frau setzte sich zu ihm und legte eine Hand auf sein Knie. »Du nimmst es sehr schwer«, sagte Martha leise.

Bernd brauchte einen Moment, um die alten, schweren Gedanken an Julia beiseitezuschieben. »Du etwa nicht?«

»Doch, natürlich, nur … wir erwarten Gäste, und die wiederum erwarten eine gute und üppige Mahlzeit.«

»Ich weiß.« Er wandte ihr das Gesicht zu und studierte die fein gezeichneten Linien, die ihren Mund und die wachen Augen wie ein Spinnennetz umgaben.

»Was ist?«, fragte sie leise.

»Du bist schön«, flüsterte er.

»Ach, Unsinn, ich …«

»Du bist schön«, wiederholte er und lächelte.

Sie lächelte zurück. »Du warst schon immer ein Charmeur.«

»Darum hast du mich geheiratet, nicht wahr?«

»Stimmt. Und weil du so ein kraftstrotzender Kerl bist, den nichts so schnell umhaut.«

»Na ja …«

»Widersprich mir nicht.«

»Schon gut.«

Eine Weile sahen sie gemeinsam schweigend zum Bungalow hinüber. »Als ich sie das letzte Mal gesehen habe – wir haben am Mittwochmorgen zusammen gefrühstückt, als du auf dem Markt warst –, hat sie etwas Seltsames erzählt«, ergriff Martha plötzlich das Wort.

Bernd blickte seine Frau von der Seite an.

»Bei einer Schulfahrt auf die Insel vor etlichen Jahren ist hier in der Nähe ein junges Mädchen aus Svenjas Jahrgang verschwunden«, erzählte Martha. »Viele Monate später hat man ihre Leiche im ehemaligen Ferienlager unten an der Boddenstraße entdeckt. Erinnerst du dich noch daran?«

Bernd nickte langsam. »Ja, dunkel … Die Polizei hat Leute befragt. Und das war eine Klassenkameradin von Svenja?«

»Ja. Sie hieß Marina Arnold.«

»Davon hat sie nie etwas gesagt.«

Martha nickte. »Man weiß bis heute nicht, was passiert ist. Das Mädchen hat die gemeinsame Feier mit ihren Klassenkameraden vorzeitig verlassen und ist nie wieder aufgetaucht.«

Bernd zündete sich eine weitere Zigarette an und suchte Marthas Blick.

»Aber Svenja war sicher, dass die Mitschülerin im Laufe des Abends bei uns im Gasthof war.«

Bernd runzelte die Stirn. »Was? Wie kam sie denn darauf?«

»Sie hat letztens nach Werkzeug gesucht, weil sie im Bad etwas reparieren wollte, und dabei ist sie im Keller auf eine Kiste mit alten Kalendern und Kassenbüchern und einem Umschlag mit Fotos gestoßen. Weißt du noch? Wir haben damals unsere Feiern immer noch ganz altmodisch in ein Heft eingetragen.«

»Damals?«

»Na ja – bis vor einigen Jahren. Danach haben wir dafür dann auch den Computer genutzt.«

»Und weiter?«

»Svenja hat ein bisschen herumgeschmökert und festgestellt, dass in der besagten Nacht, als Marina verschwand, bei uns eine Geburtstagsfeier stattfand – Richard Paulsen aus Groß Zicker hat seinen Fünfzigsten gefeiert.«

»Stimmt«, erinnerte sich Bernd. »Das war eine ziemlich große Feier mit sechzig, siebzig Leuten.«

»In dem Umschlag befanden sich etliche Fotos von der Feier. Die wurden mit einer ganz normalen Kamera gemacht und nicht mit dem Smartphone«, erzählte Martha weiter. »Alle Gäste haben Abzüge erhalten, wir auch.«

Bernd stutzte. »Und das Mädchen war darauf abgebildet?«

Martha nickte. »Svenja hat mich darauf aufmerksam gemacht. Marina ist auf einem der Bilder ganz am Rand erfasst – das lachende Gesicht eines jungen Mädchens, das ich noch nie zuvor gesehen habe. Besser gesagt: Sie ist nur von der Seite zu sehen, und ich kann mich überhaupt nicht an sie erinnern – kein Wunder, es war viel los an dem Abend, und wir kannten die meisten Gäste doch gar nicht. Aber fest steht wohl, dass sie in der Nacht zum letzten Mal gesehen wurde und danach ums Leben gekommen ist.«

Bernd holte tief Luft. »Ach du liebe Güte! Das Foto sollte ich mir wohl auch mal genauer ansehen. »

»Das ist nicht möglich. Svenja hat es behalten.«

»Was wollte sie damit?«

»Eine Erinnerung an eine Mitschülerin, deren Schicksal niemanden kümmerte. So hat sie es ausgedrückt, und sie klang ziemlich bedrückt. Ich hatte nichts dagegen. Die alten Fotos wären doch ohnehin nur im Keller vergammelt und irgendwann im Müll gelandet.«

Bernd schwieg einen Moment betroffen. »Vielleicht sollten wir das der Polizei mitteilen«, schlug er dann vor.

Martha nickte nachdenklich. »Den Gedanken hatte ich auch.«

Bernd fasste seine Frau wieder ins Auge, als sie weiterredete. »Du fragst dich, warum ich erst jetzt darüber spreche?«

»Nicht direkt, aber …«

»Natürlich fragst du dich das – mit Recht.« Sie schob sich eine Strähne aus dem Gesicht. »Ich fürchte, ich habe es in all der Aufregung vergessen und verdrängt. Falls das Mädchen tatsächlich die letzten Stunden ihres Lebens hier verbracht hat …« Sie schüttelte den Kopf. »Das wäre ein unheimlicher Gedanke.«

Ja, aber nicht nur das, dachte Bernd. Die Fragen, die in diesem Zusammenhang unweigerlich auftauchten, waren unangenehm oder auch erschreckend.

»Ich hätte eher etwas sagen müssen«, meinte Martha in leisem Ton, während sie sein Gesicht musterte. »Tut mir leid. Nun ist es zu spät.«

Er wich ihrem Blick aus. »Was ist mit den anderen Fotos?«, fragte er dann.

»Was soll damit sein?«

»Kann man auf ihnen auch etwas erkennen?«

»Schau am besten selbst nach.« Sie erhob sich plötzlich. »Ich muss mich jetzt wieder ums Essen kümmern.«

Sie gingen gemeinsam zurück ins Haus. Martha betrat die Küche, während er in den Keller eilte. Er brauchte nicht lange, um die Kiste mit den Kladden und den Umschlag zu finden, in dem sich fünf Fotos befanden. Auf keinem der Bilder war ein fremdes, junges Mädchen zu sehen, im Mittelpunkt stand Richard Paulsen – wie er eine Rede hielt, beim Anstoßen, später beim Tanzen und im Kreis seiner Familie und etlicher Freunde und Geschäftspartner. Nichts Besonderes. Paulsen leitete eine große Baufirma mit mehreren Filialen und war seit Urzeiten Stammkunde im Gasthof. Er war erfolgreich, sympathisch und großzügig, und er kannte Gott und die Welt.

Bernd nahm die Fotos an sich und ging nach oben in die Küche. Die Aushilfsköchin stapelte Teller, zwei Kellner wuselten zwischen Küche und Tresen hin und her, und Martha schmeckte die Soße ab. Sie sah ihm mit wachem Blick entgegen.

»Kannst du mal durchsehen, ob Bilder fehlen?«

Martha sah sich die einzelnen Aufnahmen an und nickte. »Ja, es waren noch mehr Fotos, als Svenja sie mir gezeigt hat – es fehlen drei, vier Gruppenaufnahmen.«

»Sicher?«

»Ziemlich sicher. Svenja hatte sie auf dem Tisch ausgebreitet, und das liegt ja erst ein paar Tage zurück.«

»Das heißt, dass sie die auch an sich genommen hat«, meinte Bernd nachdenklich. »Aber warum?«

Martha wiegte den Kopf und legte den Löffel beiseite. »Vielleicht wollte sie die Leute befragen«, überlegte sie.

»Hat sie so was angedeutet?«

»Nicht direkt, aber ausschließen würde ich es nicht. Sie wirkte sehr nachdenklich. Und ich bin es inzwischen auch.« Martha wischte sich über die Stirn. »Ach, ich wünschte …«

»Aber sie kannte die Gäste doch gar nicht«, warf Bernd ein.

»Die Namen standen auf der Rückseite der beiden Gruppenfotos.«

Bernd runzelte die Stirn.

Martha nickte langsam und sah zur Wanduhr. Dann legte sie ihm kurz eine Hand auf die Schulter. »Wir haben nicht mehr viel Zeit«, sagte sie. »Lass uns morgen noch mal darüber reden.«

Bernd steckte die Fotos wieder ein und machte sich an die Arbeit. Er war nicht hundertprozentig bei der Sache. Die Erinnerung an den feuchtfröhlichen Abend stieg immer wieder in ihm auf, und mit jedem Bild, das zurückkehrte, verdichtete sich die

Atmosphäre. Ein fröhliches Fest, viel Alkohol, laute Musik, Lampions im Garten, Gelächter. Zu viel Alkohol, dachte er. Was war damals passiert? War es möglich, dass sich ein junges Mädchen unter die Gäste gemischt hatte? Einfach so, aus Neugier? Weil sie zufällig vorbeigekommen war? Natürlich war das möglich. Und dann? Er hatte Angst, den Gedanken zu Ende zu denken.

Als der Reisebus aus Köln eintraf, blieb keine Zeit mehr für bange Erinnerungen. Es wurde laut und hektisch. Stunden später, als die Gruppe satt und zufrieden wieder aufbrach, um die Insel zu erkunden, kehrte die alte Geschichte erneut zurück. Morgen gehe ich zur Polizei, dachte Bernd. Aber am nächsten Morgen entschied er sich anders. Er machte sich auf den Weg nach Groß Zicker.

Richard Paulsen saß auf der Veranda, blätterte in einer Zeitung und trank Kaffee. Hin und wieder warf er einen Blick hinüber zu dem kleinen Spielplatz, wo seine beiden Kinder im Schutz eines prächtigen Ahorns spielten, in dessen Krone ein schönes Baumhaus thronte – vom Papa persönlich gebaut. Auf der Schaukel saß der ungefähr fünfjährige Sohn und trällerte irgendeine Melodie, die höchstens zwei Jahre jüngere Schwester saß im Sandkasten. Paulsen hatte vor einigen Jahren zum zweiten Mal geheiratet – eine sehr junge Frau, die ihm den Wunsch nach Kindern erfüllt hatte, in einem Alter, in dem manche Männer bereits Großväter waren.

Bernd Glauber stand am Gartenzaun und betrachtete die idyllische Szene eine ganze Weile, während er sich gewaltig anstrengen musste, kein Gefühl von Deprimiertheit oder gar Neid aufkommen zu lassen. Plötzlich ließ Paulsen sein Zeitung sinken, er schaute in Bernds Richtung und schirmte mit einer Hand seine Augen vor der Sonne ab. »Bernd?«, rief er und stand auf.

Bernd hob eine Hand.

»Bist du zufällig hier? Oder habe ich vergessen, meinen Deckel zu bezahlen?«, rief Paulsen. Er stand auf und kam näher. Seine Stimme klang dröhnend und fröhlich. »Komm doch rein. Kaffee?«

Wenig später saß Bernd am Gartentisch, genoss den Kaffee, den Paulsen höchstpersönlich servierte. »Conny ist auf Segeltour mit einigen Freundinnen, ich kümmere mich heute um die Kinder«, erklärte er, und das klang nach fast selbstverständlicher und gleichberechtigter Partnerschaft, zugleich ließ er eine Spur Großmütigkeit aufblitzen. Richard Paulsen grinste. »So ist das, wenn man eine zwanzig Jahre jüngere Frau heiratet – sie schenkt einem Kinder, hat aber durchaus ihren eigenen Kopf. Na, solange sie es nicht übertreibt.« Er zwinkerte.

Bernd verkniff sich einen Kommentar und trank einen Schluck Kaffee. Dann griff er in die Innentasche seiner Weste und zog sein Smartphone heraus. Er hatte in aller Frühe im Netz recherchiert und ein Foto von Marina Arnold entdeckt – es war seinerzeit im Zusammenhang mit der polizeilichen Vermisstenmeldung veröffentlicht worden. Das Gesicht sagte ihm nicht das Geringste, was ihn sehr erleichtert hatte. Er reichte Paulsen sein Handy. »Kennst du dieses Mädchen?«

Paulsen musterte ihn einen Moment verblüfft, dann studierte er das Foto. Er zog die Brauen zusammen, doch seine Miene blieb unbewegt. »Was ist mit ihr?«, fragte er schließlich.

»Das Bild stammt von einer Vermisstenmeldung …«

»Ja, richtig! Liegt etliche Jahre zurück, und die Leiche fand man dann in Gager.« Paulsen nickte und hob langsam den Blick. »Ich bin gespannt, worauf du hinauswillst.«

Bernd nahm sein Smartphone wieder entgegen. »Sie verschwand in der Nacht, als du deinen fünfzigsten Geburtstag bei mir gefeiert hast. Vor sieben Jahren.«

Paulsen wandte sich kurz seiner Tochter zu, bevor er Bernd wieder ansah. »Wie kommst du denn darauf?« Er klang verblüfft.

Bernd berichtete ihm von Svenja und ihrer Entdeckung, und danach blieb es eine Weile still. Nur das unvermindert fröhliche Singen des Fünfjährigen war zu hören.

»Das ist ja schrecklich«, bemerkte Paulsen schließlich. »Zwei Mädchen aus einer Klasse ... Da fehlen mir die Worte.« Er schüttelte den Kopf. »Und das lässt dir jetzt keine Ruhe, nehme ich an?«

»So ist es.«

»Was willst du unternehmen?«, fragte Paulsen.

»Die Polizei sollte das wissen.«

»Vielleicht weiß sie es längst.«

»Wie meinst du das?«

»Sie haben alles durchsucht, nehme ich an. Dabei werden sie wohl auch auf die Fotos gestoßen sein, die Svenja an sich genommen hat.«

»Ja, vielleicht.«

Paulsen sah Bernd an. »Es waren Dutzende von Leuten da. Glaubst du wirklich, dass sich jemand an das Gesicht erinnert, zumal das Mädchen womöglich nur zufällig reingeschneit ist und nach zehn Minuten wieder verschwand?«

»Das kann man nicht ausschließen.«

Paulsen nickte langsam. »Na gut. Ich werde mal nachschauen, ob ich die Gästeliste noch zusammenbekomme ...«

»Du müsstest ja die Fotos auch noch haben.«

»Richtig!« Paulsen hob einen Daumen. »Ich suche die heraus, kontaktiere die Leute und bitte sie, sich mit der Polizei in Verbindung zu setzen, falls ihnen dazu etwas einfällt.«

Bernd überlegte einen Moment.

»Was ist?«, fragte Paulsen in freundlichem Ton. »Hast du einen anderen Vorschlag?«

»Na ja ...« Bernd kratzte sich am Hinterkopf. »Wie wäre es, wenn du gleich mal nachschaust, ob du diese Gruppenfotos hast und die Liste der Gäste.«

Paulsen stöhnte leise auf.

»Ich passe in der Zwischenzeit auf die Kinder auf.«

»Ist das dein Ernst?«

Bernd nickte.

»Nun gut.« Paulsen stand auf und verschwand im Wohnzimmer. Wenige Minuten später kehrte er mit leeren Händen zurück. »Ich befürchte, ich kann da auf die Schnelle nicht helfen. Den alten Kram hat wohl Claudia mitgenommen.«

Claudia war seine Ex-Frau. Bernd wusste, dass die Ehe nicht gerade einvernehmlich oder gar im Frieden auseinandergegangen war. Paulsen war längst eine neue Beziehung eingegangen – noch dazu, der Klassiker, mit einer sehr viel jüngeren Frau. Da hatte Claudia nicht mithalten können, und Paulsen hatte schnell einen Strich unter die Ehe gezogen und die Scheidung eingereicht. Martha würde mir die Augen auskratzen, dachte Bernd – und kaum Fotos von gemeinsamen Feiern aus glücklicheren Tagen aufheben. Warum sollte Claudia Erinnerungen an den fünfzigsten Geburtstag ihres geschiedenen Mannes in ihr neues Leben mitnehmen?

»Meinst du wirklich?«, fragte Bernd in skeptischem Ton.

»Na ja – aus Versehen womöglich«, mutmaßte Paulsen. »Sie hat einfach alles eingepackt, was sie in die Hände bekommen hat.« Er räusperte sich. »War alles etwas hektisch damals. Das wäre jedenfalls eine Möglichkeit.«

Dann dürfte sie die Fotos inzwischen wohl längst weggeworfen haben, dachte Bernd. »Weißt du noch, wer damals das Fotografieren übernommen hat?«

Paulsen setzte eine nachdenkliche Miene auf. »Jemand aus der Firma«, meinte er dann. »Ich frage mal nach, okay? Ich kläre das. Vielleicht gibt es noch Kopien. Und ich frage sogar Claudia, um ganz sicherzugehen.«

»Gute Idee. Danke.«

Es wurde still am Tisch. Bernd schob seine Tasse beiseite und stand plötzlich auf. Paulsen sah ihn mit ernster Miene an. »Denkst du wirklich, dass einer von den Gästen etwas damit zu tun haben könnte?«

Bernd zögerte. »Ist das völlig abwegig oder auszuschließen? Legst du für jeden einzelnen die Hand ins Feuer? Insbesondere, da Svenja mit den Fotos losgezogen ist – und ermordet wurde. Ich bin zwar kein Polizist, aber hätte ich diesen Job, würde ich da unbedingt nachhaken.«

Paulsen nickte langsam. »Ich verstehe. Aber das ist alles noch kein Beweis. Wer von denen sollte denn ...« Er blickte einen Moment ins Leere, dann winkte er ab. »Okay, du hast recht – man kann nie wissen, was in den Leuten vorgeht. Aber sei vorsichtig mit irgendwelchen Verdächtigungen.«

»Das bin ich. Und zunächst geht es ja nur darum, herauszufinden, ob sich jemand an das Mädchen erinnert.«

»Das Mädchen, das eine Schulkameradin deines Stammgastes war.«

»Ja, genau. Danke für den Kaffee.«

Minuten später wanderte Bernd über die Zickerschen Berge zurück in Richtung Gager. Die Sonne schien warm von einem blassblauen Himmel. Hinter dem nächsten Hügel hatte sich eine Schafherde versammelt. Einige Tiere warfen ihm misstrauische Blicke zu, bevor sie sich wieder dem Gras widmeten.

Er lief runter bis zum Nonnenloch. Sein Herz wurde schwer. An einem der schönsten Fleckchen dieser Insel war ein grausames Verbrechen begangen worden. Bernd Glauber fuhr sich mit dem Unterarm über die Augen. Er hatte sich kaum auf den Rückweg gemacht, als zwei Kurznachrichten auf seinem Handy eingingen. Martha fragte, wo er blieb, und Paulsen teilte ihm mit, dass Claudia die alten Fotos nicht mehr hatte. Also konnte nur der Mitarbeiter weiterhelfen, der damals fotografiert hatte. Bernd steckte das Handy ein und beeilte sich. Sie erwarteten einen kleinen Ansturm zur Mittagszeit. Es gab Fisch und den besten Kartoffelsalat auf der Insel – mit frischen Kräutern und winzigen Gurkenstückchen, etwas Tomate und Ei.

Am späten Nachmittag fand Bernd ein paar ruhige Minuten und verzog sich mit einer Zigarette in den Garten. Er blies den Rauch durch die Nase. Plötzlich war er froh, etwas unternommen zu haben. Svenja würde es gefallen.

7

Robert Berner traf am Montagmorgen pünktlich im Kommissariat ein. Ein schlanker, groß gewachsener Mann mit Brille, schmalem Gesicht, vollem dunklem Haar und einem sympathischen Lächeln; er wirkte älter als Ende zwanzig und war sichtlich betroffen. »Ich habe natürlich von dem Mord gehört«, erklärte er, nachdem er Platz genommen und Romy das Aufnahmegerät eingeschaltet hatte. »Svenja war Anfang der Woche zum Bewerbungsgespräch in der Firma, und nun …« Er schüttelte den Kopf. »Das ist nur schwer zu begreifen.«

»Hätte sie Chancen auf die Stelle gehabt?«, fragte Romy.

»Allerdings. Es waren noch drei Bewerber im Rennen, aber sie stand ganz oben.« Berner wischte sich über die Nase. »Schrecklich.«

Romy ließ ihm einen Moment Zeit. »Sie sind Svenja Bollheim schon einmal begegnet«, sagte sie dann.

»Sie war häufiger auf der Insel, das hat sie erzählt, aber so ganz konkret …«

»Vor sieben Jahren fand eine Kursfahrt ihrer Schule statt. Sie waren damals noch Student und haben einen Ausflug für die Gruppe organisiert und durchgeführt – Schwerpunkt Mönchgut. So hat es mein Kollege festgehalten«, fügte sie nach einem Blick in ihre Notizen fort.

Berner faltete seine Hände. »Ja, gut möglich. Ich habe sehr häufig Touren geleitet – das mache ich auch noch heute hin und wieder. Man muss die Leute sensibilisieren.«

»Wofür genau?«

»Für das, was die Ursprünglichkeit und Schönheit der Insel zerstört, für das, was wir erhalten und wofür wir kämpfen müssen«, entgegnete er prompt. »Nicht jedes neue Hotel oder jede neue Feriensiedlung ist gleichermaßen belastend, aber in ihrer Gesamtheit müssen touristische Belange reguliert werden, sonst ufert das komplett aus«, führte er aus. »Hier passiert zu viel für …« Er winkte ab und lächelte plötzlich verlegen. »Na ja, das ist nun mal nicht nur mein Beruf, sondern auch mein Steckenpferd.«

»Ich stimme Ihnen völlig zu. Lassen Sie uns zu Svenja zurückkehren. Hat sie die Exkursion mit Ihnen nicht erwähnt?«

Er schüttelte den Kopf. »Nein, es ging ausschließlich um ihre Bewerbung, die Schwerpunkte ihres Studiums und die Ausrichtung der Firma.« Er strich sich durchs Haar. »Ich denke kaum, dass sie sich an meinen Namen erinnert hat – nach all den Jahren. Und in sieben Jahren können sich junge Menschen ganz erheblich verändern.«

Romy nickte nachdenklich. Dann zeigte sie Berner ein Foto von Marina. »Erinnern Sie sich an dieses junge Mädchen?«

Er schüttelte den Kopf.

»Sie war eine Klassenkameradin von Svenja, und sie verschwand am Vorabend der Abreise«, erläuterte Romy. »Man hat später nach ihr gesucht und nach vielen Monaten ihre Leiche entdeckt.«

Robert Berner stutzte kurz, dann nickte er. »Ja, ich erinnere mich jetzt wieder daran. Mir war allerdings nicht klar, dass sie damals zu dieser Klasse gehörte.«

»Wirklich nicht?«

»Nein. Ich habe zu der Zeit andauernd Touren begleitet«, betonte er. »Ich wusste doch nicht jedes Mal, wer zu wem gehörte und aus welcher Stadt kam. Oder ich wusste es während der Tour und habe es schnell wieder vergessen. Mein Hauptaugenmerk galt der Exkursion und der Schönheit der Insel.« Er hob das Kinn.

»Die Polizei hat Fragen gestellt.«

»Ja – Monate später.« Er schüttelte den Kopf, dann wies er auf das Foto. »Ich habe mich weder an Svenja noch an …«

»Marina«, warf Romy ein.

»Noch an das vermisste Mädchen erinnert.«

»Okay. Ist Ihnen während des Bewerbungsgesprächs irgendetwas an Svenja aufgefallen?«

»Was genau meinen Sie?«

»War sie auffällig unruhig oder … ?«

»Sie war am Anfang nervös und aufgeregt – das dürfte aber wohl ganz normal sein. Sie wollte diesen Job unbedingt, und sie hätte ihn wahrscheinlich gekriegt. Ihr Ausbildungsprofil passte sehr gut zur Firma, und sie wirkte überzeugend und engagiert.«

Romy überlegte einen Moment, dann bedankte sie sich bei Berner, und wenig später schloss sich die Tür hinter ihm. Sie stellte sich ans Fenster und beobachtete, wie er in seinen Wagen stieg – ein Geländewagen mit dem Logo der Firma. Er hatte vielleicht recht, dachte sie – es war nichts als ein Zufall, dass er damals der Exkursionsleiter der Klasse gewesen war und Jahre später eine Schülerin eine Stelle in seiner Firma angestrebt hatte.

Romy setzte sich wieder und ging erneut die Aussagen der Mitschülerinnen und Mitschüler sowie Lehrer durch und verglich sie mit denen vor sieben Jahren beziehungsweise nach dem Leichenfund. Die Reaktionen und Einschätzungen klangen ähnlich, was nicht weiter verwunderlich war. Marina war die Außenseiterin gewesen, deren Verhalten niemanden beunruhigt und die kaum jemand vermisst hatte. Und falls bei dem einen oder der anderen Zweifel aufgekommen waren, hatte er oder sie den Mund gehalten und später erst recht dazu geschwiegen. Die Aussagen zum Mord an Svenja klangen unisono entsetzt, betroffen, erschüttert. Ein Zusammenhang mit Marinas Fall erschloss sich niemandem. Und doch war Svenja ihrer Mitschülerin Marina damals womöglich näher gewesen als sonst jemand. Das muss alles gar nichts heißen, dachte Romy. Sie wollte gerade aufstehen, als ihr Smartphone klingelte – die Nummer der Rechtsmedizin ploppte auf. Sie stellte die Verbindung her. »Guten Morgen, Doktor.«

»Wünsche ich Ihnen auch«, erwiderte Möller. »Sie raten längst, womit ich das Wochenende verbracht habe.«

»So ungefähr.« Romy hörte selbst, dass ihre Stimme angespannt klang.

»Erwarten Sie bitte nicht zu viel«, sagte Möller sofort. »Ein Vergleich von Verletzungen anhand von Befunden und Analysen, die zu Marina Arnold vorliegen, mit den aktuellen Untersuchungen zu Svenja lässt kaum eine eindeutige Aussage oder ein Ergebnis zu, in dem wesentliche Übereinstimmungen Ihre weiteren Ermittlungen beflügeln könnten.«

Romy unterdrückte ein Stöhnen.

»Und der Hauptgrund dafür ist klar – die Feststellung der Todesursache bei einer Leiche, die ein halbes Jahr unentdeckt blieb, noch dazu inmitten einer Bauruine, ist mit erheblichen Unsicherheiten behaftet«, fuhr Möller fort. »Das habe ich schon seinerzeit deutlich gemacht. Und es wäre wenig professionell und irreführend, zum Beispiel aus ähnlichen Schädel- oder Oberkörperverletzungen einen Zusammenhang konstruieren zu wollen.«

»Ich weiß, Doktor.«

»Marina starb meines Erachtens nach aufgrund einer Kopfverletzung – verursacht durch eine abgebrochene Wandplatte, die ihren gesamten Oberkörper unter sich begraben hat. Wie diese Platte auf ihren Kopf kam und ob weitere Verletzungen auf andere Ursachen zurückzuführen sind – zum Beispiel auf Schläge und Tritte –, konnte ich nicht abschließend beurteilen, und ich kann es auch nach erneuter Prüfung des Fotomaterials und der Beschreibungen nicht. Hier ist alles möglich, das muss ich so deutlich sagen.«

»Ich verstehe.«

»Ich weiß, dass Sie nach Parallelen suchen, die mit Svenjas Verletzungen aufgrund der Vergewaltigung zusammenhängen.«

»Ja, das wäre ein wichtiger Anhaltspunkt.«

»Es gibt keine ähnliche Verletzungsstruktur – was ihr mögliches Vorhandensein aber nicht ausschließt. Ihr zertrümmerter Körper könnte die Feststellung solcher Details verhindert haben.«

Romy hatte befürchtet, dass Möller auch bei erneuter Prüfung zu dieser Schlussfolgerung kommen würde.

»Was Svenja Bollheim angeht, so lege ich mich fest: Sie wurde vergewaltigt, und zwar höchst brutal. Das spricht für besonderen Hass und blinde Zerstörungswut. Außerdem habe ich Fesselungsspuren an den Handgelenken festgestellt.«

Es muss ein persönliches Motiv geben, dachte Romy.

»Dennoch habe ich im Marina-Fall etwas entdeckt, was seinerzeit keine Beachtung fand«, setzte Möller seinen Bericht fort. »Buhl und seine Leute haben sich damals natürlich sehr gründlich in der Bauruine umgesehen. Es war nicht ganz einfach, Fallrelevantes von Müll und Bauschutt zu unterscheiden, und so haben sie sich entschieden, lieber mehr zusammenzutragen, als irgendetwas liegen zu lassen. Sie haben sich die Tatortfotos sicherlich bereits gründlich angesehen.«

»Natürlich.«

»Ich schicke Ihnen mal ein Foto, auf dem der Inhalt von Marinas Hosentaschen zu erkennen ist.«

Romy öffnete die Datei wenig später auf ihrem Rechner. Das Bild zeigte einen Schlüsselanhänger, etwas Kleingeld und zwei Steine. Romy vergrößerte den Ausschnitt. Die Formen waren ungewöhnlich schön. Ein Stein sah aus wie ein Seehundkopf, der andere glänzte tiefschwarz und wirkte wie glatt poliert.

»Sie könnte vorher am Westufer gewesen sein, in der Nähe vom Nonnenloch«, meinte Möller. »Diese Art der Steine findet man nicht am Lobber Sandstrand und auch nicht in der Ruine.«

Romy runzelte die Stirn. »Das könnte ein Indiz dafür sein, dass der Tatort nicht der Fundort war«, überlegte Romy. »Andererseits hat sie diese Steine womöglich schon länger mit sich herumgetragen – weil sie so schön sind.«

»Nicht auszuschließen.«

»Dennoch ist das ein interessanter Hinweis, den ich im Hinterkopf behalten werde.«

Doktor Möller verabschiedete sich kurz darauf. Romy trommelte mit den Fingern auf der Schreibtischplatte. Seit dem Leichenfund am Donnerstagmorgen waren vier Tage vergangen, und sie hatten bislang keine konkrete Spur. Die Verbindung zu dem alten Fall bestand womöglich einzig und allein darin, dass die beiden Schulkolleginnen gewesen und auf Rügen getötet worden waren. Zufällige Überschneidungen.

Romy blickte auf, als sie nebenan Finn hörte, der sich mit Max besprach. Kurz darauf steckte er den Kopf zur Tür herein. »Störe ich?«

»Natürlich nicht. Komm, setz dich. Neuigkeiten?«

Finn legte sein Tablet auf dem Schreibtisch ab. »Meine Recherchen zu ungewöhnlichen Party Locations laufen noch – das heißt, ich habe noch keine Ergebnisse. Aber ich habe im Netz mal nach besonderen Ereignissen vor sieben Jahren Ausschau gehalten. Es wurde in den sozialen Netzwerken noch nicht ganz so viel gepostet wie heute …«

»Klingt entspannt – nach der guten alten Zeit.«

»Ja.« Finn lächelte. »Also habe ich Zeitungsmeldungen durchforstet. Es gab eine lokale Meldung zu einem runden Geburtstag eines Bauunternehmers, der in Groß Zicker lebt. Er hat seinen Fünfzigsten gefeiert.«

Romy wartete ab.

»Die Feier fand in Gager statt – an dem Abend, an dem Marina verschwand und in dem Gasthof, zu dem der Bungalow gehört.«

Romy runzelte die Stirn.

»Die hatten da volles Haus.«

»Das allein …«

»Niemand von den Gästen ist befragt worden. Das habe ich gemeinsam mit Max bereits geprüft. Vielleicht wäre es eine Idee, an der Stelle nachzuhaken.«

»Ich könnte den Gastwirt fragen«, erwiderte Romy nach kurzem Überlegen. »Vielleicht existiert noch eine Gästeliste.«

Finn nickte. Romy stand abrupt auf. »Lass uns gemeinsam hinfahren.«

Bernd Glauber war mit Gartenarbeit beschäftigt, als sie eine gute halbe Stunde später in Gager eintrafen. Er starrte Romy verblüfft an, als sie ihm von den weiteren Recherchen berichtete und sich schließlich nach der Geburtstagsfeier erkundigte. Er stützte sich einen Moment auf seinen Spaten, dann stellte er ihn beiseite. »Setzen wir uns doch auf die Terrasse«, meinte er schließlich. »Mögen Sie etwas trinken?«

Romy lehnte ab. Finn hatte nichts gegen einen Kaffee einzuwenden. Bernd Glauber verschwand in der Küche.

»Er benimmt sich ein bisschen seltsam, oder?«, meinte Finn.

»Das finde ich auch. Doch womöglich ist es ihm schlicht unangenehm, dass eine Veranstaltung in seinem Lokal plötzlich die Polizei auf den Plan ruft. Wir werden sehen.«

Glauber trat wieder ins Freie und servierte Finn den Kaffee. Dann setzte er sich und blickte Romy mit ernster Miene an. »Svenja hat sich auch mit dieser Feier vor sieben Jahren beschäftigt.«

Romy setzte sich gerade auf. »Ach?«

»Das ist meiner Frau und mir klargeworden, als wir uns am Wochenende über den Mord unterhalten haben«, fuhr Glauber fort. Er blickte kurz auf seine Hände. »Svenja hat in unserem Keller zufällig alte Buchhaltungsunterlagen entdeckt, als sie nach Werkzeug suchte. Dazu gehörten auch ein ausführlicher Terminkalender und ein Umschlag mit Fotos – ein paar Aufnahmen von der Feier.«

Romy kniff die Augen zusammen. Sie war elektrisiert.

»Svenja hat zu meiner Frau gesagt, dass Marina unter den Gästen war – zumindest auf einem der Fotos war sie von der Seite zu erkennen.« Er hob beide Hände. »Ich kann mich nicht an das Mädchen erinnern, und Svenja hat mehrere Fotos mitgenommen, auch Gruppenbilder mit Namen und …«

»Gibt es eine Gästeliste?«, warf Romy rasch ein.

Glauber schüttelte den Kopf. »Ich habe bereits mit Richard Paulsen gesprochen, und er versprach, nachzuhaken. Er vermutete, dass der Fotograf ein Mitarbeiter aus seiner Firma war. Aber … Es gibt nichts mehr dazu. Er hat mich vorhin angerufen.«

Romy ließ die Szene innerlich abspulen: Svenja entdeckt auf einem Foto von einer Geburtstagsfeier in Gager Marina, womöglich wenige Stunden vor ihrem gewaltsamen Tod. Sie nimmt einige Aufnahmen an sich und dann? »Wann war das? Wann hat Svenja die Bilder entdeckt?«, ergriff sie wieder das Wort.

»Anfang der Woche, schätze ich. Sie hat jedenfalls am Mittwochmorgen mit meiner Frau darüber gesprochen …«

»Wo ist Ihre Frau jetzt?«

»Sie hat ein paar Termine in Bergen. Ich erwarte sie erst am späten Nachmittag zurück.«

»Wir müssen mit ihr sprechen.«

Bernd Glauber nickte. »Ich sage ihr Bescheid, dass sie sich mit Ihnen in Verbindung setzt.«

Mittwochmorgen, wiederholte Romy stumm. Am Abend oder in der Nacht wurde Svenja ermordet. Keine Spur von den Fotos. Die hätte Buhl längst entdeckt. Sie suchte Finns Blick. »Sag bitte in Bergen und Stralsund Bescheid.«

»Bin schon dabei.« Er griff nach seinem Tablet.

»Und frag Buhl, ob sie mit dem Wagen schon durch sind. Vielleicht liegen die Fotos dort.«

»Mach ich.«

Romy sah Glauber wieder an, der ihren Blick nur mit Mühe ertrug.

»Ich weiß, was Sie sagen wollen«, meinte er leise. »Wir hätten sofort mit Ihnen sprechen sollen, aber der Schock war zu groß, und als uns klar wurde, dass das wichtig sein könnte, habe ich sofort reagiert – und Paulsen auch.«

»Ich mache Ihnen überhaupt keinen Vorwurf«, entgegnete Romy. »Wir brauchen die Fotos, die Sie noch haben.«

»Ja, natürlich, aber die werden Ihnen nicht weiterhelfen.«

»Mal sehen. Wir werden die Gäste von damals ausfindig machen. Womöglich hat jemand etwas beobachtet.«

Glauber hielt ihren Blick fest. »Oder …« Er schüttelte den Kopf. »Nicht auszudenken.«

»Sie haben uns sehr geholfen, Herr Glauber.«

Er nickte zögernd. »Ich hole Ihnen die restlichen Fotos.«

Wenige Minuten später saßen sie im Wagen. Romy musterte die Bilder, während Finn Paulsens Firmenadresse heraussuchte. »Der Hauptsitz ist in Bergen an der Gingster Chaussee. Es gibt aber noch Filialen in Schwerin und Greifswald. Soll ich anrufen und uns ankündigen?«

Romy schüttelte den Kopf. »Überraschen wir ihn lieber.« Glauber hat recht, dachte sie – die Bilder helfen nicht weiter.

»Und wenn er unterwegs ist?«

»Dann machen wir uns wieder auf den Weg.«

»Okay.« Finn spähte zu ihr herüber. »Und?«

Romy seufzte. »Fotos von einer riesigen Geburtstagstorte und dem Büffet, beim Anstoßen mit der Frau, beim Überreichen des Geschenks und so weiter – einige Leute werden wir sicherlich identifizieren können, aber das Gros der Gäste ist nicht erkennbar.«

»Soll ich sie trotzdem einscannen und Max schicken?«

»Mach das. Er hat vielleicht eine zündende Idee, wie wir an

der Stelle weiterkommen.« Sie reichte Finn die Bilder und startete den Motor. Dann hielt sie noch einmal inne. »Das Bewegungsprofil von Svenjas Handy …«

»Sie war nur auf der Insel und in Stralsund unterwegs«, warf Finn eilig ein. »Dort hatte sie ja auch ein Bewerbungsgespräch. Und es gibt keine Hinweise, dass sie sich mit der Suche nach den Gästen beschäftigt hat. Doch Max wird das sicher noch mal genauer prüfen, sobald wir mehr zu dieser Feier erfahren.«

»Da bin ich sicher.«

Für die Route über Lancken-Granitz benötigten sie eine gute halbe Stunde. Niemand hat diese Feier auf dem Schirm gehabt, fuhr es ihr durch den Kopf. Erst als Finn das Umfeld des Datums genauer unter die Lupe nahm, tauchte der Gasthof auf. Und Jahre später wird Svenja Stammgast in dem Bungalow, den ihr der Wirt regelmäßig überlässt. Eine denkwürdige Überschneidung.

»Wir könnten einen Zeugenaufruf starten«, unterbrach Finn plötzlich die Stille. »Damit alle Gäste, die auf der Feier waren, sich bei uns melden.«

»Ja, könnten wir.« Sie spürte seinen fragenden Seitenblick und wandte ihm kurz das Gesicht zu.

»Du willst niemanden warnen?«

Romy wiegte den Kopf. »Wir entscheiden das später.«

Sie parkten gerade hinter der Baufirma, als Martha Glauber anrief. Sie bestätigte die Schilderungen ihres Mannes. Als Romy sich verabschieden wollte, ergriff sie noch einmal das Wort. »Was ist, wenn Svenja etwas entdeckt hat, das mit dem Mord an ihrer Schulkollegin zu tun hatte?« Ihre Stimme klang plötzlich heiser. »Das wäre schrecklich, oder?«

Das ist eine rein rhetorische Frage, dachte Romy. »Wir werden herausfinden, ob es einen Zusammenhang gibt«, sagte sie. »Vielleicht ist das Ganze auch nur ein Zufall.«

»Ja, vielleicht.«

»Du glaubst nicht wirklich an einen Zufall, oder?«, fragte Finn, als Romy das Telefonat beendet hatte.

»Nein, aber das heißt ja noch gar nichts.«

Sie betraten die Firma durch den Hintereingang. Eine Frau in mittleren Jahren saß hinter dem Empfangstresen und blickte ihnen mit freundlichem Lächeln entgegen. Neben einem Stapel mit Flyern stand ein kleines Namensschild – Marion Dollner. »Was kann ich für Sie tun?«

Romy zückte ihren Ausweis. »Mein Kollege und ich möchten mit Herrn Paulsen sprechen – es dauert nicht lange. Eine kurze Routinefrage, und dann sind wir auch schon wieder weg.«

Kurzes Zögern. »Ich rufe durch, ob es gerade passt.«

Es passte. Keine Minute später waren sie unterwegs zum Büro des Chefs. Die Tür stand offen, und Paulsen winkte sie herein, während er telefonierte. »Ich bin gleich für Sie da«, flüsterte er, während er das Telefon kurz mit einer Hand abdeckte. »Nehmen Sie doch schon mal Platz.« Er wies auf zwei Stühle vor seinem Schreibtisch.

Romy musterte den Tisch – edles Holz, aber nicht zu protzig, großer Monitor, ein Tablet der neuesten Generation; auf dem Sideboard an der Wand waren Fotos von der Geschäftseinweihung vor etlichen Jahren, Bilder der Familie, Paulsen auf einer Segelyacht und beim Wandern in den Bergen aufgereiht. Schließlich beendete er das Gespräch, faltete die Hände vor sich auf dem Tisch und blickte Romy an. »Ich ahne, weswegen Sie hier sind«, erklärte er prompt. »Es geht um dieses Mädchen auf dem Foto in Gager, nicht wahr?«

Romy nickte. »Wir haben vorhin mit Bernd Glauber gesprochen.«

»Er macht sich Sorgen, dass damals irgendein Mist passiert sein könnte«, sagte Paulsen.

»Irgendein Mist?«

Paulsen stutzte und hob kurz seine Hände. »Na ja, Sie wissen schon, wie ich das meine. Angeblich soll dieses Mädchen auf der Feier gewesen sein oder war zumindest zwischendurch im Gasthof und ist dann zufällig auf einem der Fotos gelandet. Habe ich das richtig wiedergegeben?«

»Ich denke schon.«

»Vielleicht hat sie einfach nur kurz um die Ecke geguckt und sich für ein halbes Stündchen unter die Gäste gemischt – sich am Büfett bedient, ein Gläschen getrunken und ist dann weitergezogen.«

»So könnte es gewesen sein.«

Paulsen zuckte mit den Achseln. »Das Problem ist nur – es gibt keine Kopien mehr von den Fotos. Und ich kann mich weiß Gott nicht an jeden Gast und jedes einzelne Gesicht erinnern – schon gar nicht an eine flüchtige Besucherin.«

»Und der Mitarbeiter, der damals fotografiert hat ...«

Paulsen schüttelte den Kopf. »Er hat die alten Aufnahmen nicht mehr – er hat das ja auch nicht professionell gemacht. Und ich weiß tatsächlich nicht mehr, wer damals alles dabei war – sechzig, siebzig Leute oder mehr. Familie, Freunde, Firma ...« Er hob erneut die Hände. »Und das Ganze liegt sieben Jahre zurück. Meine Güte, in der Zwischenzeit ...«

»Aber einige Namen werden Sie doch noch zusammenbekommen«, warf Finn ein. »Enge Freunde? Geschäftspartner, die auch heute noch aktuell sind.«

Paulsen musterte ihn kurz. »Ja, bestimmt«, gab er zu. »Falls Ihnen das weiterhilft, schreibe ich Ihnen die Namen auf, an die ich mich entsinnen kann.«

»Das wäre ein hilfreicher Anfang«, bemerkte Romy. »Und Sie selbst haben keine Erinnerungen aufgehoben – ein paar schöne Fotos zum Beispiel nach einem besonderen Fest?«

Richard Paulsen lächelte, als hätte er mit dieser Frage längst gerechnet, und beugte den Kopf vor. »Meine Ex-Frau hat den

Karton mitgenommen – und entsorgt, als sie bemerkte, was sie da eingepackt hatte! Wahrscheinlich hat sie ihn angezündet.« Er verdrehte die Augen. »Was soll ich machen?« Das klang gespielt verzweifelt und wirkte deplatziert.

»Wer hat damals eigentlich die Organisation Ihrer Feier übernommen?«, schaltete Finn sich wieder ein.

Paulsen drehte den Kopf mit einer betont langsamen Bewegung Finn zu. Romy war sicher, dass er ihren Kollegen nicht sonderlich ernst nahm – das passierte dem jugendlich wirkenden Kommissar nicht zum ersten Mal – und seine Fragen darüber hinaus unangemessen fand.

»Trauen Sie mir so was nicht zu?«

»Selbstverständlich. Doch Sie haben ja wahrscheinlich genug mit der Firma zu tun«, entgegnete Finn in jovialem Ton und wirkte bemerkenswert ungerührt.

Paulsen runzelte die Stirn. »Meine Ex-Frau hat das organisiert«, gab er schließlich zurück. »Wenig später sind wir dann allerdings getrennte Wege gegangen … Na ja, den Rest können Sie sich ja denken.«

Romy nickte. Allerdings. Das Telefon klingelte. Paulsen streckte die Hand aus. »Ich schicke Ihnen eine Namensliste, einverstanden?« Damit waren sie entlassen – auf mehr oder wenige höfliche Art.

Als sie das Büro verließen, waren schätzungsweise drei Minuten vergangen. Sie wandten sich zum Hinterausgang, als Romy noch einmal umkehrte und sich an die Empfangsfrau wandte. »Frau Dollner, waren Sie eigentlich eingeladen, als Ihr Chef seinen fünfzigsten Geburtstag in Gager gefeiert hat?«

Die Sekretärin zog kurz die Brauen hoch. »Es gab einen Umtrunk in der Firma, und der Chef hat ein Essen spendiert«, entgegnete sie dann. »Warum …?«

»Zur Party waren nur ausgesuchte Gäste eingeladen?«, schob Romy schnell hinterher.

»Ja, kann man so sagen. Abteilungsleiter, Geschäftspartner, Angehörige und so weiter. Aber …«

»Kein Fußvolk«, warf Romy ein.

Ein winziges Lächeln zupfte an den Mundwinkeln der Sekretärin. Sie zuckte mit den Achseln. »Mir ist das komplett egal. Solche Feiern sind ohnehin nicht meine Welt. Warum fragen Sie überhaupt danach? Das liegt ja schon eine ganze Weile zurück.«

»Sieben Jahre, um genau zu sein. Wir suchen nach Zeugen. Eine Schülerin aus Neubrandenburg ist damals in dem Gasthof gesehen worden – sie taucht auf einem Foto auf. Sie verschwand sehr wahrscheinlich in dieser Nacht. Wir gehen von einem Gewaltverbrechen aus.«

Marion Dollner setzte eine verblüffte Miene auf. »Das haben Sie nach so langer Zeit erfahren?«

»Ja, wir sind im Zusammenhang mit den Ermittlungen zu einem anderen Fall darauf gestoßen, und ich würde gerne beide Taten aufklären.«

»Meinen Sie etwa die junge Frau, die am Nonnenloch gefunden wurde?«

Romy nickte. »Die beiden waren damals in einer Klasse.«

»Ach du liebe Güte.« Dollner blickte sie einen Moment fassungslos an.

»Paulsens Ex-Frau hat die Feier organisiert, nicht wahr?«, fragte Romy weiter.

»Richtig. Ich habe sie ein bisschen unterstützt und ihr wichtige Geschäftsadressen weitergeleitet – wegen der Einladungen.«

Romy hob eine Braue. Dollner schaltete sofort. »Ich darf das nicht einfach so rausgeben«, sagte sie leise, nachdem sie sich kurz umgesehen hatte.

»Wir haben gerade mit Ihrem Chef gesprochen. Er hat zugesagt, sich um die Gästeliste zu bemühen. Insofern …«

Dollner zögerte. Romy griff in ihre Tasche. »Darf ich Ihnen meine Visitenkarte geben?«

Marion Dollner nahm sie an sich und steckte sie ein. »Mal sehen, was ich tun kann«, meinte sie leise.

»Danke.« Romy wandte sich um und trat zu Finn. Gemeinsam verließen sie die Firma. »Ich glaube nicht, dass er sich an so viele Namen erinnern wird«, bemerkte sie, als sie im Wagen saßen. »Warum auch immer.«

Finn sah sie an. »Du magst ihn nicht.«

»Er trägt ein bisschen dick auf, finde ich – gibt sich übertrieben locker und zugleich herablassend. Doch davon abgesehen – wir verlassen uns besser nicht auf ihn.«

»Zurück ins Kommissariat?«

»Ja. Es gibt genug zu tun.«

»Wir werden tagelang am Telefon sitzen«, seufzte Finn.

»Und immer die gleichen Fragen stellen.« Romy lächelte. »Recherchier doch bitte mal, was Paulsens Ex jetzt so macht.«

»Das weiß ich schon. Sie arbeitet in Stralsund – in einer kleinen Softwarefirma. Die haben sich auf Anwendungen für die Baubranche spezialisiert.«

»Okay.« Romy sah auf die Uhr. »Wir werden wohl auch zu ihr Kontakt aufnehmen.«

8

Die offizielle Gästeliste hatte insgesamt gut sechzig Leute umfasst – wobei diejenigen fehlten, die Paulsen noch spontan und im persönlichen Gespräch eingeladen hatte. Daran erinnerte sich Marion Dollner noch ziemlich genau, denn seine Frau hatte sich darüber beschwert, dass er ihr ständig in die Planung gepfuscht hatte. Marion hatte seinerzeit die Kontaktdaten der Geschäftspartner und Bauleiter sowie Mitarbeiter aus den oberen Etagen zusammengestellt – ungefähr dreißig bis vierzig Namen – und an Paulsens damalige Frau Claudia weitergegeben, die sich um den Text und die formale Gestaltung der Anschreiben gekümmert hatte. Der Ausdruck sämtlicher Einladungen war dann später über den Firmendrucker erfolgt. Claudia Paulsen hatte ihr die vollständige Adressliste und den Text zugeschickt, und Marion hatte sich um das Versenden gekümmert.

Marion Dollner konnte sich auch noch gut daran entsinnen, wie sauer sie gewesen war, weder auf der Liste gestanden noch eine inoffizielle Einladung erhalten zu haben, obwohl sie keineswegs damit gerechnet hatte, dass sie zum erwählten Kreis dazugehören würde. Ein Rest Hoffnung war aber wohl doch noch geblieben, sonst wäre sie nicht so enttäuscht gewesen. Wütend traf es besser. Paulsen hatte immer einen Unterschied gemacht zwischen den Angestellten auf der unteren und mittleren Ebene und denen, die deutlich darüber standen und echte Verantwortung trugen, wie er einmal hinter halb geschlossener Tür geraunt hatte. Natürlich sprach er das nie so deutlich aus, wenn er Leute wie Marion um sich hatte – diejenigen, die zur unteren oder mittleren Ebene gehörten –, aber es war zu spüren, dass er einen Unterschied machte.

Marion Dollner gehörte also definitiv nicht dazu, obwohl der Laden ohne ihr Engagement wesentlich holpriger laufen würde, davon war sie fest überzeugt – und diese Bewertung entsprang keineswegs einer überheblichen Note bei ihrer Selbsteinschätzung, sondern rein pragmatischen Erkenntnissen. Sie wusste sehr genau, wen sie wann zum Chef durchstellen musste, welche Aufträge Vorrang hatten, welcher Kunde unbedingt bevorzugt behandelt werden sollte und bei welcher Anfrage besser ein zweiter Finanzcheck erfolgen sollte. Sie hatte ein Gespür dafür, ob Leute klamm waren und nur so taten, als spielte Geld keine Rolle, oder ob tatsächlich ein solides Polster vorhanden war. Sie konnte auch abschätzen, ob ein Bewerber oder eine Bewerberin für eine ausgeschriebene Stelle im Betrieb geeignet war oder nicht, und der Chef hätte dabei so manches Mal danebengegriffen, wenn er sich nicht auf Marions Rat verlassen hätte.

Zugegeben – er bezahlte gut, aber damit hatte es sich dann auch schon.

Sie sah auf die Uhr. In einer halben Stunde würde sie Feierabend machen. Sie rief Mails ab und erledigte einige Telefonate. Dann hörte sie, wie die Tür zum Chefbüro klappte. Plötzlich stand Paulsen hinter ihr. Er legte ihr kurz eine Hand auf die Schulter, eine flüchtige, beiläufige Berührung. »Alles klar?«

»Natürlich. Brauchen Sie noch was, Chef?«

»Nein ...« Er zögerte einen Moment. »Haben die beiden von der Polizei Sie vorhin auch befragt?«

Marion zuckte mit den Achseln. »Nur kurz. Die Kommissarin hat sich nach der Geburtstagsfeier und den Gästen erkundigt. Dazu konnte ich nur wenig sagen.« Sie hoffte, dass ihr Ton neutral klang und die alte Verletzung nicht anklingen ließ.

Paulsen nickte. »Gibt es dazu eigentlich noch irgendwelche Adresslisten?«, bemerkte er beiläufig.

»Ihre Frau hatte damals ...«

»Meine Ex-Frau«, betonte er.

»Ihre Ex-Frau hatte mich gebeten, sämtliche Einladungen hier auszudrucken, ansonsten ...«

»Schon gut. Falls Sie dazu doch noch was haben ...«

Marion Dollner warf ihm einen fragenden Blick zu.

»Ich weiß, wie gründlich und sorgsam Sie mit unseren Daten umgehen, aber die Polizei muss nicht alles wissen«, fuhr er fort. »Wer warum wo mit mir feiert, geht die nichts an. Man weiß nie, welchen Strick die einem wann daraus drehen und was die Medien aus so einer Geschichte machen.« Er beugte sich ein Stück herunter. »Insbesondere wenn der eine oder andere Politiker und Verwaltungschef dabei war, wenn Sie verstehen, was ich meine«, fügte er leise hinzu.

»Natürlich.«

Absprachen, Kungeleien, geschickte Sondervereinbarungen waren immer Teil des Geschäfts, gerade im Bauwesen und bei der Vergabe besonders lukrativer Aufträge. Paulsen verstand es sehr gut, alle möglichen Interessen unter einen Hut zu bekommen – das Prinzip »Eine Hand wäscht die andere« war gerade in dieser Branche eine häufig zitierte Redensart. Und natürlich war ihm nicht daran gelegen, wichtige Partner insbesondere aus Verwaltung und Politik mit Fragen zu einem Mordfall zu vergraulen.

Paulsen richtete sich wieder auf. »Niemand hat damals dieses Mädchen bemerkt, da bin ich hundertprozentig sicher. Die hat kurz um die Ecke geguckt, vielleicht einen Sekt getrunken und ist wieder verschwunden. Es war rappelvoll – warum hätte sie jemandem auffallen sollen?« Er schüttelte den Kopf. »Es ist nichts als ein verdammter Zufall, dass sie auf einem der Fotos auftaucht. Und wer weiß, ob das überhaupt stimmt.« Erneut schüttelte er den Kopf. »Ich verlasse mich auf Ihre Diskretion«, fügte er noch hinzu, als er schon in der Tür stand, und hielt ihren Blick kurz fest.

»Natürlich.«

Die Adressen waren auf einer externen Festplatte gespeichert – unter dem Stichwort »Geburtstag und Gästeliste«, versehen mit Datum und Anlass. Marion kümmerte sich regelmäßig um die Datenpflege und umfassende Back-ups. Paulsens Ex-Frau Claudia hatte seinerzeit dafür gesorgt, dass die Firma auch bei der Software und Datenverarbeitung gut aufgestellt war und jederzeit ein Zugriff auch auf ältere Daten möglich war. Später war sie im Hauptsitz der Firma nicht mehr so häufig aufgetaucht, sondern hatte sich vorzugsweise um Greifswald und Schwerin gekümmert – bis die Ehe dann den Bach heruntergegangen war.

Wenig später fuhr Paulsen vom Hof. Er hatte seine Bürotür abgeschlossen, und damit war klar, dass er nicht mehr in die Firma zurückkehren würde. Marion wartete noch zehn Minuten, dann suchte sie die Festplatte für den fraglichen Zeitpunkt heraus und kopierte die Gästeliste samt Kontaktdaten auf einen USB-Stick. Auf dem Heimweg setzte sich ein leises Lächeln auf ihrem Gesicht fest. Hättest du mich damals zu deiner Feier eingeladen, hätte ich mich wahrscheinlich anders verhalten. Das klang kindisch, absurd, passte aber irgendwie: Eine Hand wäscht die andere.

Der Umschlag – klein, wattiert, ohne Absender – lag auf Romys Schreibtisch, als sie am nächsten Morgen im Kommissariat eintraf. Ihre Stimmung war eher verhalten. Jan hatte ihr am Abend Grüße vom Staatsanwalt ausgerichtet, der sie zu einer Besprechung nach Stralsund gebeten hatte – »sobald du es einrichten kannst«, hatte Jan hinzugefügt. Das hieß: so schnell wie möglich, denn er selbst würde keine Zeit haben.

Fünf Tage waren seit dem Fund am Ufer unterhalb des Nonnenlochs vergangen, und abgesehen von einer Spur zu einem weiteren Mordfall hatten sie bislang nichts wirklich Greifbares vorzuweisen, auch wenn die Hinweise auf die Fotos zunächst vielversprechend schienen. Leider waren sie bislang nirgendwo aufgetaucht, wie Buhl ihr mitgeteilt hatte; die Durchsuchung des Wagens hatte keine neuen Ergebnisse gebracht.

Romy war nach einer Nacht, die sie darüber geschlafen hatte, klar, dass der Staatsanwalt wenig begeistert reagieren würde. Fotos, die nur das Ehepaar Glauber gesehen hatte, als Grundlage für erweiterte Ermittlungen waren eine verdammt dürftige Basis, zumal sich der Hinweis von Svenja, Marina sei auf einer der Aufnahmen abgebildet gewesen, nicht verifizieren ließ. Und doch lag die Vermutung nahe, dass die Bilder nicht grundlos unauffindbar waren.

Romy goss sich einen Kaffee ein und öffnete den Umschlag, der lediglich einen USB-Stick enthielt. Sie zögerte erneut, dann griff sie in die Schublade ihres Schreibtischs und zog ein Paar Handschuhe aus einem Karton. Max und Finn waren noch unterwegs. Vielleicht wäre es sinnvoller … Sie zögerte einen Moment, dann stöpselte sie den Stick ein und rief das Inhaltsverzeichnis auf. Eine Liste mit Kontakten, mehr als sechzig Namen und Adressen. Sie lächelte. Marion Dollner, dachte sie und zog die Handschuhe wieder aus. Warum auch immer die Sekretärin prompt tätig geworden war – sie hatte nicht lange gezögert, die Ermittlungen zu unterstützen, wenn auch anonym.

Romy speicherte die Daten und legte Max den Stick auf den Schreibtisch, bevor sie mit den ersten Telefonaten begann. Keine halbe Stunde später trafen die beiden Kollegen ein, und sie teilten sich die Liste auf. Romy hatte ein rundes Dutzend Gäste abtelefoniert beziehungsweise um Rückruf gebeten und war bislang allenfalls auf verblüffte Gegenfragen gestoßen, als Finn in ihr Büro trat. »Da sind ein paar illustre Namen dabei«, meinte er.

Romy zuckte mit den Achseln. »Das sollte uns nicht davon abhalten, Fragen zu stellen.«

»Schon klar. Niemand kann sich an etwas Besonderes erinnern, geschweige denn an eine fremde junge Frau – auch das Foto von der Vermisstensuche führt da bislang nicht weiter.« Er setzte eine nachdenkliche Miene auf.

»Noch sind wir nicht durch«, entgegnete Romy. »Mach einfach weiter, Finn.«

»Vielleicht sollten wir die Liste erweitern – um die Leute, die an dem Abend im Lokal gearbeitet haben, auch die Aushilfen. Bei großen Festen reicht die normale Besetzung meist nicht aus.«

»Richtig. Gute Idee. Ruf mal den Glauber an. Dazu dürfte er sicherlich schnell was sagen können.« Romy wählte die nächste Nummer, und Finn verschwand.

Als er eine Weile später wieder in der Tür stand, lächelte er leise. »Ich glaube, ich habe was. Ein junger Typ, der bei der Feier als Aushilfskellner gejobbt hat, meinte, er hätte ein junges Mädchen gesehen – und zwar im Gespräch mit der Tochter der Glaubers …«

»Es gibt eine Tochter?«

»Julia – sie lebt schon einige Jahre nicht mehr auf Rügen. Sie hat bei der Feier übrigens auch geholfen und …«

Romy kniff die Augen zusammen. Das hatte Bernd Glauber bislang nicht erwähnt. Weil es unwichtig war und er sie längst darauf angesprochen hatte – ohne Ergebnis? »Was genau hat der Kellner gesagt?«

»Der Typ meint, dass Julia sich eine ganze Weile mit jemandem unterhalten hat. Daraufhin habe ich ihm ein Foto von Marina geschickt. Er ist nicht hundertprozentig sicher, aber er könnte sich sehr gut vorstellen, dass es sich dabei um diese Schülerin gehandelt hat.«

Romy rieb sich übers Kinn. »Hat er etwas Auffälliges mitbekommen?«

Finn schüttelte den Kopf. »Nein.«

Romy sah kurz zum Fenster hinaus. »Wir müssen trotzdem mit ihm sprechen und auch mit Julia Glauber. Vielleicht ist ihr etwas aufgefallen.«

»Das dachte ich mir schon. Der Aushilfskellner arbeitet in einer Bar in Stralsund und …«

»Wie praktisch«, warf Romy ein. »Der Staatsanwalt will mich heute ohnehin sprechen, und Paulsens Ex-Frau würde ich auch lieber persönlich befragen, selbst wenn sich die Frage nach der Gästeliste inzwischen erübrigt hat. Wo lebt Julia Glauber jetzt?«

»Das versucht Max gerade herauszubekommen.« Finn warf ihr einen nachdenklichen Blick zu.

»Wie darf ich das verstehen?«

»Die letzte Meldeadresse in der Nähe von Greifswald stimmt nicht.«

»Hast du …«

»Natürlich. Bernd Glauber kann uns auch nicht weiterhelfen. Die Tochter meldet sich kaum bei ihren Eltern.«

Romy runzelte die Stirn. Finn hob beide Hände. »So etwas soll in den besten Familien vorkommen.«

»Nun gut.« Sie stand auf. »Vielleicht kann Max etwas dazu herausfinden. Wir sollten jetzt erst mal nach Stralsund fahren.« Sie sah auf die Uhr. »Ich will die Unterredung mit Schwedtner hinter mich bringen.«

»Alles klar.« Finn stopfte sein Tablet in einen Rucksack, und wenig später waren sie auf dem Weg in die Hansestadt.

Max war froh, ein paar Stunden ganz für sich zu haben. Romy und Finn waren inzwischen ein gut eingespieltes Team, die eine Fallentwicklung gerne ausführlich diskutierten – manchmal durchaus eine Spur zu laut und eine Nuance zu lebhaft, für seinen Geschmack jedenfalls. Max seufzte. Das behielt er natürlich für sich, insbesondere da Finn sich als wertvolle Unterstützung erwiesen hatte und genau der richtige Begleiter für Romy war. Das bedeutete natürlich dankenswerterweise auch, dass niemand auf die Idee kam, Max könnte ja zur Abwechslung auch mal Aufgaben im Außendienst übernehmen. Ein höchst unangenehmer Gedanke, den er rasch wieder beiseiteschob.

Auch die Ergebnisse der Internetsuche nach Julia Glauber waren erstaunlich dürftig, stellte er erneut fest. Die junge Frau hatte die Insel nach dem Abitur verlassen, in den sozialen Netzwerken fand sich nichts zu ihr; dass sie sich in der Nähe von Greifswald aufhielt, war möglich, aber bei genauer Betrachtung natürlich keine zwingende Schlussfolgerung. Sie meldete sich nur hin und wieder, mit einer kurzen Nachricht meist an den Feiertagen, hatte ihr Vater erklärt, und es war deutlich zu spüren gewesen, wie unangenehm es ihm war, nach seiner Tochter gefragt zu werden.

»Wir haben keinen guten Draht zu ihr«, hatte er schließlich in leisem Tonfall hinzugefügt. »Eigentlich haben wir gar keinen Draht mehr zu ihr, das trifft es eher. Aber fragen Sie mich nicht, warum – ich weiß es nicht.« Und nach kurzer Pause: »Sie hat eine Weile gejobbt, soweit ich weiß jedenfalls, und ein bisschen studiert, aber wofür genau sie sich entschieden hat und welche Uni es dann geworden ist, kann ich nicht sagen. Und niemand ist darüber unglücklicher als ich und meine Frau. Also: Ich habe keine Ahnung, wo sie ist.«

Max hatte es einen Moment die Sprache verschlagen. »Ihre Tochter muss ja von irgendwas leben«, hatte er dann angemerkt. »Wir werden sie schon entdecken.« Das klang verlegen und unsicher.

Die Bemerkung hatte Glauber nicht kommentiert. »Und Sie sind sicher, dass Julia dieses Mädchen an dem Abend gesehen hat?«

»Der Hinweis Ihres Aushilfskellners ist eindeutig. Die beiden haben sich unterhalten, so beschrieb er die Szene. Das hat Ihre Tochter Ihnen gegenüber tatsächlich nicht erwähnt?«

»Nein! Das hätte ich Ihnen doch selbstverständlich längst gesagt. Als die Leiche gefunden wurde, war Julia schon ausgezogen. Sie weiß davon gar nichts. Und ich selbst habe doch die Polizei überhaupt erst auf das Mädchen aufmerksam gemacht, nachdem

Svenja das Foto im Keller gefunden und ihre Schulkollegin erwähnt hatte.« Seine Stimme hatte plötzlich aufgebracht geklungen.

Wenig später war das Telefonat beendet gewesen.

Max beschlich zunehmend Unruhe, je länger er nach Julia suchte. Es gab keine Anhaltspunkte – falls sie gearbeitet hatte, dann ohne offizielle Anstellung. Nachrichten trafen selten und dann nicht einmal persönlich ein, so hatte der Vater berichtet. Das klang nach starker Entfremdung – oder es steckte etwas anderes dahinter. Sie hielt sich verborgen. Vor ihren Eltern? Aber warum? Doch selbst wenn diese Annahme zutraf, müsste Julia Spuren hinterlassen haben – irgendwo. Niemand konnte sich auf Dauer verstecken – ohne professionelle Hintergrundkenntnisse.

Max kaute eine Weile auf dem Gedanken herum, dann rief er die Website des Gymnasiums auf und suchte nach alten Abi-Jahrgängen. Im letzten Sommer war Julias Jahrgang zu einer Wiedersehensfeier zusammengekommen. Die Gruppe hatte sich in Binz getroffen; einige Fotos waren auf Insta und Facebook gepostet worden. Die Aufnahmen wirkten weder sonderlich spannend noch aufschlussreich – ehemalige Schulkollegen, die sich inzwischen auf den Weg gemacht hatten und noch einmal zusammengekommen waren, um die alten und neuen Zeiten zu feiern oder sich feiern zu lassen. Einige hatten sicherlich Karriere gemacht, andere Familien gegründet, oder es war ihnen beides gelungen. Wer Probleme hatte, ließ sie sich nicht anmerken – nicht in diesem Rahmen. Und wer gescheitert war, log sich entweder durch die Veranstaltung oder war gar nicht erst gekommen.

Wenigstens ließen sich die meisten Namen verifizieren. Julia war nicht darunter – was Max wenig verwunderte. Er schrieb zunächst die beiden Jahrgangssprecher an und bat um Rückmeldung. Die erfolgte prompt in kurzem Abstand zwei Stunden später – eine Idee zu Julias Verbleib hatten beide nicht, dafür gab es einen Tipp. »Julia war insgesamt immer sehr zurückhaltend, introvertiert, könnte man sagen. Sie hat sich nie großartig mitgeteilt, aber sie konnte sehr gut mit ihrer Tutorin«, meinte einer der beiden. »Vielleicht weiß sie mehr.«

»Haben Sie einen Namen parat?«

»Warten Sie – Sandra … ja: Vogt, Sandra Vogt. Ob sie noch in Bergen unterrichtet, weiß ich allerdings nicht.«

»Das bekomme ich heraus. Vielen Dank.«

Max legte das Handy beiseite und stand auf, um Schultern und Rücken zu lockern. Dann holte er sich frischen Tee und packte seinen mitgebrachten Imbiss aus. Das Müsli sah durchaus gesund und lecker aus – na ja, eher vorwiegend gesund, so Richtung Schrotkur, Körnerbrei und Bioreiswaffel. Fehlte nur noch Wassertreten und Jutebeutel. Um es auf den Punkt zu bringen: Selbst wenn er den knackig roten Apfel und den Nussriegel daneben legte – die Mahlzeit war nur ein blass-müder Ersatz für die famosen Imbisse, die Fine immer zubereitete und die sie alle stets wie selbstverständlich herunterschlangen. Er seufzte leise und stocherte eine Weile lustlos in seiner Schüssel herum. Schließlich schrieb er der guten Seele des Innendienstes eine Nachricht und fügte ein Foto von seinem Essen hinzu. Er war sicher, dass dieses traurige Bild ihren Heilungsprozess deutlich beschleunigen würde.

9

Doktor Schwedtner war bereit, sich überzeugen lassen, die Ermittlungen auszuweiten – wenn auch unter Vorbehalt. Das war seinem Gesichtsausdruck anzusehen. »Verschwundene Fotos, auf denen am Rand womöglich jemand zu erkennen ist, gehen nicht gerade als stichhaltiges Argument durch«, wandte der Staatsanwalt zögernd ein, nachdem Romy die Ergebnisse der letzten Tage zusammengefasst hatte.

»Wir suchen nur nach einer Bestätigung – wir hätten damit eine erste konkrete Spur zu Marina entdeckt und womöglich auch eine Verbindung zum Mord an Svenja Bollheim.«

»Sind Sie tatsächlich davon überzeugt, dass Svenja Bollheim der Sache nachgegangen ist und darum sterben musste?«

»Sie war im Besitz dieser Fotos, das steht außer Frage«, bekräftigte Romy. »Vielleicht ist ihr ein Zusammenhang klar geworden, oder sie hat jemanden erkannt. Nun ist die junge Frau tot, und die Aufnahmen sind verschwunden. Das klingt nach meiner Einschätzung ziemlich verdächtig. Ja, doch – ich denke, dass der Fall Marina Arnold der Schlüssel zum Mord an Svenja sein könnte, auf welche Weise auch immer.«

Schwedtner nickte nachdenklich. »Diese Gästeliste ist sehr umfangreich und ... ja, mit bekannten Namen gespickt.« Er warf ihr einen langen Blick zu. »Nicht jeder wird antworten wollen. Das muss Ihnen bewusst sein.«

»Einen Teil haben wir schon abgehakt«, entgegnete Romy. »Ich bin sicher, dass wir auf Antworten stoßen. Und wer sich nicht äußern will, den können wir kaum dazu zwingen.«

Der Staatsanwalt hielt ihren Blick einen Moment fest. »Ihr Mann ist im Moment zeitlich stark eingebunden, die Hauptverantwortung liegt also bei Ihnen. Ich verlasse mich darauf, dass Sie umsichtig, diskret und angemessen agieren. Sie und Ihr Team.«

Diese Attribute gehören nicht unbedingt zu meinem Markenzeichen, dachte Romy. »Selbstverständlich.«

»Notfalls binden Sie noch die Kollegin aus Greifswald ein.«

»Das ist im Moment noch nicht nötig, aber Kommissarin Kranold ist immer eine wertvolle Unterstützung. Ich komme gerne darauf zurück.«

»Gut.«

Romy stand auf und wandte sich zur Tür um.

»Ach, noch etwas«, ergriff Schwedtner erneut das Wort. »Wir müssen versuchen, die Presse so lange wie möglich herauszuhalten. Bei Anfragen verweisen Sie bitte direkt an die Pressestelle. Wir sollten mit allen Mitteln verhindern, dass hier Namen und Ämter missbräuchlich herausgehoben werden und wer auch immer politisches Kapital aus diesen Ermittlungen zu schlagen versucht. Ich will keine reißerischen Schlagzeilen lesen müssen. Für einen Dezernatsleiter, Firmenchef oder Regionalpolitiker, der auch nur unterschwellig in die Nähe von grausamen Strafdelikten gerückt wird, könnte damit das Karriereende eingeläutet werden. Das muss unbedingt verhindert werden.«

»Natürlich.«

Schwedtner nickte zufrieden.

Romy nahm die Treppe über den Hinterausgang. Ein Gedanke, der bereits während des Gesprächs aufgeblitzt war, beschäftigte sie erneut. Den Gruppenfotos mit den Gästen, die sogar namentlich aufgeführt waren, kam eine besondere Bedeutung zu. Doch in welcher Weise? Hatte Svenja die Gäste persönlich abklappern wollen, um Klarheit zu gewinnen und Leute zu befragen? Das wäre in der kurzen Zeit zwischen dem Fund im Keller und dem Mord – einige Tage – kaum zu bewältigen gewesen. Hinzu kam, dass ihr Bewegungsprofil und ihre Kontaktaufnahmen im Handy keine Belege dafür lieferten; auch die Suche nach Adressen war in ihrem Account nicht belegbar. Solche digitalen Spuren könnten natürlich gelöscht worden sein. Svenja war womöglich keine Smartphone-Nutzerin gewesen, die ständig ihr Handy benutzte. Aber vielleicht war es anders gewesen – sie könnte jemanden erkannt haben, der bereits damals während der Kursfahrt eine Rolle gespielt hatte.

Finn blickte hoch, als sie die Wagentür öffnete. »Dürfen wir loslegen?«, fragte er.

»Natürlich.« Sie setzte sich und sah einen Moment nachdenklich zum Fenster hinaus, bevor sie sich anschnallte und den Motor startete.

»Was Besonderes?«, fragte Finn.

»Svenja muss auf den Fotos jemanden erkannt haben«, antwortete Romy. »Sie wird in der kurzen Zeit nicht auf gut Glück Dutzende von Leuten aufgesucht haben.«

»Das klingt unwahrscheinlich. Sie könnte aber auch bereits nach der zweiten oder dritten Kontaktaufnahme etwas entdeckt haben«, wandte Finn ein.

»Okay, das ist ein Argument.« Romy nickte. »Aber warum hat sie mit niemandem darüber gesprochen?«

»Sie war nicht sicher, ob sie richtiglag … Übrigens: Vielleicht spielt diese Gästeliste für unsere Nachforschungen gar keine bedeutsame Rolle«, fügte Finn hinzu.

»Wie meinst du das?«

»Sie muss nicht vollständig sein. Unter Umständen feierten ja auch Leute mit, die gar nicht auf der Liste aufgeführt waren.«

»Weil nicht jeder Gast so eine offizielle Einladung erhalten hat?«

»Genau – wenn du groß feiern würdest, würdest du Max und auch Kasper keine offizielle Einladung schicken, sondern ihnen einfach Bescheid sagen, oder?«

»Ja, wahrscheinlich«, stimmte Romy ihm zu. »Ähnlich könnte Paulsen es auch mit anderen Kontakten gehalten haben. Guter Hinweis. Lassen wir den mal so stehen ... Gibt es eigentlich Neuigkeiten von Max?«

»Er versucht, im Umfeld von Julia Glaubers Schule mehr über sie zu erfahren.«

»Das ist auch so eine seltsame Geschichte.«

»In der Tat.«

Zehn Minuten später parkte Romy den Wagen am Knieperwall in der Nähe des Meeresmuseums. In der kleinen Bar, in der der Kellner arbeitete, der seinerzeit bei der Geburtstagsfeier in Gager ausgeholfen hatte, war erstaunlich viel los – für einen Nachmittag an einem Wochentag. Das Publikum war durchweg jung – Studenten, Oberstufenschüler und Schülerinnen. Finn wies auf einen der Barkeeper. »Da ist er – Charly.«

Romy trat an den Tresen. Charly trug ein Stirnband und kaute Kaugummi. Der Kopf war glattrasiert, das rote Hemd saß etwas knapp. Romy schätzte ihn auf dreißig. Er lächelte ihr entgegen. »Was darf ich dir servieren?«

»Espresso.«

»Okay. Und dein ...«

»Für mich bitte auch«, erklärte Finn.

»Kommt sofort.«

Charly servierte den Kaffee keine Minute später.

»Sie haben heute mit meinem Kollegen telefoniert«, ergriff Romy das Wort und stellte sich und Finn vor.

»Ach?« Er lächelte. »Sorry für das Du – das ist hier so üblich.«

»Macht nichts. Würden Sie sich die Fotos noch mal ansehen?«

Charly wischte sich die Hände an einem Handtuch ab und warf einen Blick in die Runde. »Klar ... Ich muss allerdings ein Auge auf meine Gäste haben.«

»Natürlich.«

Charly bestätigte seine Angaben. »Ja, das ist das junge Mädchen«, erklärte, während er die Bilder von Marina musterte. »Julia hat sich eine ganze Weile mit ihr unterhalten.«

»Am Telefon sagten Sie noch, dass Sie es für möglich hielten.«

»Richtig – und nun ... Ja, ich bin sicher. Die Kleine ist da reingeschneit, und Julia hat sie angesprochen. Das war es auch schon.« Charly hob den Blick. »Deswegen kommen Sie extra nach Stralsund?«

Romy lächelte. »Nun, wir wollten es ganz genau wissen.«

»Verstehe.« Charly eilte ans Ende des Tresens und kassierte ab, dann kehrte er zurück.

»Wenn Sie noch mal ganz genau an die Szene zurückdenken – ist irgendwas hängengeblieben?«

Charly blies die Wangen auf. »Die Kleine ist tot, nicht wahr? Darum wollen Sie das so genau wissen. Aber das liegt doch schon ewig zurück.«

»Diesen Satz höre ich oft – Sie würden staunen, woran man sich erinnern kann, wenn die richtigen Stichworte fallen.«

Charly musterte sie aufmerksam.

»Wir gehen davon aus, dass das junge Mädchen ermordet worden ist«, fuhr Romy fort. Sie war inzwischen fest davon überzeugt, dass ein Tötungsdelikt vorlag und eben kein Unfallgeschehen, auch wenn diese Möglichkeit aufgrund des rechtsmedizinischen Gutachtens nicht völlig ausgeschlossen werden durfte. »Wahrscheinlich in der Nacht, in der im Gasthaus ein runder Geburtstag gefeiert wurde. Stunden vorher taucht sie genau dort auf und unterhält sich eine Weile mit der Tochter der Gastleute.«

Charly nickte langsam. »Das klingt ...« Er schob sein Stirnband zurecht. »Wissen Sie, Julia war seltsam an dem Abend.«

Romy hob den Blick.

»Sie war so ... ja, so lebhaft. Das ist sie sonst nicht. Sie redet auch nicht viel, schon gar nicht mit Leuten, die sie nicht kennt. Sie ist insgesamt immer sehr zurückhaltend.«

Das ist interessant, dachte Romy und wechselte einen schnellen Blick mit Finn, der sich Notizen machte.

»Aber die Unterhaltung hat sie genossen«, fuhr Charly fort. »Es wirkte fast so, als würden die beiden sich kennen.«

»Vielleicht kannten sie sich.«

»Nein.« Charly schüttelte den Kopf. »Ich habe Julia gefragt, woher sie die Kleine kennt, und sie meinte, sie hätte sie noch nie zuvor gesehen.«

»Und Julia?«

»Was meinen Sie?«

»Wann haben Sie Julia das letzte Mal gesehen?«

»Keine Ahnung. Die ist nach dem Abi runter von der Insel – habe ich gehört.«

Romy nippte an ihrem Kaffee.

»Warum fragen Sie nach Julia?«

»Wir würden gerne auch mit ihr sprechen, aber es ist nicht so ganz einfach, sie zu erreichen.«

Charly sah sie verdutzt an. »Na, die Eltern dürften doch wohl wissen …« Er brach ab. »Die haben keine Ahnung, wo Julia ist?«

Romy hob eine Braue.

»Das ist ja seltsam.«

»Können Sie uns etwas sagen zum Verhältnis zwischen Julia und ihren Eltern?«, fragte Romy weiter.

»Nein – ich meine, ich habe da hin und wieder mal ausgeholfen. Die Glaubers sind sympathische Leute, und Julia war immer etwas still. Das sagte ich ja schon.«

Romy nickte und bezahlte dann den Kaffee. »Vielen Dank für Ihre Hinweise.«

Finn sah sie von der Seite an, als sie wieder auf der Straße standen. »Was ist da passiert? Und warum versteckt sich Julia? Hat sie irgendwas mitbekommen?«

»Das dürften wohl die entscheidenden Fragen sein.« Romy

zog ihr leise summendes Smartphone aus der Tasche. »Hallo, Max, was hast du herausgefunden?«

»Julia hatte in der Oberstufe eine Tutorin, mit der sie sich gut verstand. Sandra Vogt, Ende dreißig. Sie unterrichtet aber nicht mehr. Lebt ganz oben im Norden der Insel in einem Häuschen. Ich finde, dass ihr da mal hinfahren solltet.«

»Aha.«

»Die Dame war am Telefon nicht sehr gesprächig – um es mal milde auszudrücken.«

Romy runzelte die Stirn. »Und wenn du es weniger milde beschreibst?«

»Sie hat keine Lust, Fragen zu beantworten – meinte sie und hat dann einfach aufgelegt.«

»Na schön. Schick mal die …«

»Schon unterwegs, Romy. Und wie gesagt – ihr werdet ganz sicher nicht mit offenen Armen empfangen.«

»Ich muss also mal wieder meinen ganzen Charme spielen lassen. Eine meiner leichtesten Übungen.« Sie lächelte. »Ach, sag mal, gibt es Hinweise darauf, warum Frau Vogt nicht mehr im Schuldienst ist und was sie jetzt so macht?«

»Nein, aber ich könnte da auch noch mal nachforschen.«

»Tu das. Wir sind jetzt im Feierabendverkehr mindestens eine gute Stunde unterwegs.«

»Das heißt, ich sollte mir nicht allzu viel Zeit lassen, um euch mit einigen Informationen zu versorgen?«

»Ich stelle zum wiederholten Male fest, dass wir uns ganz hervorragend verstehen.«

Sandra Vogt wohnte in Schwarbe am Nordufer auf der Halbinsel Wittow. Dort hatte sie vor einigen Jahren ein kleines Haus geerbt, wie Max eine gute halbe Stunde später berichtete, während sie die Insel von Süden nach Norden durchquerten – mitten im zähfließenden Verkehr, der Romy einiges an Geduld abverlangte. »Und wovon lebt sie?«

»Details habe ich noch nicht, fest steht aber, dass ihr verstorbener Mann vermögend war – ein Typ aus Hamburg mit Immobilienbesitz. Ich könnte mir vorstellen, dass sie deshalb nicht mehr arbeiten muss. Oder es gab Ärger in der Schule. Oder beides.«

»Okay, danke erst mal.«

Das Haus lag am Ortsrand von Schwarbe auf einem großen, dichtbewachsenen Grundstück, das von außen kaum einsehbar war. Am Tor stand kein Name. Romy streckte die Hand nach der Klingel aus, als sie eine Bewegung wahrnahm. Eine Frau lief den schmalen gepflasterten Weg entlang. Sie war groß gewachsen und bewegte sich mit kraftvollen Schritten; das dunkelblonde Haar fiel ihr über die Schultern. Sie trug Arbeitskleidung und Gartenhandschuhe.

Romy grüßte freundlich, als Sandra Vogt am Tor ankam und sie aus tiefgrünen Augen eindringlich musterte, dann Finn ansah und sich schließlich wieder Romy zuwandte. »Was gibt es?«

Eine freundliche Begrüßung klang definitiv anders. Romy stellte sich und Finn vor. »Wir ermitteln zurzeit in zwei Mordfällen, Frau Vogt, und würden Ihnen gerne ein paar Fragen stellen.«

»Warum?«

»Womöglich können Sie uns helfen.«

»Das ist keine Antwort.«

»Doch«, hielt Romy dagegen. »Wir suchen Julia Glauber. Sie ist möglicherweise eine wichtige Zeugin und …«

Vogt runzelte die Stirn. »Na und? Was habe ich damit zu tun?«

Romy atmete tief ein. »Wir wissen, dass Julia Ihnen vertraute. Sie waren ihre Tutorin …«

»Das liegt viele Jahre zurück.«

»Einer der Mordfälle liegt auch etliche Jahre zurück.«

»Und?«

»Offenbar gibt es zwischen Julia und ihren Eltern keinerlei Verbindung, und es existiert auch keine korrekte Meldeadresse.«

»Das kann aber unmöglich mein Problem sein. Wenn Sie eine Einschätzung von mir wollen, würde ich darauf tippen, dass Julia in Ruhe gelassen werden will«, erklärte Vogt. »Sollte man vielleicht respektieren.« Sie wandte sich ab.

»Warten Sie bitte!«

Sandra Vogt blieb stehen.

»Es geht um zwei Mordfälle«, betonte Romy. »Ich finde, da hört es dann irgendwann mal auf mit der Betonung der Privatsphäre. Oder irgendwelchen diffusen Bedenken, auf Fragen der Polizei einzugehen. Marina Arnold ist vor sieben Jahren grausam ermordet worden, und einer der letzten Menschen, der sie gesehen hat, war Julia. Dafür gibt es sogar einen Zeugen. Darum wollen wir mit ihr sprechen.«

Sandra Vogt drehte sich wieder um. »Und das fällt Ihnen jetzt ein?«

»Ja. Weil es einen weiteren Mord gegeben hat – eine ehemalige Mitschülerin von Marina ...«

»Am Nonnenloch – ja, davon habe ich gehört«, warf Vogt ein. »Und die beiden Opfer kannten sich?«

»Ja. Darüber hinaus hat Svenja ...« Romy brach ab. Auch wenn es wichtig war, Sandra Vogt aus der Reserve zu locken – sie sollte nicht zu viele Interna ausplaudern.

Vogt verschränkte die Arme vor der Brust. »Was auch immer Sie gerade herauszufinden versuchen – ich kann Ihnen nicht helfen. Julia war eine meiner liebsten Schülerinnen, und wir hatten einen guten Draht, das kann ich bestätigen. Was sie nach der Schule gemacht hat, weiß ich nicht. Wir haben keinen Kontakt mehr.«

»Wann genau hat sie eigentlich Abitur gemacht?«, schaltete Finn sich plötzlich ein.

Vogt fasste ihn ins Auge. »Vor sieben Jahren.«

Das kann sie auf Anhieb beantworten, dachte Romy – verblüffend. Interessant war auch, dass Julia demnach kurz nach der großen Geburtstagsfeier und dem Verschwinden von Marina Rügen verlassen hatte.

Sandra Vogts Blick wurde schärfer. »War es das jetzt?«

»Ja, vielen Dank. Ach … eine Sache noch. Darf ich Sie fragen, warum Sie nicht mehr unterrichten?«

Vogt lächelte kühl. »Ich hatte keine Lust mehr auf den Schulstress und kann es mir leisten.« Damit drehte sie sich um und ging den Weg zum Haus zurück.

Romy sah ihr einen Moment nach. »Interessante Persönlichkeit, oder?«, fragte sie in trockenem Ton.

Finn lächelte. »Ganz schön abweisend, würde ich sagen. Die Frage ist: warum?«

»Unter Umständen war sie schon immer so, und in der Schule hat sie niemand vermisst«, überlegte Romy. »Dazu lässt sich bestimmt etwas recherchieren. Lass uns ins Kommissariat zurückfahren.« Sie reichte Finn den Autoschlüssel. »Magst du fahren? Dann kann ich schon mal mit Max telefonieren.«

»Klar.«

Romy erreichte den Kollegen, kaum dass sie sich angeschnallt hatte.

»Lass mich raten – du brauchst noch mehr zu Sandra Vogt?«

»Sie verhält sich zumindest auffällig. Am liebsten würde ich mit jemandem sprechen, der persönlich mit ihr zu tun hat oder sie aus der Schulzeit kennt, selbst wenn es den Fall nicht unmittelbar berührt und der Staatsanwalt sicher die Stirn runzeln würde.«

»Okay.«

Den Rest der Fahrt hüllte Romy sich in Schweigen. Sie konnte nicht sagen, welcher Umstand genau sie stutzen ließ. Sandra Vogt gab sich wenig aufgeschlossen, eine ehemalige Lehrerin mit Haaren auf den Zähnen, die sich entschieden hatte, den Schuldienst zu quittieren, auf unangekündigten Besuch abweisend zu reagieren und ein einsames Leben auf Wittow zu führen. Warum nicht? Es sprach nichts gegen eine solche Entscheidung und auch nichts dafür, dass dieser Umstand im Zusammenhang mit den Ermittlungen eine Rolle spielte, die weitere Nachforschungen rechtfertigten. Die Suche nach Julia, die möglicherweise Hinweise dazu liefern konnte, was in der Nacht von Marinas Verschwinden geschehen war und damit eine Spur auch zum Mord an Svenja aufzunehmen, war eine Sache. Einer ehemaligen Lehrerin auf den Pelz zu rücken, nur weil sie sich wenig kooperativ zeigte, könnte durchaus als übergriffig bezeichnet werden. Und die zeitlichen Überschneidungen? Julias Abitur, Paulsens Geburtstagsfeier, das Zusammentreffen mit Marina und deren anschließendes Verschwinden, gefolgt von Julias Abschied von der Insel. Zu dem Zeitpunkt war Marina bereits tot, überlegte Romy weiter. Sie rieb sich über die Stirn.

Ihre Unruhe nahm zu, als Max im Laufe des späten Nachmittags Fotos von Schulveranstaltungen präsentierte – auf ihnen war eine fröhliche, lachende Lehrerin zu sehen, die inmitten des Trubels ausgesprochen gelöst und heiter wirkte. Die Ausstrahlung der Frau hatte nicht das Geringste mit der Sandra Vogt zu tun, die einige Jahre später unwirsch und barsch auf polizeiliche Fragen reagierte.

Finn war ebenfalls irritiert. »Sieht so aus, als hätte hier eine komplette Wandlung stattgefunden. Oder sie hat sich verstellt. Ich tippe auf Letzteres.«

»Das glaube ich nicht.«

»Warum nicht? Menschen sind perfekt im Maskieren.«

»Ja, und doch …«

»Finn könnte recht haben, und die fröhliche Lehrerin, wie sie sich in der Öffentlichkeit präsentiert, war nur eine Seite der Medaille«, ergriff Max das Wort. »Es gab vor etlichen Jahren bei den Vogts mal einen Einsatz wegen häuslicher Gewalt.«

Romy sah Max verblüfft an.

»Ein Nachbar hat die Polizei informiert. Es gab keine Anzeige.«

»Wann war das?«

Max blickte auf seine Notizen. »Vor acht Jahren. Die Vogts waren noch nicht lange verheiratet. Die Ehefrau sagte aus, dass es einen lautstarken Streit gegeben habe, aber alles halb so schlimm gewesen sei.«

»Und wie haben die Kollegen sich geäußert?«

»Sie haben keine offensichtlichen Spuren von Gewalt erkennen könnten. Ein Ehepaar, das in Rage geraten war, und ein Nachbar, den der Lärm gestört oder beunruhigt hat. Ende. Ein Allerweltseinsatz, der lediglich mit einer Protokollnotiz festgehalten wurde. Stefan Vogt starb übrigens im Frühjahr vor knapp sechs Jahren – an einem Herzinfarkt«, fuhr Max fort. »Kurz danach hat Sandra Vogt ihren Dienst gekündigt und ist umgezogen.«

Romy hob den Blick. »In diesem Zeitraum ist aber eine Menge passiert«, meinte sie in leisem Ton.

»Würde ich auch sagen, aber es kommt noch besser. Ich habe eben noch mal einen Namensabgleich in meiner Datenbank vorgenommen: Stefan Vogt stand auf Paulsens Gästeliste unter der Rubrik wichtige Geschäftsverbindungen.«

Romy spitzte die Lippen. »Das ist allerdings interessant. Möglicherweise war seine Frau ja auch eingeladen.«

»Eher nicht«, entgegnete Max. »Der Hinweis mit Frau oder Partner, der sonst vermerkt ist, fehlt an der Stelle.«

»Ich bin ziemlich gespannt, ob das eine etwas mit dem anderen zu tun hat. Irgendeine Idee, wie wir dazu mehr erfahren können?«

Max tippte sich mit dem Stift ans Kinn. »Die Vogts haben damals in Putbus gewohnt. Vielleicht könnte man mal mit dem Nachbarn ein Wort wechseln, der damals die Polizei eingeschaltet hat.«

»Gute Idee. Ich könnte auf dem Heimweg dort vorbeifahren.« Romy stand auf. »Und ihr kümmert euch bitte weiter um Julia Glauber und …«

»Was sonst noch so anliegt.«

»Finn, du nimmst mir die Worte aus dem Mund … Ich brauche übrigens noch die Kontaktdaten.« Damit schlüpfte sie aus der Tür.

10

Die alte Dame kniete vor ihrem Blumenbeet, und ihr Gesichtsausdruck war unverhohlen widerwillig, als Romy sie ungefähr zwanzig Minuten später vom Gartenzaun aus ansprach. »Tut mir leid, wenn ich sie störe, Frau Kralberg. Hätten Sie ein paar Minuten Zeit für mich?«

»Woher kennen Sie meinen Namen?«

»Ich bin von der Polizei«, erwiderte Romy und zückte ihren Ausweis.

»Ach?« Gertrud Kralberg stützte die Hände auf und erhob sich bemerkenswert schwungvoll für eine Frau, die die Achtzig bereits um einige Jahre überschritten hatte. Sie legte die Arbeitshandschuhe beiseite und trat an den Zaun, wo sie den Ausweis eine ganze Weile musterte, bevor sie Romy mit hellblauen Augen fixierte. »Und worum geht es, Kommissarin Beccare?«

»Hätten Sie was dagegen, wenn wir uns drinnen unterhalten würden, zumindest in Ihrem Garten?«

Die alte Dame zuckte die Achseln. »Vielleicht geht es ja schnell, und ich kann mich gleich wieder um meine Blumen kümmern.«

Romy lächelte amüsiert. »Ich versuche, mich kurz zu fassen, aber es wäre mir lieb, wenn das Gespräch unter uns bleiben würde.«

»Sie meinen, dass die Nachbarn was mitbekommen könnten?« Gertrud Kralberg warf einen Blick in die Runde. »Das sind unnötige Bedenken. Mein Nachbar zur Rechten ist Ende achtzig, ein Greis und fast taub – Gott oder wer auch immer möge verhüten, dass es mich in dem Alter auch so trifft!« Sie lächelte schräg. »Und die auf der linken sind nicht zu Hause. Also …«

»Man kann nie wissen«, wandte Romy ein. »Sie und Ihr Mann haben vor einigen Jahren sehr genau mitbekommen, als es hier mal ziemlich hoch herging.« Romy wies auf das Nachbarhaus. »Damals wohnte dort das Ehepaar Vogt, das einen heftigen Streit hatte. So stand es jedenfalls im Protokoll.«

Kralberg sah sie verdutzt an. »Deshalb sind Sie hier? Das liegt viele Jahre zurück.«

»Ungefähr acht.«

»Stimmt.« Kralberg schüttelte den Kopf. Dann wies sie zur Gartentür. »Na schön, scheint Ihnen ja wichtig zu sein. Kommen Sie herein. Ich habe Eistee auf der Terrasse – ich wette, dass Sie ihn längst entdeckt haben. Ach, noch was – mein Mann lebt nicht mehr.«

»Das tut mir …«

»Sie kannten ihn doch gar nicht. Kommen Sie.«

Kurz darauf nahm Romy an einem kleinen Holztisch auf der Veranda Platz, und der Eistee war köstlich. Gertrud Kralberg hatte sich offenbar damit abgefunden, dass ihre Blumen warten mussten, und war sichtlich aufgetaut. Sie zündete sich eine Zigarette an und inhalierte tief und genussvoll. »Bitte keine Vorträge über Gesundheit oder dergleichen.«

»Fiele mir im Traum nicht ein. Sie sind über dreißig und können allein Rolltreppe fahren, und ich wette, Sie wissen auch, was gut oder schlecht für Sie ist.«

»Die Antwort gefällt mir.« Kralberg lächelte und nickte zufrieden. »Wir sollten mal einen Schnaps zusammen trinken, vorzugsweise meinen Selbstgebrannten – wenn Sie nicht im Dienst sind.«

»Das klingt verlockend.«

»Und ob. Na, dann legen Sie mal los.«

»Ich hatte gehofft, dass Sie das sagen würden«, erwiderte Romy. »Was hat Sie damals veranlasst, die Polizei zu rufen?«

Kralberg strich die Asche ab und trank einen Schluck. »Warum graben Sie die alte Sache eigentlich aus?«

»Das verrate ich Ihnen, sobald Sie von den Vogts erzählt haben.«

»Na schön. Der Vogt war ein Mistkerl. Das allein ist natürlich kein besonders gutes Argument, um die Polizei zu rufen«, erklärte sie mit einer abwehrenden Handbewegung. »Ich erwähne es nur. Ich habe nie verstanden, warum die Lehrerin diesen Typen … Na ja, geht mich ja nichts an. Ich hätte ihr auf jeden Fall abgeraten. Der hatte so etwas Verschlagendes in seinem Blick, verstehen Sie?«

Romy seufzte unterdrückt.

Kralberg sah sie scharf an. »Ich kenne mich gut aus mit Menschen – das war ein … Egal jetzt – die haben sich gestritten, das Fenster stand auf, und es wurde richtig laut. Außerdem hat er sie angepackt und geschüttelt. So sah es jedenfalls von Weitem aus. Mein Mann und ich waren der Meinung, dass wir die Polizei rufen sollten. Lieber einmal zu viel Alarm schlagen als einmal zu wenig, oder?«

Romy nickte. »Gab es öfter Streit?«

»Die Stimmung war häufig nicht gut da drüben.«

Romy wartete ab.

»Ich bin keine Nachbarin, die dauernd am Zaun hockt und rüberstarrt. Normalerweise interessiert es mich nicht, was die machen. Jeder nach seiner Fasson …«

»Aber?«

»Vogt hatte oft einen scharfen, maßregelnden Ton, den konnte man gar nicht überhören. Ich weiß nicht, warum Frauen sich so etwas gefallen lassen – noch dazu heutzutage. Mein Mann hätte nie so mit mir gesprochen, und bei uns hat es auch mal gekracht – wie in jeder guten Ehe. Und die Versöhnung ist dann besonders schön.« Kralberg zwinkerte, bevor sie wieder eine ernste Miene aufsetzte. »Aber bei den Vogts war es anders.«

»Können Sie das noch etwas genauer beschreiben? Hatten Sie den Eindruck, dass Gewalt eine Rolle spielte?«

»Ja. Falls Sie Gewalt in der Sprache auch dazuzählen. Er hat sie erniedrigt …« Kralberg suchte einen Moment nach den richtigen Worten. »Du bist Lehrerin, muss ich dir wirklich erklären, was zu deinen Aufgaben gehört? So was hat der quer durch den Garten gerufen. Und der Ton war so beißend, scharf … Ich weiß nicht, wie ich es anders beschreiben soll, dass Sie sich ein Bild machen können.«

»Das ist Ihnen bereits sehr gut gelungen«, meinte Romy nachdenklich. Sie hatte Mühe, sich Sandra Vogt an der Seite eines offensichtlich herrschsüchtigen, womöglich gewalttätigen Ehemanns vorzustellen. »Frau Vogt war auch Tutorin«, fuhr sie fort. »Hatte Sie manchmal Schüler und Schülerinnen zu Besuch?«

Gertrud Kralberg sah sie irritiert an.

»Es geht insbesondere um diese Schülerin.« Romy zeigte ihr ein Foto von Julia Glauber. »Sie könnte eine wichtige Zeugin in einem älteren Mordfall sein.«

Kralberg blickte mit geweiteten Augen hoch. »Geht es um den Fall am Nonnenloch? Aber das war doch erst vor einigen Tagen.«

»Richtig, doch es gibt eine Verbindung zwischen zwei Fällen, die uns beunruhigt«, erklärte Romy. »Vor etlichen Jahren wurde in einer Bauruine in Gager die Leiche einer damals Achtzehnjährigen gefunden …«

»Stimmt! Ich erinnere mich«, warf Kralberg ein.

»Und Julia Glauber war sehr wahrscheinlich eine der Letzten, die die Schülerin aus Neubrandenburg lebend gesehen hatte.«

»Und weiter?«

»Bei unseren aktuellen Ermittlungen stellte sich heraus, dass die in der letzten Woche getötete junge Frau vom Nonnenloch eine Klassenkameradin des ersten Opfers war. Der Mord damals geschah übrigens nach einer gemeinsamen Kursfahrt vor sieben Jahren.«

Kralberg runzelte die Stirn. »Zwei Klassenkameradinnen, die im Abstand einiger Jahre auf Rügen ermordet wurden. Das klingt ganz fürchterlich. Ich bin aber keineswegs sicher, ob ich verstehe, was Sie in der Sache ausgerechnet von mir wollen. Warum fragen Sie nicht …«

»Wir wissen nicht, wo Julia ist«, warf Romy ein. »Wir haben aber erfahren, dass Sandra Vogt ihre Vertrauenslehrerin war und …«

»Dann sollten Sie mit der Vogt sprechen«, meinte Kralberg.

»Das war auch mein erster Gedanke.« Romy räusperte sich. »Frau Vogt lebt sehr zurückgezogen und hat nicht sonderlich zugänglich reagiert.«

»Na ja, so was passiert … Was erhoffen Sie sich denn überhaupt von ihr? Dass die Frau sich nach vielen Jahren an eine Schülerin erinnert oder sogar weiß, wo die abgeblieben ist? Und dann machen Sie sie ausfindig, und der Fall wird klarer?« Kralberg warf Romy einen skeptischen Blick zu. »Das klingt ein bisschen … weit hergeholt und umständlich, wenn die Bemerkung erlaubt ist.«

Romy seufzte leise. »Sie ist erlaubt, und wenn ich ehrlich bin – mein Vorgesetzter äußert sich manchmal ganz ähnlich. Allerdings stoße ich mit dieser umständlich wirkenden Vorgehensweise bei meinen Ermittlungen doch immer mal wieder auf den einen oder anderen wichtigen Anhaltspunkt. Wissen Sie, diese Fälle haben lediglich oberflächliche Spuren hinterlassen oder Bruchstücke, die sich nicht zu einem Bild zusammensetzen lassen. Wir müssen also tiefer graben oder sehr viel genauer hinsehen, weil keineswegs auszuschließen ist, dass wir etwas übersehen.«

Kralberg schüttelte nachdenklich den Kopf. »Nun gut …« Sie blickte wieder auf das Foto. »Ich bin nicht sicher«, sagte sie nach einer längeren Pause. »Aber es ist möglich, dass diese junge Frau einmal hier war, also alleine …«

»Können Sie das womöglich zeitlich einordnen?«

Gertrud Kralberg überlegte angestrengt und zündete sich eine weitere Zigarette an. »Das liegt lange zurück, da hat sie mal vor der Tür gestanden, aber es war niemand da. Ich habe mich noch gewundert, weil … ja, es waren Ferien. Das wusste ich von den Kindern der Nachbarn. Ich habe Laub geharkt«, erinnerte sie sich weiter. »Sie hat eine Weile gewartet und ist dann wieder gegangen. Sie wirkte irgendwie … verloren. Julia ist ihr Name?«

»Richtig – Julia Glauber. Ihre Eltern betreiben einen Gasthof in Gager. Sie sagten, Sie haben Laub geharkt, Frau Kralberg. Das heißt, es war Herbst?«

»Ja. Oktober.«

»Welches Jahr?«

Die alte Dame atmete tief durch und kniff die Augen zusammen. »Sie trauen mir ja einiges an Gedächtnisleistung zu.«

»Nicht nur in Bezug auf Ihr Gedächtnis.«

»Die Antwort gefällt mir, oder versuchen Sie etwa, mir zu schmeicheln?«

»Aber nein!«

Kralberg inhalierte tief, dann blitzte es in ihren Augen auf. »Wir haben den Hund unseres Sohnes gehütet«, erklärte sie plötzlich in leise triumphierendem Ton. »Simon war zu einer Konferenz in Süddeutschland eingeladen und konnte ihn nicht mitnehmen … Warten Sie, das war 2009, vor sieben Jahren!«

»Sind Sie sicher?«

»Ja, Kommissarin Beccare, das bin ich, denn mein Sohn hat danach einen neuen Job bekommen – Geschäftsführer in einer IT-Firma in der Nähe von München. Wir haben Weihnachten und Silvester noch zusammen hier verbracht, und dann ist er umgezogen. So was vergisst man nicht.«

Romy blickte einen Moment ins Leere. Falls Frau Kralberg sich tatsächlich korrekt erinnerte – und es sprach einiges dafür, dass die agile alte Damen hellwach und mit scharfem Verstand gesegnet war –, gab es einen neuen Anhaltspunkt zu Julia Glauber. Sie war eine ganze Weile nach ihrem Abschied von der Insel – Monate nach dem Abitur und dem Geschehen nach der Feier in Gager – wieder auf Rügen gewesen, und sie hatte vorgehabt, ihre ehemalige Tutorin zu besuchen. Sie wirkte irgendwie verloren. Das war eine interessante Beschreibung. Romy sah Kralberg wieder an.

»Sie sehen ganz schön nachdenklich aus, Kommissarin. Was geht Ihnen durch den Kopf?«

»Einige Monate später ist Stefan Vogt verstorben.«

»Stimmt. Ein Infarkt, so hat man jedenfalls gehört – und mich hat es nicht gewundert. Das passt zu einem Typen, der sich dauernd aufregt.«

Romy runzelte die Stirn. Das tue ich auch oft, dachte sie.

Gertrud Kralberg drückte ihre Zigarette aus. »Der hatte hohen Blutdruck – das passte auch. Vielleicht hatte er vergessen, seine Tabletten zu nehmen.« Sie zuckte mit den Achseln. »Wie dem auch sei – wenig später hat Frau Vogt das Haus verkauft und ist in den Norden gezogen, ins Windland. Passt irgendwie auch – der karge, windige und doch irgendwie aparte Norden.«

»Haben Sie sich mal ausführlicher mit Sandra Vogt unterhalten?«, fragte Romy weiter.

»Sie war nicht unbedingt der Typ, der über den Gartenzaun hinweg plaudert. Aber wenn sie mich fragen – es hätte ihr kaum etwas Besseres passieren können, als dass ihr Mann vorzeitig ins Gras beißt.« Kralberg hob das Kinn. »Und ich entschuldige mich keineswegs für diese Bemerkung.«

»Das würde ich nie verlangen.« Romy trank ihren Eistee aus und erhob sich. »Danke, Frau Kralberg – Sie haben mir sehr geholfen. Würden Sie mich anrufen, wenn Ihnen noch etwas einfällt?« Sie legte eine Visitenkarte auf den Tisch.

»Das mache ich.«

»Danke für den Tee.«

»Gerne – aber vergessen Sie nicht, bei Gelegenheit auf einen Schnaps vorbeizukommen.«

»Ganz bestimmt nicht.«

Romy notierte sich im Wagen die wichtigsten Stichpunkte und verschickte ein Memo für die Kollegen. Plötzlich hatte sie Sehnsucht nach Jan – nach seiner ruhigen, abwägenden Art, seinen manchmal amüsierten Blick, seine Klarheit und Warmherzigkeit. Der Mann, der morgens lieber schwieg und abends mit leuchtenden Augen auf sie wartete. Der sie als ihr Chef oftmals bremsen musste und doch darauf vertraute, dass sie mit ihrer ungestümen und auch mal irritierend direkten oder aber ausschweifenden Art den richtigen Weg finden würde. Sie hoffte inständig, dass er zu Hause war und sie miteinander reden konnten – über den Fall und auch seine neue Aufgabe beim LKA Schwerin, ihre besondere Beziehung, der Fels in der Brandung. Darüber sprachen sie selten, vielleicht zu selten. Doch Romy wusste, dass sie beide dankbar waren. Wir können auch schweigen und über die Salzwiesen blicken. In aller Ruhe essen und nach einem abendlichen Strandspaziergang früh schlafen gehen.

Sie bog auf die B196 ab und fuhr gerade durch Lancken-Granitz, als Finn anrief. »Wir haben mal Vogts Tutandengruppe ins Visier genommen«, stieg er direkt ins Thema ein. »Das war nur eine kleine Gruppe – mit Julia waren sie zu sechst. Sollten wir zu denen vielleicht Kontakt aufnehmen?«

»Gute Idee. Aber das hat Zeit bis morgen.«

»Ich könnte noch schnell ein paar Mails abschicken, dann haben wir vielleicht morgen schon Rückmeldungen.«

»Okay, aber dann macht ihr Feierabend.«

»Alles klar, Chefin.«

Max hatte das Kommissariat bereits verlassen, als Finn sich noch einmal an den Schreibtisch setzte. Die letzten Gäste von der Geburtstagsfeierliste hatten sich zurückgemeldet – mit den üblichen lapidaren Antworten. Niemand hatte etwas beobachtet. An der Stelle würden sie nichts herausbekommen, davon war Finn überzeugt. Falls sich irgendjemand unter den Gästen befand, der mehr wusste oder sogar am Geschehen beteiligt gewesen war, dürfte er keine Mühe haben, das Ganze zu verschleiern, und sie würden einen anderen Ansatz finden müssen, um eine Spur zu entdecken. Auch eine Zeugenaussage war in Marinas Fall nach so vielen Jahren Sisyphos-Arbeit. Den Hinweis auf die Fotos von der Feier hatten sie Bernd Glauber zu verdanken.

Finn tippte ein paar Zeilen und verschickte sie an eine Handvoll E-Mail-Adressen. Die Tutanden hatten – ausgenommen von Julia natürlich – noch einige Jahre nach dem Abitur regen Kontakt gehabt und sich immer mal wieder in einer gemeinsamen Facebook-Gruppe der Schule ausgetauscht. Da die Gruppe öffentlich war, konnte jeder mitlesen. Das vereinfachte Finns Vorgehen. Er hatte die Posts und Fotos durchgesehen. Julia hatte nicht ein einziges Mal an der Kommunikation teilgenommen. Was war mit dem Mädchen los gewesen? Warum hatte sie sich überhaupt der Gruppe angeschlossen? Weil sie Sandra Vogt vertraute, womöglich nur ihr – ganz einfach.

Es war schon spät, als er schließlich nach Stralsund aufbrach. Wenigstens war die B 96 halbwegs frei. Kurz vor der Rügenbrücke klingelte sein Handy – Finn warf einen Blick aufs Display, stöpselte seine Kopfhörer ein und stellte die Verbindung her. »Hi, Jakob. Alles okay?«

»Wie man es nimmt – ich sitze gerade im Club und mache die Abrechnung. Wer hat bloß diese verfluchte Buchhaltung erfunden? Ich möchte mich ganz persönlich bei ihm bedanken, dass ich mein Hemd bereits nach einer halben Stunde durchgeschwitzt habe.« Lautes Seufzen.

»Ich glaube, es waren die Italiener – zumindest haben sie das Bilanzieren entwickelt. Bilanz bedeutet übrigens Waage, und das heißt genauer …«

»Schon gut, Schlaumeier, deswegen rufe ich nicht an«, fiel Jakob ihm schnell ins Wort. »Du hast mich doch letztens gebeten, mich mal umzuhören, was besondere Locations angeht, Stichwort: Nonnenloch.«

»Richtig.«

»Nun, freundlich wie ich bin, habe ich natürlich nicht lange gezögert und meine Fühler ausgestreckt. Und ich habe tatsächlich einen Hinweis bekommen.«

»Das ist klasse. Ich bin ganz Ohr.« Finn wechselte die Fahrspur und beschleunigte.

»Freu dich nicht zu früh, denn ich muss dich warnen: Zum einen geht es dabei weniger um coole Orte für Partys im herkömmlichen Sinne, und zum zweiten kannst du keine offizielle Aussage erwarten.«

Das wäre ja auch zu schön gewesen, dachte Finn.

»Es geht eher um Treffen der besonderen Art. Mein Kontaktmann hat mir hinter vorgehaltener Hand erzählt, dass sich vor einiger Zeit immer mal wieder Typen am Nonnenloch getroffen haben, die ihre ganz eigenen Ansichten vertreten, wie sich Frauen zu verhalten haben.«

»Das heißt?«

»Nichts Gutes: Emanzen müssen bestraft werden, das Gleiche gilt für Frauen, die Schluss machen, den Partner betrügen, sich im Bett verweigern oder sonst wie auffallen. Die haben ein krasses Frauenbild, das vor zweihundert Jahren vielleicht mal aktuell war, und sie bestärken sich gegenseitig darin.«

»Das klingt … bedrohlich.«

»Völlig abgefahren trifft es wohl eher«, betonte Jakob.

»Weißt du, ob den Worten auch Taten gefolgt sind?«, fragte Finn. »Wurden Frauen überfallen und misshandelt?«

»Das halte ich durchaus für möglich, aber dazu weiß ich nichts.«

»Hängt dein Kontaktmann da mit drin?«

»Finn – ich kann dir nicht mehr dazu sagen«, entgegnete Jakob energisch. »Das musst du akzeptieren. Ich habe dem Typen mein Wort gegeben, und der hat sich sehr weit aus dem Fenster gelehnt, weil er mir noch einen Gefallen schuldete. Nur noch so viel: Dieser Treffpunkt ist sicher kein Zufall.«

»Und du weißt auch nicht, ob die Gruppe immer noch aktiv ist?«

»Nein. Aber eins weiß ich dafür ziemlich genau: Idioten sterben nicht aus.«

Und Gewalttäter auch nicht, dachte Finn. »Danke, Jakob.«

Finn hielt wenig später an einem indischen Restaurant in der Nähe seiner Wohnung und nahm sich ein Biryani mit nach Hause. Er aß mit großem Genuss, aber abschalten konnte er nicht. Schließlich fuhr er seinen Laptop hoch und suchte im Netz nach Männergruppen, die ihre Dynamik aus dem gemeinsamen Agieren gegen selbstbestimmte Frauen gewannen. Er war ziemlich perplex, wie schnell er fündig wurde und wie groß die Spannweite in dieser Bewegung war. Es gab auf den ersten Blick harmlos klingende Kursangebot für schüchterne Männer, die Probleme hatten, Frauen kennenzulernen und für sich zu interessieren, teure Seminare, die das Erlernen von selbstbewusstem und dominantem Auftreten versprachen, sowie Angebote, die mit aggressiver Sprache unverhohlen deutlich machten, dass die Rolle der modernen Frau ein großer Irrtum dieser Gesellschaft war und ein Umdenken unbedingt angestrebt werden sollte. Der Prozess müsse in kleinen sozialen Zusammenhängen seinen Anfang nehmen, behauptete ein Dozent, der sich soziologischer Psychologe und Verhaltenstrainer nannte: »Fangen wir bei den einzelnen Beziehungen an, gehen wir weiter in die Familien und das Umfeld. Nur so erreichen wir neue Zielsetzungen und fundierte Veränderungen. Der Zeitpunkt ist reif, uns wieder für ein natürliches Gleichgewicht zwischen Mann und Frau anzustrengen, statt krude und verwirrende Emanzipationsbewegungen zu unterstützen, die unser Zusammenleben mit Konflikten beschweren. Männer und Frauen hatten über die Jahrtausende unterschiedliche Rollen, und wir sollten wieder an ein natürliches, ausgewogenes Verhältnis zwischen ihnen anknüpfen.« Das klang unmissverständlich.

Finn war sicher, dass es nicht besonders schwierig sein würde, Kontakte zu Leuten zu knüpfen, die noch ganz andere Geschütze auffuhren, um ihre Partnerinnen zu dominieren, sich an ihnen zu rächen oder grundsätzlich gegen Frauen zu agieren, die sich in ihren Augen unangemessen verhielten. Die Frage war nur, ob es tatsächlich einen Zusammenhang mit ihren Fällen gab, der über die örtliche Übereinstimmung hinausging.

Svenja war brutal zugerichtet worden – ein persönliches Motiv schien vorstellbar, führte Finn sich erneut vor Augen. Oder es gab einen Zusammenhang mit dem Marina-Fall, wofür inzwischen einige Anhaltspunkte sprachen. Davon abgesehen, könnte sich auch Marina am Ufer aufgehalten haben, bevor sie in die Bauruine gebracht wurde … Finn schüttelte den Kopf. Es war überflüssig, mit aller Macht Verknüpfungen herzustellen, die auf einen gemeinsamen Täterkreis hinwiesen. Noch war alles offen. Svenja könnte auf den Fotos etwas entdeckt haben, was ihr im weiteren Verlauf zum Verhängnis geworden war. Oder sie hatte die Fotos einfach nur eingesteckt – weil sie in der Rückschau nachdenklich und melancholisch geworden war. Dass die Fotos nicht mehr auffindbar waren, wog für sich allein betrachtet nicht besonders schwer. Das Motiv für den Mord an ihr könnte in einem ganz anderen Zusammenhang entstanden sein. Vielleicht war es hilfreich, noch einmal intensiver in ihrem persönlichen Umfeld nachzuforschen. Konfliktstoff schien es nicht gegeben zu haben, doch womöglich hatten sie etwas übersehen oder an den richtigen Stellen zu oberflächlich nachgefragt.

Finn streckte die Arme aus, lockerte seine Schultern und gähnte herzhaft. Es war bald Mitternacht. Es war höchste Zeit, ein paar Stunden zu schlafen. Er ging unter die Dusche. Als er zehn Minuten später im Bett lag und sein Handy ans Ladekabel hängte, traf eine Nachricht von Jakob ein. »Du kannst davon ausgehen, dass diese Typen da Frauen verprügelt haben und nie irgendwas bei der Polizei aktenkundig wurde. Aber noch mal: Namen oder genauere Angaben kann ich nicht liefern. Den Rest musst du selbst herausfinden.«

Finn starrte in die Dunkelheit. Solche Fälle landeten so gut wie nie bei der Polizei. Die Frauen hatten Angst, dass sich die Taten wiederholen könnten – ein ums andere Mal.

11

Romy hatte Finns Bericht am nächsten Morgen mit gespannter Miene und zunehmend entsetzter gelauscht.

»Im Netz tummeln sich gewaltbereite Typen, denen einiges zuzutrauen ist – meiner Einschätzung nach. Männer, die eine Möglichkeit suchen, ihre Frustration zu kanalisieren und Frauen einzuschüchtern oder sogar zu überfallen«, schloss Finn seine Darstellung schließlich ab. »Manchmal klingt der Ansatz zunächst relativ harmlos. Da werden Kurse zur Stärkung des männlichen Selbstwertgefühls angeboten. Andere suchen ganz offensichtlich Gleichgesinnte, um ihre Theorien zu verbreiten oder es einer bestimmten Frau oder auch insgesamt den Frauen heimzuzahlen. In der Gruppe fühlen sie sich stark.«

»Heimzuzahlen«, wiederholte Romy in leisem Ton.

Finn rieb sich die Augen. »Ich war gestern Nacht noch eine ganze Weile im Netz unterwegs … so einfach dringt man an den entscheidenden Stelle leider nicht weiter vor, ohne auf sich aufmerksam zu machen. Und das wollte ich dann doch verhindern.«

»Unbedingt. Wir sollten sehr vorsichtig sein, solange wir nichts Greifbares in der Hand haben«, betonte Romy.

»Schon klar. Fest steht allerdings, dass es eine solche Szene gibt – übrigens nicht nur bei uns und in allen möglichen Schattierungen. Ich bin darüber hinaus sicher, dass ich höchstens die Spitze des Eisbergs ausgemacht habe.«

»Frustrierte Typen, die ihre Wut rauslassen und sich in einen kranken Wahn steigern, weil sie sich durch selbstbewusste Frauen mit einer eigenständigen Meinung provoziert fühlen?«, warf Max in verblüfftem Ton ein. »Immer wenn man denkt, man hat nun wirklich von jeder kriminellen Spielart zumindest mal was gehört, wird man wieder eines Besseren belehrt. Diese Männer sind nicht ungefährlich.«

Finn nickte. »Davon kannst du ausgehen – und sie machen sich in ihrer abgeschotteten Gemeinschaft gegenseitig stark.«

»Und am Nonnenloch hat sich mal eine Gruppe getroffen?«, fragte Romy.

»So habe ich den Hinweis verstanden. Allerdings geht es diesen Typen nicht um Mord, sondern um Bestrafung«, wandte Finn ein. »Insofern ist Svenja …«

»Es könnte aus dem Ruder gelaufen sein«, wandte Romy ein. »Andererseits …« Sie schüttelte den Kopf. »Ein solcher Zusammenhang erschließt sich bisher in keiner Weise. Svenjas Trennung verlief undramatisch, es gab keinen neuen Freund oder tiefgreifende Konflikte – soweit wir wissen.«

Finn nickte nachdenklich.

»Wir sollten trotzdem auch diesen Aspekt im Hinterkopf behalten. Gute Arbeit, Kollege«, sagte Romy. »Wie sieht es aus mit der Tutandengruppe?«

»Ich habe bisher Rückmeldungen von insgesamt vier Leuten«, antwortete Finn und beugte sich über sein Tablet. »Zwei Schülerinnen geben an, dass sie Julia nach dem Abitur nicht mehr gesehen haben. Ein Schüler hat Mühe, sich überhaupt an sie zu erinnern, und eine Dritte hat offenbar Jura studiert. Sie will sich nicht äußern und drückt das sehr spezifisch aus.« Finn hob eine Braue.

»Hast du ihre Telefonnummer?«

»Die kriegen wir schnell raus.«

»Gut.« Romy ging hinüber in ihr Büro. Julias Schulkollegin war tatsächlich Juristin – Maja Schultz arbeitete bei der Staatsanwaltschaft in Greifswald. Romy erläuterte ihr wenig später in groben Zügen die Ermittlungen und bat sie um Kooperation auf dem kurzen Dienstweg. »Wir sind lediglich auf der Suche nach weiteren Hinweisen. Unsere Ermittlungen beziehen sich teilweise auf viele Jahre zurückliegende Ereignisse und deren Hintergründe. Es scheint uns sinnvoll, Kontaktpersonen, die als Zeugen infrage kommen, einfach direkt anzusprechen – ohne Vorladung und das ganze juristische Drumherum, das viel zu viel Zeit kostet.«

»Das juristische Drumherum, ich verstehe ...«

Romy biss sich auf die Unterlippe. Sie hätte sich durchaus geschickter ausdrücken können, aber nun war es zu spät. »Sie können sicher nachvollziehen, worauf ich hinauswill.«

»Natürlich, aber ich antworte nicht auf irgendwelche Mails, ohne mich vergewissert zu haben, was dahintersteckt, und ich kann Ihnen nicht weiterhelfen. Ich habe Julia seit vielen Jahren nicht mehr gesehen – seit dem Abitur –, und wir waren nicht enger befreundet.«

»Hat sie nie angedeutet, was sie nach der Schule machen wollte?«, fragte Romy.

Maja Schultz überlegte einen Moment. »Ich weiß es nicht, um ehrlich zu sein. Sie war eher eine Stille und hat nicht über ihre Pläne geredet. Zumindest erinnere ich mich nicht daran.«

»Sie waren gemeinsam in der Tutandengruppe von Sandra Vogt.«

»Richtig ... Da ist Julia übrigens aufgetaut. Sie und die Vogt haben sich gut verstanden. Soweit ich mich entsinne, hat Vogt sie sogar mal besucht, als sie nach den schriftlichen Prüfungen ein paar Tage zu Hause bleiben musste.«

»Warum?«

»Julia hatte einen Fahrradunfall und war ziemlich mitgenommen, und Vogt hat sie bei der Vorbereitung für die mündlichen Prüfungen unterstützt ...« Leises Räuspern. »Es wurde einiges gemunkelt, wie mir gerade einfällt.«

Romy stutzte. »Sprechen Sie es ruhig aus.«

»Na ja, die beiden mochten sich vielleicht mehr, als gut war.«

»Wie meinen Sie das?«

»Als Lehrerin oder Lehrer sollte man keine engen Beziehungen mit Schülern oder Schülerinnen eingehen – das meine ich damit«, erwiderte Schultz.

»Sind Sie sicher, dass die beiden …«

»Nein, ganz und gar nicht. Aber es gab Gerüchte. Demnach muss es keineswegs stimmen. Es war nur auffällig, wie harmonisch die beiden zusammen wirkten.«

Romy runzelte die Stirn. Der cholerische Ehemann hätte das sicherlich nicht geduldet. Monate später stand Julia bei Sandra Vogt vor der Tür. Und wirkte verloren, wie die Nachbarin es beschrieben hatte. Jahre danach wusste niemand, wo die junge Frau sich aufhielt; die ehemalige Lehrerin hatte die Schule verlassen und gab sich zugeknöpft und abweisend. Wie passte das alles zusammen? Was war geschehen, dass Julia nicht in der Lage war, sich ihren Eltern anzuvertrauen? Und was hatte all das mit dem Mord an Marina zu tun? Nicht das Geringste? Oder womöglich sehr viel?

Romy beendete das Telefonat kurz darauf und ging hinüber in den Gemeinschaftsraum. »Wir sollten nach Schwarbe fahren«, sagte sie.

Finn stand sofort auf. »Alles klar. Oder möchtest du die Chefin begleiten?«, wandte er sich an Max.

»Was hast du gesagt?«

Finn grinste.

Romy reichte ihm den Autoschlüssel. »Ich muss telefonieren.«

»Na klar.«

Bernd Glauber meldete sich nach dem zweiten Klingeln. »Erzählen Sie mir von Julias Tutorin«, bat Romy ihn nach kurzer Begrüßung.

Kurzes Schweigen. »Wie meinen Sie das? Ich weiß nicht …«

»Sandra Vogt war Julias Lieblingslehrerin. Die beiden haben sich sehr gut verstanden.«

»Ja, aber … Was hat das denn …«

»Das genau ist die Frage. Was ist in diesem Sommer vor sieben Jahren geschehen? Warum versteckt sich Julia und ist noch nicht mal für ihre Eltern erreichbar?«

»Julia hat sich schon früher versteckt!«, entgegnete Glauber energisch. »Sie war schon immer in sich gekehrt. Nie wussten wir so richtig, was in ihr vorging. Sie war schon als Kind ein Rätsel. Und ja – diese Lehrerin war ihr sympathisch und konnte sie aus der Reserve locken. Das fanden wir ganz wunderbar. Und an der Stelle endet das Ganze dann auch schon.«

Oder irgendetwas fing dort an, dachte Romy. »Frau Vogt war sogar mal bei Ihnen, als Julia den Fahrradunfall hatte.«

Verblüfftes Schweigen. »Was Sie nicht alles wissen.«

»Was ist damals passiert?«

»Was meinen Sie?«

»Wie ist der Fahrradunfall passiert?«

»Julia ist gestürzt und hat sich verletzt.«

»So sehr, dass sie nicht zur Schule konnte – kurz vor den mündlichen Prüfungen?«

Erneutes Schweigen. »Was wollen Sie damit eigentlich andeuten?«

»Nichts.« Das entsprach natürlich ganz und gar nicht der Wahrheit. Romy spürte Finns Seitenblick, und eine dunkle Ahnung begann sich in ihr breitzumachen.

»Das klingt aber nicht so.«

»Gut – dann präzisiere ich meine Frage: Könnte auch etwas anderes passiert sein, das Ihre Tochter komplett aus der Bahn geworfen hat?«

Bernd Glauber atmete tief ein. »Sie meinen … Aber nein! Das hätte sie uns doch gesagt!«

»Tatsächlich? Sie haben gerade selbst in aller Ausführlichkeit dargelegt, dass Julia schon immer in sich gekehrt war. Ein Rätsel seit ihrer Kindheit. Warum sollte sie ausgerechnet nach einer womöglich traumatischen Erfahrung offen auf ihre Not hinweisen?«

»Das sind doch wilde Spekulationen! Wie kommen Sie denn überhaupt plötzlich darauf, dass so etwas passiert sein könnte?«, fragte Glauber. Seine Stimme klang hell, hektisch und war voller Schmerz. »Sie verschweigen mir etwas.«

Der Gedanke steht auf einmal im Raum, dachte Romy, und er beginnt, sich auszudehnen, und wirkt bedrohlich. Es empfahl sich allerdings nicht, diese Begründung dem Vater gegenüber zu äußern. »Haben Sie sich Julias Fahrrad damals angesehen? Oder ist Ihnen aufgefallen, dass es beschädigt war?«, fragte sie stattdessen.

»Nein«, flüsterte Glauber nach kurzer Pause. »Sie hat später erzählt, sie hätte es selbst repariert.«

»War sie geschickt in solchen Sachen?«

»Ein wenig.«

Ein wenig ist nicht überzeugend, dachte Romy.

»Sie denken wirklich, dass sie überfallen wurde?«, ergriff Glauber wieder das Wort. »Aber noch einmal – wie kommen Sie darauf?«

Gute Frage, dachte Romy. Es wäre verantwortungslos, aufgrund von bislang vagen Verdachtsmomenten eine schlüssige Beweislage zu konstruieren, selbst wenn sie davon überzeugt war, auf eine Spur gestoßen zu sein. »Es ist ein Gedanke unter vielen«, wiegelte sie ab. »Wir prüfen zurzeit alle möglichen Hintergründe und Thesen, und dazu gehört auch der Ansatz einer Gewalterfahrung. Einzelheiten kann ich Ihnen aber zum jetzigen Zeitpunkt nicht …«

»Das ist weit mehr als eine These, oder?«

»Hatte Julia einen Freund?«, überging Romy die Frage.

»Nein. Zu der Zeit nicht mehr. Es gab mal jemanden, aber das hielt nicht lange … Ein paar Monate, glaube ich.«

»Können Sie den Namen herausfinden?«

»Ich fürchte …«

Romy stöhnte leise. »War es ein Mitschüler?«

»Nein. Sie hatte, glaube ich, mal jemanden kennengelernt, als sie ein Praktikum gemacht hat … Ich frage meine Frau danach. Sie hat vielleicht einen Namen parat. Ich rufe Sie gleich zurück.«

»Tun Sie das bitte.« Romy ließ das Handy sinken und sah Finn an, der ihren Blick kurz erwiderte, bevor er sich wieder auf den Verkehr konzentrierte.

»Du denkst, dass Julia Glauber überfallen wurde?«

»Der Ansatz war plötzlich da. Ich weiß, dass das sehr spontan klingt.«

»Und wie war es weitergegangen?«

»Keine Ahnung. Vielleicht hat Sandra Vogt ihr geholfen, sich um sie gekümmert und dafür gesorgt, dass sie die Prüfungen bewältigen konnte. Die Frage lautet nur: Warum die Geheimnistuerei auch nach so vielen Jahren? Und was steckt hinter Vogts abweisender Haltung? Und nicht zuletzt: Wo ist Julia jetzt?«

Das Handy vibrierte – es war Glauber –, und Romy stellte die Verbindung her.

»Meine Frau erinnert sich ebenfalls an keinen Namen mehr«, berichtete Julias Vater. »Aber sie entsinnt sich wie ich an das Praktikum. Julia hat in einem Touristikunternehmen gearbeitet, als sie in der zwölften Jahrgangsstufe war, und dort auch später hin und wieder gejobbt. Die Firma hat Ausflüge und Inseltouren organisiert.«

Romy stutzte und atmete tief ein. »Sagt Ihnen der Name Robert Berner etwas?«

»Auf Anhieb nicht.«

»Er hat vor Jahren als Ranger gearbeitet«, fuhr Romy nach kurzem Überlegen fort.

»Tja, mag sein, aber … wie gesagt, bei dem Namen klingelt es nicht bei mir.«

»Hat Julia nie einen Freund mit nach Hause gebracht?«

»Ich kann mich nicht erinnern.«

»Okay, Herr Glauber, das war es erst mal. Wir …«

»Warten Sie, Kommissarin Beccare! Denken Sie, dass Julia etwas zugestoßen ist?«, presste er hervor. »Dass sie vielleicht …«

Romy hielt inne.

»Seien Sie ehrlich!«

»Nein, das glaube ich nicht«, erwiderte Romy. »Ich bin allerdings davon überzeugt, dass Ihre Tochter einen triftigen Grund für ihren Rückzug hat. Wie lange liegt Ihr letzter Kontakt zurück?«

»Ein paar Monate. Sie hat geschrieben.«

»Eine SMS?«

»Ja.«

»Wann gab es das letzte Gespräch?«

»Ich denke, warten Sie … Weihnachten, aber … nicht das letzte, sondern vor einem Jahr. Sie war stark erkältet. Das weiß ich noch«, erklärte Glauber. »Ihre Stimme war arg mitgenommen und klang ganz fremd.«

Romy lagen viele Fragen auf der Zunge, aber sie schluckte sie herunter. Es war nicht ihre Aufgabe, Julias Eltern in Bedrängnis zu bringen oder ihnen Vorwürfe zu machen. Eine Entfremdung entwickelte sich manchmal in sehr kleinen, unauffälligen Schritten und bot womöglich die willkommene Gelegenheit, sich damit abzufinden. Julia war erwachsen. Sie konnte selbst entscheiden, wem sie sich anvertraute. Und wenn sie den Kontakt zu den Eltern mied, musste man das respektieren. Dass sie so weit ging, ihre Meldeadresse zu verschleiern, war allerdings eine andere Sache – erst recht im Zusammenhang mit zwei Mordermittlungen.

»Wir melden uns noch mal, Herr Glauber. Danke vorerst.« Romy legte das Handy beiseite und sah zum Fenster hinaus. Sie fuhren an der Schaabe entlang. Der kilometerlange feine Sandstrand, der sich zwischen Glowe und Juliusruh-Breege wie ein sanfter Bogen hinzog, gehörte unbestreitbar zu den schönsten der Insel.

»Robert Berner«, ergriff Finn plötzlich das Wort. »Ich schätze, wir werden auch noch mal mit ihm reden, oder?«

»Das sehe ich auch so. So viele Firmen gibt es nicht, die solche Touren anbieten. Max könnte da schon mal nachfassen.« Romy schickte dem Kollegen eine Nachricht. »Sag mal, hast du deine Freundinnen mit nach Hause gebracht?«, fragte sie einen Moment später.

Finn schüttelte den Kopf. »Nö – beziehungsweise nur, wenn ich sturmfreie Bude hatte. Davon ab …« Er lächelte verlegen. »Ich war nie der Typ Herzensbrecher, der ständig was am Laufen hatte. Ich habe schon immer sehr jung gewirkt, und wenn du mit sechzehn aussiehst wie ein Zwölfjähriger, sinken deine Chancen bei gleichaltrigen Mädchen gegen Null, ungefähr.«

Romy lächelte.

»Wie war es bei dir?«

»Ich hatte mit sechzehn sehr lange einen festen Freund«, erzählte Romy. »Meine Eltern kannten ihn. Und auch später war es bei uns üblich, dass wir Freunde mit nach Hause brachten. Meine Eltern wollten wissen, mit wem ich meine Zeit verbrachte und wer mir wichtig war. Ich weiß, dass das nicht bei allen Jugendlichen zu Hause so abläuft, dennoch …«

»Julia fällt komplett aus dem Rahmen. Es steckt etwas anderes dahinter.«

»Ja, das sehe ich auch so.«

Bernd Glauber hatte die Getränkekisten in den Vorratsraum gehievt und die Lebensmittel verstaut, dann setzte er sich auf die Terrasse und rauchte eine Zigarette. Die Worte der Kommissarin hallten in ihm nach. Er war sicher, dass sie davon ausging, sie hätten etwas übersehen. Das Leid ihrer Tochter oder auch eine schwierige Phase, in der sie als Eltern versagt hatten. War es so gewesen? Er konnte es nicht mit Sicherheit sagen, aber der Gedanke nagte an ihm. Und dieser Fahrradunfall kam ihm tatsächlich immer seltsamer vor, je länger und intensiver er darüber nachdachte. Julia war am Boden zerstört gewesen, und er hatte diese heftige Reaktion auf ihre Angst zurückgeführt, sie könnte nicht rechtzeitig für die mündliche Prüfung fit sein. Sie war bleich und verschreckt gewesen. Die Verletzungen im Gesicht hatten zu dem geschilderten Sturz gepasst. Auch ihre Abwehr, zum Arzt zu gehen, war ihm nicht ungewöhnlich vorgekommen. »Das wird schon wieder«, hatte auch Martha gesagt. »Sie hat ein paar blaue Flecken und Schrammen, ist aber mit dem Schrecken davongekommen.«

Ja, so schien es. Und dann hatte sich Frau Vogt gekümmert, und alles war wieder gut. Julia konnte ihre restlichen Prüfungen ablegen und hatte das Abitur bestanden.

Bernd rieb sich mit einer Hand übers Kinn. Bei Paulsens Feier hatte sie noch geholfen, und wenig später war sie ausgezogen. Nun suchen wir nach ihr – weil es zu viele unbeantwortete Fragen gibt. Er starrte einen Moment ins Leere, dann drückte er seine Zigarette aus und stand auf. Es war still im Haus.

Er hatte Julias Sachen damals auf dem Dachboden verstaut, als sie die Insel verlassen hatte – einige Taschen mit Kleidung, Büchern und Krimskrams sowie ein paar Jugendmöbel, die sie vielleicht eines Tages holen würde. Das war die Idee gewesen. Oder auch nur eine leise Hoffnung. Julias Zimmer war jetzt als Gästezimmer eingerichtet – neutral und schlicht. Kaum etwas erinnerte an ihre Tochter.

Bernd zog die Luke zum Dach auf und stieg die schmale Stiege zum Boden hinauf. Er wusste nicht, wonach er suchte, aber er hoffte auf einen Hinweis, eine Erklärung, eine Möglichkeit, mehr zu erfahren. Das fremde Kind, dachte er, während er die Kleidungsstücke durchging – Blusen und Jacken, ein paar Hosen und Schuhe, die zu schade waren, um sie in die Altkleidersammlung zu geben. Julia hatte sich durchweg neutral gekleidet, fiel Bernd auf. Sie hatte meist Hosen und Pullover getragen, so gut wie nie

Blusen oder gar Kleider. Er legte die Sachen wieder zusammen und verstaute sie in der Tasche, bevor er einen Karton öffnete: ein alter Computer, PC-Kram, den niemand mehr nutzen würde, Notizhefte, ein Kalender. Bernd wunderte sich, dass Julia einen handgeschriebenen Kalender benutzt hatte, und blätterte ihn durch. Er wollte ihn wieder zurücklegen, als ihm eine Visitenkarte in die Hände fiel – die Adresse einer chirurgischen Klinik in Berlin. Bernd stutzte und steckte die Karte ein. Vielleicht wusste Martha mehr dazu.

12

Das Haus sah nahezu verwaist aus – einzelne Rollläden waren heruntergelassen, es rührte sich nichts, und das Klingeln verhallte in der Stille eines Sommernachmittags. Romy griff nach ihrem Handy, während Finn ein paar Schritte am Grundstück entlangging und über den Zaun spähte. Sie wartete auf das Freizeichen, schließlich schaltete sich die Mobilbox ein. »Wir müssen miteinander reden«, erklärte Romy. »Bitte rufen Sie zurück.«

Sie wartete einige Minuten, dann versuchte sie es erneut. Keine Reaktion. Romy sah Finn entgegen, der das Grundstück umrundet hatte.

»Man kann nichts erkennen, aber ich bin sicher, dass jemand zu Hause ist. Eine Nebentür zur Garage steht offen, und Gartengeräte liegen im hinteren Bereich auf dem Rasen.

»Dann warten wir«, erklärte Romy. »Das Wetter ist schön. Wir lassen den Wagen stehen und vertreten uns die Füße. Aber vorher rufe ich noch mal an.« Sie drückte die Wahlwiederholung, überlegte kurz und sagte schließlich: »Julia hatte keinen Fahrradunfall, nicht wahr?« Damit legte sie auf und steckte das Handy ein.

Sie waren keine fünf Schritte gegangen, als sich etwas tat.

»Sie kommt«, sagte Finn leise.

Sandra Vogt lief mit forschen Schritten den Weg hinunter. Sie kniff die Lippen zusammen und öffnete das Tor. Ihr Blick sprühte vor Entrüstung. Einen Moment blieb sie an der Schwelle stehen, versperrte den Weg und sah Romy mit erhobenem Kinn entgegen. »Sie wissen schon, dass ich kein einziges Wort mit Ihnen reden muss, nicht wahr?«, fragte sie in scharfem Ton.

Romy zuckte mit den Achseln. »Als Zeugin …«

»Ich bin keine Zeugin.«

»Aber Sie sind verpflichtet, Ermittlungen zu unterstützen, die …«

»Zum Teil Jahre zurückliegen und bei denen Sie einfach nur hier und da zusammenhanglose Fragen stellen und den Leuten auf die Nerven gehen.«

Romy verlagerte ihr Gewicht von einem Bein aufs andere. »Ja, ich gebe zu, ich gehe manchen Leuten hin und wieder auf die Nerven. Das höre ich nicht zum ersten Mal. Gestern zum Beispiel habe ich mit Ihrer alten Nachbarin in Putbus gesprochen – Frau Kralberg. Sie war zunächst auch etwas reserviert und hatte keine Lust, großartig gestört zu werden.«

Sandra Vogt gab sich erkennbar Mühe, nicht zu reagieren, aber in ihrem Gesicht arbeitete es.

»Doch dann nahm die Unterredung beträchtlich an Fahrt auf. Meine angeblich zusammenhanglosen Fragen, wie Sie es gerade genannt haben, führten zu einem interessanten Gespräch«, erklärte Romy. »Und nun – Sie ahnen es wahrscheinlich längst – stellen sich mir neue Fragen.«

Vogt starrte sie weiter an, schließlich atmete sie tief durch und gab den Weg frei. »Na schön. Kommen Sie rein. Aber ich unterschreibe weder ein Protokoll, noch dulde ich die Aufzeichnung eines Gesprächs.«

Damit kann ich leben, dachte Romy. Finn würde sich gewohnt flink Notizen machen.

Vogt führte sie über die Terrasse in einen kleinen Wintergarten. Der Bereich war licht- und windgeschützt und verbreitete mit seinen zahlreichen Pflanzen und Gewächsen, die teilweise bis an die Decke reichten, eine zauberhafte, ja, nahezu verwunschene Atmosphäre. Es duftete nach Flieder. Romy sah sich mit großen Augen um. »Wunderbar«, sagte sie. »Von so was träume ich auch noch, aber …«

»Lassen Sie mich raten – Sie haben zu wenig Zeit?« Vogt wies auf zwei Korbstühle, nickte Finn beiläufig zu und setzte sich ebenfalls. Sie hob eine Braue. »Ihr Tag ist ausgefüllt mit Fragenstellen.«

»So kann man es auch nennen.«

»Dann legen Sie endlich los, damit ich mich wieder meiner Gartenarbeit widmen kann.«

»Warum dieser Widerstand, Frau Vogt? Wir müssen mit Julia sprechen, um in dem alten Mordfall weiterzukommen, der darüber hinaus sehr eng mit einem aktuellen Mordgeschehen verbunden ist. Erklären Sie es mir bitte. Es kann Ihnen doch nicht komplett egal sein …«

»Ich sagte Ihnen doch schon, dass ich keine Ahnung habe, wo Julia ist oder was damals los war«, unterbrach Vogt. »Sie verschwenden Ihre und meine Zeit.«

Ich glaube dir kein Wort, dachte Romy. »Ihre Schülerin ist überfallen worden. Das war nicht lange vor den mündlichen Prüfungen vor sieben Jahren. Der angebliche Fahrradunfall war eine Ausrede, davon bin ich fest überzeugt.«

Der Korbstuhl ächzte leise, als Vogt sich zurücklehnte. Sie überlegte einen Moment. Schließlich suchte sie Romys Blick. »Ja, diesen Eindruck habe ich damals auch gewonnen. Aber Julia hat sich nicht dazu geäußert. Und das war es auch schon.«

»Sie haben dafür gesorgt, dass sie die Prüfungen nicht verpasst.«

»Sie war eine begabte Schülerin. Ich habe sie unterstützt.«

»Ich bin sicher, dass Julia sich Ihnen anvertraut hat und Sie sehr genau wissen, was tatsächlich passiert ist«, fuhr Romy fort.

»Damit liegen Sie falsch.«

Warum streitet sie das ab? Es gab keinen vernünftigen Grund für dieses Verhalten, es sei denn …

»Ich kann mich nur wiederholen – Julia wollte nicht darüber sprechen«, erklärte Sandra Vogt. »Das habe ich respektiert. Sie erleben es als Kommissarin doch garantiert nicht zum ersten Mal, dass eine Frau, die Gewalt erfährt, davor zurückschreckt, offen darüber zu reden, Täter zu benennen.«

»Es waren mehrere?«

»Drehen Sie mir nicht das Wort im Mund herum!«, fuhr die ehemalige Lehrerin sie an. »Sie wissen genau, wie ich das meine. Julia hat wenig später Rügen verlassen.«

Romy nickte. »Und sie stand im Herbst noch einmal vor Ihrer Tür. Aber Sie waren damals nicht zu Hause.«

Vogt runzelte die Stirn.

»Warum reden Sie nicht offen mit mir?«

»Kommissarin Beccare, ich denke ...«

»Julia hat sich vor sieben Jahren mit einer jungen Frau, einer Schülerin aus Neubrandenburg, unterhalten, ausgetauscht – wie auch immer«, fuhr Romy unbeirrt fort. »Die beiden begegneten sich anlässlich einer Feier im Gasthof ihrer Eltern. Am nächsten Tag erscheint die Schülerin nicht zur Abreise, aber zunächst macht sich kaum jemand Gedanken. Das Mädchen galt als eigenwillig und spontan. Doch sie bleibt auch nach den Ferien verschwunden und wird Monate später tot in einem baufälligen Gebäude in Gager aufgefunden – nicht weit vom Gasthof entfernt. Sie wurde ermordet, dessen bin ich sicher, auch wenn ich zugeben muss, dass die Spurenlage nicht ganz eindeutig war. Es gab keinerlei Hinweise auf das Hintergrundgeschehen. Vor einer Woche haben wir die Leiche einer ehemaligen Mitschülerin von ihr in der Nähe des Nonnenlochs entdeckt. Wir wissen, dass sie sich zuvor Gedanken darüber gemacht hat, was an dem Abend, in der Nacht vor sieben Jahren mit ihrer Schulkollegin geschehen war.« Romy beugte sich vor. »Frau Vogt, ich finde, dass zwei tote junge Frauen in einem gemeinsamen Umfeld alle möglichen Fragen rechtfertigen, auch wenn viele Jahre dazwischen liegen. Und bevor ich es vergesse: Ihr verstorbener Mann war auch auf dieser Feier. Denken Sie immer noch, dass ich ausschließlich Fragen stelle, die aus dem Zusammenhang gerissen sind? Es scheint mir eher umgekehrt zu sein – je mehr Fragen ich aufwerfe, desto mehr Zusammenhang wird deutlich.«

Einen Augenblick blieb es still. Vogt verschränkte die Hände und sah zur Seite. Dann drehte sie den Kopf wieder herum. »Ich muss zugeben, dass Sie gut informiert sind. Und trotzdem: All diese Bruchstücke werden Ihnen nicht weiterhelfen, nur weil Sie unbedingt ein einziges Bild erkennen möchten.«

»Manche Fälle bestehen anfangs ausschließlich aus Bruchstücken, und irgendwann …«

Sandra Vogt winkte ab. »Schon klar. Sie gelten als beharrliche Kommissarin – so viel habe ich dann auch mal über Sie in Erfahrung gebracht. Aber auch Sie stoßen an Ihre Grenzen.« Sie überlegte kurz. »Julia hat sich entschieden, nach einer traumatischen Erfahrung ganz neu durchzustarten, die Insel zu verlassen und alle Verbindungen zu kappen. Das war ihre Art, weiterzumachen.«

»Sie versteckt sich selbst vor ihren Eltern«, wandte Romy ein. »Gibt es dafür einen besonderen Grund?«

»Vielleicht. Aber dazu kann ich Ihnen nichts sagen. Das müsste sie selbst tun.«

Romy spürte plötzlich, dass ihre Energiereserven ausgeschöpft waren. Diese Frau wollte nicht reden, warum auch immer. Sie hob den Blick. »Frau Vogt, Sie sind eine sehr energische, selbstbewusste und wortgewandte Persönlichkeit und lassen sich nicht so schnell die Butter vom Brot nehmen«, meinte sie dann.

Sandra Vogt sah sie unverwandt an. Plötzlich zuckte ihr Mund. »Ich weiß, worauf Sie hinauswollen. Sie fragen sich, wie ich an einen Ehemann geraten konnte, der sich nicht immer im Griff hatte und mit dem ich mich mal so laut gestritten habe, dass sogar die Polizei vor der Tür stand.« Sie lächelte unfroh. »Mit der Frage rechne ich schon die ganze Zeit. Nun – ich antworte, obwohl Sie das nicht das Geringste angeht: Leute streiten sich, Eheleute auch. Stefan und ich waren kein Traumpaar. Das sind die wenigstens Paare. Ende. Mehr müssen Sie nicht wissen.«

Jan und ich sind ein Traumpaar, dachte Romy – zumindest kommen wir der Bezeichnung sehr nahe.

»War es das jetzt?«

Nein, dachte Romy, aber sie stand auf. »Vorerst ja. Danke.«

Finn erhob sich auch, und eine Minute später schloss sich das Gartentor hinter ihnen. Romy warf noch einen Blick zurück, dann sah sie Finn an. »Sie hat was zu verbergen, oder?«

»Tja ...«

»Sie will sich nicht mehr mit den alten Geschichten beschäftigen, das bringt sie unmissverständlich zum Ausdruck.« Romy seufzte. »Vielleicht hatte sie eine innige Beziehung zu Julia, die besondere Gefühle in ihr geweckt hat und über die sie mit niemandem reden will. Dabei spielt es keine Rolle, dass noch viel mehr dahinterstecken könnte.«

Finn nickte. »Gleich zurück ins Kommissariat? Oder ...«

Romy griff nach ihrem vibrierenden Handy, während sie in den Wagen stieg, und aktivierte den Lautsprecher. »Ja, Max?«

»Stichwort Robert Berner. Julia hat ihr Praktikum in der Firma gemacht, in der auch Berner als Ranger gejobbt hat. Der Mann ist gerade bei einem Kunden in Schaprode – Adresse schicke ich euch. Vielleicht trefft ihr ihn noch an.«

»Danke, wir fahren da gleich hin.« Romy sah Finn an. »Damit hat sich deine Frage beantwortet.« Sie seufzte. »Das dürfte um diese Zeit fast eine Stunde dauern«, stöhnte sie leise.

»Richtung Bergen sieht es auch nicht besser aus.«

»Soll das ein Trost sein?«

Finn lächelte schräg. »So was Ähnliches.«

»Okay, lass uns über Wiek fahren, das müsste schneller gehen – zumindest einige Minuten.«

Als sie in Schaprode eintrafen, war Robert Berner gerade in einem Kundengespräch, wie ein Mitarbeiter ihnen erklärte, der

Gerätschaften in den Firmenwagen lud. Finn besorgte zwei Becher Kaffee, und zehn Minuten später trat Berner aus der Tür eines schmucken Zweifamilienhauses. Als er das Grundstück verließ und Romy entdeckte, verlangsamte er seine Schritte. »Warten Sie etwa auf mich?«, fragte er.

Romy lächelte. »Wäre das so schlimm? Wir haben nur eine kurze Frage.«

Er blickte auf die Uhr. »Das ist gut, ich bin nämlich nicht im Zeitplan und …«

»Wir erledigen das ganz schnell. Sagt Ihnen der Name Julia Glauber etwas?«, fragte Romy und beobachtete, wie Berner das Foto betrachtete.

»Nein …« Er schüttelte den Kopf.

»Sie hat in dem Touristikunternehmen, in dem Sie als Student gejobbt haben, ein Praktikum absolviert. Vielleicht sind Sie sich mal über den Weg gelaufen.«

Berner rieb sich übers Kinn. »Tja, möglich, aber … Also ehrlich gesagt – ich kann mich nicht an sie erinnern. Mein Job war ja auch nicht im Büro, ich war meist unterwegs, und das auch nur aushilfsweise.«

Romy nickte. »Okay, da kann man nichts machen.«

Berner nickte höflich und eilte zu seinem Wagen. Romy sah ihm einen Moment nach. »Wir fahren in diese Touristikfirma«, entschied sie dann. »Die müssten eigentlich noch geöffnet haben – das hoffe ich zumindest. Beeilen wir uns.«

Die Büroräume waren nicht mehr besetzt, als sie eine halbe Stunde später in Bergen eintrafen, wo die Firma ihren Sitz in der Nähe der Inselrodelbahn hatte. Ein Mann in mittleren Jahren verschloss gerade ein Garagentor und sah ihnen mit fragendem Blick entgegen. »Wenn Sie eine Tour buchen wollen, müssen Sie morgen früh wiederkommen«, erklärte er. »Hier sind alle ausgeflogen – Feierabend oder noch unterwegs.«

Romy zeigte ihm ihren Ausweis. »Vielleicht können Sie uns

auch weiterhelfen, Herr …« Sie warf einen Blick auf sein Namensschild auf dem Overall. »Sigmann.«

»Das klingt aber sehr dröge. Sagen Sie doch einfach Klaus zu mir.«

»Gut, Klaus.«

Das Foto von Julia musterte er nur kurz. »Na klar erinnere ich mich an sie, auch wenn das einige Zeit zurückliegt. Die konnte was. Hat nicht viel gequatscht, sondern getan, was nötig war – Büro, Küche, Planung und so weiter. Nettes Mädel, immer geradeaus und klar. Bisschen still und ernst, aber das ist besser als dieses ständige Gequatsche.« Klaus verdrehte die Augen. »Ich habe zwei Töchter – wenn die erst mal loslegen …« Er winkte ab.

Romy lächelte. »Verstehe.«

»Was ist mit ihr?«

»Gute Frage. Wir suchen sie als Zeugin in einem alten Fall.« Romy umriss die aktuellen Ermittlungen betont oberflächlich.

»Aha, und Sie finden sie nicht? Ich dachte immer, die Polizei findet jeden.« Er zwinkerte.

»Die Suche gestaltet sich gerade ziemlich schwierig, darum gehen wir allen möglichen Hinweisen nach. Ihre Eltern meinen, sie hätte hier ihren Freund kennengelernt. Wissen Sie mehr dazu?«

»Ihren Freund?« Klaus schüttelte den Kopf. »Nein. Davon habe ich nichts mitbekommen. Und in so einer kleinen Firma bleibt eine Liebesgeschichte nicht verborgen.«

Schon wieder eine Einbahnstraße, dachte Romy.

»Julia hat sich gut verstanden mit …«

Ihrer Lehrerin, vervollständigte Romy den Satz in Gedanken.

»… der Freundin von diesem jungen Typen, dem Studenten, der hier auch häufig gejobbt hat – Robert.«

»Robert Berner?«

»Ja, richtig. Der hat ja inzwischen eine eigene Firma, soweit ich weiß.« Klaus überlegte kurz, dann grinste er. »Die Freundin hat mit ihm Schluss gemacht. Das fand er gar nicht komisch. Aber das gehört wohl kaum hierher.«

»Die Freundin hat auch hier gearbeitet?«, fragte Romy weiter.

»So ist es.«

»Haben Sie zufällig einen Namen für uns?«

»Melanie«, antwortete Klaus prompt. »Melanie Landorf. Sie hat den ganzen kaufmännischen Kram gemacht, und Julia und sie haben oft die Köpfe zusammengesteckt. Das war ein gutes Team.«

»Hat? Melanie ist nicht mehr hier?«

»Schon lange nicht mehr. Sie wollte runter von der Insel. Das weiß ich noch …« Er überlegte einen Moment und nickte dann. »Es gab Stress. Robert war anstrengend, als es zwischen den beiden knirschte.« Klaus hob beide Hände. »Aber das Ganze ist ja längst Schnee von gestern.«

Romy bekam aus den Augenwinkeln mit, dass Finn in sein Tablet tippte. »Vielen Dank, Herr Sigmann – Klaus.«

»Na klar. Schönen Tag noch.«

Diesmal setzte Romy sich hinters Steuer, damit Finn weiter suchen konnte. Sie waren keine zwei Minuten unterwegs, als der Kollege scharf einatmete. »Sie lebt nicht mehr«, sagte er leise. »Autounfall vor einigen Jahren.«

Romy zuckte zusammen.

»Melanie hat in Greifswald gearbeitet – in einem größeren Logistikunternehmen«, fuhr Finn fort.

Eine Weile blieb es still. »Warum gibt Berner vor, dass er sich nicht an Julia erinnert?«, ergriff Romy dann wieder das Wort. »Ein anderer Mitarbeiter kann sich dafür bestens entsinnen, sogar an Einzelheiten.«

»Berner war nur Aushilfe und hatte wenig im Büro zu tun.«

»Dafür seine Freundin umso mehr. Und in der kleinen Firma wird ihm Julia über den Weg gelaufen sein, und zwar regelmäßig, da bin ich ganz sicher. Hinter seiner angeblichen Unwissenheit steckt etwas anderes.«

»Und was?«

»Julia und Melanie haben sich gut verstanden. Er will nicht, dass wir uns dazu schlauer machen. Weil es ihn in einem schlechten Licht erscheinen lässt.«

Finn strich sich über die Stirn. »Die Trennung ist ihm peinlich – jetzt noch?«

»Falls es eine Trennung war, die womöglich mit einer anderen Frau zu tun hatte – ja, könnte ich mir vorstellen.«

»Okay.« Finn klappte sein Tablet zu und schloss die Augen. »Morgen, okay?«

»Du hast recht. Zeit, den Tag zu beenden.«

Jan war noch nicht zu Hause, als Romy in Middelhagen eintraf. Sie zog sich um und fuhr mit dem Rad zum Strand. Die See war ruhig, der Abendhimmel leuchtete in satten Farben. Sie setzte sich in den Sand. Einige Strandspaziergänger waren unterwegs. Ein später Schwimmer ging ins Wasser. Romy beobachtete, wie er die Arme hob, scharf einatmete und sich langsam an die Kälte zu gewöhnen versuchte. Es war noch früh im Sommer – nichts für Menschen, die sich erst ab fünfundzwanzig Grad Luft- und zwanzig Grad Wassertemperatur in die Wellen stürzten. Der Wind strich über ihr Gesicht.

Warum musste Marina sterben? War es vielleicht doch ein Unfall gewesen oder ein tragisches Unglück, das kaschiert worden war? Was hatte Svenja bewogen, über die alten Erinnerungen hinaus die Fotos einzustecken? Was hatte sie entdeckt? Romy war sicher, dass es eine Verbindung gab, aber sie war so zart und durchscheinend, dass sie ohne Hintergrundkenntnisse nicht weiterkommen würden. Eine Frage lautete, ob und welche direkte Verknüpfung es zwischen Marina vor sieben Jahren und Svenja während ihres Rügen-Aufenthaltes möglicherweise gegeben hatte. Gab es jemanden, den sie beide kannten? Ja – Robert Berner. So weit waren sie schon einmal. Er hatte damals einen Ausflug des Kurses organisiert, und Svenja hatte sich Jahre später in seiner Firma beworben – was ganz sicher ein Zufall war, denn sie hatte sich bei mehreren Unternehmen dieser Branche vorgestellt. Existierte eine weitere Verbindung? Romy stutzte. Sie stand langsam auf, klopfte sich den Sand von der Hose und fuhr nach Hause. Bevor sich der Gedanke wieder verflüchtigte, hinterließ sie Max eine Sprachnachricht.

»Nur so ein Gedanke«, sagte sie leise. »Prüf doch mal, ob Berner und Paulsen in irgendeiner Weise geschäftlich miteinander zu tun haben oder hatten. Könnte er auf der Geburtstagsfeier gewesen sein – ohne auf der Liste gestanden zu haben? Ein zweiter Punkt: Wir brauchen mehr Infos zur inzwischen verstorbenen Ex-Freundin Melanie Landorf. Familie, Freunde – na, du weißt schon. Jemand, der uns mehr zur Beziehung der beiden erzählen kann.« Dann steckte sie das Handy wieder ein und blickte über die stille See.

13

Es war relativ einfach, wenn man wusste, nach welchen Stichworten man suchen musste. Paulsens Bauunternehmen hatte bei mehreren Projekten Berners Garten- und Landschaftsarchitekturfirma eingebunden, wie auf seiner Website nachzuvollziehen war. Zudem war er Teilhaber des Unternehmens – das zeigte sich allerdings erst, sobald man die Firmengründungsdaten recherchierte. Und auch das Touristikunternehmen, in dem Julia Glauber und Robert Berner zumindest zeitweise gearbeitet und sich mit großer Wahrscheinlichkeit kennengelernt hatten, tauchte, wenn auch nur am Rande, in Paulsens Firmenliste auf. Anlässlich der Erteilung eines großen Auftrages hatte der Chef es sich nicht nehmen lassen, beteiligte Geschäftspartner zu einer Rundreise auf Rügen einzuladen – einschließlich geführter Tour mit Ranger. Dazu existierten mehrere Fotoserien aus unterschiedlichen Jahren, die unter der Rubrik »Wir und unsere Partner« eindrucksvoll darlegten, wie vielversprechend sich die Zusammenarbeit mit einem Unternehmer wie Paulsen entwickelte und wie zuverlässig und großzügig er agierte.

Max notierte Namen und Daten in seiner Fallaufstellung, schob Querverweise ein und aktualisierte die Zeitschiene des Geschehens. Berner und Paulsen kannten sich seit vielen Jahren und hatten auch geschäftlich miteinander zu tun – seit der Zeit, als Berner noch Student gewesen war. Dass er seinerzeit auch zu den Geburtstagsgästen gehört hatte, ohne auf der offiziellen Liste zu stehen, konnte nicht als hundertprozentig sicher vorausgesetzt werden, war aber ziemlich wahrscheinlich. Womöglich war er nur zum Gratulieren vorbeigekommen.

Max tippte mit einem Stift auf die Schreibtischplatte. Das war eine hochinteressante Feststellung – im Sinne der Ermittlungen und der Annahme, dass an jenem Abend vor sieben Jahren etwas geschehen war, das bis in die Gegenwart nachhallte. An einem Punkt war aus bislang unerfindlichem Grund eine Dynamik entstanden, die tödlich geendet hatte. Doch die entscheidenden Fotos, die vielleicht auch Berners Teilnahme belegen könnten, fehlten – Fotos, die Svenja mitgenommen hatte. Und es existierten keine Kopien, keine Negative – angeblich. Max legte den Stift beiseite. Würde Bernd Glauber sich an Berner erinnern? Nach den vorliegenden Protokollen zu Romys Befragungen kannte er den Namen nicht. Würde er sich an das Gesicht entsinnen? Schwer zu sagen – eher: nein, schon gar nicht, wenn Berner nur kurz vorbeigeschaut hatte. Unter Umständen mussten sie da noch einmal nachfassen. Das Gleiche galt für die anderen Gäste. Hier durften sie kaum mit Unterstützung oder verwertbaren Auskünften rechnen. Also blieb nur, Paulsen und Berner persönlich danach zu fragen.

Max schickte Romy und Finn eine kurze Notiz zu seinen frühmorgendlichen Recherchen, dann widmete er sich Melanie Landorf und ihrem Umfeld. Die junge Frau war vor zwei Jahren bei einem Busunglück ums Leben gekommen. Max stellte Kontaktdaten und biographische Details zusammen und unterfütterte das Ganze mit Informationen aus dem Netz. Melanie hatte eine ältere Schwester, und Max schien es sinnvoll, zunächst Kontakt zu ihr aufzunehmen. Er sah auf die Uhr. Romy und Finn dürften inzwischen unterwegs sein.

Er griff zum Telefon – Karolin Landorf war als freiberufliche Grafikdesignerin tätig. Ihre Stimme klang angenehm, freundlich und professionell zugleich, und sie verfiel auch nicht sofort in Schockstarre oder brachte grenzenlose Verblüffung zum Ausdruck, als Max sich vorstellte, die Ermittlungen in einigen Sätzen erläuterte und dabei den Schwerpunkt zunächst auf die Suche nach Zeugen und allgemeinen Erkundungen im weiteren Umfeld der Ereignisse setzte. Ihm war klar, dass er Fragen äußerst behutsam formulieren musste, doch glücklicherweise machte es ihm Karolin sehr leicht.

»Ich verstehe schon – Sie versuchen, sich einen Überblick zu verschaffen. Tja, was soll ich sagen: Meine Schwester hat damals in dieser Touristikfirma gearbeitet, der Job hat ihr Spaß gemacht. Und sie war mit diesem Typen zusammen ... Robert. Über den gibt es nicht viel zu sagen – nicht viel Positives, meine ich.«

Max hob beide Brauen. »Könnten Sie deutlicher werden?«

Karolin Landorf zögerte. »Spielt das denn eine Rolle?«

»Vielleicht.«

»Und mehr dürfen Sie dazu nicht sagen?«

»Nein. Tut mir leid. Und ich muss Sie bitten, unser Gespräch absolut vertraulich zu behandeln.«

Seufzen. »Na schön. Robert konnte nicht mit Zurückweisung umgehen. Meine Schwester hat mehrere Anläufe gebraucht, bis sie die Trennung von ihm durchziehen konnte.«

»Und wie darf ich mir seine Reaktion vorstellen?«

»Er wurde aggressiv. Melanie hat mal erzählt, dass er vermutete, sie hätte einen anderen – und er ist völlig ausgerastet. Übrigens: Es gab keinen anderen Mann. Ihr ist einfach klar geworden, dass Robert nicht der Richtige war. Und je heftiger er reagierte und sie unter Druck zu setzen versuchte, desto offensichtlicher zeigte sich, dass sie mit ihrer Entscheidung völlig richtiglag. Ein Typ, der sich derart gehen lässt und kein Nein akzeptiert, ist das Letzte, was eine Frau braucht, oder?«

»Ganz meine Meinung. Sagt Ihnen der Name Julia etwas? Julia Glauber?«

»Warten Sie ... Ja, doch, das war eine Kollegin oder Aushilfe, nicht wahr?«

»Sie hat ein Praktikum in der Firma absolviert und auch danach hin und wieder dort gejobbt«, erläuterte Max. »Wir wissen, dass Ihre Schwester und Julia sich gut verstanden haben.«

»Sie hat den Namen mal erwähnt … Ich glaube, sie hat Melanie irgendwie den Rücken gestärkt. Das klang so.«

»Sie meinen damit die schwierige Trennungsphase?«

»Genau. Sie sollten mit Julia sprechen, wenn das wichtig ist«, meinte Karolin. »Die weiß sicher mehr dazu.«

»Das würden wir gerne«, erwiderte Max. »Zurzeit ist sie allerdings nicht auffindbar. Doch sie war in Greifswald gemeldet. Hat sie womöglich Kontakt zu Ihrer Schwester aufgenommen, oder gab es noch Verbindungen, die Melanie zur Insel hatte?«

»Das kann ich nicht mit Bestimmtheit sagen. Liegt ja auch schon ein paar Jahre zurück … Warten Sie – Melanie hatte eine Zeit lang hin und wieder Besuch. Aber sie machte ein kleines Geheimnis daraus, und ich konnte ihr keine Einzelheiten entlocken. Sie sagte nur, dass es eine Freundschaft sei, die auf Rügen entstanden sei.«

»So drückte sie sich aus?«

»Ja. Ich fand es auch seltsam, dass sie nicht einmal mit mir darüber sprechen wollte. Vielleicht war es auch ein verheirateter Typ.«

Max notierte sich den Stichpunkt. »Existieren Fotos aus der Zeit?«, fragte er weiter.

»Ich könnte meine Eltern fragen, wenn es sehr wichtig ist«, entgegnete Karolin nach kurzem Überlegen.

»Das ist es. Vielen Dank für Ihre Mühe.«

»Na klar – ich melde mich, falls ich fündig werde.«

Max legte das Telefon beiseite. Es war durchaus vorstellbar, dass Julia und Melanie in Kontakt geblieben waren – und auch hier: Heimlichkeiten, ein Versteckspiel. Eine seltsame Geschichte.

Romy war auf dem Weg nach Bergen, als die erste Nachricht von Max eintraf. Sie las die Mitteilung, als sie in Sellin länger an einer Ampelkreuzung warten musste. Eine geschäftliche Verbindung zwischen Paulsen und Berner war für sich genommen noch keine große Überraschung. Doch in seiner Person liefen einige Fäden zusammen, überlegte Romy nicht zum ersten Mal. Er hatte Svenja und Marina vor sieben Jahren kennengelernt, Svenja war zum Bewerbungsgespräch bei ihm gewesen, mit Julia Glauber hatte er in einer Firma gejobbt, und seine Ex-Freundin Melanie wiederum hatte sich gut mit Julia verstanden. Romy atmete tief durch.

Max' zweiter Kurzbericht erreichte sie kurz vor Bergen. Die Darstellung von Melanies Schwester verdichtete das Szenario ganz erheblich. Ein aggressiver junger Mann, der sich nicht damit abfinden wollte, dass seine Freundin ihm den Laufpass gab. Und was genau hatte Julia damit zu tun? Hatte sie lediglich ein offenes Ohr für die Kollegin gehabt, oder war ihr Engagement deutlich stärker gewesen und hatte Berner noch wütender gemacht? Selbst wenn – was bedeutete das im Zusammenhang mit den Morden an Marina und Svenja und ihrem Verschwinden? Womöglich wenig, aber es blieb festzustellen, dass Julia erneut schlaglichtartig erfasst wurde.

Romy traf kurz darauf gleichzeitig mit Finn im Kommissariat ein. Zu dritt starrten sie eine Weile auf den Wandbildschirm, auf dem Max in einer weitgefächerten Grafik mit zahlreichen Querverweisen, Namen und Hintergrundinfos die Geschehnisse zu bündeln versucht hatte – im Bemühen, einen Fokus herauszufiltern, was alles andere als einfach war.

»Tja, im Moment scheint der sympathische Ranger tatsächlich in den Mittelpunkt zu rücken«, stellte Finn schließlich fest. »Er kennt alle entscheidenden Personen – auch wenn das zunächst für sich genommen nicht viel bedeuten muss.«

»Und es zeigt sich zum ersten Mal, dass Berner auch andere Züge aufweist – Aggressivität zum Beispiel«, fügte Romy hinzu. »Unsere Frage nach Julia passte ihm nicht, er ist ausgewichen. Er will nicht, dass wir in der alten Geschichte herumstochern –

ob verletzter Stolz immer noch eine Rolle spielt oder etwas anderes dahintersteckt, ist im Moment nicht ersichtlich.« Sie sah Max an. »Wir brauchen deutlich mehr zu ihm, auch zu einer aktuellen Freundin. Wir müssen in Erfahrung bringen, ob er auf der Feier war und was er sonst noch so treibt. Wenn wir ihn jetzt sofort dazu befragen, hat er die Möglichkeit, erneut auszuweichen.«

»Sehe ich auch so«, stimmte Finn zu.

»Weitere Vorschläge?«

Max sah in die Runde. »Wir sollten Stefan Vogt nicht vergessen. Auch bei ihm gibt es Hinweise auf Aggressivität – und auch hier taucht Julia auf, die wir partout nicht finden können.«

Romy nickte. »Und wir müssen mit dem Fotografen aus Paulsens Firma Kontakt aufnehmen …«

»Es gibt keine Abzüge mehr«, warf Max ein.

»Wissen wir das von ihm persönlich? Oder nur über Hörensagen?«

Finn tippte eine Notiz sein Tablet. »Ich könnte mich darum kümmern.«

Romy blickte wieder zum Bildschirm und überflog die einzelnen Punkte. Eine Weile blieb es still. Dann fasste sie Finn ins Auge. »Wir müssen mehr zu diesen Männergruppen in Erfahrung bringen. Doch dazu brauche ich das Okay aus Stralsund – vielleicht gibt es dort einen Kollegen, der uns helfen könnte.«

»Ich wüsste auch, wen«, erklärte Finn sofort.

»Gut, dann …« Sie überlegte kurz. »Wir fahren erst in Paulsens Firma vorbei und sprechen mit dem Mitarbeiter, der damals fotografiert hat. Und anschließend nach Stralsund. Du kannst uns schon mal ankündigen.«

Der Mitarbeiter war auf einer Baustelle in Stralsund, wie sie in der Baufirma erfuhren, und Romy entschied, zuerst in die KPI zu fahren. Jan war zwar unterwegs, als sie eintrafen, doch

Romy hatte während der Fahrt ausführlich mit ihm telefoniert. Die Recherchen zu gewaltbereiten Männergruppen unterstützte er, wenn auch zähneknirschend. »Ich muss dir kaum sagen, wie dünn die Ausgangslage ist, aber solange ihr nur im Netz sucht …«

»Wenn wir eine Verbindung entdecken, kräht kein Hahn mehr danach, wie fundiert der Anfangsverdacht war.«

»Stimmt. Und dieser Berner könnte da mit drinstecken – habe ich das richtig verstanden?«

»Im Moment könnten viele damit zu tun haben. Bei ihm laufen etliche Fäden zusammen. Und der Tatort lässt einige Spekulationen zu. Ich weiß – sie sollten nicht die Basis sein, aber es wäre fatal, den Zusammenhang gar nicht zu beachten.«

»Okay. Wir haben eine neue Kollegin mit guten Kontakten zu verdeckt agierenden Ermittlern. Außerdem versteht sie sehr viel von anonymer Netzrecherche – Finn dürfte sie kennen.«

Die neue Kollegin hieß Lou – sie war keine dreißig Jahre alt, ungefähr eins fünfundfünfzig groß und hatte die Figur einer Bodybuilderin. Ihre Mutter stammte aus Nigeria, der Vater war Hamburger, wie Finn auf dem Weg zu ihrem Büro noch erläuterte. Lou hatte ein strahlendes Lächeln und freute sich ganz offensichtlich, Finn wiederzusehen.

»Und von dir habe ich schon einiges gehört – die Rügenkommissarin«, sagte sie an Romy gerichtet. »Das Du ist doch okay, oder?«

»Natürlich.«

»Nehmt euch Tee oder Kaffee – die Brötchen sind allerdings von gestern, da rate ich von ab.« Lou wies auf den Tisch in der hinteren Ecke ihres Büros. »Der Tee ist frisch, der Kaffee brodelt schon eine Weile auf der Platte.« Sie lächelte noch breiter. Dann sah sie Finn an. »Ihr sucht also nach miesen Typen, die Frauen überfallen, weil die ihnen zu aufmüpfig scheinen oder nicht ihrem Rollenbild entsprechen?«

»So was in der Art. Stichwort: Nonnenloch. Möglich, dass dort Übergriffe stattgefunden haben. Es gibt aber keine Aussagen, nur Befürchtungen.«

Romy hatte sich eine Tasse Tee eingeschenkt und setzte sich. »Die beiden Fälle, die uns zurzeit beschäftigen, sind von großer Brutalität geprägt«, fügte sie hinzu.

»Vergewaltigung?«

»Zumindest beim zweiten Opfer gehen wir davon aus. Misshandelt und erdrosselt – so hat es der Rechtsmediziner beschrieben. Beim ersten Opfer ist nach einigen Monaten Liegezeit und mögliche Inszenierung als Unfall vieles nicht mehr nachweisbar. Beide Frauen sind auf Rügen möglicherweise denselben Männern über den Weg gelaufen.«

Lou hatte die Stichworte mitgetippt. »Ich könnte mich einfach mal schlaumachen und dann mit einem Fakeprofil versuchen, mehr zu erfahren – falls nötig. Jan meint, ich solle mal zeigen, was ich kann.«

Romy lächelte. »Ich hätte nichts dagegen. Allerdings …«

Lou winkte ab. »Schon klar – ich muss sehr vorsichtig agieren und darf keineswegs auffallen. Ich mache so was übrigens nicht zum ersten Mal.«

»Das dachte ich mir schon.«

»Dann nennt mir mal noch ein paar Stichworte. Nonnenloch klingt schon mal sehr speziell. Worum geht es?«

»Eifersucht.«

»Das ist zu allgemein. Kommt in den besten Beziehungen vor.«

Romy überlegte angestrengt. »Trennung gegen den Willen des Mannes.«

Lou wiegte den Kopf und sah hinüber zu Finn, der sein Tablet aufgeklappt hatte.

»Ich hatte im Vorfeld schon mal ein bisschen nachgeforscht«, erklärte er. »Ich schicke dir mal die Links und ein paar Namen.«

»Okay – und dann lasst ihr mich am besten in Ruhe arbeiten. Falls ich noch Fragen habe oder sich hier etwas tut, was euch interessieren könnte, melde ich mich. Einverstanden?«

»Das klingt erfrischend pragmatisch.« Romy trank ihren Tee aus und stand auf. »Vielen Dank.«

Wenig später waren sie auf dem Weg zur Baustelle. Paulsens Firma hatte den Zuschlag für die Sanierung eines historischen Altstadthauses am Alten Markt erhalten. Der Mitarbeiter, der seinerzeit fotografiert hatte, hieß Knut Neubart und war zuständig für Dokumentation, Genehmigungsverfahren und Auftragsabwicklung, wie sie in Bergen von Marion Dollner erfahren hatten. Neubart stand an einem offenen Baucontainer und telefonierte – offensichtlich fehlte dringend benötigtes Material, und seinem Ton nach zu urteilen, bekam der Kollege am anderen Ende der Leitung gerade einen gehörigen Einlauf. Schließlich beendete er die Unterredung, steckte das Handy ein und sah Romy und Finn mit gerunzelten Brauen entgegen. »Sind Sie von der Baubehörde? Der Termin ist erst in einer Stunde. Ich …«

»Behörde – ja, aber mit Bauen haben wir weniger zu tun«, ergriff Romy das Wort und zückte ihren Ausweis.

Neubart sah sie verdutzt an. »Was ist denn jetzt los? Polizei?«

»Hat nichts mit Ihrem Job hier zu tun«, erklärte Romy rasch. »Erinnern Sie sich noch an die Feier anlässlich des fünfzigsten Geburtstags Ihres Chefs?«

Neubart hob beide Brauen, dann grinste er von einem Ohr zum anderen. »Hat sich jemand beschwert, dass es zu laut war?«

Romy tat ihm den Gefallen und erwiderte das Lächeln. »Sie haben damals fotografiert, wie man uns sagte – es gab Gruppenaufnahmen und Bilder beim Anstoßen und so weiter.«

»Stimmt – mit einer richtigen Kamera. Hat Spaß gemacht. Worauf wollen Sie hinaus?«

»Wir brauchen die Negative – oder auch Kopien.«

Neubart schüttelte den Kopf. »Hab ich nicht mehr. Habe ich dem Chef auch schon gesagt. Wozu brauchen Sie die?«

»An dem Abend war ein junges Mädchen zufällig in dem Gasthof – später in der Nacht verschwand sie. Monate darauf fand man ganz in der Nähe ihre Leiche.«

Der Mann sah sie verdattert an.

»Im Zusammenhang mit einem anderen Mordfall untersuchen wir nun auch die Umstände in dieser Partynacht. Dazu gehören die Gäste, das Fest, Auffälligkeiten am Rande der Feier und so weiter.«

Neubart schob seinen Helm in den Nacken. »Tja, was soll ich sagen? Ich habe die alten Bilder nicht mehr und auch keine Negative. Es wurden einzelne Aufnahmen an alle Gäste geschickt, der Rest …« Er zuckte mit den Achseln. »Tut mir leid. Wenn ich alles aufheben würde, käme ich in meinem Büro kaum noch zur Tür durch.«

»Ihr Chef hat sich nach den Bildern erkundigt?«

Neubart nickte.

»Haben andere Gäste auch fotografiert?«

»Möglich, aber es war nicht so wie heute – die Kameras der Smartphones waren noch nicht so berauschend, und die Sache mit den Selfies hat ja erst in letzter Zeit so richtig Fahrt aufgenommen.«

»Nun, da kann man wohl nichts machen. Aber vielleicht erinnern Sie sich an diese junge Frau.«

Finn zeigte ihm Bilder von Marina. Neubart rümpfte die Nase. »Sie wissen schon, dass das Jahre zurückliegt und Dutzende von Leuten da rumliefen?«

»Wissen wir. Und doch erinnert sich manchmal jemand an ein Gesicht oder eine Szene«, entgegnete Romy.

»Möglich, aber ich muss da passen.«

»Okay. Sagt Ihnen der Name Robert Berner etwas?«

»Robert? Na klar. War noch Student damals, hat Inseltouren

organisiert, und er kam später, das weiß ich noch. Er hielt sich übrigens nicht lange auf. Schlechte Laune.«

Romy lächelte. »An diese Einzelheiten erinnern Sie sich nach so vielen Jahren – erstaunlich, oder?«

Neubart lächelte verlegen. »Stimmt.«

»Wissen, warum er so schlecht drauf war?«

»Ist das wirklich von Belang oder nicht doch eher Privatkram?«

»Das weiß ich noch nicht«, gab Romy zu. »Aber ich stelle immer wieder fest, dass Menschen sich zunehmend besser erinnern, wenn sie sich die auf den ersten Blick unwichtig wirkenden Details vor Augen führen – oder eben die Umstände einer großen Feier. Falls sich herausstellt, dass der Privatkram nicht das Geringste mit unseren Nachforschungen zu hat, streichen wir das Ganze natürlich.«

»Na schön. Also, ich glaube, dem hatte es ordentlich die Stimmung vermiest, dass eine Freundin seiner Ex auch da war – die Tochter der Wirtsleute, sie hat bei der Feier geholfen.«

»Julia Glauber.«

»Genau die. Was Sie nicht alles wissen.« Er warf ihr einen verblüfften Blick zu.

»Wir machen unseren Job.«

»Nun, die drei haben in derselben Firma gejobbt, und Berners Freundin hatte ihm einige Zeit zuvor den Laufpass gegeben, das hat ihn wohl immer noch wütend gemacht – habe ich zufällig mitbekommen.«

»Was heißt zufällig?«, warf Romy rasch ein.

Neubart zögerte einen Augenblick. »Ich habe ein Gespräch mitbekommen – also nicht belauscht, um das klarzustellen.« Er kratzte sich im Nacken.

»Das müssen Sie nicht betonen.«

»Der Chef hat ihn wohl aufmuntern wollen. So klang das.«

»Paulsen wusste über Berners Beziehung Bescheid?«, fragte Romy verblüfft.

»Tja, zumindest wirkte es so, als sei ihm klar, warum Robert so schlecht drauf war. Paulsen meinte, dass er etwas Geduld haben müsste. Das wird schon, vielleicht kapiert sie es auch erst nach dem zweiten Mal – wir reden später noch mal, meine Gäste warten. So ähnlich drückte er sich aus.«

Romy warf Finn einen raschen Seitenblick zu, bevor sie Neubart wieder ansah. »Wie könnte er das gemeint haben?«

»Eine weitere Aussprache? Ich kann natürlich nur vermuten, dass es um so etwas ging. Die beiden standen im Durchgang zur Küche, Paulsen klopfte ihm auf die Schulter, und wenig später war Robert schon wieder verschwunden.«

Romy ließ die Worte nachklingen. *Vielleicht kapiert sie es auch erst nach dem zweiten Mal.*

Neubart sah auf seine Uhr. »Ich habe noch ein bisschen was zu tun, bis die andere Behörde etwas von mir will.« Er lächelte. »Wenn Sie also keine weiteren Fragen mehr haben …«

Finn räusperte sich. »Eine hätte ich noch: Ist Ihnen der Mann vielleicht auch aufgefallen?« Er zeigte ihm ein Foto von Stefan Vogt.

»Na klar. Mit Vogt hatten wir häufiger geschäftlich zu tun. Aber der lebt nicht mehr. Hatte auch Ärger in seiner Beziehung, soweit ich weiß.«

»Ich gewinne gerade den Eindruck, dass es in der Baubranche ziemlich häufig Beziehungsprobleme gibt«, meinte Romy in betont gleichmütigem Ton.

»Möglich – viel Stress, wenig Freizeit. Der Chef hat ja auch noch einmal geheiratet … Na egal. Das gehört nun wirklich nicht hierher.«

»Was war Vogt eigentlich für ein Typ?«, fragte Romy rasch weiter.

»Viel Geld, bisschen arrogant, der Erfolg ist ihm zu Kopf gestiegen. Er war ziemlich herablassend. Es war nicht einfach, mit ihm zusammenzuarbeiten.«

»Er wurde schnell wütend, oder?«

Neubart blies die Wangen auf. »Ich wiederhole mich nicht gern, aber Sie graben ja so einiges aus.«

»Liegen wir richtig?«

»Durchaus. Er hat gerne ausgeteilt – insbesondere gegenüber Frauen. Ich habe mal bei einer Besprechung für einen gemeinsamen Auftrag erlebt, wie der eine junge Architektin zusammengefaltet hat. Das war nicht feierlich – und sehr unangenehm.« Neubart sah erneut auf die Uhr. »Ich will nicht drängeln, aber …«

»Schon verstanden.«

Romy bedankte sich. Finn telefonierte kurz mit Bergen, während sie zum Wagen zurückgingen. Sie setzte sich hinters Steuer.

»Wie geht es weiter?«, fragte er.

»Die Ex-Frau von Paulsen.«

Er nickte. »Claudia.«

»Wir sollten persönlich mit ihr sprechen, finde ich. Hat Max noch was entdeckt?«

»Die Schwester von Melanie hat sich noch mal gemeldet und ein paar Fotos von einem Musikfestival in Greifswald geschickt. Wie es aussah, hatte Melanie eine heimliche Beziehung oder auch Affäre mit einem Typen. Von Julia ist aber weit und breit nichts zu sehen.« Finn hielt kurz inne und überflog eine weitere Nachricht von Max. »Nach dem Busunglück hat Melanie noch ein paar Tage im Krankenhaus gelegen«, fuhr er fort. »Und sie hatte Besuch von einem jungen Mann. Karolin erinnert sich daran, jemanden gesehen zu haben. Aber das war zu der Zeit nicht so wichtig.«

»War er nicht auf der Beerdigung?«

»Karolin hat betont, dass sie ihn nicht kennt.«

Romy winkte ab. »Okay. Wir sollten uns nicht verzetteln. Es gibt Menschen, die sich über ihre Beziehungen nicht austauschen möchten, und zwar mit niemandem. Das dürfte uns dann auch nichts angehen.« Sie startete den Motor. »Adresse der Software-Firma?«

»Richtung Grünthal.«

Inzwischen leitete Claudia Paulsen das kleine Unternehmen, das Speziallösungen für die Braubranche entwickelte und betreute, wie Finn während der Fahrt berichtete. Sie kam gerade aus einer Besprechung, als sie eintrafen, und nahm kein Blatt vor den Mund, als Romy nach wenigen einleitenden Sätzen nach dem fünfzigsten Geburtstag ihres Ex-Mannes fragte.

»Ernsthaft?« Claudia Paulsen verzog den Mund. »Wissen Sie – entschuldigen Sie meine deutlichen Worte –, der Arsch hat schon damals nicht mehr viel von mir gehalten. Immerhin hat er mir noch die ganzen Vorbereitungen überlassen. Großzügig, oder? Das ist mir allerdings erst später klar geworden. Na ja, ich war wohl auch ein bisschen blauäugig. Ist Ihnen schon mal aufgefallen, dass bei solchen Geschichten meist die Frauen blauäugig sind, weil sie sich einfach nicht vorstellen können … Ach, lassen wir das.« Sie winkte ab. »Und auf der Geburtstagsfeier ist ein Mädchen aufgetaucht, das später verschwunden ist?«

»So ist es.«

Claudia Paulsen schüttelte den Kopf, während sie das Foto betrachtete. »Keine Ahnung. Das sagt mir nichts.«

»Und Sie sind nicht mehr im Besitz von Fotomaterial?«

»Nein. Das war ich auch noch nie. Was sollte ich denn damit? Richard hat den Kram – oder längst entsorgt.«

»Das ist interessant. Ihr Mann …«

»Ex-Mann!«

»Ihr Ex-Mann hält es für möglich, dass Sie den Karton mitgenommen haben, versehentlich.«

»Er irrt – wie so oft. Ich habe nichts eingepackt, was mit ihm zu tun hatte, schon gar nicht irgendwelche Partyfotos. Nichts sollte mich mehr an ihn erinnern.«

»Warum?« Romy wusste, wie die Frage klang: direkt und unangemessen, indiskret.

Claudia Paulsen hielt kurz inne. »Direkte Frage, direkte Antwort: Er war ein Arsch – und er hat sich mit Leuten umgeben, die ähnlich drauf sind. Typen, für die nur eines wichtig ist: ihre Karriere und Position, ihre Machtposition.«

»Sie haben keine gleichberechtige Ehe geführt?«

»Richard kennt diesen Ausdruck nicht mal. Er hat ja dann eine sehr viel jüngere Frau geheiratet, die nach seiner Pfeife tanzt, Kinder gebärt und den Mund hält, wenn er es will. Ein Püppchen ohne Rückgrat, wenn ich das so sagen darf. Ist vielleicht unfair oder auch ungerecht, das so aus der Ferne zu beurteilen, aber ich wette, dass ich recht habe.«

Romy schlug ein Bein über das andere. »Darf ich Ihnen eine persönliche Frage stellen?«

Claudia Paulsen lachte laut auf. »Wie zauberhaft, dass Sie zur Abwechslung vorher mal fragen. Persönlicher geht es ja kaum noch. Was wollen Sie noch wissen?«

»War Ihr Mann gewalttätig?«

»Das hat er einmal versucht«, entgegnete sie ohne Zögern. »und es ist ihm nicht bekommen.«

»Wie darf ich das verstehen?«

»Ich habe ihm die Schulter ausgekugelt.«

Romys Augen weiteten sich.

»Ich war schon immer sportlich, kraftvoll und reaktionsschnell und habe in der Schule Judo gemacht. Davon hatte ich noch einiges in petto, wie sich herausstellte. Ich war übrigens genauso erstaunt wie er – der Wurf ist mir richtig gut gelungen. Nur seine Landung war ziemlich hart. Damit hatten wir das Thema dann auch durch. Ich habe ihn übrigens ins Krankenhaus gefahren, und wir haben dort angegeben, dass er blöd gestürzt ist. Die Geschichte gefällt mir heute noch, und jede Wette: Ihm macht sie immer noch zu schaffen.«

Stille. Leises Räuspern von Finn.

»Zwischen uns war einiges anders geplant«, fuhr Claudia Paulsen einen Moment später fort. »Aber das gehört wohl kaum hierher.«

Vielleicht doch, dachte Romy. Sie hob den Blick. »Pläne zu Beginn einer Beziehung haben oft nichts mit der Realität zu tun«, wandte sie etwas holprig ein – in der Hoffnung, Paulsen würde weiter erfrischend offen und spontan aus dem Nähkästchen plaudern. »Klingt banal, aber das …«

»Ist es nicht. Wir wollten mal Kinder, aber dann kam doch erst die Karriere, das Geschäft, Sie wissen schon. Und später hat es nicht mehr geklappt … Egal, als er anfing, sich immer mehr wie ein unzufriedener Patriarch aufzuführen und mir die Schuld für was auch immer in die Schuhe zu schieben, war klar, wohin die Reise früher oder später gehen würde. Es zeigte sich dann auch immer deutlicher, dass Richard keine starken, selbstbewussten Frauen erträgt oder eine Partnerin, die sich entwickelt, ohne ihn vorher um Erlaubnis zu fragen. Er hat dann dafür gesorgt, dass ich nicht an die Firmenanteile herankam – das dauerte dann doch noch einige Zeit. Zeit, in der er mir weismachte, wir würden es noch einmal versuchen. Ansonsten wären wir schon viel früher getrennte Wege gegangen.«

Sie ist zutiefst verletzt und immer noch ziemlich wütend, dachte Romy. Sonst würde sie kaum Außenstehenden, noch dazu der Polizei, in dieser Weise einen Einblick in ihre gescheiterte Ehe gewähren.

Claudia Paulsen schüttelte den Kopf, während sie einen Moment nachdachte, und Romy ging davon aus, dass sie das Thema nun beenden würde. »Ich habe den Fehler gemacht, darauf zu bauen, dass er sich fair verhalten würde«, fuhr sie dann fort. »Das ist häufig ein Fehler bei auseinanderbrechenden Beziehungen – und je mehr Geld im Spiel ist, umso schlimmer läuft der Trennungskampf. Sollte es je mit seiner jungen Frau Probleme geben, schließe ich übrigens eine Wette darauf ab, dass sie ihre Kinder los ist.« Sie zuckte mit den Achseln. »Nun, nicht mein Problem.«

Interessante Einschätzung, dachte Romy. Zu Paulsen, Vogt und Berner fielen darüber hinaus durchweg die gleichen oder doch auffallend ähnliche Stichworte – Aggressionen, Beziehungsprobleme, Gewalt. Wut auf Partnerinnen, die nicht oder nicht mehr in die Schablone passten, die der Mann vorgegeben hatte. Es war unklug, pauschal zu urteilen und voreilige Schlüsse zu ziehen, aber die Parallelen waren unbestreitbar vorhanden.

Claudia Paulsen sah Finn an. »Ich bin gerade in Plauderlaune, wie Sie vielleicht längst bemerkt haben. Möchten Sie mir auch eine persönliche Frage stellen?« Sie lächelte schräg.

Finn legte den Kopf kurz zur Seite. »Gerne«, erwiderte er höflich. »Können Sie sich vorstellen, dass Ihr Ex sich mit anderen Männern austauscht, die in ihren Beziehungen nicht das finden, wonach sie suchen? Oder die Unterstützung benötigen, um ihre Ziele zu erreichen? Beistand, den er vielleicht auch mal in Anspruch genommen hat.«

Das klang gut durchdacht, sorgfältig und doch diskret formuliert. Romy fand, dass der junge Kollege sich ganz hervorragend machte.

Paulsen überlegte lange. Dann schüttelte sie den Kopf. »Nein. Er würde nie zugeben, wenn er Probleme hätte. Ich kann mir nicht vorstellen, dass er mit anderen zusammensitzt und seine Wunden leckt oder so etwas wie einen gruppentherapeutischen Ansatz sucht. Partnerberatung oder Ähnliches – darüber lacht er. Richard hat keine Wunden, keine Schwächen. Er ist stark und erfolgreich, die anderen müssen sich ihm anpassen, und er allein bestimmt über sein Leben.«

»Aber vielleicht könnte er andere dabei unterstützen, ähnlich erfolgreich zu sein wie er?«, schlug Finn vor.

»Das ist ein interessanter Gedanke.« Paulsen sah ihn verblüfft an und nickte langsam. »Das halte ich durchaus für denkbar. So eine Rolle würde ihm gefallen.«

»Er ist der Typ, der gerne Ratschläge erteilt?«, fragte Romy.

»Unbedingt. Er weiß ja, wo es langgeht, und er genießt es, wenn er um Rat gefragt wird – egal, zu welchem Thema.«

Ein komplett von sich selbst überzeugter Macher, resümierte Romy. »Sagt Ihnen der Name Stefan Vogt etwas? Er war ein Geschäftspartner Ihres Ex.«

»Natürlich. Auch so ein Alpha-Typ«, erwiderte Paulsen prompt. »Die beiden haben sich dennoch gut verstanden – weil sie in unterschiedlichen Branchen tätig waren, also keine Konkurrenz für den anderen bedeuteten und sich damit gut ergänzten. Vogt war allerdings ein Zyniker und Choleriker – ich habe bei einem Geschäftsessen erlebt, wie er eine Kellnerin zurechtwies. Das war nicht komisch.«

Und es stimmte hundertprozentig mit dem überein, was Neubart erzählt hatte, dachte Romy. Ein Choleriker, der vergessen hatte, seine Blutdrucktabletten einzunehmen und an einem Infarkt gestorben war.

»Das trifft auf Richard nicht zu – wenn er Wut im Bauch hat, lässt er nicht zu, dass es andere mitkriegen«, fuhr Paulsen fort. »Richard bleibt stets ruhig, klar, kühl, freundlich, doch tief in ihm brodelt es. Das ist letztlich deutlich gefährlicher – für andere. Ich denke nicht, dass er sich diesbezüglich großartig geändert hat.«

Zu Robert Berner konnte Claudia Paulsen wenig beitragen. Der junge Mann, der sich auf Rügen so gut auskannte und auf Landschaftsarchitektur spezialisiert hatte. »Geschäftlich passt da ja einiges zusammen, und ich denke, Richard hat ihn gefördert.«

Der Meinung bin ich auch, dachte Romy. Sie spürte den fragenden Blick von Claudia Paulsen.

»Darf ich Ihnen zur Abwechslung auch mal eine persönliche Frage stellen?«

Romy lächelte. »Nur zu.«

»Hat mein Ex-Mann etwas mit diesen Mordfällen zu tun? Besteht ein Verdacht gegen ihn?«

Romy schüttelte eifrig den Kopf, doch sie wusste, dass es ihr selten gelang, überzeugend gleichmütig auf überraschende Vorstöße zu reagieren. Die Kollegin Ruth Kranold schlug sie in dieser Disziplin um Längen. »Wir untersuchen zurzeit ausschließlich das Umfeld dieser Morde und bemühen uns, so viele Zeugenaussagen wie möglich zusammenzubekommen. Jeder und jede, die etwas beitragen könnte, befragen wir.«

»Aha.« Das klang durchaus skeptisch. »Dazu gehören dann auch Eheprobleme?«

»Manchmal schon.«

»Sie müssen mir nicht ausweichen, Kommissarin Beccare.«

Romy hielt ihrem Blick stand. »Ich weiß. Aber ich darf Ihnen keine Details nennen, und es ist wichtig, dass Sie unser Gespräch …«

»Ich werde Richard kaum davon in Kenntnis setzen, dass ich der Polizei berichtet habe, er sei ein Arsch, der mit starken Frauen nicht klarkommt und sich in der Rolle des Machos am wohlsten fühlt. Außerdem werden Sie ohnehin bald persönlich mit ihm sprechen, oder?«

»Das ist keineswegs auszuschließen.«

»Er wird schnell merken, ob Gefahr im Anzug ist. Sie müssen sehr geschickt agieren, wenn Sie ihm eine unbedachte Äußerung entlocken wollen.«

»Das werde ich mir merken. Danke.«

Romy war in sich gekehrt, als sie die Firma verließen, und Finn störte ihre Gedanken nicht. Erst als sie Richtung Rügenbrücke fuhren, ergriff er wieder das Wort. »Berner wollte seine Ex-Freundin zurückgewinnen – und hatte sich offenbar Paulsen anvertraut.« Finn schüttelte den Kopf. »Klingt das überzeugend für dich? Spricht man mit einem Geschäftspartner über Beziehungsprobleme?«

»Das ist schon ungewöhnlich«, gab Romy zu. *Vielleicht kapiert sie es auch erst nach dem zweiten Mal.* Der Satz, an den sich der Angestellte erinnerte, stieß ihr erneut auf. Nach seiner Einschätzung hatte es Robert Berner ordentlich die Stimmung vermiest, dass eine Freundin seiner Ex auch auf dem Fest war. Hatte Berner Julia womöglich mitverantwortlich gemacht für das Scheitern seiner Beziehung? Und was könnte das im Hinblick auf die weiteren Geschehnisse bedeuten? Eine dunkle Ahnung stieg in ihr auf. Finn sah sie von der Seite an. Aber sie schwieg. Sie ließen bereits zu viel Raum für Spekulationen.

14

Lou hatte vor zwei Jahren ein verdeckt arbeitendes Team bei der Ergreifung eines Serienmörders unterstützt. Der Täter hatte sich den Sommer über an der Ostseeküste zwischen Kiel und Greifswald entlang bewegt. Nach drei Morden an Touristinnen zwischen dreißig und fünfzig Jahren war ein Spezialteam eingesetzt worden. Seinerzeit kam man dem Täter erst auf die Spur, als ein Abgleich der Bewegungsdaten der Opfer einen Hinweis auf bevorzugte Lokale ergab. Doch selbst als sich herausstellte, dass ein Aushilfskellner im direkten Umfeld der drei Tatorte gearbeitet hatte, war die Beweislage zu schwach. Nach eingehender Profilanalyse des Verdächtigen hatte Lou sich als Köder zur Verfügung gestellt. Die Festnahme war ein großer Erfolg gewesen. Der Täter hatte bei den Vernehmungen bereitwillig und ausführlich dargelegt, warum er es genoss, Frauen zu töten; seine Erklärung lautete zusammengefasst: Sie verdienten es nicht anders. Er würde den Rest seines Lebens im Gefängnis beziehungsweise in Sicherungsverwahrung verbringen. Lou war zutiefst erleichtert gewesen, als das Urteil rechtskräftig war.

Sie hatte sich anschließend eine Auszeit genommen und war nun vorrangig in der Recherche tätig. Zurzeit unterstützte sie das Stralsunder Team und übernahm Aufgaben für das LKA. Die beiden Fälle auf Rügen hatten sie sofort aufhorchen lassen, auch wenn viele Jahre dazwischenlagen. Manchmal sagte eine Zeitspanne lediglich aus, dass keine anderen Fälle bekannt geworden waren. Lou las sich in die Ermittlungsakte ein und ging die Recherchen durch, die Finn zur Verfügung gestellt hatte. Nach Lous Ansicht gingen sie in die richtige Richtung, doch sie würden erst mehr erfahren, sobald sie auf übereinstimmende Details stießen.

Das Nonnenloch. Männer, die sich in ihren Gruppen sicher fühlten, traten dort natürlich trotzdem unter Pseudonymen auf, aber ihre Statements ähnelten sich. Lou hoffte, dass es ihr gelingen würde, Zugang zu einer Gruppe zu finden, die sich Frauenhass auf die Fahne geschrieben hatte – natürlich nicht wörtlich. Das klang meist etwas geschickter und umschrieb eher die Motivation, sich als Mann gegen Frauen und deren Männerhass zu positionieren. »Sie wollen uns kleinhalten, und dagegen wehren wir uns.« Das war so ein Spruch, auf den erstaunlich viele Männer jeder Altersgruppe reagierten. Gewaltbereite oder auch Gewalt propagierende Gruppen waren eine besondere Spielart – sofern diese Bezeichnung überhaupt angemessen war. Hier ging es um Rache an Frauen, Gewalttaten bis hin zum Mord – offen oder verdeckt ausgeführt, getarnt als Vermisstenfälle, gemeinschaftlich ausgeführt. Einzeltäter mussten sich nicht organisieren, aber sie suchten womöglich im Netz Informationen oder griffen Anregungen auf, suchten Bestätigung und Unterstützung.

Lou hielt es inzwischen für keine gute Idee mehr, mit einem Fakeprofil allzu offensiv vorzugehen. Im Darknet angesichts laufender Ermittlungen die Stichworte Rügen und Nonnenloch einzugeben, würde wenig bringen und die Täter warnen. Am späten Nachmittag schickte Finn ein Update zu den zentralen Namen, um die sich vieles drehte: Paulsen, Berner und Vogt, auch wenn der nicht mehr lebte. Drei Männer aus der Baubranche, leitende Positionen, erfolgreich – wobei Berner etwas herausfiel. Er war jung und stand noch am Anfang seiner beruflichen Karriere. Nichtsdestotrotz gab es Gemeinsamkeiten, und ihre Wege überschnitten sich in bemerkenswerter Weise.

Wenn ich Romy wäre, würde ich mir jemanden suchen, der den privaten Account von jemandem hackt, dachte Lou und schob den Gedanken sofort wieder beiseite. Paulsen war garantiert höchst vorsichtig, und Berner dürfte sich auch gut abgesichert haben – sofern die Verdachtsmomente zutrafen. Am sinnvollsten ist es ohnehin, zweigleisig zu fahren, überlegte Lou weiter. Wenn man etwas zu verbergen hatte, sollte man es in einem anonymen Account auf einem gesonderten Gerät sichern, von dem niemand etwas wusste, und gut verschlüsseln. Sicher war sicher. Lou seufzte leise. Man könnte eine Putzfrau in die Baufirma schicken und den Laptop des Chefs mit einem winzigen Stick versehen – vielleicht war der Typ doch nicht so schlau, weil er annahm, dass ihm ohnehin niemand das Wasser reichen konnte. Oder man ließ einen Ballon steigen und wartete, was sich tat. In jedem Fall wäre eine »Aktion Putzfrau« etwas für Lou – kaum jemand stellte Fragen, wenn eine schwarze Frau mit Eimer und Wischmop durch die Gänge lief.

Finn hatte vorgeschlagen, Robert Berner noch einmal zu befragen – genauer gesagt mit den neuen Erkenntnissen zu konfrontieren – und dann im Blick zu behalten. Doch der junge Firmenchef war weder zu Hause noch im Büro zu erreichen, und er ging auch nicht ans Telefon.

»Dann verschieben wir das auf morgen«, meinte Romy schließlich.

»Ich könnte mich vor seinem Haus postieren. Vielleicht erkennt er mich nicht mal – bei der kurzen Befragung war ich doch Luft für ihn, zumal er es eilig hatte.«

»Und weiter?«

»Max hat im Netz nicht viel Neues zu ihm gefunden – und das liegt nicht an Max!«, betonte Finn. »Wir erfahren unter Umständen mehr, wenn wir uns mal ganz physisch in seiner Nähe aufhalten.«

Romy wusste, dass der Staatsanwalt wenig von einer nicht genehmigten Observation halten würde, und der Staatsanwalt war sich im Klaren darüber, dass das Rügener Team immer wieder spontan und situationsabhängig agieren musste – ob digital oder physisch, war dabei im Grunde zweitrangig.

»Vielleicht kriege ich etwas mit und …«

Romy nickte. »Sei vorsichtig – das geht im Moment nur inoffiziell.«

»Na klar.« Er lächelte.

»Wir bleiben in Kontakt. Ich fahre zur Baufirma. Womöglich kann ich Marion Dollner die eine oder andere Bemerkung entlocken – natürlich auch ganz inoffiziell. Den Stick mit der Gästeliste haben wir ihr zu verdanken, da bin ich ganz sicher.«

Während Max sich in seine Recherchen vertiefte, verließen sie kurz darauf das Kommissariat. Romy besorgte sich unterwegs ein Fischbrötchen, telefonierte eine Weile mit Jan und parkte dann hinter Paulsens Baufirma. Sie konnte von Weitem sehen, dass Marion Dollner noch an ihrem Platz saß. Eine halbe Stunde später verließ Dollner die Firma und ging Richtung Parkplatz. Romy stieg aus und sah ihr entgegen. Marion Dollner stoppte kurz, dann trat sie ihr entgegen. Romy grüßte lächelnd.

»Sie sehen aus, als hätten Sie noch mehr Fragen.«

»Ich würde mich gerne noch einmal mit Ihnen unterhalten. Haben Sie etwas Zeit?«

Dollner trat von einem Bein aufs andere und sah sich kurz um.

»Wir könnten etwas trinken gehen«, schlug Romy vor. »Oder wir essen zu Abend, falls Sie nichts anderes vorhaben. Ich hatte zwar gerade ein Fischbrötchen, aber ich könnte durchaus noch einen Nachschlag vertragen.«

»Einverstanden. Kennen Sie das Restaurant Puk up'n Balken?«

»Natürlich. Steigen Sie ein – ich fahre Sie nachher zurück.«

Eine Viertelstunde später saßen sie in dem rustikalen Gasthaus an einem kleinen Tisch am Fenster. Marion Dollner bestellte ein Bier und Dorschfilets, Romy entschied sich für eine kleine Portion Hering mit Salat. Nachdem die Getränke serviert waren, ergriff Romy das Wort. »Danke für die Liste.«

»Welche Liste?« Dollner lächelte und umfasste ihr Bierglas

mit beiden Händen. »Lassen Sie mich raten – Sie wollen mehr über meinen Chef erfahren?«

Romy nickte. »Unter anderem. Wir werden ihn natürlich auch noch einmal persönlich befragen, aber ich habe den Eindruck, dass Sie unsere Ermittlungen deutlich ernsthafter unterstützen als er.«

»Nun, er will wohl verhindern, dass sich seine Gäste von damals – zum großen Teil Geschäftsfreunde, die auch heute noch eine Rolle für ihn spielen – in die Enge gedrängt fühlen.«

»Es geht um die Frage nach einer jungen Frau, die ermordet wurde – eine Zeugenaussage. Müsste es nicht selbstverständlich sein, die Polizei bei ihren Nachforschungen zu unterstützen?«

Dollner zuckte mit den Achseln. »Leute wie er fühlen sich immer bedrängt, wenn die Polizei etwas will.«

Leute wie er. Das Essen wurde serviert. Eine Weile aßen sie schweigend. Romy war plötzlich unsicher, wie sie vorgehen sollte. Jede persönliche Frage zu Paulsen konnte letztlich nach hinten losgehen, denn die bisherigen Erkenntnisse boten keinerlei Ermittlungsspielraum. Dass Paulsen ein dominant agierender Typ war, der seine Ex-Frau über den Tisch gezogen hatte und sich mit Geschäftspartnern umgab, die ähnlich autoritäre Eigenschaften aufwiesen, war weder ungewöhnlich noch für sich genommen ein Grund, ihn zu verdächtigen. Das Fatale war – je mehr sie sich mit diesem Umfeld beschäftigten, desto sicherer war Romy, dass ein Zusammenhang mit dem Mord an Marina und dem Untertauchen von Julia bestand. Aber das machte es nicht einfacher, Paulsens Sekretärin die richtigen Fragen zu stellen, auch wenn deren Unterstützung bei der Suche nach den Gästen außer Zweifel stand und sie dazu ermutigte.

»Sie sind schon lange in der Firma, nicht wahr?«, ergriff Romy schließlich das Wort.

»Seit zwanzig Jahren.« Marion Dollner lächelte. »Ich gehöre

quasi zum Inventar.« Sie trank einen Schluck. »Paulsen hat sich nie lumpen lassen. Er bezahlt vernünftig, und Zeugnisse interessieren ihn höchstens sekundär. Jeder kriegt eine Chance.«

»Ist ihm der Erfolg zu Kopf gestiegen?«

Dollner überlegte kurz. »Er war schon immer selbstbewusst. Wahrscheinlich hat er genau das erreicht, von dem er ausgeht, dass es ihm zusteht.« Sie lächelte. »Wenn Sie verstehen, was ich sagen will. Bescheidenheit ist gerade nicht sein Ding.«

»Wie sieht es mit der Gleichberechtigung in der Firma aus?«

»Frauenquote oder so was?«, fragte Dollner. »Interessiert ihn nicht. Wir hatten mal einen weiblichen Zimmermann – die hat es nicht besonders lange bei uns ausgehalten …«

»Also kriegt jeder, aber nicht jede eine Chance?«

»Das könnte man durchaus so festhalten. In den Büros sitzen viele Frauen, auf der Baustelle sind Männer unterwegs. Na ja – damit stehen wir wohl nicht allein. Die Baubranche ist immer noch fest in Männerhand.«

Romy nahm einen letzten Bissen, schob ihren Teller beiseite und öffnete die Fotoapp. Marion Dollner sah sich eine Reihe von Bildern an – weder Marina noch Julia und Svenja sagten ihr etwas, Vogt und Berner waren ihr natürlich bekannt.

Das ist zu oberflächlich, so kommen wir nicht weiter, dachte Romy. »Können Sie sich an Besonderheiten in den Tagen nach der Geburtstagsfeier erinnern?«, fragte sie schließlich.

Dollner schüttelte den Kopf. »Der Chef hatte noch eine ganze Woche Urlaub und war mit seiner Yacht unterwegs – und einigen Freunden. Die sind ein bisschen in der Ostsee herumgeschippert. Ich habe nur zweimal kurz mit ihm telefoniert, weil es etwas Wichtiges zu entscheiden gab …« Sie zögerte.

Romy hielt ihren Blick fest. »Ist Ihnen etwas aufgefallen?«

»Ich bin nicht sicher, aber ich hatte beim Telefonieren den Eindruck, dass eine Frau an Bord war. Ich konnte Stimmen im Hintergrund hören – eine davon war weiblich.« Sie zuckte mit den Achseln. »Wahrscheinlich seine neue Partnerin – wenig später ist die Ehe ja kaputt gegangen.«

»Wer noch an Bord war, wissen Sie nicht?«

»Ich denke, Vogt war auch dabei. Die waren ja durchaus auch privat häufiger zusammen.«

»Robert Berner?«

»Das kann ich nicht sagen.«

Romy hatte plötzlich eine hässliche Szene vor Augen. Sie spürte den forschenden Blick von Dollner. »Wonach suchen Sie, Frau Kommissarin?«

»Männer, die Gewalt gegen Frauen verüben, womöglich in der Gruppe«, erwiderte Romy leise. »Bestrafungsrituale.«

Dollner ließ sich in die Lehne fallen und sah sie mit dunklem Blick an. Sie sagte nichts.

»Falls Ihnen dazu irgendetwas einfällt, bitte ich Sie, mich zu kontaktieren.«

Dollner nickte langsam. Dann leerte sie ihr Glas. »Ich würde jetzt gerne nach Hause fahren.«

»Natürlich.« Romy bezahlte, und wenig später setzte sie Marion Dollner an der Baufirma ab.

Marion Dollner sah dem Wagen der Kommissarin einen Moment nach, dann zog sie ihren Schlüssel aus der Tasche und schlüpfte hinters Steuer. Bestrafungsrituale. Die Bezeichnung hatte etwas in ihr ausgelöst, aber sie konnte keine Erinnerung damit verknüpfen. Zufällig aufgeschnappte Wortfetzen? Als Sekretärin bekam sie häufig Äußerungen mit, die nicht für ihre Ohren bestimmt waren – wenn hinter halb geöffneten Türen zu laut gesprochen wurde, ein energischer Wortwechsel oder Telefonate im Vorübergehen einfach weitergeführt wurden oder Schriftverkehr Fragen offenließ. Eine Sekretärin hatte natürlich den Mund zu halten, Vertrauliches nirgendwo fallen zu lassen, Stillschweigen zu bewahren, und immer standen Diskretion und der Vorteil der Firma an erster Stelle. Paulsen erwartete das – natürlich. Geschäftsinterna gingen niemanden außerhalb der Firma etwas an; manchmal gingen sie nur den Chef etwas an.

Sie startete den Motor und fuhr langsam nach Hause. Seit der Trennung von ihrem Mann lebte sie in ihrem Elternhaus in Trent – in der Nähe von Reiterhof und Bodden. Beide Eltern waren kurz hintereinander vor zwei Jahren verstorben, und sie hatte es nicht übers Herz gebracht, das alte Haus zu verkaufen, obwohl es eigentlich viel zu groß für sie alleine war und die nötigen Renovierungsmaßnahmen den Rahmen ihrer finanziellen Möglichkeiten schlicht sprengten, auch wenn ihre Eltern ihr etwas Geld hinterlassen hatten. Inzwischen hatte sie sich an einen eher schlichten Standard gewöhnt und nach und nach einige Arbeiten selbst übernommen. Die Nähe zum stillen Wasser tat ihr gut, und wenn der alte Heizkessel seinen Geist endgültig aufgeben sollte, musste sie wohl oder übel einen Kredit aufnehmen. Das Dach war inzwischen dank tatkräftiger Hilfe aus der Nachbarschaft wieder dicht, die Fußböden im Erdgeschoss hatte der Azubi aus der Firma geschliffen, und ein paar Eimer Farbe hatten in den anderen Zimmern Wunder bewirkt. Plötzlich war alles hell und freundlich, und sie konnte sich gar nicht mehr vorstellen, das Haus zu verkaufen. Auch die Größe schien kein Problem mehr. Manchmal hatte Marion Besuch von einer ehemaligen Kollegin, die gerne ein paar Tage blieb, und auch ihr Sohn ließ sich ab und an samt aktueller Freundin blicken.

Marion stellte sich unter die Dusche und ließ das Wasser minutenlang über ihren Körper prasseln. Anschließend stand sie lange vor dem Spiegel. Einige Tropfen perlten über ihr Gesicht, am Hals entlang, suchten ihren Weg zwischen den Brüsten bis zum Bauchnabel. Sie war Anfang fünfzig und hatte noch viele schöne Jahre vor sich. Alles war gut seit der Trennung. Ihr Mann war Alkoholiker und Schläger gewesen, und das Leben mit ihm war, abgesehen von den ersten Jahren, die Hölle gewesen. Eine tiefe Narbe an der Schulter zeugte von seinem letzten Angriff auf sie – mit einem abgeschlagenen Flaschenhals. Das Blut war so schnell geflossen, dass sie plötzlich die nackte Angst gespürt hatte, es könnte vorbei sein. »Jetzt siehst du, was du angerichtet hast, du miese Drecksschlampe«, hatte Torsten sie angeschrien. »Das ist deine gerechte Strafe.«

Marion zuckte zusammen, wandte sich vom Spiegel ab und zog sich frische Kleidung an – ein ausgewaschenes Shirt mit See-Motiv und eine uralte legere Jogginghose. Torsten hatte die Hose gehasst. »Keine Frau sollte sich so kleiden dürfen.«

Kein Mann sollte so sein wie du, hatte sie gedacht, sich aber damals noch nicht auszusprechen getraut. Als er krank wurde und die Kraft ihn Stück für Stück verlassen hatte, war es einfach gewesen, zu gehen. So einfach, dass sie sich oft fragte, ob je ein Gefühl für Liebe und Zusammengehörigkeit ihre Ehe bestimmt hatte. All das lag viele Jahre zurück; inzwischen lebte er nicht mehr, und sie hatte ihm nicht eine einzige Träne nachgeweint. Nicht einmal so etwas wie Melancholie oder einen Anflug von Mitgefühl hatte sie verspürt. Gewalt und Erniedrigung in der Weise, wie sie sie erleben musste, bedeutete eine Zäsur. Immer. Auch wenn viele betroffene Frauen Kraft und Zeit benötigten, bis sie in der Lage waren, sich zu distanzieren, oder den Mut aufbrachten, sich zu trennen. Manche schafften es nie.

Bestrafungsrituale. Sie spürte, wie das Wort erneut tief in sie eindrang und eine alte Wunde öffnete. Was hatte Paulsen damit zu tun? Sie konnte sich nicht vorstellen, dass er in das Verschwinden des jungen Mädchens verwickelt war. Warum auch? Er hatte sich schon damals innerlich von seiner Frau getrennt und eine neue Partnerin im Auge gehabt. Was interessierte ihn eine Schülerin, die zufällig im Gasthof aufgetaucht war? Doch das Mädchen war nicht nur verschwunden, sondern ermordet worden. Und vielleicht wusste er etwas. Wissen bedeutete Macht. Marion traute Paulsen zu, dass er an den richtigen Stellen einen Hebel anzusetzen wüsste – egal, worum es ging. Sie kniff die Augen zusammen. Die Geschäfte mit Vogt waren immer einträglich gewesen. Paulsen erwähnte manchmal, dass er ihn als Partner vermisste – allerdings hatten die beiden damals eine umfangreiche Kooperation ausgehandelt, an die auch der Nachfolger der Baufirma gebunden war. Paulsen sahnte dort nach wie vor regelmäßig lukrative Aufträge ab.

Marion ließ die Gedanken kreisen, während sie ein Glas Saft holte. Sie ging von der Küche aus in den Garten, setzte sich in den alten, knarzenden Korbstuhl, den ihr Vater so geliebt hatte, unter den Apfelbaum und genoss den frischen salzigen Duft des Boddens, den der Wind herübertrug. Nur das Wiehern der Pferde durchbrach die Stille. Mücken tanzten im späten Licht.

Als Vogt gestorben war, hatte Paulsen die Witwe besucht, erinnerte Marion sich plötzlich. Und er war übel gelaunt in die Firma zurückgekehrt. Wenn sie es richtig verstanden hatte, war Sandra Vogt nicht besonders kooperativ gewesen, was die Herausgabe von wichtigen Geschäftsunterlagen betraf. Marion war ein wenig verblüfft gewesen, denn Schriftverkehr und Verträge lagen natürlich beiden Partnern vor. Dazu musste Paulsen sich eigentlich nicht um die Kulanz und Unterstützung der Witwe bemühen. Vielleicht war es gar nicht um Belege oder Dokumente gegangen, die in die offizielle Akte gehörten. Sandra Vogt – Marion war ihr einmal bei einem offiziellen Anlass in den neu gestalteten Firmenräumen begegnet. Und sie war sicher gewesen, dass Vogt in ihrer Ehe Ähnliches auszuhalten hatte wie sie seinerzeit. Erniedrigung ließ sich nicht abstreifen oder gänzlich verheimlichen – nicht gegenüber jemandem, der die Tarnungen nur allzu gut kannte. Sie lag wie ein bitterer Geruch in der Luft, wie ein feiner Nebel, der das Atmen erschwerte und dunkle, lähmende Verzweiflung aufsteigen ließ.

Die Kommissarin sollte Sandra Vogt ansprechen und nach

dem Besuch von Paulsen fragen, kurz nachdem ihr Mann nicht mehr unter den Lebenden geweilt hatte, dachte Marion.

Finn hatte sich auf einen langen Abend eingestellt und sich vorgenommen, die Wartezeit für Recherchen zu nutzen. Aber dann wurde es doch unruhiger, als er vermutet hatte. Robert Berner brach kaum eine halbe Stunde nach seiner Rückkehr wieder auf – mit einer großen Sporttasche über der Schulter. Handballtraining? Max hatte zu Berners Aktivitäten im Verein ein paar Bilder und Posts entdeckt. Als Berner tatsächlich Richtung Sporthalle fuhr, überlegte Finn, die Observation abzubrechen. Was sollte es bringen, zwei Stunden auf dem Parkplatz zu warten und anschließend festzustellen, dass Berner nach einem langen Tag nur noch nach Hause wollte.

Finn ließ sich Zeit mit der Entscheidung, vertrat sich eine Viertelstunde die Beine und setzte sich wieder in den Wagen. Er hatte gerade eine Flasche Wasser geleert, als ein dunkler SUV auf den Parkplatz einbog und neben Berners Fahrzeug hielt. Finn reckte den Hals und entdeckte Paulsen, der aus dem Wagen stieg und die Sporthalle betrat. Wenige Minuten später traten er und Berner im Sportdress wieder ins Freie. Finn zückte sein Smartphone und schoss einige Bilder. Die beiden hatten etwas Wichtiges zu besprechen, wie den angestrengten Mienen und den lebhaften Gesten zu entnehmen war. Finn ließ die Fensterscheibe ein Stück herunter und lauschte gespannt.

»Fest steht, dass die Kommissarin immer noch herumschnüffelt«, meinte Paulsen leise.

»Ja, bei mir ist sie auch noch mal aufgekreuzt.«

»Lass dich nicht irritieren. Es gibt für nichts irgendwelche Beweise. Wichtig ist, dass wir eine gemeinsame Linie verfolgen. Kapiert?«

»Ja, aber …«

»Kein Aber!«

Finn beobachtete, wie Berner innehielt. »Schon gut.«

»Entspann dich.«

»Du hast recht.«

»Ich habe immer recht.« Paulsen klopfte Berner auf den Rücken. »Und nun geh wieder in die Halle, und reagiere dich ab. Was macht eigentlich dein Liebesleben?«

Darauf antwortete Berner nicht. Zwei Minuten später schoss der SUV vom Parkplatz, und Berner war in die Halle zurückgekehrt. Finn notierte den kurzen Austausch so detailliert wie möglich und schickte dem Team ein Update.

15

Romys erster Impuls war, sowohl Berner als auch Paulsen am nächsten Morgen zur Befragung zu bitten. Doch erstens war ein zufällig belauschtes Gespräch kein stichhaltiger Grund für Ermittlungsschritte, und jemand wie Paulsen dürfte sich schnell herausreden. Ähnliches galt für Robert Berner. Und zweitens würde sie das Ganze auch inhaltlich kaum weiterbringen. »Es gibt für nichts irgendwelche Beweise«, hatte Paulsen festgestellt. Und genauso war es. Ein Herumstochern im Trüben war wenig hilfreich. Die einzige Zeugin, die dazu beitragen könnte, Licht ins Dunkel zu bringen, versteckte sich seit Jahren vor Gott und der Welt, ihren Eltern und der Insel und verhielt sich dabei so geschickt, dass auch überregionale Polizei- oder sonstige Behörden keine Hinweise zu ihrem Verbleib entdeckten – entsprechende Anfragen liefen seit einigen Tagen und waren bisher ergebnislos geblieben. Und die ehemalige Vertrauenslehrerin verhielt sich im Grunde kaum anders – mit dem Unterschied, dass sie Rügen nicht verlassen hatte. Selbst Lou hatte bislang noch nichts entdeckt. Grob zusammengefasst: Was die Fälle bislang miteinander verband, waren ebenso vielschichtige wie undurchsichtige persönliche Beziehungen im Umfeld schwerster Gewalt- und Mordtaten gegen Frauen; es gab viele Andeutungen und Querverbindungen, aber nichts juristisch Greifbares oder gar Eindeutiges. Weder Paulsen noch Berner würden sich damit aus der Reserve locken lassen. Und Romy war unschlüssig, wie sie nun weiter verfahren sollte.

Sie war nach wie vor davon überzeugt, dass beide Morde unmittelbar zusammenhingen. Doch die einzigen sachlich fundierten Hinweise stützten sich bislang darauf, dass beide Opfer gemeinsam zur Schule gegangen waren sowie mit ihrem Jahrgangskurs eine Rügenreise unternommen hatten, dass sieben Jahre alte Fotos von einer Geburtstagsfeier verschwunden waren und einige Namen immer wieder auftauchten. Romy wusste, dass das arg dünn war – im Sinne vertretbarer Ermittlungsansätze, und der Staatsanwalt erwartete berechtigterweise, dass sie zügig neue Erkenntnisse lieferte, die ihre These untermauerten.

Gegen Mittag verließ sie spontan das Dienstgebäude und unternahm einen längeren Spaziergang. Ihr Smartphone klingelte nur wenige Minuten nach ihrer Rückkehr – eine unbekannte Nummer ploppte auf. Romy ließ es dreimal läuten, dann stellte sie die Verbindung her. »Ja?«

»Sprechen Sie mit Sandra Vogt.«

»Frau Dollner?«

»Richtig. Ich rufe von einem anderen Apparat an. Ich habe den Eindruck, dass mein Chef mich im Auge behält.«

Gut möglich, dachte Romy.

»Sie sollten unbedingt …«

»Das haben wir bereits. Frau Vogt ist allerdings nicht besonders kommunikativ. Was bringt Sie auf den Gedanken, dass sie etwas wissen könnte?«

»Fragen Sie sie, was Paulsen von ihr wollte, als er sie nach dem Tod ihres Mannes besuchte. Er war sauer, das weiß ich noch.«

Romy stutzte. »Wie …«

»Ich muss Schluss machen«, flüsterte Dollner. »Nur so ein Gedanke von mir.«

Romy ließ das Handy sinken. Eine Frau war auf der Yacht gewesen, schoss es ihr durch den Kopf – Marion Dollner hatte bei einem kurzen Telefonat zufällig eine weibliche Stimme identifizieren können. Paulsens neue Freundin? Oder es war etwas ganz anderes passiert, und Sandra Vogt wusste davon? Sie stand abrupt auf und trat ans Fenster. Einen Moment starrte sie auf den Parkplatz, dann wandte sie sich um und ging nach vorne. Max blickte auf.

»Ich fahre hoch nach Wittow«, sagte sie.

»Okay, Finn telefoniert gerade mit Stralsund und will dann ...«

»Macht nichts. Ich erledige das alleine. Ich melde mich.«

Sie kam ausnahmsweise gut durch bis Schwarbe. Das Haus lag still in seinem Schatten. Im Garten tat sich nichts. Ein paar Vögel zwitscherten. Romy lief den Zaun entlang. Als sie zur Vorderseite zurückkehrte, bog Sandra Vogts Wagen um die Ecke. Romy blieb im Schutz eines Baums stehen und beobachtete, wie die ehemalige Lehrerin ausstieg und das Gartentor aufschob, bevor sie in einer dichten Staubwolke auf das Grundstück fuhr. Romy trat ein Stück vor und blickte hinauf zur Auffahrt. Vogt räumte Einkäufe aus dem Wagen, als sich die Haustür öffnete. Ein junger Mann trat ins Freie und half ihr beim Tragen. Die beiden gingen sehr freundlich miteinander um. Romy beobachtete die Szene einen Moment und griff nach ihrem Handy, um einige Fotos zu machen, bevor sich die Tür hinter ihnen schloss. Die Bilder waren nicht sonderlich aussagekräftig, doch sie leitete sie trotzdem an Max weiter.

Schließlich ging sie zum Tor und klingelte. Keine Reaktion. Romy wählte Vogts Nummer. »Ich weiß, dass Sie zu Hause sind«, erklärte sie in lapidarem Ton, nachdem sich die Mobilbox angeschaltet hatte. »Ich muss mit Ihnen reden. Was wollte Paulsen von Ihnen, als er nach dem Tod Ihres Mannes bei Ihnen aufkreuzte?« Damit legte sie auf.

Romy wollte gerade ein zweites Mal anrufen, als die Haustür aufging. Sandra Vogt kam ihr entgegen. Sie war bleich.

»Ich muss Sie bitten, mich zu begleiten«, sagte Romy. Das war ein Versuch, ihrem Anliegen Nachdruck zu verleihen.

Die ehemalige Lehrerin starrte einen Moment an ihr vorbei, dann sah sie Romy an und nickte. »Na schön. Bringen wir es hinter uns.«

Romy war verdutzt. Das hatte sie sich deutlich mühsamer vorgestellt. Vogts Abwehr bröckelte, und was immer hinter ihrem plötzlichen Sinneswandel steckte – Marion Dollner hatte mit ihrem Hinweis offenbar für den entscheidenden Anschub und ein auslösendes Moment gesorgt.

Während der Fahrt sagte Vogt kein einziges Wort. Als sie im Kommissariat eintrafen, sahen Finn und Max Romy mit großen Augen entgegen. Finn erholte sich zuerst von seiner Überraschung. »Tee?«, fragte er in höflichem Ton.

Sandra Vogt schüttelte nur den Kopf, und Romy führte sie in den Befragungsraum.

»Woher wissen Sie das?«, fragte Vogt, kaum dass sie Platz genommen hatten. Auf ihrem Gesicht spiegelten sich Anspannung, Verblüffung und dezenter Unwille.

»Ich gehe davon aus, dass Sie mich auf den Besuch von Paulsen ansprechen.«

»Natürlich. Auf was denn sonst?«

»Es spielt keine Rolle, wie ich an diese Information gelangt bin«, erwiderte Romy und stellte das Aufnahmegerät an. »Was genau wollte er von Ihnen? So kurz nach dem Tod Ihres Mannes?«

Vogt überlegte nur kurz. »Ich spare mir jetzt die Frage, was das alles mit Ihren Ermittlungen zu tun hat«, sagte sie dann. »Nun, ich denke, die beiden hatten einige schmutzige Deals am Laufen gehabt, und Paulsen wollte dafür sorgen, dass sie nach Stefans Tod nicht in die falschen Hände geraten. Einzelheiten dazu kenne ich allerdings nicht.«

Romy lächelte kühl. »Natürlich kennen Sie die Einzelheiten. Sie müssen sehr schmutzig sein, und es beunruhigt Sie zutiefst, dass ich davon weiß. Sonst säßen wir wohl kaum hier.«

Vogt hielt ihrem Blick stand. »Paulsen wollte seinen Laptop. Mehr kann ich Ihnen nicht sagen.«

»Warum?«

»Noch einmal: keine Ahnung. Da war wohl was drauf, was er sichern wollte – das vermute ich jedenfalls. Und ich weiß nicht, worum es ging. Irgendein Beschiss bei einem Bauprojekt? Schwarzgeld? Betrügereien, die das Finanzamt interessieren könnte? Da ist vieles möglich. Ich wollte nie etwas davon wissen und habe ihn aufgefordert zu gehen. Ende.«

»Ende?«

»Sie kennen ja meine charmante Art. Ich fand es eine Unverschämtheit, mich damit zu belästigen – noch dazu so kurz nach Stefans Tod.«

Das klang gar nicht mal schlecht, und doch nahm Romy ihr die Geschichte nicht ab. Sie beugte sich vor. »Was war auf dem Laptop?«, fragte sie. Und warum genau sitzen wir hier?, schob sie stumm nach. Warum hatte Vogt ausgerechnet heute einer offiziellen Befragung zugestimmt? Plötzlich beschleunigte sich ihr Puls. »Verdammt – reden Sie endlich!«

Vogt wandte den Kopf zur Seite und zog die Hände vom Tisch. Ihre Schultern fielen nach vorne. Sie wirkte von einem Augenblick zum nächsten erschöpft und abgekämpft. »Ein widerliches Video«, flüsterte sie kaum hörbar.

Romy hielt kurz den Atem an.

»Sie hatten dieses Mädchen dabei, das später vermisst wurde«, fuhr Vogt fort und wandte Romy das Gesicht wieder zu.

»Marina Arnold?«

»Ja. Sie waren auf der Yacht. Man sieht, wie mein … wie Stefan sie vergewaltigt.« Ihre Stimme wurde kräftiger. »Man sieht nur ihn. Man hört noch andere Stimmen und Hintergrundgeräusche, sehr undeutlich, aber er ist derjenige, der sich in der Sequenz an dem Mädchen vergreift – auf brutalste Weise.« Vogt atmete tief durch. »Sind Sie nun zufrieden?«

»Zufrieden ist das falsche Wort«, entgegnete Romy leise.

»Ich denke, dass Paulsen Stefan damit in der Hand hatte«, fuhr Vogt fort. »Oder Paulsen war einer von mehreren Beteiligten, die Stefan damit unter Druck setzten, ihn damit erpressten. Keine Ahnung. So könnte es gewesen sein. Aber … Vielleicht gab es auch einen anderen Hintergrund …« Sie zögerte.

»Ja? Fahren Sie fort.«

»Alle haben dem Mädchen etwas angetan, aber Stefan hat diesen Film behalten, um ihn immer wieder zu sehen – vielleicht gab es noch mehr Videos … Wer weiß das schon? Und nach seinem Tod wollte Paulsen kein Risiko eingehen, denke ich. Dass ich ihn rausgeworfen habe, fand er ziemlich unverschämt. Seitdem lebt er in Ungewissheit. Und ich passe sehr genau auf, wer mein Haus betritt. Ich bin im Besitz einer sehr guten Videoüberwachung.«

Romy ließ die Schilderungen sacken. Marina war in die Hände von Paulsen, Vogt und womöglich anderen Beteiligten gefallen. Sie hatten sie auf die Yacht mitgenommen und später nach Gager zurückgebracht – entsorgt traf es eher. Warum der Umweg über die alte Bauruine? Vielleicht hatte sie bei der Rückkehr noch gelebt … Romy schloss einen Moment die Augen. »Wo ist der Laptop?«

»Der existiert schon lange nicht mehr.«

»Die Filmdateien?«

Vogt schüttelte den Kopf. »Gelöscht. Endgültig.«

»Wie haben Sie von den Videos erfahren?«

»Zufall. Er hat es sich angeguckt – nachts in seinem Arbeitszimmer, und er fand es sehr anregend, wenn Sie verstehen.«

Romy verdrängte die Bilder. »Als die Leiche Monate später entdeckt wurde …«

»Wusste ich nicht, um wen es ging«, warf Vogt ein. »Das habe ich erst später begriffen.«

»Und nie etwas vermutet? Das nehme ich Ihnen nicht ab.«

»Das ist Ihr Problem.«

»Sie hätten die Polizei unterstützen können.«

»Wenig später ist Stefan gestorben. Und ich habe mit all dem abgeschlossen. Es hätte nichts mehr geändert.«

Romy sah sie weiterhin scharf an. »Das trifft nur auf Ihren Mann zu, nicht auf die anderen Beteiligten, die davongekommen sind, weil niemand sie zur Rechenschaft ziehen kann.«

»Wer will denen etwas beweisen?«

»Wenn niemand redet, ist es aussichtslos. Sie befürchten immer noch, dass Paulsen ungemütlich werden könnte, nicht wahr?«

Vogt wandte den Blick ab.

»Und was ist mit Julia Glauber? Was ist damals passiert und was genau verbindet sie mit dem Mädchen?«

»Das geht Sie nichts an.«

»Sie war eine der letzten, die Marina lebend gesehen haben. Sie könnte eine wichtige Zeugin sein und uns auch helfen …«

»Eine Zeugin wofür? Stefan lebt nicht mehr, die Filme existieren nicht mehr, und Paulsen?« Sie lächelte unfroh. »Der weiß sich immer herauszuwinden. Sie werden ihn nicht drankriegen.«

»Ich kann nur betonen, dass wir mit klaren Zeugenaussagen eine Chance hätten.«

Sandra Vogt schüttelte den Kopf.

»Eine Gruppe von Männern entführt ein junges Mädchen, eine Schülerin, misshandelt und vergewaltigt sie und lässt sie später in einer Bauruine zurück, um die Gewalttat zu verschleiern – so oder so ähnlich dürfte es gelaufen sein. Und alle kommen damit durch. Einer stirbt zufällig, und mit den anderen beschäftigt man sich gar nicht mehr? Manchmal frage ich mich wirklich, warum ich diesen Job überhaupt mache«, erklärte Romy und hörte plötzlich, wie bitter ihr Ton klang. »Sie hätten die Chance, uns zu unterstützen – ist Ihnen das nicht klar? Sie könnten dafür sorgen, dass …«

»Unsinn. Und nun hören Sie endlich auf!«

»Bedroht Paulsen Sie?«

»Ich lasse mich nicht bedrohen.«

»Wo ist Julia?«

»Das weiß ich nicht.«

Romy drehte den Kopf zur Seite, als es klopfte. Max öffnete die Tür und winkte ihr zu. Er unterbrach nur in dringenden Fällen eine Befragung, und Romy stand sofort auf und verließ den Raum.

»Das könnte dich interessieren«, sagte er leise und klickte in der App seines Tablets auf eine Datei. »Schau dir mal diese Fotos an.«

Romy senkte den Blick und musterte die Aufnahmen.

»Ein Freund von Melanie«, erklärte Max. »Die Bilder sind bei einem Festival in Greifswald entstanden, die ihre Schwester mir noch geschickt hat. Sie weiß nicht, wer das ist. Womöglich hatte sie so was wie eine Affäre mit ihm.«

»Ja, das weiß ich. Und?«

»Du hast mir heute auch Fotos geschickt …«

»Ja – der junge Typ, der gerade bei Vogt ist.« Romy nickte. »Und weiter?«

»Ich habe es ein bisschen bearbeitet.«

Romy sah wieder auf den Bildschirm und stutzte. »Das ist der Typ aus Greifswald! Das allerdings ist interessant.«

»Es wird gleich noch viel interessanter«, meinte Max und rief ein weiteres Foto auf. »Das ist Julia – kurz nach dem Abi.«

»Aha. Und?«

»Sieh genau hin.« Max schob die beiden Aufnahmen dicht nebeneinander und vergrößerte sie. »Achte auf das Muttermal, das Julia unter ihrem linken Auge hat.«

Romy starrte auf die Bilder – und plötzlich begriff sie. Einen Moment war sie völlig fassungslos. »Julia …«

»Lebt inzwischen als Mann. Korrekterweise muss es heißen, dass Julia ein Mann ist.«

Romy rührte sich nicht. Das erklärte vieles.

»Dazu passt ein Hinweis vom Vater«, fuhr Max fort. »Er hat mich letztens angerufen, nachdem er dich nicht erreichen konnte. Er hat in Julias Sachen eine Arztadresse entdeckt – ein Berliner Chirurg, der Geschlechtsangleichungen vornimmt, wie ich inzwischen herausgefunden habe. Julia will nicht, dass seine Eltern oder sonst wer etwas davon erfahren.«

Warum nicht?, dachte Romy – das ist doch heutzutage ... Sie schüttelte den Kopf. Sie konnte unmöglich wissen, wie ihre Eltern reagieren würden, und es ging sie nichts an, welche Entscheidungen ein junger Mensch traf, der seinen Körper den eigenen Vorstellungen, Sehnsüchten und Bedürfnissen anglich und damit einen weitreichenden Schritt unternahm. Es sei denn, all das hatte doch mit ihren Fällen zu tun. Romy atmete tief durch. »Danke, Max, das ist ein hochbrisanter Hinweis, der mich gerade ziemlich umhaut.«

Sie ging zurück in den Befragungsraum und setzte sich wieder. Sie legte die Unterarme auf den Tisch und sah Vogt an. »Er hat sich nie als Mädchen gefühlt, und sie wussten es, stimmt's?«

Die eintretende Stille füllte den Raum.

»Julia war nie glücklich mit sich und ihrem weiblichen Körper, und er hat sich immer zu Frauen hingezogen gefühlt«, fuhr Romy nach langer Pause fort. »Und Frauen haben sich zu ihm hingezogen gefühlt. Ist es so?«

Sandra Vogt blickte zur Seite.

»Wie heißt er jetzt? Julian?«

Vogt drehte den Kopf wieder herum.

»Oder ist das zu naheliegend?«

»Ich habe versprochen, dieses Geheimnis nicht zu lüften«, sagte Sandra Vogt schließlich.

»Das haben Sie auch nicht getan. Wir haben es selbst herausgefunden. Und es bleibt dabei – wir müssen mit ihm reden!« Romy lehnte sich zurück. »Rufen Sie ihn an – bitte. Wir möchten mit ihm reden – über Marina, die Feier vor sieben Jahren und auch über das, was ihm widerfahren ist.«

Erneut blieb es lange still, dann zog Vogt ihr Handy aus der Tasche. »Du musst mit ihnen sprechen«, sagte sie leise. »Es geht nicht anders. Sie wissen, wer du bist.«

16

Er hatte es immer gewusst. Als läge eine Schablone über seiner Gestalt, die das Falsche hervorgebracht hatte. Wenn er in den Spiegel geblickt hatte, war dort immer der Mensch erschienen, der er nicht war. Eine seltsame Dysbalance, mit er nach und nach zu leben versuchte, ohne anfangs überhaupt zu verstehen, was in ihm vorgegangen war. Als Mädchen und jungenhaftes Mädchen, als halber Junge, wie ihm als Kind manchmal nachgerufen wurde; ein Versteckspiel, denn die Eltern würden nie etwas anderes akzeptieren als Julia – ein schweigsames, introvertiertes Mädchen, das sich allmählich zur Frau entwickelte, deren Rückzug Gründe hatte, über die sie nie nachdenken wollten. Das zumindest war sein Eindruck, sein Gefühl, das er nie infrage stellen oder gar ändern konnte – nicht ihnen gegenüber. Sie würden es vielleicht verstehen wollen, weil er immer ihr Kind blieb und sie jeden Schritt mitgingen, um ihn zu schützen und ihm nahe sein zu können, aber niemals den Abgrund überwinden, der sich für sie auftat. Dieser Eindruck ließ sich nie beseitigen – nicht bei ihnen. Es gab andere, denen er sich geöffnet hatte. Sandra. Melanie. Marina. Begegnungen, die ihn zutiefst erfüllt hatten und ihn die Möglichkeit spüren ließen, die Misere der falschen Gestalt als Umweg zu erkennen. Die Begegnung mit dem wahren Ich, die sich auch im richtigen Körper widerspiegelte.

Die Idee war immer gewesen, die Insel direkt nach der Schule zu verlassen, um in eine Welt aufzubrechen, die den Wandel ermöglichte. So war es auch gekommen, doch was vorher geschehen war, hatte fast alles zerstört, was er an innerem Frieden zu gewinnen gehofft hatte. Und nach jahrelangem Versteckspiel musste er jetzt an den Anfang zurückkehren – dort, wo er nie hingewollt hatte – und über Ereignisse sprechen, die ihn fast vernichtet hatten. Sandra konnte ihn nicht mehr schützen, und die Polizei war längst dabei, alles auszugraben.

Das Motorrad stand im Schuppen, gut versteckt vor Blicken. Direkt nach Sandras Anruf packte er seinen Rucksack und brach auf – nach Bergen. In aller Frühe war er noch gemeinsam mit Sandra die Steilküste entlanggewandert, durch den Märchenwald von Schwarbe. Sie waren still gewesen und hatten den Ausblick genossen – wie so oft. Doch er hatte Sandras Unruhe gespürt, ihr tiefes Missbehagen. Seit die Polizei ermittelte, krochen die Ereignisse immer näher, hatten sich längst gelöst aus dem Schatten der scheinbar bewältigten Vergangenheit, und nun waren sie so nah herangerückt, dass die Flucht nicht mehr möglich war.

Er brauchte keine vierzig Minuten für die Strecke über Glowe, aber nur weil er mit dem Motorrad schneller und wendiger war. Ein junger rothaariger Beamter führte ihn in den Besprechungsraum. Wenig später trat die Kommissarin in das Zimmer, die er schon von Weitem beobachtet hatte, als sie Sandra in Schwarbe aufgesucht hatte. Sie hatte ihre Überraschung gut im Griff.

»Danke, dass Sie sich auf den Weg gemacht haben, Herr Glauber«, sagte sie, stellte sich vor und reichte ihm die Hand.

»Wo ist Sandra? Ich rede nur, wenn sie dabei ist.«

Kommissarin Beccare wies auf die Tür. »Lassen Sie uns zu ihr gehen.«

Sandra blickte auf, als sie eintraten. »Ich hätte das zu gerne verhindert«, erklärte sie rasch. »Aber …«

»Unsere Ermittlungen waren sehr intensiv«, warf die Kommissarin ein, bevor Simon etwas sagen konnte. Sie setzte sich und wies auf den Stuhl neben Sandra. »Es blieb nicht aus, dass wir irgendwann eins und eins zusammenzählen würden.« Sie musterte ihn aufmerksam. »Lassen Sie uns festhalten – für das Protokoll. Sie sind …«

»Simon Glauber. Ursprünglich stand in meinen offiziellen Dokumenten Julia Simone Glauber. Es war langwierig und aufwendig, die Änderungen vornehmen zu lassen. Sandra hat mich unterstützt.«

»Ich verstehe.« Kommissarin Beccare zögerte.

Simon ging jede Wette ein, dass sie sich längst fragte, warum er nicht offener damit umging und wenigstens seine Eltern einbezog. Er überlegte einen Moment, unaufgefordert zu erzählen, dann entschied er sich dagegen.

»Wo fangen wir an?«, fragte die Kommissarin und suchte seinen Blick. »Mit dem Überfall auf Sie?«

Er blinzelte.

»Der angebliche Fahrradunfall.«

Simon spürte, wie ihn ein Zittern durchfuhr. Er wechselte einen schnellen Blick mit Sandra, doch sie deutete ein Kopfschütteln an.

»Ich zähle auch hier eins und eins zusammen«, sagte die Kommissarin.

»Was hat das mit Ihren Ermittlungen zu tun?«

»Womöglich sehr viel – darüber hinaus geht es um eine Gewalttat. Ich möchte sie nicht einfach so stehen lassen, nur weil sie viele Jahre zurückliegt und anschließend weitere Straftaten geschehen sind – bis hin zu zwei Morden.«

Sein Mund fühlte sich plötzlich trocken an. »Kann ich etwas zu trinken bekommen?«

»Natürlich.«

Der rothaarige Kommissar reichte ihm wenig später ein Glas Wasser. Simon trank langsam und stellte es schließlich behutsam ab. »Ich habe mich in Melanie verliebt«, sagte er dann. »Es ist einfach passiert – wir sind uns während des Praktikums nähergekommen, und dann habe ich ja immer wieder in der Firma gejobbt und …« Er schüttelte den Kopf. »Sie war mit Robert zusammen – das wissen Sie wahrscheinlich auch schon, oder?«

Die Kommissarin nickte.

»Eine schwierige Zeit – für alle Beteiligten. Ich war ziemlich verwirrt, Melanie auch, und Robert war … wütend, verletzt. Er wollte das nicht einfach so hinnehmen. Melanies Verwirrung wurde noch größer, und sie hatte keine Lust, sich von Robert unter Druck setzen zu lassen, und hat sich von ihm getrennt.« Simon trank erneut. »Eine schwierige Zeit«, wiederholte er, während er einen kurzen Blick mit Sandra wechselte. »Melanie hat die Insel später verlassen, so wie ich auch. Wir …« Er schüttelte den Kopf. Es tat immer noch weh, dass sie nicht mehr da war, und er wollte nicht darüber reden, dass es kein Wir mehr gab. Das ist meine Geschichte, meine und ihre. Eine seltsame Liebesgeschichte inmitten von Verwirrung, Wandlung, Leidenschaft, Gewalt, Tod und Angst. Fern der Insel, und doch war sie immer so nah geblieben wie die Gezeiten der See, die sich an der Steilküste aufrieben und oftmals einen wütenden Kampf mit ihr lieferten.

»Der Überfall«, sagte er leise und umfasste das Glas mit beiden Händen. »Es waren mehrere Männer. Ich konnte niemanden erkennen – sie trugen Masken, und sie sprachen in einem rauen Flüsterton, der allein mir Angst einjagte.« Er sprach schnell, damit die Worte heraus waren, bevor er sie lange hin und her wenden konnte, sie Schaden anrichteten und ihm die Furcht die Kehle zuschnürte.

Die Kommissarin beugte sich vor. »Aber Sie hatten bereits eine Ahnung, wer sie waren.«

»Ja. Diese Ahnung bestätigte sich einige Zeit später.«

»Während der Geburtstagsfeier im Gasthof Ihrer Eltern.«

Er starrte ins Leere, während die Bilder in ihm aufstiegen und sein Herz wild klopfte: lautes Lachen, Girlanden und Spruchbänder, der Geruch nach Gegrilltem, erhitzte Gesichter, Musik und fröhliches Zechen. So nannte ihr Vater das immer. Das war eine spendable Gesellschaft – das Fest spülte gutes Geld in die Kasse.

Und mittendrin erkannte Julia im Laufe des Abends drei Männer – sie entlarvten sich selbst. Es waren mehr als die üblichen Aufdringlichkeiten, die sich Männer gerne leisteten, je unbeschwerter und stärker sie sich fühlten und je höher der Alkoholpegel stieg. Es waren besondere Blicke, die sie streiften, anzügliche Bemerkungen, die mehr ausdrückten als übergriffige Annäherungsversuche, sondern bewusst Erinnerungsbrücken schufen. Robert war der vierte, doch er beteiligte sich nicht daran; er war immer noch wütend und aufgebracht, und er ging früh.

»Herr Glauber?«

Simon zuckte zusammen. »Ich denke, es waren vier Männer, die an dem Überfall beteiligt waren – aber wer in welcher Weise tätig wurde, kann ich Ihnen nicht sagen.«

»Können Sie nicht, oder wollen Sie nicht?«

»Ich kann nur vermuten, und das dürfte Ihnen wenig bringen.«

»Würden Sie mir trotzdem die Namen nennen?«

Er sah zur Seite.

»Was hindert Sie heute noch daran ...« Die Kommissarin brach plötzlich ab. »Geht es um Ihre Eltern?«

Simon wandte ihr wieder das Gesicht zu und blickte sie ruhig an.

»Man hat Ihnen klargemacht, dass Ihre Eltern Probleme bekämen, wenn Sie zur Polizei gehen?«

Er nickte langsam. »Man hat mich gewarnt, nicht nur in dieser Nacht.«

Die Kommissarin presste kurz die Lippen aufeinander. »Ich nenne Ihnen jetzt einige Namen, und Sie signalisieren mir, ob Sie mit Ihrer Ahnung zu tun haben, einverstanden?«

Er sah auf seine Hände.

»Wir werden einen Weg finden, bei dem Sie außen vor bleiben.«

Er sah wieder auf. »Wie wollen Sie das denn anstellen?«

»Lassen Sie das meine Sorge sein.«

»Sie werden mich als Zeuge brauchen!«, hielt er dagegen. »Warum sonst soll ich mich hier äußern?«

»Vielleicht benötigen wir Sie später – wenn bereits andere Beweise beschafft sind, mit denen wir die Verdächtigen vorab belasten können«, betonte Kommissarin Beccare. »Vertrauen Sie mir. Was ich jetzt benötige, sind so viele Informationen wie möglich – auch ungesicherte.«

»Ich könnte mir vorstellen, dass sie das ernst meint«, ergriff Sandra plötzlich das Wort. »Und du kannst die Aussage immer noch widerrufen, wenn du willst. Und niemand kann dich zwingen, vor Gericht auszusagen.«

Schließlich nickte er.

Die Kommissarin lächelte kurz, dann wurde sie sofort wieder ernst. »Richard Paulsen und Stefan Vogt?«

Er nickte.

»Robert Berner?«

Simon wiegte den Kopf.

Die Kommissarin fixierte ihn. »Sie schätzen, dass er dabei war? Aber er hielt sich zurück, weil er Sie kannte.«

Nicken.

»Und der vierte?«

Simon zuckte mit den Achseln. »Er war nicht von hier.«

»Ein Geschäftsfreund von Paulsen?«

»Würde ich vermuten.« Simon leerte sein Glas. Seine Hände waren verschwitzt. »Ein Architekt, glaube ich.«

»Woraus haben Sie das geschlossen?«

»Gesprächsfetzen, die ich bei der Feier aufgeschnappt habe. Er war jünger als Paulsen.«

»Das wissen Sie genau?«

»Ich hatte diesen Eindruck. Ich weiß keinen Namen. Es waren Dutzende von Leuten da.«

Die Kommissarin hielt seinen Blick fest. Die Frage stand in ihren Augen. »Ich muss genauer wissen, was …«

»Sie wollten mich bestrafen«, warf er rasch ein, und seine Stimme klang rau. »Weil ich unweiblich war, eine miese Lesbe, die sich wie ein Typ benahm. Das war das schlimmste Vergehen. Der böse Geist – so nannte es einer von ihnen. Er war der derjenige, der die Kommandos gegeben hat. Und weil ich Melanie verführt hatte, die Frau eines anderen«, schob er hinterher.

»Der böse Geist«, wiederholte die Kommissarin. »Sie haben seine Stimme auch wiedererkannt«, stellte sie fest. Sie überlegte einen Moment. »Es war Paulsen, nicht wahr?«

Simon war verblüfft. Die Kommissarin lehnte sich weit aus dem Fenster mit dieser klaren Stellungnahme.

»Ich sage Ihnen auch, wie ich zu dieser Einschätzung komme. Er ist so von sich überzeugt, dass er das Risiko des Wiedererkennens völlig sorglos eingegangen ist. Vielleicht hat es ihm sogar zusätzliches Vergnügen bereitet. Er legt beide Hände dafür ins Feuer, dass niemand es je wagen würde, ihn zu belasten, und – falls doch – er mit Leichtigkeit und Raffinesse davonkommt, weil die Beweislage nicht eindeutig ist.« Plötzlich lächelte sie. »Aber ich verrate Ihnen noch etwas – er tut nur so überlegen. Wenn er es mit einer starken Frau zu tun bekommt, die es auch noch wagt, sich zur Wehr zu setzen und ihm Paroli zu bieten, kuscht er ganz schnell.«

Simon starrte die Polizistin verblüfft an. »Wie kommen Sie denn darauf?«

»Ich habe noch andere Quellen – glaubhafte.«

»Das klingt zu schön, um wahr zu sein.«

»Es ist wahr, und ich werde es im Hinterkopf behalten.«

Einen Moment blieb es still. »Was ist auf der Feier passiert?«, fragte die Kommissarin schließlich.

»Dann tauchte Marina auf.«

Beccare zeigte ihm ein Foto.

Simon nickte. »Ein wunderbares Mädchen. Sie sprühte vor Neugier und Lebenslust, und so pathetisch sich das auch anhören mag – sie hat mich sofort erkannt. Es war wie ein befreiendes Lachen. Sie hat mich angesehen, und ich wusste, dass sie mich gesehen hatte – so wie ich bin.« Er blickte auf seine Hände. Seine Stimme schwankte. »Wir haben die halbe Nacht geredet, stundenlang, so kam es mir zumindest vor. Sie hat mir aus ihrem Leben erzählt, und ich habe ihr so viel von mir anvertraut …«

»Sie haben auch von dem Überfall auf Sie berichtet?«

»Ja.«

»Auch von den vier Männern?«

Er nickte.

»Wie ging es weiter?«

»Sie wollte am nächsten Tag aufbrechen – ohne ihre Klassenkameraden – Richtung Norden oder Süden, wohin auch immer. Sie erzählte, dass sie reisen, sich den Sommer über treiben lassen wollte. Keine Zwänge oder Termine oder sonstigen Vorgaben. Sie ist irgendwann los, und ich habe sie nie wiedergesehen. Es passte zu ihr.«

»Sie hat sich nicht mehr bei Ihnen gemeldet?«

»Nein. Wir hatten eine für mich ungemein wichtige Begegnung. Mehr musste nicht sein. Sie sagte, vielleicht sehen wir uns mal wieder, vielleicht nicht, alles Gute und so weiter. Es musste nichts Verbindliches folgen, verstehen Sie? Es gibt bedeutsame Begegnungen, die nur für sich sprechen und vieles ändern können, selbst in der Kürze der Zeit und auch wenn man sich nie wieder über den Weg läuft. Sie bleiben länger haften als manche jahrelange Beziehung.«

Die Kommissarin wartete.

»Als ihre Leiche Monate später gefunden wurde, war ich … total entsetzt. Ich war inzwischen nicht mehr auf Rügen. Ich wollte nicht zurückblicken, und selbst wenn ich es getan und einen Verdacht ausgesprochen hätte ... Ich hatte Angst. Noch mehr Angst als zuvor, zumindest am Anfang.«

»Warum?«

»Wie meinen Sie das?«

»Warum hatten Sie noch mehr Angst? Vermuteten Sie einen Zusammenhang?«

Simon nickte. »Ja. Marina war spontan und hatte keine Angst vor niemandem. Ich traute ihr zu ...«

»Ja?«

»Paulsen zu provozieren.«

»Einfach so?«

»Ja – sie war so offen und herausfordernd und darüber hinaus völlig unerschrocken. Ich konnte mir eine Situation vorstellen, in der sie sich neben ihn stellte und ihm zuraunte, ob er häufiger Frauen überfiel und was wohl seine Frau und seine Geschäftsfreunde davon halten würden.« Simon hielt kurz inne. »Aber das war nur so ein Gedanke«, fuhr er schließlich fort. »Später hieß es, dass man nicht eindeutig klären konnte, was geschehen war. Es war alles möglich, auch ein Unfall, ein tragisches Unglück könnte geschehen sein.« Er atmete tief durch. »Ich habe es verdrängt.«

Kommissarin Beccare sah ihn unbewegt an. »Eine für Sie so elementare Begegnung, und Sie haben verdrängt, dass ihr Tod ein Mord gewesen sein könnte – verübt womöglich von den Männern, die auch Sie gequält hatten.«

Das war keine Frage, sondern eine Feststellung. Stille senkte sich herab.

»Sie haben recht«, sagte Simon schließlich. »Ich war zu sehr mit meinen Ängsten und meiner eigenen Geschichte beschäftigt. Mir fehlte an dieser Stelle der Mut.«

Beccare nickte langsam. »Ich muss Ihnen noch eine sehr persönliche Frage stellen ...«

»Persönliche Fragen sind übrigens ihre Spezialität«, murmelte Sandra.

»Sie wurden überfallen und zum Nonnenloch gebracht beziehungsweise unten ans Ufer – richtig?«

»Ja.«

»Sind Sie vergewaltigt worden?«

»Ja.«

»Wie Sie höchstwahrscheinlich längst wissen, gab es kürzlich ein zweites Opfer ...«

»Sandra hat mir davon erzählt – sie war eine Schulkameradin von Marina.«

»Svenja wurde misshandelt, vergewaltigt und erdrosselt«, führte die Kommissarin aus. »Sie war Feriengast bei Ihren Eltern, die ihren Gartenbungalow regelmäßig an sie vermieteten. Wir gehen davon aus, dass sie auf Fotos von der Geburtstagsfeier, die sie zufällig im Keller entdeckte, jemanden identifiziert hat. Außerdem kannte sie Robert Berner und war ihm im Rahmen eines Bewerbungsgesprächs erneut begegnet.«

Simon runzelte die Stirn. »Sie denken, ihr ist das Gleiche passiert wie Marina?«

»Da wir bei Marina nicht mehr genauer nachvollziehen können, welche Verletzungen sie erlitten hat, lassen sich die Parallelen hinsichtlich der Gewaltausübung schwer nachweisen, auch wenn sich der Verdacht aufdrängt, dass dieselben Täter in ähnlicher Weise aktiv waren, die Sie und Marina überfallen haben.« Sie machte eine kurze Pause. »Svenja wurde ebenfalls vergewaltigt, auf äußerst brutale Weise, wie der Rechtsmediziner betont. Ich muss Sie fragen ...«

»Ja«, warf Simon mit heller, dünner Stimme ein. »So war es bei mir auch.« Davon hast du besonders lange etwas, hatte der Mann ihr ins Ohr geflüstert, den er später als Paulsen identifizierte. Aber getan hatte es ein anderer. Ein besonders wütender und hasserfüllter Mann, der ihr gar nicht heftig und lange genug wehtun konnte. Vogt. Doch Vogt lebte nicht mehr.

»Und mehr will ich jetzt nicht sagen.«

»Das akzeptiere ich. Danke für Ihre Offenheit. Eine Frage noch – der vierte Mann könnte ein Architekt sein, haben Sie erwähnt. Fällt Ihnen vielleicht noch mehr zu ihm ein?«

»Nein, tut mir leid.«

»Falls wir bei weiteren Recherchen auf jemanden stoßen, der zu dieser Gruppe passt …«

»Würde ich ihn nicht erkennen.«

»Aber seine Stimme.«

Simon nickte. »Vielleicht.«

Kommissarin Beccare sah ihn an. »Darf ich Ihnen noch eine persönliche Frage stellen?«

Sandra seufzte unüberhörbar.

Simon schaffte ein zartes Lächeln. »Nur zu.«

»Wie sieht Ihr Leben jetzt aus?«

»Ich habe mit dem Medizinstudium begonnen – vor knapp zwei Jahren, unterstützt von Sandra. Ich will Chirurg werden.«

»Alles Gute für Sie, Herr Glauber.«

Minuten später verließen Simon und Sandra gemeinsam das Kommissariat. Ein Zittern durchfuhr ihn, und sie legte ihm kurz die Hand auf die Schulter.

»Lass uns nach Hause fahren«, sagte sie leise.

»Ist es vorbei?«

»Das hoffe ich sehr.«

17

Romy blieb einige Minuten still an ihrem Schreibtisch sitzen, dann stand sie auf und ging zu den Kollegen. Die beiden hatten das Gespräch mitgehört. Sie wirkten ähnlich betroffen wie sie.

»Wie geht es weiter?«, fragte Finn schließlich.

»Ich möchte mehr zu dem Ausflug mit der Yacht wissen – wenn irgendwie möglich. Außerdem sollte Lou die Infos bekommen, was den Architekten angeht. Vielleicht lässt sich eine Vorauswahl treffen, auch wenn im Umfeld der Baubranche sicherlich einige Architekten auftauchen dürften.« Sie sah Max an. »Gibt die Gästeliste mehr dazu her?«

»Das schaue ich mir gleich genauer an.«

»Gut. Selbst wenn sie nicht vollständig ist, sollten wir das überprüfen.« Sie überlegte einen Moment. »Ich möchte Berner befragen.« Sie hob eine Hand. »Ich weiß – wir haben keine Beweise, und wir müssen Simon außen vor lassen, aber bei ihm laufen alle Fäden zusammen, wie wir nicht zum ersten Mal feststellen: Er kannte beide Opfer, er war auf der Feier, und seine Freundin hat mit ihm Schluss gemacht, weil sie Julia/Simon deutlich interessanter fand, was er nicht so einfach hinnehmen wollte. Hinzu kommt die Verbundenheit mit Paulsen. All das bringt ihn zwar nicht in die unmittelbare Nähe der Morde, aber für mich sind das Aspekte, mit denen wir ihn durchaus in die Enge treiben können, eher als Paulsen, denke ich.« Sie blickte von Finn zu Max. »Ich spreche mich vorher mit Jan ab.«

Beide nickten.

»Okay, lasst uns loslegen.«

Das Gespräch mit Jan dauerte nur zehn Minuten – weil er tausend andere Dinge im Kopf hatte –, die Unterredung mit dem

Staatsanwalt dafür deutlich länger. Immerhin gelang es ihr, beide davon zu überzeugen, dass es Zeit wurde, die Verdächtigen aufzuscheuchen und dafür mit Berner anzufangen. »Er wird schneller nervös, das hat sich bislang schon gezeigt, und wir wissen, dass er uns angelogen hat, was Julia anging«, betonte sie im Gespräch mit dem Staatsanwalt.

»Das heißt?«, fragte Schwedtner.

»Er hat behauptet, sie nicht zu kennen, obwohl die beiden in einem Betrieb gejobbt haben.«

»Bei dieser Lüge erwischt worden zu sein wird ihn nicht großartig erschüttern«, wandte Schwedtner ein. »Es ist zudem noch lange kein Indiz für ein schweres Verbrechen, und die Aussage von Julia beziehungsweise Simon Glauber ist zu dünn an der Stelle, selbst als inoffizielle Stellungnahme. Das wissen Sie.«

»Natürlich. Doch selbst Mitarbeiter aus der Baufirma haben mitbekommen, dass Berner Beziehungsstress hatte. Das ist ein guter Hebel.«

»Den Sie nur bedingt nutzen können, hinsichtlich des Überfalls auf Julia Glauber, wenn ich Sie richtig verstanden habe.«

»Ich traue mir zu, ihn zu verunsichern, ohne Simon ins Spiel bringen zu müssen, vorerst zumindest.«

Der Staatsanwalt ließ sich einen Moment Zeit mit der Antwort. »Gut, versuchen Sie es. Aber Paulsen werden Sie so nicht aus der Reserve locken. Dazu brauchen Sie eindeutige Beweise.«

»Ich weiß.«

Da Romy Berner telefonisch nicht erreichte, schickte sie kurz darauf Finn und zwei uniformierte Beamte zu seiner Firma. Finn meldete sich eine halbe Stunde später. »Berner ist noch unterwegs. Sein Privatwagen steht auf dem Hof. Wir warten auf ihn.«

»Okay.« Romy steckte das Handy ein und ging zu Max hinüber.

»Paulsen hat eine eigene Yacht«, erklärte er unaufgefordert und wies auf den Monitor, auf dem sich mehrere Fotos vom Schiff aneinanderreihten. »Es ist anzunehmen, dass der Ausflug damals auf ihr stattfand. Ich suche mal im Netz nach entsprechenden Hinweisen und Posts unter dem Datum. Allerdings gebe ich zu bedenken, dass Paulsen sicherlich vorsichtig war. Falls sich der Verdacht bestätigt, dass sie Marina dabeihatten, wird er kaum zugelassen haben, dass …«

»Sie haben die Vergewaltigung gefilmt!«, warf Romy ein. »Irgendeiner von denen hat vielleicht die Ausfahrt aus dem Hafen oder etwas Ähnliches festgehalten und durch die Gegend geschickt.«

»Vor sieben Jahren waren Facebook und Co. und ständiges Fotografieren noch nicht derart allgegenwärtig, schon gar nicht bei der Generation um die fünfzig.«

»Ich weiß. Versuch es trotzdem. Und frag am Hafen in Gager nach. Wir müssen etwas finden.«

»Mache ich.«

Romy kehrte in ihr Büro zurück. Sie war unruhig. Sie hatte das Gefühl, dass sich die Ermittlungen auf einen entscheidenden Punkt zubewegten, doch das betraf lediglich den internen Erkenntnisgewinn. Das Wunschergebnis – einen oder mehrere Täter überführen zu können – war kaum in erreichbare Nähe gerückt. Eine gewaltbereite Männerclique, die sich vor juristischen Zugriffen zu schützen wusste, war unter Umständen nicht einmal damit zu erschüttern, dass einer von ihnen mit Anspannung und Unsicherheit reagierte. Robert Berner war das schwächste Glied in der Kette, vielleicht nur ein Mitläufer, der sich nicht im Griff hatte, wenn ihn eine Frau enttäuschte, und sich instrumentalisieren ließ – so schien es zumindest. Er war jung und wirtschaftlich mit Paulsen verbandelt, vielleicht auch abhängig von dessen Aufträgen. Romy dachte an das von Finn belauschte kurze Gespräch zwischen Paulsen und Berner. Es hatte gewirkt, als habe Berner Zuspruch nötig gehabt. Sie nickte. Wir müssen ihn so in Bedrängnis bringen, dass Paulsen sich davon anstecken lässt und aus dem Gleichgewicht gerät.

Sie ließ den Gedanken einen Moment kreisen. Dann rief sie erneut Jan an. »Wir brauchen eine Observation für Paulsen. Kannst du jemanden entbehren, und zwar quasi sofort?«

»Natürlich nicht.«

»Wir sind hier im Moment zu dritt und …«

»Es fehlen überall und insbesondere an den entscheidenden Stellen Beamte – ich kann gerade ein Lied davon singen. Lou ist mit von der Partie bei euren Ermittlungen, und mein Assistent koordiniert wie üblich eure Belange für den Staatsanwalt, außerdem habt ihr Buhl und seine Leute. Ich kann niemanden zusätzlich rausschicken!«, betonte er. »Tut mir leid, Romy. Vielleicht hat Ruth kurzfristig Zeit, oder Max muss mal seinen Schreibtischstuhl verlassen.«

»Das verzeiht er mir nie.«

»Also doch Ruth. Und wenn sie nicht kann … wie wäre es mit einigen Beamten von der Schutzpolizei?«

»Ich versuche mein Glück.«

Ruth ging nicht ans Telefon; auf Romys Sprachnachricht reagierte sie wenig später mit einem Foto – Urlaubsstimmung pur. Sie war irgendwo in Schweden unterwegs … »Danke, Kollegin«, murmelte Romy. »Viel Spaß noch.« Sie seufzte.

Nebenan waren plötzlich Stimmen zu hören. Romy ging hinüber in den Besprechungsraum. Robert Berner blickte ihr mit schmalen Lippen entgegen. Finn goss sich einen Tee ein und zog eine Braue hoch.

»Ich hoffe, Sie haben einen guten Grund, mich festnehmen zu lassen«, fuhr Berner sie an.

»Sie wurden nicht festgenommen«, erwiderte Romy in gelassenem Ton. »Das dürfen wir ohne richterliche Anordnung gar nicht, es sei denn, es geht um eine Gefahrensituation. Wir laden Sie lediglich zu einer wichtigen Zeugenbefragung vor, und manchmal muss es schnell gehen.«

»Das wirkte eben ganz anders.«

Romy zuckte mit den Achseln. »Vielleicht ist mein Kollege etwas übermotiviert vorgegangen.« Sie lächelte. »Kommen Sie – wir erledigen das schnell, und dann können Sie gehen.«

Robert Berner atmete tief durch und folgte ihr in den Befragungsraum. Romy bedeutete dem Kollegen, sich ihnen anzuschließen.

Berner setzte sich und warf Finn einen unfreundlichen Blick zu. »Ich kann Ihnen doch nicht mehr sagen, als ich es bereits getan habe«, meinte er schließlich. »Dass ich die beiden Frauen vor Jahren kennengelernt habe, ist nichts als ein Zufall!«

»Sie meinen die Kursfahrt der Neubrandenburger Schülerinnen und Schüler?«

»Ja, natürlich. Und eigentlich ist bereits die Bezeichnung falsch. Ich kannte die beiden nicht! Es handelte sich um zufällige Begegnungen mit einer Schulgruppe.« Er hob die Hände. »Monate später wird die Leiche von einer der Schülerinnen entdeckt, und einige Jahre danach steht Svenja bei mir auf der Matte, weil sie sich für einen Job in meinem Betrieb interessiert.« Er schüttelte den Kopf. »Das alles hat doch nichts mit mir zu tun.«

Wir werden sehen, dachte Romy. »Sie haben die Schüler und Schülerinnen damals auf einer gebuchten Exkursion begleitet, nicht wahr?«

»Ja, darüber sprachen wir nun doch schon mehrfach«, erklärte er ungeduldig.

»Ist Ihnen an den beiden jungen Frauen etwas aufgefallen?«

»Nein.« Auch das klang genervt.

Romy lächelte kurz. »Manche Fragen muss ich zum wiederholten Male stellen – und fürs Protokoll festhalten. Das ist Vorschrift.«

Er zuckte mit den Achseln.

»Am Tag vor der Abreise der Gruppe wurde der Geburtstag von Richard Paulsen in einem Gasthof in Gager gefeiert. Sie waren auch dort«, fuhr Romy fort. »Sie kennen ihn ganz gut, nicht wahr?«

Berner blinzelte überrascht, dann nickte er. »Ja – wir haben geschäftlich miteinander zu tun.«

»Damals auch schon? Sie waren noch Student.«

»Ich habe seinerzeit häufiger Touren für seine Geschäftspartner organisiert«, erklärte er. »Und zu seinem Geburtstag habe ich ihm gratuliert. Das gehört sich so.«

»Aber Sie haben sich nicht lange aufgehalten, wie wir inzwischen auch wissen.«

»Was spielt das für eine Rolle?«

»Das weiß ich noch nicht«, erwiderte Romy und hob das Kinn. »Julia Glauber war übrigens auch da. Sie hat ihren Eltern, denen der Gasthof gehört, im Service geholfen.«

»Mag sein.«

»Sie kennen sich aus der Touristikfirma – Julia hat dort ihr Praktikum absolviert und regelmäßig gejobbt. So wie Sie.«

Berner strich sich eine Strähne aus der Stirn.

»Als wir Sie letztens nach ihr fragten, behaupteten Sie, Julia nicht zu kennen. Warum?«

»Keine Ahnung. Es war mir wohl entfallen.«

»Es dürfte anders gewesen sein«, entgegnete Romy.

»Ach ja?«

»Es war Ihnen unangenehm, auf sie angesprochen zu werden.«

Berner gab sich Mühe, ihrem Blick standzuhalten.

»Julia hat sich nicht gerade beliebt bei Ihnen gemacht – wie man so hört.«

Er verschränkte die Hände, öffnete den Mund zu einer Entgegnung, schloss ihn aber wieder.

»Ihre damalige Freundin Melanie, auch eine Kollegin aus der Firma, hatte vor einiger Zeit Schluss mit Ihnen gemacht«, fuhr Romy fort. »Das lag Ihnen immer noch im Magen.«

Berner lehnte sich zurück und starrte sie perplex an.

»Und Julia Glauber hat Ihre Freundin beziehungsweise Ex-Freundin bei deren Trennungsabsichten unterstützt, was wir inzwischen ebenfalls in Erfahrung bringen konnten. Das hat Ihnen auch nicht sonderlich behagt.«

Berner atmete tief ein. »Wie Sie inzwischen in Erfahrung bringen konnten?«, wiederholte er. »Was soll das eigentlich? Verraten Sie mir endlich mal, was meine privaten Angelegenheiten, die viele Jahre zurückliegen und Sie nicht das Geringste angehen, mit den Morden zu tun haben sollen, die Sie aufklären wollen?«

»Ich versuche, die damalige Atmosphäre neu zu beleben. Das könnte dazu beitragen, die Erinnerungen zurückzubringen oder zumindest Bruchstücke davon. Und jedes Detail könnte sich für unsere Nachforschungen als wichtig erweisen. Richard Paulsen hat an dem Abend ein paar tröstende Worte für Sie gefunden, nicht wahr?«

Robert Berner verschränkte die Arme vor der Brust.

»Erinnern Sie sich daran?«

Er drehte den Kopf zur Seite. »Das ist alles nicht mehr wichtig. Und noch einmal ...«

»Ich hoffe, dass Sie uns weiterhelfen können.«

»Wie bitte?«

»Als Zeuge.«

Romy hörte das leise Räuspern von Finn. Er war sicher überrascht über ihren direkten Vorstoß. Einen Moment fragte sie sich selbst, ob die Strategie tatsächlich die richtige war und sie nicht unnötig ihr Pulver verschoss.

»Wie kommen Sie denn darauf?«, stieß Berner hervor.

»Erzählen Sie mir von Marina Arnold. Sie war auch auf der Feier – sie ist wohl bei einem Abendspaziergang eher zufällig unter die Gäste geraten, und wir müssen herausfinden, was damals geschehen ist, wenige Stunden oder vielleicht auch Tage vor dem Mord.«

»Davon weiß ich nichts. Zu dem Zeitpunkt war ich schon längst gegangen.«

Romy nickte. »Stimmt ja – Ihre Stimmung war ziemlich mies. Sie waren nicht gerade in Feierlaune. Hat Paulsen Sie auf seine Yacht eingeladen, zur Ablenkung?«

»Wie bitte?«

»Er hat mit einigen Gästen einen Segeltörn unternommen und war etliche Tage unterwegs – im Anschluss an die Feier.«

Berner rieb sich mit dem Handrücken über den Mund. »Ich war nicht dabei. Das war nicht meine Liga.«

Romy hob den Blick. Interessante Bemerkung.

»Verraten Sie mir doch mal, wie ich als Zeuge aussagen soll, wenn ich gar nicht da war? Ich denke, Sie sind völlig auf dem Holzweg, wenn Sie ...«

»Wo waren Sie in den Tagen nach der Geburtstagsfeier?«

»Das liegt ...«

»Sieben Jahre zurück, ich weiß.« Romy winkte ab. »Sie dürften das hinkriegen, wenn Sie scharf nachdenken – da bin ich sicher.«

Er runzelte die Stirn. »Es war mein Prüfungsjahr. Ich habe an meiner Arbeit geschrieben. Außerdem bin ich nicht der Typ, der auf Yachten herumschippert. Mein Metier sind die Naturparks, Landschaften, Bäume. Ansonsten ...«

»Könnten Sie das notfalls belegen?«

»Warum sollte ich?«

»Wir haben den begründeten Verdacht, dass Marina in der Nacht oder auch in den frühen Morgenstunden des darauffolgenden Tages entführt wurde«, erklärte Romy. »Und wir überprüfen das gesamte Umfeld dieser Feier – soweit es uns gelingt, die Gäste ausfindig zu machen und zu einer Aussage zu bewegen.«

»Noch einmal: Ich war doch gar nicht mehr dort!«, betonte Berner in energischem Ton. »Was geschehen ist, weiß ich nicht, und ich kann auch nichts dazu sagen. Ich habe Paulsen gratuliert, mich kurz mit ihm unterhalten, was getrunken, und dann bin ich schon wieder aufgebrochen. Und mit einer Bemerkung haben Sie recht – ich hatte so gar keine Lust auf Party und viele Menschen.«

»Wann haben Sie Paulsen das nächste Mal wiedergesehen?«

»Keine Ahnung! Ein paar Tage, eine Woche später.« Er hob beide Hände. »Was soll das eigentlich? Denken Sie etwa, dass er etwas damit zu tun hat?«

»Er hat gerne das Sagen, nicht wahr?«

»Darüber sollten Sie besser mit ihm reden.«

»Gute Idee. Das werden wir noch. Was ist mit Stefan Vogt?«

»Was soll mit ihm sein?«

»Wann haben Sie ihn das nächste Mal gesehen?«

Berners Brust hob sich, als er tief einatmete. »Ich hatte nichts mit Vogt zu tun. Er war ein Geschäftspartner von Paulsen …«

»So viel immerhin wissen Sie.«

»Das bleibt wohl nicht aus, wenn man regelmäßig zusammenarbeitet«, erklärte Berner.

Romy richtete den Blick auf ihn. Er hielt sich besser, als sie angenommen hatte. Die erste Überraschung war verflogen. Nun wusste er, dass sie Paulsen im Visier hatten, und diese Erkenntnis würde er nicht für sich behalten. Oder sie bewertete seine Rolle falsch.

»Kann ich jetzt gehen?«, ergriff Robert Berner das Wort. »Ich werde zu Hause in meinen Unterlagen nachsehen, ob ich Belege für den Zeitraum finde, der Sie interessiert.«

»Das klingt gut. Mein Kollege wird Sie begleiten …«

»Das ist nicht nötig.«

»Doch, das ist es«, beharrte Romy. »Allerdings bitte ich Sie, sich noch einen Moment zu gedulden.« Romy stand auf. »Ich bin gleich zurück.« Sie eilte nach nebenan und klopfte an Max' Tür. Er hob den Blick. »Wann warst du das letzte Mal im Außendienst?«

»Definiere Außendienst«, entgegnete er leise, nahm die Hände von der Tastatur und sah sie mit großen Augen abwartend an.

»Du musst heute deinen Schreibtisch verlassen – nur für ein paar Stunden.«

Max hielt den Atem an.

»Berner kennt uns. Ich möchte, dass du ihn observierst, sobald er das Kommissariat verlässt – wobei Finn ihn zunächst nach Hause begleitet. Später wirst du abgelöst.«

Max starrte sie an, als hätte sie ihn aufgefordert, aus dem Fenster zu springen. Er schluckte. »Aber …«

»Ich habe auf die Schnelle niemanden gefunden, der das Team verstärken könnte«, warf sie ein. »Es tut mir leid.«

Schweigen.

»Du solltest weiteratmen, Max.«

Er räusperte sich. »Schon gut. Du bist die Chefin.« Er rieb sich den Nacken.

»Am besten gehst du schon mal nach unten. Er wird gleich das Kommissariat verlassen, und ich möchte über jeden Schritt Bescheid wissen.«

»Okay …« Max stand auf, packte Tablet und Handy in seinen Rucksack und schnappte sich seine Thermosflasche. Seine Bewegungen wirkten fahrig.

»Max?«

Er hob den Kopf und starrte sie an.

»Du fährst ihm einfach nur hinterher – mit deutlichem Abstand natürlich – und erstattest zeitnah Bericht. Das war es auch schon. Ein paar gute Fotos wären hilfreich. Sobald es dunkel wird, löse ich dich ab – oder Finn, wie auch immer. Es ist wichtig, dass Berner sich sicher fühlt.«

»Ja, okay.«

»Ich denke, er wird Kontakt zu Paulsen aufnehmen und versuchen, keine digitalen Spuren zu hinterlassen.«

»Schon klar.«

Max eilte zur Tür hinaus. Romy sah ihm einen Moment nach. Vielleicht klappt das ja viel besser, als er befürchtet – womöglich gefällt ihm der Ausflug sogar, und wir können in Zukunft häufiger mit ihm rechnen, abseits des Büros. Romy seufzte. Das klang schon sehr verdächtig nach Zweckoptimismus. Sie ging zurück in den Vernehmungsraum. Berner sah ihr entgegen und stand auf. Finn erhob sich ebenfalls.

Romy wartete, bis Robert Berner die Tür erreicht hatte, bevor sie sich noch einmal an ihn wandte. »Haben Sie schon mal was von Aktivitäten am Nonnenloch gehört? Und damit meine ich nicht die alten Mythen, die man Touristen erzählt.«

Er ließ die Hand sinken und wandte sich langsam wieder um. »Was meinen Sie dann?«

»Gewalt gegen Frauen. Bestrafungsrituale. Ausgeübt von Männern, die es nicht ertragen, wenn Frauen ihren eigenen Weg gehen. Die zweite Leiche wurde am Ufer unterhalb des Nonnenlochs gefunden. Vielleicht war Marina auch dort, bevor sie in der Bauruine versteckt wurde.«

Einen Augenblick blieb es still. Dann schüttelte Berner den Kopf. »Ich habe keine Ahnung, worauf Sie hinauswollen«, erklärte er, fasste nach der Klinke und verließ den Raum.

»Den dürftest du ganz schön aufgescheucht haben«, meinte Finn, während er die Tür aufhielt.

»Wie ist dein Eindruck?«

»Er weiß viel mehr. Ob er darüber reden wird, möchte ich bezweifeln. Ansonsten …« Finn wiegte den Kopf. »Ich könnte mir vorstellen, dass er die Wahrheit sagt und nicht auf der Yacht war.« Er nickte und folgte Robert Berner. »Bis später.«

Romy schrieb anschließend ein Memo für die Stralsunder und wollte sich gerade einen frischen Kaffee holen, als Lou anrief. »Ich habe eine Gruppe entdeckt, die ins Raster passen könnte«, stieg sie sofort ins Thema ein. »Ich schicke dir gleich mal was rüber … auch direkt an dich, wenn ich Max richtig verstanden habe.«

»Hast du. Er ist gerade unterwegs.«

»Okay. Es gibt eine geschlossene Gruppe mit einem eindrucksvollen Profilbild.«

Ein leises Pling ertönte, und Romy öffnete die Bilddatei auf ihrem Rechner. Steine – in allen Größen und Farben, wie zufällig neben- und übereinander drapiert. »Nun, ich ahne, worauf du hinauswillst, denn das Ufer am Nonnenloch ist zwar steinig, aber …«

»Schon klar, den Bezug allein kann man auf diese Weise natürlich nicht herleiten – das wäre schon ziemlich oberflächlich«, fiel Lou ihr ins Wort, und sie klang einen Moment amüsiert. »Doch schau dir die Steine mal etwas genauer an. Sie weisen winzige Zeichnungen auf – Kritzeleien, als hätten Touristen ihrer Fantasie freien Lauf gelassen, besser noch Kinder. Man bemerkt sie nur, wenn man einzelne Ausschnitte stark vergrößert und dann nach einem Zusammenhang sucht.«

Romy beugte sich vor. »Es handelt sich durchweg um Zahlen«, murmelte sie.

»Richtig. Wir kürzen das Ganze mal ab: 54°17'38.2"N13° 39'01.7"E«, las Lou vor.

»Koordinaten!«

»Und dreimal darfst du raten – sie sind vom Nonnenloch.«

»Ich bin tief beeindruckt, Kollegin«, erklärte Romy, und so meinte sie es auch.

»Das freut mich zu hören. Allerdings hilft uns das allein nicht weiter. Wir kommen da nicht einfach so rein. Hacken kann man das Profil auch nicht, ohne aufzufallen. Im Grunde braucht ihr einen Internen. Jemanden, der wackelt und bereit ist, Informationen herauszurücken und seine Zugangsdaten zu verraten – gegen Straferlass zum Beispiel.«

Wäre Robert Berner so ein Kandidat?, grübelte Romy. Schwer zu sagen, solange sie nicht genauer wussten, woran sie mit ihm waren und wie tief er in all das tatsächlich verstrickt war. Auf den ersten Blick wirkte er wie ein junger, zielstrebiger Betriebsleiter mit engagierten Ambitionen, was den Schutz der Insel und ihrer einzigartigen Landschaft betraf. Auf den zweiten verschwamm die Klarheit. An ihre Stelle trat ein junger Mann, der nicht mit Zurückweisung umgehen konnte und hochaggressiv reagiert hatte. Seine Freundin, die sich vor Jahren nur mit Mühe von ihm hatte lösen können, lebte nicht mehr, doch die Umstände der Trennung im Zusammenhang mit dem Überfall auf Julia warfen nach wie vor viele Fragen auf und boten zu wenige Antworten. Eine andere Partnerin gab es seit geraumer Zeit nicht – zumindest hatte Max nichts entdecken können.

»Diese Szene ist schwer zugänglich«, fuhr Lou fort. »Eine verschworene Gemeinschaft, die niemandem traut. Wenn man einen verdeckten Ermittler dransetzt, braucht der wahrscheinlich Monate, bis er an den richtigen Stellen vordringt, und selbst dann wird es schwierig, die entscheidenden Beweise zu finden.«

»So viel Zeit haben wir nicht.«

»Das dachte ich mir schon. Hinzu kommt, dass nur wenige Opfer, die Gewalt erleiden, zur Polizei gehen und dann auch in den richtigen Kriminalstatistiken erfasst werden. Ehestreit, Beziehungstat – das ist es, was man in den Medien als Schlagwörter findet und nicht etwa: Gewalt gegen Frauen, Hass, Femizid. Und noch etwas: Nicht alle Todesopfer werden entdeckt. Es gibt Frauen, die einfach verschwinden – und nie wieder auftauchen –, ohne dass sich ein Zusammenhang zu einem frauenhassenden Gewalttäter überzeugend herstellen und beweisen lässt.«

»Das klingt nicht gerade ermutigend.«

»Ich weiß. Ich schaue trotzdem weiter, was ich noch herausfinden kann.«

»Danke, Lou. Das ist schon mal ausgesprochen hilfreich. Ach, sag mal, der Hinweis mit dem Architekten …«

»Bringt nicht viel. Hier wird niemand mit seinem Job protzen oder auch nur aus der Deckung kommen. Doch ich gewinne den

Eindruck, dass ihr es gerade insbesondere mit der Bau- und Immobilienbranche zu tun habt.«

»Da ist was dran. Okay, Lou, bis bald.«

Romy betrachtete erneut das Foto. Das steinerne Ufer am Nonnenloch war womöglich nur ein Ort von mehreren und zugleich ein Synonym für die Gruppe. Hier bestrafen wir die Abtrünnigen. Sie holte sich einen Kaffee und wartete auf Finn, der eine halbe Stunde später zurückkehrte.

»Er war nicht auf der Yacht«, erklärte er. »Zumindest gibt es überzeugende Belege dafür, dass Berner sich in der Woche auf wichtige Prüfungen vorbereitet hat.« Finn zuckte mit den Achseln. »Er hat seine Semesterunterlagen hervorgekramt – die Daten stimmen. Ich kann mir nicht vorstellen, dass er mit dem Mord an Marina etwas zu tun hatte.«

»Dieses Argument allein zieht nicht. Ich kann mir auch nur schwer vorstellen, dass Berner wenige Monate vorher beim Überfall auf ein junges Mädchen, eine Schülerin kurz vor dem Abitur und zugleich seine Kollegin, beteiligt war – weil sie ihm seiner Ansicht nach die Freundin abspenstig gemacht hat. Ich kann mir grundsätzlich schwer vorstellen, dass Menschen so etwas tun – aus Eifersucht, Hass oder anderen niederen Beweggründen. Und doch ist es sehr wahrscheinlich, dass er dazugehörte. Sie wurde gequält, vergewaltigt, bedroht …« Romy schüttelte den Kopf.

»Simon ist sich nicht ganz sicher. Vielleicht war er nur dabei und …«

»Nur dabei? Macht es das besser?«

Finn überlegte kurz. »Er könnte sich bei Paulsen ausgeheult haben, und der hat den aktiven Part übernommen – zusammen mit zwei, drei anderen.«

»Ich bleibe dabei: Das klingt nicht gerade entlastend.«

»Nein, nur …«

»Berner wäre ein guter Zeuge.«

Einen Moment blieb es still.

»Das wird er nicht wagen«, meinte Finn schließlich.

Romy nickte nachdenklich. »Warten wir es ab. Lou hat übrigens etwas herausgefunden«, fuhr sie fort. »Sieh es dir an – ich spreche kurz mit unserem Kollegen im Außendienst.«

»Berner ist direkt nach Hause gefahren«, erklärte Max wenig später in leisem Ton. »Hier tut sich nichts.«

»Gibt es einen hinteren Ausgang?«

»Das überprüfe ich gleich.« Seine Stimme klang gefestigter, ruhiger, aber von Selbstsicherheit dürfte er noch einen großen Schritt entfernt sein.

»Alles klar. Bis später, Max.«

Sie legte das Smartphone beiseite. Dann nahm sie es erneut zur Hand. Paulsens Ex-Frau Claudia war noch in der Firma.

»Kommissarin Beccare – nein, Sie stören nicht. Ich wollte gerade Feierabend machen.«

»Dann will ich Sie nicht lange aufhalten. Eine Frage, Frau Paulsen: Bin ich richtig informiert, dass Ihr Ex-Mann nach seiner Geburtstagsfeier noch einige Tage mit seiner Yacht unterwegs war?«

»Sie sind richtig informiert.«

»Wissen Sie zufällig, wer dabei war?«

»Vogt ganz sicher und noch zwei andere Geschäftsfreunde. So sagte er mir, aber mit Namen kann ich nicht dienen.«

»Robert Berner?«

»Wie gesagt – ich erinnere mich nur an den Namen von Vogt. Und Richard hat nicht viel erzählt.«

»Hatten Sie damals zwischendurch Kontakt zu ihm?«, fragte Romy weiter.

»Nein … Das heißt, er hat mir ein, zwei Nachrichten geschickt – mit bedeutungslosem Inhalt. Allerdings …« Claudia Paulsen überlegte kurz. »Ich weiß nicht, ob das wichtig ist – er hat die Yacht kurz nach seiner Rückkehr verkauft.«

Romy setzte sich gerade auf.

»Er wollte sich was Neues gönnen, so erklärte er mir.«

»Wissen Sie, wer die Yacht gekauft hat?«

»Nein. Wenig später ist bei uns ohnehin alles den Bach heruntergegangen. Da interessierte mich seine Yacht nicht mehr.«

»Kann ich verstehen. Vielen Dank, Frau Paulsen.«

Romy ließ das Handy sinken.

18

Sie wissen es, dachte Robert Berner, aber sie können es nicht beweisen. Und die toten Frauen haben ihnen den Weg gewiesen – er führt direkt zu Paulsen und Vogt, doch der spielt keine Rolle mehr. Er stellte sich unter die Dusche. Später setzte er sich mit einem Handtuch um die Hüften auf die Terrasse und trank ein Bier. Es wurde langsam kühl. Er war sicher, dass ihn jemand im Auge behielt. Ein Anruf bei Paulsen wäre zu auffällig, ein Treffen natürlich ebenfalls – eine Kontaktaufnahme war aber dringend nötig, und er musste sich dabei sehr geschickt anstellen.

Zehn Minuten später verließ er das Haus und fuhr in eine Pizzeria nach Bergen. Während er auf die Bestellung wartete, setzte er sich an einen Tisch im hinteren Bereich und bat um das Festnetztelefon. Paulsen meldete sich nach dem zweiten Klingeln. »Die haben mich vernommen«, sagte Robert. Er verzichtete auf einleitende Worte und schilderte die Befragung im Kommissariat im Detail. »Die Kommissarin hat mich sogar nach dem Nonnenloch gefragt. Woher wissen die das?«, fragte er zum Schluss. »Wer hat geredet?«

Paulsen schwieg bemerkenswert lange. »Niemand«, meinte er dann. »Niemand hat geredet. Sie stochern hier und da, überprüfen ein paar Namen und stellen Zusammenhänge her, die sie nicht beweisen können. Beruhige dich. Und Nonnenloch ist überall – vergiss das nicht.«

»Dieses Mädchen …«

»Welches Mädchen?«

»Die Schülerin, Marina. Sie war auf deiner Geburtstagsfeier.«

»Davon weiß ich nichts«, erwiderte Paulsen in scharfem Ton. »Ich kenne das Mädchen nicht, ebenso wenig wie ich die andere Frau kenne, die getötet wurde. Wir bringen doch niemanden um. Bei uns geht es um etwas anderes. Das ist dir doch klar, oder?«

»Ja.«

»Das klingt sehr zögerlich, mein Freund. Es gibt zu viele Frauen, die ihren inneren Kompass verloren haben, sich in Angelegenheiten mischen, die sie nichts angehen, oder die sogar komplett in die falsche Richtung abgebogen sind. Du weißt, wovon ich spreche.«

Natürlich. Damit spielte er auf Julia an.

»Hör auf, dir Sorgen zu machen.«

»Ja.«

»Geht das etwas überzeugender?«

Robert zögerte.

»Was ist los? Wir haben doch erst letztens darüber gesprochen …«

»Melanie ist damals nicht zu mir zurückgekehrt«, sagte er schließlich und hörte selbst, wie hilflos er plötzlich klang. Er hasste es, wenn seine Stimme ihn verriet, wenn sie zitterte und bebte, nach all den Jahren. »Sie wollte nichts mehr mit mir zu tun haben.«

»Das passiert, und es liegt lange zurück. Du warst eben nicht überzeugend genug. Wir hätten uns vielleicht auch mal mit ihr beschäftigen sollen. Doch das wolltest du damals nicht. Deine Entscheidung.«

Nein, das hatte er nicht gewollt. Das war zu viel, zu heftig. Robert wechselte mit dem Hörer ans andere Ohr. »Sie lebt nicht mehr.«

»Ich weiß. Aber das ändert nichts. Du musst aufhören …«

»An sie zu denken? Ja, vielleicht.«

»Hör zu – das Ganze ist Vergangenheit, mach dir das endlich klar«, betonte Paulsen. »Sie hat dich verlassen und ließ sich nicht bewegen, dir noch eine Chance zu geben. Ein anderes Mädchen hatte ihr auf perverse Weise den Kopf verdreht. Das war schlimm, aber sie dürfte es bereut haben.«

Julia hatte die Insel verlassen. Robert hatte sie nie wiedergesehen, und niemand wusste, wo sie war. So sollte es auch bleiben.

»War es das jetzt? Oder kommt da noch mehr?«

»Die Kommissarin hat mich gefragt, ob ich bei dem Ausflug dabei war«, warf Robert ein.

»Welcher Ausflug?«

»Nach deinem Geburtstag – die Ostseetour auf deiner Yacht.«

Paulsen schwieg einen Moment. »Davon weiß sie auch?«, murmelte er. Das klang erstaunt oder auch unangenehm überrascht. »Nun gut. Ich denke, sie wird demnächst mit mir sprechen. Dann kann ich ja dafür sorgen, dass diese Herumschnüffelei ein Ende hat.«

»Und wie?«

»Lass das meine Sorge sein.«

Zehn Minuten später fuhr Robert nach Hause – er hatte sich die Pizza einpacken lassen und aß sie auf der Terrasse. Er schaltete die Gartenbeleuchtung ein und blickte einen Moment ins Leere. Er hatte Melanie heiraten wollen – seit ihrem ersten Treffen, dem ersten Kuss, der ersten leidenschaftlichen Nacht war für ihn klar gewesen, dass sie die Liebe seines Lebens war. Und am Anfang schien alles auf einem wunderbaren Weg. Und dann tauchte Julia auf. Ein seltsames Mädchen – schmal, mit ernstem Blick und meistens still. Manchmal lächelte sie in sich hinein. Er hatte förmlich spüren können, wie die Neugier in Melanie geweckt war. Eine falsche Neugier – oder auch eine Neugier, die sich immer mehr in die falsche Richtung entwickelte. Sie schien von einem seltsamen Glück berührt, sobald Julia den Raum betrat, und je häufiger Robert diese Begegnungen mitbekam, desto klarer wurde ihm, dass er etwas unternehmen musste. Doch es war längst zu spät. Robert konnte sich gut daran erinnern, wie die Wut in ihm erwacht war, wie heftig er reagiert hatte, als sie ihm sagte, dass sie die Beziehung beendete. Er hatte nicht gewusst, dass er zu derart jähen Emotionen fähig war. Am liebsten hätte er sie niedergeschlagen, geschüttelt, bis sie zur Besinnung kam und ihren schrecklichen Fehler einsah. »Ich liebe Julia«, hatte sie gesagt. »Und du lässt mich bitte in Ruhe.«

Der Satz brannte auch noch nach Jahren wie eine giftige Flamme in ihm, genährt immer wieder von der Erinnerung an ihren abweisenden Blick, den sachlichen Ton, der ihre Stimme beherrschte, die kalte selbstgewisse Zurückweisung, die sie ihn spüren ließ. Die Hoffnung, dass sie zu ihm zurückfinden würde, sobald es keine Ablenkung mehr gab, hatte sich als trügerisch erwiesen. Nichts hatte etwas gebracht – seine Wut hatte sie nicht mehr erreicht, sie hatte später auch die Insel verlassen. Ob die beiden dann doch ein Paar geworden waren, hatte er nicht herausgefunden. Sieben Jahre, dachte er erneut – und immer noch gärt dieser Schmerz in mir. Andere Beziehungen waren allenfalls von kurzer Dauer gewesen, keine verdiente wirklich diese Bezeichnung. Und plötzlich wühlte die Polizei in den alten Geschichten herum, zog einzelne Namen und Daten heraus wie bei einer großen, bunten Lotterie. Und das Tragische war: Manche Verknüpfung wirkte seltsam zielgerichtet, weit entfernt von einem zufälligen Geschehen.

Zwei tote Frauen aus einer Schule, eine war erst kürzlich gestorben, ausgerechnet am Nonnenloch, die andere war damals noch ein junges Mädchen gewesen, gerade achtzehn Jahre alt, Schülerin der zwölften Klassenstufe; Robert war mit der Gruppe zufälligerweise Tage vorher durch den Jasmund gewandert. Die beiden Mädchen hatten sich gut verstanden, daran entsann er sich sehr wohl. Aber das ging niemanden etwas an. Marina mit dem frechen Blick hatte ihn immer wieder herausfordernd angesehen, unvermittelt spöttisch gelächelt, und dann hatte sie ihrer Mitschülerin Svenja einen Arm um die Schulter gelegt, sie dicht an sich herangezogen und sie geküsst – auf besondere Art geküsst, innig und selbstvergessen, hocherotisch und berührend. Dann hatten die beiden lauthals losgelacht. Als hätten sie den besten Witz aller Zeiten gemacht – nur für ihn und auf seine Kosten.

Er stand abrupt auf und holte sich ein weiteres Bier. Zwei junge Frauen, die sich über ihn lustig gemacht hatten. Die Erinnerung war zum Greifen nahe, sie durchströmte ihn mit ganzer Kraft, seit die Kommissarin angefangen hatte, Fragen zu stellen. Mitten in der größten Krise seines Lebens, in der er verletzbar gewesen war wie selten zuvor, hatten ihn die beiden an seinem wundesten Punkt erwischt und verspottet – so schien es ihm damals, auch wenn er natürlich gewusst hatte, dass dieser Eindruck Unsinn war. Und nun waren beide tot. Robert hätte seinerzeit nichts dagegen einzuwenden gehabt, wenn man ihnen einen Denkzettel verpasst hätte – so wie Julia. Sie hatte er zum letzten Mal auf Paulsens Geburtstagsfeier gesehen; sie hatte ihm quer durch den Gastraum hinweg einen langen Blick zugeworfen, und für einen Moment schien sich die Luft in Eis verwandelt zu haben. Sie hatte sehr genau gewusst, wem sie die Prozedur zu verdanken hatte. Er hatte den Blick mit Hass und Verachtung zurückgeworfen. Das geschieht dir ganz recht, hatte er gedacht – du krankes Miststück.

Robert schob die Bilder beiseite. Marina hatte er nicht wiedergesehen. Dass sie auf der Feier aufgetaucht war, wie die Polizei herausgefunden hatte, gehörte zur Kategorie der seltsamen Zufälle; und als Svenja kürzlich beim Bewerbungsgespräch vor ihm gesessen hatte, war ihm nicht klar gewesen, dass sie sich bereits begegnet waren. Natürlich nicht. Er öffnete die Flasche und trank einen langen Schluck. Auch das konnte man als bizarre Fügung werten, die ihm nun Scherereien bereitete – ihm und Paulsen und dem anderen Typen, dessen Namen er nicht kannte. Nur Vogt war inzwischen außen vor.

Robert war dabei gewesen, als sie Julia überfallen hatten. »Das solltest du dir nicht entgehen lassen«, hatte Paulsen gesagt – mit vibrierender Stimme. »Sieh einfach nur zu, oder greif ein – ganz wie es dir gefällt. Eine Frau dabei zu beobachten, wie sie allmählich kapiert, wo ihr Platz ist, kann sehr befreiend sein.«

Bittere Aufregung hatte ihn durchflutet, während er zusah; auch leises Erschrecken. Ihre Schreie hatten angsterfüllt und schmerzvoll geklungen. Aber sie hat es doch nicht anders gewollt, sogar provoziert, hatte er immer wieder gedacht, und der Gedanke war gewachsen und hatte sich verfestigt. Es war ihre eigene Schuld, dass sie diese Qual ertragen musste – der gerechte Ausgleich für seinen Schmerz. Tage- und nächtelang hatte sich die Szene immer wieder in ihm abgespielt. Irgendwann war Paulsen aufgetaucht. »Du gehörst jetzt dazu«, hatte er in eindringlichem Ton gesagt. »Vergiss das nie.«

Max meldete sich, als Romy gerade aufbrechen wollte, um ihn abzulösen. »Berner hat sich eine Pizza besorgt und im Restaurant über Festnetz telefoniert.«

»Das konntest du beobachten?«

»Nicht wirklich, aber ich dachte mir so etwas. So hätte ich es angestellt, um möglichst unter dem Radar zu bleiben.«

»Ich verstehe. Wäre schön zu wissen ...«

»Er hat natürlich Paulsen angerufen.«

»Ach?«

»Na ja – ich habe mir auch eine Pizza bestellt und um das Telefon gebeten. Die Nummer war noch in der Anrufliste.«

Romy lächelte. »Gute Idee.«

»Ist aber nicht verwunderlich, dass er Kontakt aufgenommen hat. Wie geht es weiter?«

»Ich hatte gerade überlegt, dich abzulösen, aber ich denke, das ist nicht nötig. Warte noch ein, zwei Stunden, ob sich etwas tut, dann solltest du Feierabend machen.«

»Okay.«

Romy ging anschließend zu Finn. Die Suche nach der Yacht

war bislang ergebnislos verlaufen. »Mach Feierabend«, sagte sie. »Es ist schon spät.«

»Okay – sehr gerne. Und was ist mit dir?«

»Ich könnte auch eine Dusche gebrauchen und etwas Abstand.« Romy runzelte die Stirn. »Wenn wir dieses Video hätten, von dem Sandra Vogt berichtet hat, könnten wir Paulsen sogar festnehmen.«

»Aber Vogt ist der Täter in diesem Film, so hat sie es geschildert.«

»Ja. Und trotzdem – das Video ist auf seiner Yacht entstanden …« Sie runzelte die Stirn. Hat er sie vielleicht deshalb verkauft? Das würde sich noch zeigen. »Warum unterstützt uns Sandra nicht?«, schob sie nach.

»Sie will sich nicht mit Paulsen anlegen, der ihrer Ansicht nach keine Probleme haben wird, mit seiner Darstellung durchzukommen.«

»Sie wirkt nicht wie jemand, der die Konfrontation scheut«, wandte Romy ein.

Finn zuckte mit den Achseln. Romy strich eine Locke aus der Stirn. »Fahr nach Hause. Wir sehen uns morgen.«

Sie saß schon im Wagen, als ein Gedanke in ihr aufkeimte. Die beiden halten sich gegenseitig in Schach. Sie stellte den Motor wieder aus. Womit genau? Sie schüttelte den Kopf. Eine aus der Luft gegriffene Idee – in Ermangelung von Beweisen.

Eine SMS von Jan traf mit leisem Pling ein. *Es wird später.* Das war zu erwarten gewesen. *Bei mir auch.* Sie fügte ein Kuss-Emoji an. Dann öffnete sie die Kontaktliste und wählte die Nummer von Marion Dollner. Es klingelte sechs-, siebenmal – Romy wollte gerade den Ruf abbrechen –, als Paulsens Sekretärin die Verbindung herstellte. »Haben Sie Zeit?«, fragte Romy nach kurzer Begrüßung.

»Die Situation ist nicht ganz einfach für mich.«

»Ich weiß. Für uns auch nicht. Aber wir wissen inzwischen,

dass die junge Frau damals auf der Yacht war. Sie wurde vergewaltigt. Die Beweislage ist allerdings schwierig.«

Dollner atmete hörbar tief ein. »Ich kann dazu nichts sagen.«

»Paulsen hat das Schiff kurz nach seinem Ausflug verkauft, wie wir inzwischen erfahren haben«, fuhr Romy fort. »Haben Sie davon zufällig etwas mitbekommen?«

»Stimmt«, sagte Dollner, und sie klang überrascht. »Ich sollte dem Käufer Papiere und Schlüssel aushändigen, weil Paulsen unterwegs war.«

»Können Sie sich an den Namen des Erwerbers erinnern?«

»Nein, tut mir leid. Ich kannte den Mann nicht … Warten Sie, es war anders. Der Käufer selbst war auch verhindert, er hatte jemanden vorbeigeschickt.«

»Gibt es noch irgendwelche Belege dazu?«, fragte Romy weiter.

»Das war ein privates Geschäft, allerdings nutzte Paulsen die Yacht häufig auch für Ausflüge in betrieblichem Zusammenhang«, erklärte Dollner. »Dazu müsste es demnach auch noch Buchhaltungsunterlagen geben.«

»Würden Sie nachschauen?«

Kurze Pause. »Ich bin morgen in der Firma. Es müssen Rechnungen fertiggestellt werden. Ich sehe mal nach.«

»Danke, Frau Dollner.«

»Warten Sie, Kommissarin – glauben Sie wirklich, dass …«

»Das Mädchen war auf der Yacht.«

»Ich verstehe.«

Romy machte sich wenig später auf den Weg nach Mönchgut, doch sie bog nicht nach Middelhagen ab, sondern fuhr weiter nach Groß Zicker. In einigem Abstand zum Grundstück von Paulsen blieb sie stehen. Die Kinder spielten im Garten, das Familienoberhaupt stand am Grill, seine Frau trat gerade mit Getränken auf die Veranda. Leises Lachen. Das wirkt wie eine Idylle aus den fünfziger oder sechziger Jahren des letzten Jahrhunderts, genauer: Jahrtausends, dachte Romy. So stellt Paulsen sich eine gut funktionierende Partnerschaft, Ehe, Familie vor, und auf den ersten Blick wirkten alle glücklich. Vielleicht sind sie glücklich, vielleicht liege ich falsch. Romy schüttelte den Kopf. Nein. Sandra Vogt kannte das Video, und Paulsens Rolle beim Überfall auf Julia/Simon war eindeutig – in dieser Darstellung. Simon muss aussagen, dachte Romy. Nur so können wir Paulsen tatsächlich belasten. Aber womöglich reichte zunächst ein forscher Vorstoß, um Dynamik zu erzeugen. Es wurde Zeit, dem Mann auf den Zahn zu fühlen.

Sie startete den Motor, wendete und fuhr nach Hause. Sie hoffte, dass Jan bald heimkommen würde. Sie würden essen, dann reden und einen langen arbeitsreichen Tag ausklingen lassen. Der Horizont schickte erste zartviolette Schleier, als sie die Tür zur Veranda öffnete. Abendnebel lag über den Wiesen. Sie fühlte, wie die Erschöpfung in ihr aufstieg, und streckte sich auf einer der Liegen aus. Ich sollte etwas kochen, dachte sie und schlief ein.

Marion Dollner fuhr um sechs Uhr in die Firma. Sie war zeit ihres Lebens Frühaufsteherin, im Sommer war sie spätestens um fünf Uhr wach, im Winter stand sie eine Stunde später auf. Die ersten Sonnenstrahlen im Frühsommer waren die schönsten. Sie verzauberten den Tagesbeginn mit einem friedvollen Versprechen und einem stillen Naturgenuss, der so oft sehr wenig mit der Alltagsrealität zu tun hatte, auch nicht an diesem wunderbaren Ort. Umso schöner war diese Zeit. Hinzu kam, dass auf der Insel nur Menschen unterwegs waren, die auch am Wochenende zur Arbeit mussten oder etwas Wichtiges zu erledigen hatten. Die Touristen schliefen, nun, die meisten. Angler oder Wanderer, die die Sonne über den Steilklippen aufgehen sehen wollten, hatten sich ebenfalls längst auf den Weg gemacht.

Auch in der Firma war es noch ruhig. Marion fuhr ihren Rechner hoch und lud die benötigten Dateien für die Abrechnungen, um die der Chef sie gebeten hatte. Gegen acht würde der eine oder andere Bauleiter vorbeikommen. Der Samstag war in der Baubranche ein normaler Arbeitstag, zumindest in der heißen Phase. Der Chef. Sie schüttelte den Kopf, ging in die Teeküche und setzte Kaffee auf. Was die Kommissarin ausgegraben hatte, war kaum vorstellbar und womöglich nur die Spitze des Eisberges. Doch was hieß das schon? Kaum etwas gelang besser, als sich in einem Menschen zu täuschen. Illusionen waren der perfekte Kitt vieler Beziehungen, der Rest bestand im Festhalten und Verleugnen, in unterschwellig diffuser oder offener Angst und Resignation – das betraf Ehe und Partnerschaften genauso wie familiäre Verstrickungen oder die Verhältnisse im Job. Wo Menschen zusammenkamen, begannen sie,auszutarieren, wer stärker war. Macht. Wie schmal war der Grat zwischen dominant auftretenden Männern, aufflammender Aggression und einer Gewalttat in einer womöglich hitzigen Atmosphäre? Schwere Gedanken so früh am Morgen.

Sie goss sich eine Tasse ein und ging hinunter ins Archiv. Die meisten Projekte waren natürlich digitalisiert, selbst die großen Baupläne, doch es wurden auch Papierakten archiviert und auf den entsprechenden Datensticks zusätzlich gesichert. Die Unterlagen für den Steuerberater waren zusammen mit den Bankunterlagen in einem abgeschlossenen Aktenschrank gesichert. Die Schlüssel dazu hatte neben Paulsen nur sie.

Marion brauchte kaum zwei Minuten, um den richtigen Ordner herauszusuchen, und zwei weitere für die Suche nach dem Kaufvertrag für die neue Yacht. Sie blätterte die Seiten schnell durch. Paulsen hatte sich die Anschaffung einiges kosten lassen. In einem Umschlag entdeckte sie schließlich den Vertrag über den Verkauf der alten Yacht. Sie zögerte nur einen Moment, dann zückte sie ihr Handy und schoss ein Foto, das sie an die Kommissarin weiterleitete. Ein Mädchen auf der Yacht – umgeben von einer Handvoll Männern. Vergewaltigt und später ermordet – anders ließen sich die Ereignisse von damals kaum noch deuten.

Marion blickte zum Fenster hinaus, während der Drucker die Tagesprotokolle der Baustelle ausspuckte. Zwei Wagen fuhren vor, einer gehörte dem Chef. Keine Minute später stand er mit breitem Lächeln in der Tür. »Ich rieche frischen Kaffee!«, rief er in fröhlichem Ton.

Sie stellte eine Tasse bereit.

»Alles in Ordnung bei Ihnen?«, fragte er, als sie ihm kurz darauf die ersten Unterlagen übersichtlich geordnet in einer Mappe vorlegte, so wie er es liebte.

»Natürlich«, erwiderte sie. Sie spürte selbst, dass ihr Lächeln spröde war.

»Das höre ich gerne. Wann gab es eigentlich die letzte Gehaltserhöhung für Sie?«, ergriff er wieder das Wort, als sie schon an der Tür stand.

Sie drehte sich um und sah ihn verblüfft an. »Also, das weiß ich ehrlich gesagt gar nicht …«

Er setzte eine entgeisterte Miene auf. »Das ist kein gutes Zeichen, wenn nicht einmal Sie sich daran erinnern. Ich denke, da legen wir mal was drauf, oder?« Er zwinkerte ihr zu. »Was halten Sie von einer Zulage in Höhe von dreihundert Euro?«

Sie starrte ihn verdattert an. »Das ist …«

»Längst fällig.« Er winkte ab und beugte sich über die Mappe. »Gute Arbeit übrigens.«

»Danke.«

Als die Polizei ihn zwei Stunden später abholte, war ihr elend. Der letzte Blick zurück galt ihr. »Rufen Sie meine Frau an«, sagte er. »Sie soll unserem Anwalt Bescheid sagen, sofern ich mich nicht innerhalb einer Stunde melde.«

Marion nickte. Sie wartete eine gute halbe Stunde, bis sie Conny Paulsen anrief.

19

Jan hatte Romy nach einer langen abendlichen Diskussion vorgeschlagen, Paulsens Befragung gemeinsam vorzunehmen. Obwohl es keine ausreichende Beweislast gab, war er genau wie sie der Meinung, dass die Indizien inzwischen stark waren und die Aussagen anderer Beteiligter eindringlich klangen, selbst wenn sie sich nicht offiziell äußern wollten – noch nicht. Paulsen rechnete ohnehin damit, dass sie ihn zum Gespräch bitten würden und er die passenden Antworten parat hatte.

Der Name des Käufers der alten Yacht sagte Romy nichts. Marion Dollner hatte die Daten am frühen Morgen geschickt, und Romy bat Max, sich dazu schlau zu machen und außerdem die Kollegen loszuschicken, die Paulsen abholen sollten. Finn war noch unterwegs – er hatte eine SMS mit einem einzigen Wort geschickt: verschlafen. Als die Beamten mit Paulsen eintrafen, warteten Romy und Jan bereits im Befragungsraum auf ihn.

Paulsen sah auf die Uhr und setzte sich. »Ich gehe davon aus, dass Sie mich als Zeugen vernehmen«, sagte er, taxierte Jan einen Augenblick und sah dann Romy an. »Diesmal mit richtiger Verstärkung?«

Romy mühte sich um ein gleichmütiges Lächeln und überging die unverschämte Bemerkung. »Darf ich vorstellen: Hauptkommissar Jan Riechter.«

»Ich leite das Kriminalkommissariat in Stralsund«, fuhr Jan in munterem Ton fort. »Hier in Bergen hat Kommissarin Beccare mit ihrem Team das Sagen, und ich nutze heute die Gelegenheit, mich auf den neuesten Stand bringen zu lassen.«

»Verstehe. Es geht immer noch um die beiden …«

»Mordfälle – ja.« Romy nickte. »Fangen wir mit Marina an.

Sie war zwischenzeitlich Gast auf Ihrer Geburtstagsfeier in Gager. Das liegt sieben Jahre zurück.«

»Tja, wem sagen Sie das?« Er legte die Hände auf den Tisch. »Nun gehe ich bereits ganz forsch auf die sechzig zu, aber lassen wir das.« Er lächelte. »Wie auch immer – das Mädchen kenne ich nicht, wie schon einmal betont. Sie war nicht mein Gast. Falls sie dort zufällig auftauchte und sich unter die Gäste mischte, kann ich mich nicht an eine Begegnung erinnern, und darüber haben wir bereits gesprochen.«

»Richtig. Aber es gibt Menschen, denen sie aufgefallen ist, bevor sie in der Nacht oder auch am darauffolgenden Tag verschwand und schließlich Monate später als Leiche wieder auftauchte«, führte Romy aus.

»Das ist zweifellos schrecklich, aber ich habe Ihnen bereits alles dazu gesagt. Auch wenn Sie wiederholt nachfragen, wird nichts Neues dabei herauskommen. Kurzum: Was genau habe ich mit all dem zu tun?« Er zuckte mit keiner Wimper.

Romy lehnte sich zurück. »Das ist eine gute Frage. Wir wissen, dass das Mädchen auch auf Ihrer Yacht war.«

Paulsen runzelte die Stirn, dann schärfte sich sein Blick. »Wie bitte? Was reden Sie denn da?«

»Sie waren im Anschluss an die Feierlichkeiten einige Tage auf See unterwegs – im engsten Freundeskreis. Und Marina war dabei, wie wir inzwischen erfahren haben.«

Paulsen rührte sich sekundenlang nicht. »Und das können Sie beweisen?«, fragte er schließlich.

»Es gibt Filmaufnahmen.«

»Tatsächlich? Ich bin gespannt. Ich gehe doch davon aus, dass Sie mich damit konfrontieren könnten.«

»Könnte ich, das möchte ich aber zum gegebenen Zeitpunkt nicht tun«, erwiderte Romy.

Paulsen beugte sich vor. »Um das klarzustellen – ich bin als Zeuge hier?«

»Im Moment ja.«

Paulsen sah Jan an, der den Blick ungerührt und mit verschränkten Armen zurückgab.

»Was halten Sie davon, wenn wir das Ganze abkürzen?«, ergriff Romy wieder das Wort.

»Und wie genau stellen Sie sich das vor?«

»Sie sagen uns, was Sie beobachtet haben.«

Paulsen starrte sie an.

»Wir wissen, dass das Mädchen an Bord war und …«

»Schon gut!«, warf er ein und winkte ab. »Vogt hat sie mitgebracht.«

»Ach?«

»Noch in der Nacht – wir sind ja erst am nächsten Tag gestartet. Da hat sie noch gepennt, und als sie aus der Kajüte kam, waren wir bereits auf hoher See. Tja, da ist sie dann eben eine kleine Runde mitgeschippert. Warum auch nicht? Ich bin ein gastfreundlicher Mensch und zudem spontan.«

Das ist ein ziemlich kluger Schachzug, musste Romy anerkennen, und wenn wir Pech haben, kommt er damit durch. »Wer genau ist eigentlich wir?«, schob sie nach. »Sie und Vogt und der Architekt? Was ist mit Robert Berner?«

»Das spielt doch alles keine Rolle. Außerdem ist es nicht meine Aufgabe, Ihren Job zu machen.«

»Sie irren sich – all das spielt eine bedeutsame Rolle, und Ihre Aufgabe wäre es gewesen, dem Mädchen zu helfen und die Polizei bei ihren Ermittlungen zu unterstützen.«

»Von welchen Ermittlungen sprechen Sie? Sie war auf dem Schiff – ja, okay, das habe ich verschwiegen, zugegeben. Ansonsten – so ein Ausflug ist ja nicht verboten. Ich hatte keine Ahnung …«

»Sie waren zumindest Zeuge einer Vergewaltigung.«

Paulsen blies die Wangen auf und schüttelte perplex den Kopf. »Was für eine Vergewaltigung?«

Für einen Moment war Romy fest davon überzeugt, sie hätte sich verhört.

Paulsen zuckte mit den Achseln. »Vogt und das Mädchen haben es wild getrieben, um es auf den Punkt zu bringen. Das war es. Es gab keine Vergewaltigung. Wir haben sie später wieder abgesetzt und sind weitergeschippert. Ende der Geschichte. Keine Straftat weit und breit. Was wollen Sie noch wissen?«

Romy hielt kurz den Atem an.

»Wer war noch auf der Yacht?«, fragte Jan. »Wir kriegen es sowieso heraus.«

»Der Name spielt keine Rolle, weil ...«

»Das müssen Sie schon uns überlassen. Das Mädchen ist wenig später ermordet worden, und jeder, der innerhalb dieses Zeitraums Kontakt zu ihr hatte, ist ein wichtiger Zeuge.«

»Das mag so sein – aus Ihrer Sicht. Ich möchte mich dazu nicht äußern. Ich kann mich nur wiederholen. Vogt hat es sich gut gehen lassen mit ihr, und sie hatte nichts dagegen. Sie war volljährig, nicht wahr? Sie wirkte lebensfroh und begeisterungsfähig.« Er lächelte süffisant, und einen Moment lang befürchtete Romy, dass sie aufspringen und ihm ...

Sie erhob sich langsam. »Ich bin gleich zurück.«

Jan nickte ihr zu.

Romy schloss die Tür hinter sich und atmete tief durch. Dann ging sie langsam in den Gemeinschaftsraum, und Max trat zu ihr. »Alles okay?«, fragte er nach einem Blick auf ihr Gesicht.

»Nein, ganz und gar nicht. Aber kümmere dich nicht darum. Ich bin kurz davor, dem Typen an die Gurgel zu gehen, und muss einen Moment zur Ruhe kommen. Hast du was?«

»Der Käufer heißt Lars Tenner, ein Architekt aus Schwerin, vierzig Jahre alt«, erklärte er. »Ich schaue mir seinen Werdegang gleich noch genauer an. Wahrscheinlich wird er immer wieder mit Paulsen zusammengearbeitet haben. Keine Überraschung, aber wer weiß, worauf wir da noch stoßen.«

»Und Paulsen hält ihn so lange wie möglich aus allem heraus, weil sie sich gegenseitig schützen. Und wenn es eng wird, schiebt man Vogt alles in die Schuhe – wie überaus praktisch.« Ihre Stimme klang bitter. Sie winkte ab und blickte zur Tür. »Ist Finn immer noch unterwegs?«

»Ja, Stau auf der B 96.«

»Wer hätte das gedacht? Sag ihm bitte, er soll an Paulsen dranbleiben, sobald er hier herausspaziert. Die beiden kennen sich zwar, aber der Mann rechnet ohnehin damit, dass er beobachtet wird.«

»Okay.«

»Und falls du mehr zu diesem …«

»Lars Tenner.«

»Richtig – schick es mir aufs Handy.« Romy trank ein Glas Wasser und ging zurück in den Verhörraum.

Paulsen wirkte gelangweilt, sah auf die Uhr und dann hoch zu Romy. »Haben Sie Neuigkeiten?«

Ich hoffe sehr, dass dir deine coole Lässigkeit bald vergeht, dachte Romy. »Lars Tenner.«

Paulsen wiegte den Kopf. »Nun gut.« Er hob die Hände. »Sie haben offenbar Ihre Hausaufgaben gemacht.«

»Er war so begeistert über den gemeinsamen Ausflug, dass er sogar Ihre Yacht gekauft hat.«

»Ich bin beeindruckt. Aber was heißt das schon?«

Nichts, dachte Romy, und das weiß er auch. Er kann seine Yacht an wen auch immer verkaufen. Der Gedanke, dass der Verkauf damit zu tun hatte, Spuren zu verwischen, dürfte damit auch vom Tisch sein. Und solange Simon Glauber nicht aussagte und auch Sandra Vogt ihre Ausführungen nicht offiziell zu Protokoll gab, war an der Stelle Schluss. Sie hob das Kinn. »Sagt Ihnen das Nonnenloch etwas?«

»Ich bin Rüganer – natürlich.«

»Das Nonnenloch als Ort, an dem Frauen bestraft werden,

scheint nicht nur ein alter Mythos zu sein«, fuhr Romy fort. »Womöglich ist es zu einem stellvertretenden Synonym geworden.«

»Aha.«

»Wir wissen, dass Julia Glauber vor Jahren überfallen und dorthin gebracht wurde. Sie wurde geschlagen, vergewaltigt, bedroht, kurzum: bestraft. Eine Maßnahme, die sie auf den richtigen Weg bringen sollte, wie immer der aussah. Sie wird bestimmt nicht die Einzige gewesen sein, die so etwas erleiden musste.«

Paulsens Blick war nachdenklich. »Warum erzählen Sie mir das eigentlich?«

Romy beugte sich vor. »Weil ich davon überzeugt bin, dass Sie sehr genau wissen, wovon ich rede.«

Paulsen lächelte. »Ihre Überzeugung allein wird nicht ausreichen, um mich in die Nähe solcher Taten zu rücken und juristisch gegen mich vorzugehen. Oder gibt es eine offizielle Aussage, die mich eindeutig belastet?«

»Noch nicht. Aber wir arbeiten daran.«

Er hob die Hände. »Tun Sie das.«

Romy überlegte einen Moment, dann zeigte sie ihm ein Foto von Svenja. »Diese junge Frau starb vor einer guten Woche – sie wurde gequält und ermordet; man entdeckte sie am Nonnenloch. Svenja und Marina waren in einem Jahrgang.«

»Ich habe davon gehört. Bernd Glauber hat ihr seinen Bungalow vermietet. Und wir haben darüber gesprochen, wie Sie längst wissen.«

»Und sie hatte sich auf eine Stelle bei Robert Berner beworben.«

»Eine Menge Überschneidungen.«

»Das finden wir auch.«

»Wie heißt es immer so schön? Die Welt ist klein. Dann dürfte die Insel noch kleiner sein.«

Romy schlug ein Bein über das andere. »Wir sind der Ansicht, dass Svenja etwas entdeckte, als sie sich alte Fotos von Ihrer Geburtstagsfeier ansah. Sie wird nachgeforscht haben, und das dürfte ihr zum Verhängnis geworden sein.«

Paulsen nickte mit ernster Miene. »Ich verstehe, worauf Sie hinauswollen und was Sie bewegt, alle möglichen Bruchstücke zusammenzufügen, damit sie ein schlüssiges Bild für Sie ergeben. Aber das Offensichtliche ist nicht immer zutreffend. Und erneut: Was hat das mit mir zu tun? Ich kenne die junge Frau nicht, und Marina war Vogts Gespielin. Das liegt sieben Jahre zurück, und sie war quicklebendig, als sie von Bord ging.«

»Gespielin?«

»Oder wie immer Sie es nennen wollen.«

Was bist du für ein widerliches Arschloch!, dachte Romy, und sie wusste, dass man ihr den Gedanken von der Nasenspitze ablesen konnte.

»Wo genau war das eigentlich?«, schaltete Jan sich ein.

Paulsen wandte ihm das Gesicht zu. »Was meinen Sie?«

»Wo haben Sie Marina damals abgesetzt?«

»Im Hafen von Gager. Wir waren noch nicht so weit draußen – es war das Einfachste, sie dorthin zurückzubringen.«

»Hat sie gesagt, was sie vorhatte?«, fragte Jan weiter.

»Nein. Und falls doch, erinnere ich mich nicht mehr daran«, erwiderte Paulsen in lapidarem Tonfall.

»Und das war am Tag nach Ihrer Geburtstagsfeier?«

»Wie schon gesagt – am Morgen nach der Feier sind wir aufgebrochen, und später haben wir sie zurückgebracht ...«

»Später? Stunden später? Oder gar Tage?«

»Ich kann Ihnen keine Uhrzeit nennen«, meinte Paulsen. »So detailliert erinnere ich nicht mehr an die Abläufe. Ich denke, es war am Nachmittag, aber beschwören würde ich es nicht.«

Natürlich nicht, dachte Romy.

»Wir werden das überprüfen.«

»Tun Sie das – und nun möchte ich gehen.«

»Wir würden gerne ein Protokoll ...«

»Das unterschreibe ich ein anderes Mal. Jetzt habe ich zu tun, und Sie müssen mich entschuldigen.« Paulsen lächelte, stand auf und verließ den Raum.

Romy blieb einen Moment wie festgefroren sitzen. Jan legte ihr eine Hand auf die Schulter. Sie blickte auf. »Wir haben nichts in der Hand, und er hält sich sogar im zeitlichen Ablauf sämtliche Optionen offen«, sagte sie leise. »Selbst wenn Simon aussagt oder das Video noch auftaucht – es reicht nicht für eine offizielle Anklage, und es wird ihm gelingen, das Ganze abzuschmettern.«

»Das ist wohl zu befürchten.«

Romy schloss kurz die Augen, dann stand sie auf. »Kümmern wir uns um diesen Architekten.«

Jan erhob sich ebenfalls. Seine Miene war skeptisch. »Ich befürchte, dass er sich ähnlich aalglatt aus der Affäre ziehen wird.«

»Wahrscheinlich. Aber ich rede noch mal mit Sandra Vogt.«

Jan nickte. »Soll ich mitkommen oder …«

»Nein. Ich nehme an, Stralsund wartet schon sehnsüchtig auf dich.«

Er lächelte. »So ähnlich.«

»Fahr nur. Ich halte dich auf dem Laufenden.«

Keine fünf Minuten später war Jan unterwegs, und Romy setzte sich an ihren Schreibtisch. Ihre Stimmung war auf dem Tiefpunkt. Finn meldete sich eine Viertelstunde später mit der Nachricht, dass Paulsen in die Firma gefahren war.

»Komm zurück«, meinte Romy. »Er macht sich lustig über uns, und im Moment hat er allen Grund dazu. Beweise fehlen, Stefan Vogt lebt nicht mehr, man kann praktischerweise alles Mögliche auf ihn schieben, und Sandra Vogt hält ihr Wissen zurück. Und Lars Tenner wird seine Aussage bestätigen.«

»Wahrscheinlich … Ich weiß, dass ich mich wiederhole, aber ich finde es seltsam, dass Sandra Vogt die Karten nicht offen auf den Tisch legt«, bemerkte Finn. »Ihr Mann war ein gewalttätiges Arschloch, der sehr wahrscheinlich nicht nur Julia und Marina vergewaltigt hat. Doch er ist seit Jahren tot. Und dass Paulsen da mit drinhängt, liegt doch auf der Hand.«

»Der Gedanke beschäftigt mich auch immer wieder«, meinte Romy. »Hinzu kommt, dass sie sich seit Jahren um Julia/Simon kümmert. Sie fühlt sich verantwortlich oder hat ein schlechtes Gewissen oder beides. Wir werden sie noch mal befragen müssen.«

»Sie wird begeistert sein.«

»Anzunehmen.«

»Gut, ich ... warte mal, da tut sich gerade was.«

»Und was genau?«

»Paulsen hat soeben das Büro wieder verlassen, er war nur kurz oben, und auf dem Parkplatz hat ihn jemand abgepasst.«

»Kannst du die Person erkennen?«

»Noch nicht. Ich bleibe da doch mal dran«, meinte Finn.

»Dann bis später. Melde dich.«

Finn hatte sich ein Cap über den Kopf gezogen und war ausgestiegen. Er lehnte die Tür nur an. Der junge Typ stand direkt neben Paulsen; Finn schlich hinter einen Lieferwagen und schob den Kopf vorsichtig vor. Er beobachtete, wie Paulsen auf seine Hände blickte – anscheinend musterte er eine Visitenkarte. Dann hob er den Blick wieder. »Interessant. Am besten gehen Sie hoch ins Büro und füllen einen Personalbogen aus, meine Sekretärin ist im Moment noch da«, meinte er dann. »Geben Sie ihr die Karte, und wir melden uns bei Ihnen.«

Da sucht jemand einen Job, dachte Finn. Der junge Mann lächelte herzlich, wie Finn von der Seite erkennen konnte. »Ich glaube, ich habe mich falsch ausgedrückt. Ich möchte mit dem Chef persönlich sprechen.«

Paulsen seufzte. »Nehmen Sie es mir nicht übel, aber ich brauche keinen Berater«, erklärte er. »Ich habe mehr Aufträge, als ich bewältigen kann, und wenn es mal eine Flaute geben sollte, weiß ich mir bestimmt zu helfen.« Das klang selbstsicher, an der Grenze zur Überheblichkeit.

Die Entgegnung konnte Finn nicht verstehen, weil auf der Hauptstraße ein Lastwagen vorbeifuhr. Er beobachtete, dass Paulsen nur einen Moment innehielt, sich dann umdrehte und zu seinem Wagen ging. Finn zog den Kopf gerade noch rechtzeitig zurück, so dass er ihn nicht sehen konnte. Paulsen fuhr vom Hof. Der junge Typ sah ihm noch eine Weile hinterher, dann wandte er sich achselzuckend um und betrat das Gebäude. Also will er doch einen Personalbogen ausfüllen, dachte Finn. Aber will man sich in der Firma eines Chefs bewerben, der bereits im Vorfeld erklärte, dass er ihn nicht brauchte?

20

Max bekam mit, dass Romy einige Mühe hatte, Sandra Vogt von der Wichtigkeit eines weiteren Gesprächs zu überzeugen, doch schließlich beendete sie das Telefonat und brach mit Finn nach Schwarbe auf. Max hatte das Büro für sich. Einen Moment genoss er die Ruhe, dann setzte er sich an den PC.

Lars Tenner war umtriebig, das ließ sich bereits nach den ersten Recherchen festhalten. Er arbeitete für mittelgroße Bauprojekte an der Küste – unter anderem für Paulsen –, beteiligte sich deutschlandweit an Ausschreibungen, leitete Fortbildungen und war ein gefragter Dozent auf Tagungen. Seine Website war professionell aufgebaut – sachlich, informativ, ohne Firlefanz, mit dem Fokus auf einem Macher mit hohem Anspruch. Private Posts auf seinem Social-Media-Profil zeigten ihn als Familienvater und Segler. Seine Frau Dorothea war achtundzwanzig Jahre alt, gelernte Bauzeichnerin – das Paar hatte zwei kleine Kinder und lebte in einem wunderschönen Haus am Rande von Schwerin auf einem idyllischen Grundstück in der Nähe des Sees. Für Normalbürger kaum finanzierbar, dachte Max. So was kann man nur erben oder klauen, selbst wenn man beruflich erfolgreich war. Wie sich herausstellte, hatte Lars Tenner vermögende Eltern.

Max erweiterte den zeitlichen Rahmen und suchte nach Auffälligkeiten im Abgleich mit Paulsen sowie Gewalt gegen Frauen. Gemeinsame Segelausflüge hatte es offenbar häufiger gegeben, allerdings fehlte jeder Hinweis auf den Sommer des fünfzigsten Geburtstags von Paulsen. Auch die neue Yacht wurde nicht erwähnt. Das war interessant. Ein unbeschwerter Segeltörn hätte eigentlich eine willkommene Gelegenheit geboten, schöne Bilder vor grandioser Kulisse zu präsentieren. Die Annahme, dass auf dem Schiff etwas passiert war, das in keiner Weise ins Blickfeld geraten sollte, lag nahe. Marina hatte Paulsen abgefangen – oder auch Vogt – und ein paar scharfe Fragen gestellt, provoziert und nicht locker gelassen. Die Männer hatten sie später überfallen und mitgenommen – und am nächsten Tag nach Gager zurückgebracht. Lebend. Angeblich. Das klang wenig überzeugend. Marina wäre mit großer Wahrscheinlichkeit zur Polizei gegangen und hätte Anzeige erstattet.

Max lehnte sich zurück. Paulsen, Vogt und Tenner. Sie konnten sich nicht leisten, von einer Schülerin einer schweren Straftat bezichtigt zu werden. Das hieß demzufolge, dass sie entweder bereits an Bord umgebracht oder in der Bauruine getötet worden war. Warum ein derart umständliches Vorgehen? Die Täter hätten die Leiche einfach über Bord werfen können. Max runzelte die Stirn. Julia/Simon hatte erzählt, dass die Männer Masken trugen, die sie überfallen hatten. Vielleicht war es mit Marina ähnlich abgelaufen. Diese Männer töteten nicht, sondern misshandelten Frauen. Und dann haben sie die Schülerin laufen gelassen? Das war dennoch schwer vorstellbar – zumal vor dem Hintergrund, dass Marina sie so oder so schwer belasten konnte. Hinzu kam die Frage, was anschließend passiert war, wenn die drei sie tatsächlich einfach nur abgesetzt hatten. Wer hatte das Mädchen getötet? Ein Fremder, der mit dem bisherigen Geschehen nicht das Geringste zu tun hatte? Oder doch einer von den dreien, der kein Risiko eingehen wollte und mit der Rückendeckung der Gruppe rechnen konnte? Und wie passte das Ganze zum Mord an Svenja?

Max rieb sich über die Stirn. Ein leises Pling ertönte. Der Rechner hatte eine Übereinstimmung in einer Datenbank entdeckt. Max filterte einen Namen heraus, genauer gesagt: einen Ort. Lars Tenner hatte vor einigen Monaten eine Fortbildung durchgeführt, zu dem etliche größere Architekturbüros eingeladen waren, unter anderem eine Firma in Grimmen, bei der die

Veranstaltung stattgefunden hatte. Max stutzte. Svenjas Mutter arbeitete als Bauzeichnerin in dem Betrieb. Auf der Website war das Event mit Fotos und Informationsmaterial hinterlegt. Hatte Svenja womöglich Lars Tenner kennengelernt? Durch ihre Mutter oder bei einer zufälligen Begegnung?

Max griff zum Telefon, dann ließ er es wieder sinken. Romy hatte garantiert keine Zeit, um mit ihm zu sprechen oder Svenjas Mutter sofort anzurufen. Er schickte ihr die Info und suchte nach weiteren Übereinstimmungen.

Romy warf nur einen kurzen Blick auf die Mitteilung, die Max ihr geschickt hatte, dann sah sie wieder Sandra Vogt an. Wie erwartet, hatte die ehemalige Lehrerin wenig Begeisterung gezeigt, erneut befragt zu werden.

»Wir drehen uns im Kreis«, hatte Sandra Vogt noch einmal betont. »Ich kann Ihnen nicht mehr sagen. Ich bin erstaunt, dass es Ihnen überhaupt gelungen ist, mir derart viel zu entlocken.«

»Ich fasse das mal als Kompliment auf«, erwiderte Romy. »Andererseits frage ich mich immer wieder – und meinem Kollegen geht es genauso –, warum Sie nicht noch viel deutlicher werden und Paulsen offiziell belasten. Wir könnten damit handlungsfähig werden. Er gehört zur Gruppe der Männer, die Simon überfallen haben, und er hat versucht, Sie unter Druck zu setzen …«

Sandra Vogt beugte sich vor. »Handlungsfähig? Sie haben ihn kennengelernt. Er wird alles abstreiten. Und wenn ich fünfmal aussage, dass er meiner Ansicht nach bemüht war, Beweismittel zu vernichten und mich unter Druck zu setzen, wird er sechsmal behaupten, dass ich Unfug erzähle. Das Gleiche gilt für Simons Darstellung. Die Typen waren vermummt, und das Ganze liegt sieben Jahre zurück. Ein Zusammenhang mit den Morden können Sie doch nur vermuten. Sie kriegen den Mann nicht mit irgendwelchen halbherzigen Darlegungen, weil hier und da Aspekte gut zusammenpassen. Entweder es gibt einen eindeutigen und stichhaltigen Beweis, den er nicht ignorieren kann, oder Sie lassen es am besten ganz.«

Plötzlich durchzuckte Romy ein Gedanke. »Sie haben diesen Beweis, nicht wahr?«

Vogt schloss kurz die Augen.

»Warum verschonen Sie ihn? Ich verstehe es nicht. Er hat Ihrem Schützling Übles angetan – und nicht nur ihm, davon müssen wir wohl ausgehen. Was hindert Sie daran, alles auf den Tisch zu legen und dafür zu sorgen ...«

»Simon hat Angst um seine Eltern!«

»Das verstehe ich, aber eines dürfte doch wohl inzwischen auch klar sein: Wenn Paulsen mit klaren Beweisen zur Verantwortung gezogen wird, haben er und seine Mitstreiter ganz andere Sorgen, als sich an dem Gastwirt zu rächen. Diese Drohung ist doch in dem Moment völlig nebensächlich, ja: hinfällig. Worauf also warten Sie noch? Mittlerweile haben wir sogar den Namen des Architekten.« Romy fasste sie ins Auge. »Und Ihr Mann lebt nicht mehr.«

»So ist es. Ich denke, er war der Schlimmste in der Gruppe«, erwiderte Sandra Vogt leise.

»Ich verstehe. Und damit hat sich der Rest für Sie erledigt? Eine seltsame Einstellung.«

Vogt atmete tief durch. »Hören Sie endlich auf. Ich bewundere Ihre Energie und Hartnäckigkeit, aber manchmal muss man einsehen, dass ein Unterfangen nicht zum Ziel führt.«

Ein Unterfangen, wiederholte Romy. Wir versuchen, einen gefährlichen Gewalttäter zu überführen. Sie behielt die Worte für sich. »Wo ist eigentlich Simon?«, fragte sie dann.

»Er ist unterwegs – wie ich Ihnen schon eingangs sagte. Er ist mein Gast und muss mir keine Rechenschaft ablegen, wann er kommt und geht.«

Romy nickte. Es war alles gesagt – für den Moment. Sie stand langsam auf. Finn erhob sich ebenfalls.

»Tut mir leid«, sagte Sandra Vogt leise.

»Denken Sie noch mal darüber nach«, meinte Romy und verabschiedete sich.

Als sie das Grundstück verließen, beschlich sie ein seltsames Gefühl. Sie blieb stehen, sah zum Haus hinüber und suchte dann Finns Blick. Sie halten sich gegenseitig in Schach – der Gedanke war erneut aufgetaucht. »Ich gehe jede Wette ein, dass sie einen Beweis auch gegen Paulsen hat.«

»Aber sie nutzt ihn nicht.«

»Richtig. Da steckt noch viel mehr hinter, sonst würde sie nicht so vehement blockieren.«

»Du siehst aus, als hättest du eine Idee dazu.«

»Eine verschwommene.« Romy reichte Finn die Autoschlüssel, griff ihr Handy und rief Max an, als sie im Wagen saßen.

»Habt ihr schon was wegen Tenner unternommen?«, fragte er sofort.

»Darum kümmern wir uns gleich. Ich habe noch was anderes. Mach dich mal schlau, was den Tod von Stefan Vogt betrifft.«

Max schwieg einen Moment, während Finn Romy einen verdutzten Seitenblick zuwarf.

»Nun, er hatte einen Infarkt. Das wissen wir doch.«

»Ja. Hoher Blutdruck, und er hatte seine Tabletten vergessen, möglicherweise.«

»So ist es.«

»Vielleicht war es anders.«

»Wie …«

»Keine Ahnung, Max. Finde heraus, wer der behandelnde Arzt war.« Romy beendete das Gespräch und sah Finn an. »Was wäre, wenn Paulsen etwas weiß, womit er Sandra Vogt im Zusammenhang mit dem Tod ihres Mannes in arge Bedrängnis bringen könnte?«

Finn spitzte die Lippen. »Dann wäre es nachvollziehbar, dass sie ihm nicht auf die Füße tritt.«

»Ganz genau.«

Romy schwieg einen Moment. Irgendwo gab es diese Aufnahmen, die alles bewiesen – auch die Beteiligung von Paulsen, davon war sie überzeugt. Sie nickte, dann fiel ihr Lars Tenner wieder ein. Sie las die Nachricht des Kollegen ein zweites Mal. »Der Architekt kennt die Firma, in der Svenjas Mutter arbeitet«, murmelte sie und kniff die Augen zusammen.

Finn starrte sie kurz an. »Das klingt …«

»Finde ich auch.« Romy suchte nach dem Kontakt von Franziska Bollheim. Sie überlegte nur kurz, dann wählte sie die Nummer. Frau Bollheim meldete sich sofort. Ihre Stimme klang leise und zart.

»Frau Kommissarin«, sagte sie einfach nur, nachdem Romy sich vorgestellt hatte, und es entstand eine lange Pause. »Gibt es Neuigkeiten?«, schob sie schließlich nach.

»Wir ermitteln unter Hochdruck und in alle möglichen Richtungen.«

»Das sagen die Polizisten im Fernsehen auch immer, wenn sie nicht klar antworten möchten.« Das klang resigniert.

»Wir sind mittendrin, Frau Bollheim, und überprüfen unzählige Namen und Verbindungen, auch um alle möglichen Zeugen ausfindig machen zu können. Darum rufe ich an. Sagt Ihnen der Name Lars Tenner etwas?«

»Ja«, antwortete sie prompt. »Das ist ein Architekt, mit dem unser Büro hin und wieder zusammenarbeitet. Er leitet auch Fortbildungen und gibt Seminare.«

»Könnte es sein, dass er Svenja kannte?«

»Nun – ja, das kann durchaus sein. Warum ist das wichtig?«

»Wir überprüfen nur eine Verbindung, auf die wir während unserer Recherchen gestoßen sind«, erklärte Romy.

»Na schön – ja, Svenja hat einmal eine seiner Fortbildungen besucht. Er hat auch zu Themen referiert, die für sie als angehende Landschaftsarchitektin interessant sind … waren.«

»Wissen Sie noch, wann das war?«

»Vor einigen Monaten.«

»Danke, Frau Bollheim. Dann können wir diesen Punkt abhaken.«

»Gut … Sie sagen mir Bescheid, wenn Sie den Täter haben, nicht wahr?«

Romy schluckte. »Das tue ich – versprochen.« Sie verabschiedete sich, legte das Smartphone beiseite und sah kurz aus dem Fenster. »Tenner stand nicht auf der Gästeliste – wie einige andere auch nicht –, aber er war auf der Yacht«, überlegte sie halblaut. »Vielleicht ist er auf einem der Fotos abgebildet, die Svenja entdeckt hat.«

»Selbst wenn. Was könnte das bedeuten?«

»Gute Frage. Wir sollten sie ihm stellen.«

»Das heißt, wir fahren nach …«

»Schwerin, ja. Ich weiß – eine lange Fahrt. Doch es ist Samstag, und wahrscheinlich ist er zu Hause.«

Finn setzte zu einer Erwiderung an, schwieg dann aber.

»Ich spreche vorher mit Jan«, meinte sie.

Romy erreichte Jan erst eine Viertelstunde später. »Warum rufst du ihn nicht einfach an?«, fragte er, nachdem sie ihm von der Verbindung zwischen Svenja und Tenner berichtet hatte.

»Ich möchte sein Gesicht sehen.«

Kurzes Schweigen. »Na schön. Ich hoffe, der Ausflug lohnt sich.«

Ich auch, dachte Romy.

Als sie in Schwerin eintrafen, war es später Nachmittag. Lars Tenner stieg gerade in seinen Wagen, als sie um die Ecke bogen. Finn warf Romy einen fragenden Blick zu.

»Wir fahren hinterher«, entschied Romy. »Wenn ich es richtig gesehen habe, hat er eine Sporttasche auf den Rücksitz gepackt.«

Tenner fuhr keine zehn Minuten und hielt dann vor einer Tennisanlage in direkter Nähe des Schweriner Sees. Finn parkte in einigem Abstand von seinem Wagen.

»Du wartest«, meinte Romy. »Vielleicht brauchen wir dich noch als Beschatter. Wir sollten nicht riskieren, dass Max sich einen neuen Job sucht, weil er erneut in den Außendienst muss.«

»Okay, aber ...«

»Keine Sorge, wir bleiben über Handy in Kontakt, so dass du alles mitbekommst.«

Romy stieg aus und folgte dem Architekten. Er streckte die Hand Richtung Türklinke aus, als sie ihn ansprach. »Herr Tenner, haben Sie eine Minute für mich?«

Er drehte sich zu ihr um – ein dunkelblonder, gebräunter Typ mit kräftigem Kinn und hellen Augen. Er runzelte die Stirn, sein Blick war abwartend. Romys Ausweis überflog er nur kurz. »Vielleicht haben Sie von den Mordfällen auf Rügen gehört«, fuhr sie fort. »Ich habe ein paar Fragen an Sie, weil Sie zumindest das zweite Opfer kannten.«

Tenner schob den Gurt seiner Tasche zurecht. »Ach?«

»Svenja Bollheim.«

»Das sagt mir nichts.«

»Darf ich Ihnen ein Foto zeigen, und wir reden kurz?«

Tenner seufzte. »Können wir das nicht verschieben? Ich bin verabredet und würde die Stunde ungern sausen lassen.«

Romy nickte verständnisvoll. »Vielleicht können Sie Ihr Training um eine halbe Stunde verschieben«, schlug sie vor. »An einem normalen Wochentag sind Sie sicher noch schwerer abkömmlich. Oder hätten Sie nächste Woche Zeit, im Kommissariat in Bergen vorbeizuschauen?«

Er musterte sie einen Moment, als vermutete er, sie versuche ihn auf den Arm zu nehmen. Dann entschied er, ihre Worte für bare Münze zu nehmen. »Sie haben recht – ab Montag bin ich kaum zu erreichen. Wir könnten uns ein paar Minuten ins Bistro setzen.« Er zog sein Handy aus der Tasche und verschickte eine Nachricht.

Zwei Minuten später nahmen sie an einem Tisch auf der Terrasse der Anlage Platz. Tenner bestellte Wasser. Von den Plätzen war das leise Ploppen der Bälle zu hören, dazwischen hin und wieder ein Ruf oder Lachen oder auch mal eine ärgerliche Bemerkung. Romy setzte Tenner oberflächlich ins Bild, während er das Foto von Svenja betrachtete. »Wie kommen Sie darauf, dass ich die Frau kenne?«, fragte er schließlich und blickte hoch.

»Vielleicht ist kennen auch zu viel gesagt«, wandte Romy ein. »Svenjas Mutter ist als Bauzeichnerin in einem Architekturbüro in Grimmen beschäftigt, mit dem Sie schon häufiger zu tun hatten. Und Svenja hat eine Ihrer Vorträge oder auch Fortbildungen besucht.«

Tenner sah sie verblüfft an. »Wirklich? Okay ... Tja, möglich. Allerdings erinnere ich mich nicht an eine persönliche Begegnung oder den Namen. Wissen Sie, diese Veranstaltungen sind immer sehr gut besucht. Ich kann mir unmöglich einzelne Teilnehmer merken.«

»Ich verstehe.«

Tenner lächelte. »Nun, Sie machen ja nur Ihren Job. Darf ich fragen, wie Sie überhaupt auf mich gekommen sind?«

»Wir checken alle Kontakte, die uns bei den Recherchen auffallen.«

»Aber wie könnte ich aufgefallen sein?« Er lächelte immer noch, aber die Frage beschäftigte ihn brennend, dessen war Romy sicher.

»Die Verknüpfung ergab sich durch Richard Paulsen, Robert Berner und Stefan Vogt – wobei letzterer ja nicht mehr lebt. Und durch den zweiten Mordfall vor sieben Jahren. Marina Arnold. Sie war eine Schulkameradin von Svenja.«

Tenner ließ ihre Worte sacken. Das Lächeln war verschwunden.

»Der fünfzigste Geburtstag von Richard Paulsen, der im Gasthof von Bernd Glauber gefeiert wurde, spielt auch eine Rolle. Seine Tochter Julia dürften Sie ebenfalls kennen«, fuhr Romy fort. Sie hatte spontan beschlossen, die Karten auf den Tisch zu legen. In Anbetracht der mageren Beweislage konnte sie nur versuchen, mehr zu erfahren, indem sie die Verdächtigen aus der Reserve lockte und zu unbedachten Äußerungen verleitete.

Lars Tenner schwieg gefühlte zwei Minuten. Dann trank er einen Schluck Wasser und stand auf. Er wandte sich um, hielt dann inne, drehte sich noch mal Romy zu und beugte sich über den Tisch. »Wollen Sie mich tatsächlich in Verbindung mit zwei Mordfällen bringen?«, fragte er in leisem, scharfem Ton. »Weil mir die Opfer im Laufe von einigen Jahren möglicherweise zufällig über den Weg gelaufen sind? Auf dieser Grundlage ermitteln Sie? Das ist eine Unverschämtheit.«

»Auf dieser Grundlage stelle ich Fragen«, erwiderte Romy. »Was ist daran unverschämt? Und was genau daran macht Sie derart nervös?«

Tenner kniff die Augen zusammen. »Ich schlage vor, du verpisst dich ganz schnell!«, flüsterte er dicht an ihrem Ohr.

Romy zog den Kopf betont langsam zurück. »Sonst was?« Sie war – zugegeben – überrascht, dass Tenner derart spontan und heftig reagierte. Aber mit Einschüchterungsversuchen konnte man sie nicht sonderlich beeindrucken, schon gar nicht in der Öffentlichkeit. »Laden Sie mich sonst zu einem Ausflug ans Nonnenloch ein?«

Er richtete sich wieder auf und starrte sie an. »Lassen Sie mich in Ruhe mit Ihren haltlosen Verdächtigungen.« Damit wandte er sich abrupt um und stapfte mit großen Schritten über die Terrasse.

Romy stand auf und verließ die Anlage. Sie kehrte jedoch nicht zum Wagen zurück. »Finn, wir warten mal ab, ob er immer noch Lust auf Tennis hat«, sagte sie in Richtung Handy-Mikrophon.

»Und wenn er wegfährt?«

»Dann folgst du ihm erst mal. Ich vertrete mir hier ein wenig die Beine. Abholen kannst du mich immer noch.«

»Alles klar ... Er kommt vorne raus. Sein Gesichtsausdruck verheißt nichts Gutes.«

»Der ganze Mann verheißt nichts Gutes, wenn du mich fragst. Der war wutgeladen.«

»So klang das – ja. Nur zu schade, dass wir das nicht verwenden können.«

»Ich schätze, der Ausflug hat sich trotzdem gelohnt«, meinte Romy. »Bis später.«

»Ich melde mich.«

Romy verschickte die Audiodatei wenig später an Jan und Max. Dann lief sie ein Stück am See entlang. Die beiden steckten unter einer Decke – seit Jahren –, dachte sie. Paulsen und Tenner, und mit Vogt waren sie bis zu seinem Tod zu dritt gewesen. Robert Berner war zumindest Mitwisser, Nutznießer, wie auch immer. Doch womöglich war die Gruppe deutlich größer. Julia/Simon war bestraft worden, Marina musste sterben, weil sie die Gruppe in Schwierigkeiten hätte bringen können. So könnte es gewesen sein. Dazu passte auch der zweite Mord – eine weitere Frau, die etwas entdeckt und wahrscheinlich einen Zusammenhang hergestellt hatte. Die direkten Umstände des Geschehens blieben nebulös, aber insgesamt waren sie auf der richtigen Spur, überlegte Romy weiter. Warum sonst hätte Tenner so ausfallend werden sollen?

Sie blickte über den See. Ein Sportboot zog in der Ferne vorbei und hinterließ eine breite Gischtspur. Sie wollte gerade weitergehen, als Max anrief.

»Interessantes Gespräch«, meinte er. »Dem bist du ja so richtig auf den Schlips getreten.«

»Scheint so. Dabei war ich höflich.«

»Wie immer.« Leises Räuspern. »Wo seid ihr gerade?«

»Ich genieße zur Abwechslung mal den Ausblick über einen sehr schönen See, Finn folgt gerade dem ungehaltenen Architekten. Ich wollte dir ersparen, erneut ins kalte Wasser springen zu müssen.« Sie lächelte.

»Wie charmant! Nun, ich habe in der Zwischenzeit im Umfeld von Tenner und Paulsen etwas entdeckt. Ich erspare dir lange Erläuterungen über meine Vorgehensweise und komme gleich zum Punkt.«

»Das klingt nach einem pragmatischen Ansatz.«

»Ich bin einer Vermisstenmeldung nachgegangen«, fuhr Max ungerührt fort. »Luisa Herzog, eine Studentin, war im letzten Jahr zwei Tage lang verschwunden. Sie hat ein Praktikum in Paulsens Baufirma gemacht. Tenner war bei dem Projekt als externer Berater beteiligt. Nach dem Richtfest bei einem Hotelumbau in Göhren ist sie nicht mehr gesehen worden.«

Romy wechselte mit dem Smartphone ans andere Ohr. »Das heißt?«

»Freunde haben sie am nächsten Tag in Stralsund erwartet. Sie hat sich nicht gemeldet und war auch nicht zu erreichen, und sie haben eine Vermisstenmeldung aufgegeben. Das Ganze wurde zwei Tage später zurückgenommen, als Luisa wieder auftauchte.«

»Vielleicht hat sie einfach keine Lust auf das Treffen gehabt«, wandte Romy ein.

»Das dachten die Beamten auch, doch die Freunde haben bei der Polizei angegeben, dass Luisa überaus zuverlässig ist und sich nicht einfach ohne Angabe von Gründen zurückzieht«, berichtete Max. »Und es kommt noch etwas hinzu. Eine junge Frau aus der Freundesgruppe war ein zweites Mal bei der Polizei, nachdem Luisa wieder aufgetaucht war. Sie meinte, dass da was nicht stimmte. Luisa wirkte verstört. Sie sei davon überzeugt, dass etwas passiert war. Der Beamte hat sich die Mühe gemacht und bei Luisa nachgefragt. Doch sie hat keine Angaben gemacht.«

»Ich würde gerne mit dem Kollegen sprechen.«

»Das habe ich schon getan. Der Notiz im Protokoll konnte er nichts hinzufügen. Luisa Herzog hat es abgelehnt, sich zu äußern. Eine private Geschichte – Ende.«

Romy überlegte nur kurz.

»Luisa Herzog wohnt in Stralsund. Die Kontaktdaten habe ich dir gerade geschickt«, fügte Max hinzu. »Du willst sicher mit ihr reden.«

»So ist es. Danke, Max. Ach … hast du schon was zum Tod von Vogt herausbekommen?«

»Da bin auch dran. Der Notarzt hat damals lediglich den Tod festgestellt. Die Auffindesituation war unauffällig. Der Infarkt wurde rechtsmedizinisch festgestellt. Ende.«

»Hausarzt?«

»Der wird dir nichts sagen, Romy. Das darf er doch gar nicht.«

»Wenn ich auf so was Rücksicht nehmen würde … Anders ausgedrückt: Ich will es trotzdem versuchen. Wir haben eine lange Fahrt vor uns, wie du weißt.«

»Ich schicke dir seine Nummer.«

Finn meldete sich wenig später mit der Nachricht, dass Tenner eine Weile mit dem Wagen durch die Gegend gefahren – gerast traf es besser – und nun zu Hause eingetroffen war.

»Lassen wir ihn schmollen«, meinte Romy. »Wir fahren zurück – mit Zwischenstation Stralsund. Alles Weitere erfährst du, sobald du mich abgeholt hast.«

21

Stefan Vogts Hausarzt hieß Doktor Martin Pätzold und war seit zwei Jahren pensioniert. Als Romy ihn erreichte, war er im Hexenwald nördlich von Lietzow unterwegs, bewunderte die Krüppelbuchen und war nur ans Handy gegangen, weil er den Anruf eines Freundes erwartete hatte – wie er Romy in säuerlichem Ton versicherte, sobald sie ihm den Grund ihrer Kontaktaufnahme erläutert hatte.

»Und natürlich rede ich nicht über meine Patienten mit Ihnen, auch nicht nach meiner aktiven Zeit und schon gar nicht am Telefon«, fügte er grantig hinzu. »Das wäre ja noch schöner.«

»Sie können sich gerne vergewissern, dass das kein Fake-Anruf ist«, wandte Romy ein. »Ich könnte …«

»Und dann? Weiß ich Ihren Dienstgrad und bin überzeugt worden, dass Sie das Recht haben, mir Fragen zu stellen. Das ändert nichts an meiner Verschwiegenheitspflicht. Und nun würde ich gerne Richtung Bodden laufen und die Stille des Wasser genießen, wenn Sie erlauben.«

»Sagt Ihnen der Name des Kollegen Doktor Möller etwas?«, fragte Romy, bevor er auflegen konnte.

Der Arzt zögerte.

»Ein Rechtsmediziner, mit dem ich seit vielen Jahren zusammenarbeite«, fuhr sie fort. »Er wird Ihnen nicht nur bestätigen, dass wir es aktuell mit Ermittlungen zu schwersten Gewalttaten gegen Frauen zu tun haben, sondern Sie womöglich davon überzeugen, dass mein Engagement ausschließlich sachlich motiviert ist. Ich würde Sie nicht stören und um Informationen bitten, wenn es nicht immens wichtig wäre, dass wir Einzelheiten zu beteiligten Personen erfahren.«

»Ich kenne Möller«, erwiderte Pätzold schließlich nachdenklich. Er klang immer noch missmutig.

»Sprechen Sie mit ihm.«

»Na schön. Falls ich mich nicht wieder melde, versuchen Sie es erst gar nicht. Ich kann nämlich richtig unfreundlich werden.«

»Einverstanden.«

Dr. Pätzold rief eine knappe Viertelstunde später zurück. »Na schön«, brummelte er. »Der Kollege scheint ja einiges von Ihnen zu halten. Allerdings verraten Sie mir doch bitte, was mein ehemaliger Patient mit diesen Morden zu tun hat – und keine Ausflüchte. Ich übertrete auch gerade eine Grenze, das wissen Sie sehr genau. Dann werden Sie auch ehrlich antworten können.«

Da war was dran, dachte Romy. »Vogt war ein schwieriger Zeitgenosse, der seinen Aggressionen häufig freien Lauf ließ, wie wir erfahren haben« erklärte sie. »Sein Name taucht im Umfeld einer oder sogar mehrerer Gewalttaten vor sieben Jahren auf. Und nun beschäftigt mich sein Tod. Wir wissen, dass er etliche Monate später einen Herzinfarkt erlitt.«

»Daran gab es nichts zu deuteln«, meinte Pätzold. »Der Mann hatte seit Jahren …«

»Bluthochdruck.«

»Richtig, und zwar den von der gefährlichen Sorte.«

»War er ein Typ, der vergaß, seine Tabletten zu nehmen?«

»Nein.« Die Antwort erfolgte prompt. »Eigentlich nicht. So habe ich ihn zumindest nicht eingeschätzt. Er wusste, dass die regelmäßige Einnahme wichtig war. Doch selbst dann kann mal was aus dem Ruder laufen. Allerdings …«

Romy spitzte die Ohren.

»Nun, der Notarzt beschrieb den Zustand von Vogt als den eines Patienten, dessen Blutdruck völlig entgleist war. Das ist unter regelmäßiger Medikation zwar nicht gänzlich auszuschließen, aber … nun ja, es ist schon etwas ungewöhnlich.«

»Wie haben Sie die Diagnose aufgefasst?«

»Ich habe gedacht, dass er mal wieder explodiert ist. Das war ein Mann, der die Wut erfunden hätte, wenn es sie nicht schon vor ihm gegeben hätte.«

Romy ließ den Satz sacken.

»Ich habe ihm irgendwann empfohlen, etwas für seine innere Balance zu tun – Yoga, Meditation, Tai Chi oder Ähnliches.« Leises Räuspern. »Das kann durchaus helfen.«

»Lassen Sie mich raten – er war völlig von der Rolle vor Begeisterung«, warf Romy ein.

Pätzold lachte. »Das trifft es ziemlich gut. Ich habe das Thema dann schnell fallen gelassen.«

»Ich verstehe.«

»Mehr kann ich Ihnen nicht zu Vogt sagen.«

»War seine Frau auch bei Ihnen in Behandlung?«

»Nein.«

»Okay, vielen Dank für Ihr Verständnis, Doktor. Ich wünsche Ihnen noch einen schönen Rundgang am Bodden.«

»Den werde ich haben.«

Einen Moment blieb es still im Wagen. Sandra Vogt wollte ihn loswerden, dachte Romy. Sie hat ihn nicht länger ertragen, erst recht nicht nach dem, was er Julia/Simon und Marina angetan hatte, und sie sah keine andere Möglichkeit als eine endgültige Lösung. Vielleicht hat sie seine Tabletten mit wirkungslosen Pillen vertauscht – und Paulsen wusste davon oder ahnte es. Romy blickte zum Fenster hinaus. Männer voller Wut, die sich an Frauen abreagierten. Nur Paulsen war offenbar in der Lage, seine Gefühle zu kontrollieren. Vogt war schnell außer sich geraten, und Tenner ähnelte ihm.

Romy lehnte sich zurück und schloss die Augen. Als sie Stralsund erreichten, war es früher Abend. Sie gingen am Hafen eine Kleinigkeit essen, bevor sie zur Adresse von Luisa Herzog fuhren. Auf ihr Klingeln reagierte zunächst niemand. Dann war zu hören, dass jemand eilig die Treppe herunterlief, und die Haustür wurde geöffnet. Eine junge Frau in luftigem Sommeroutfit trat heraus, nickte ihnen zu und wollte weitergehen.

»Frau Herzog?«, fragte Romy.

»Ja …« Sie blieb stehen.

Romy stellte sich und Finn vor. »Können wir Sie ein paar Minuten sprechen?«

»Polizei?« Luisa Herzog runzelte die Stirn. »Eigentlich …« Sie sah sie verwirrt an und strich eine Haarsträhne nach hinten. »Ist es wichtig? Ich bin verabredet und schon ziemlich spät dran. Lässt sich das nicht verschieben?«

»Natürlich.« Romy nickte. »Gar kein Problem. Wir können uns auch morgen …«

»Morgen ist Sonntag.«

»Oder am Montagmorgen über Lars Tenner sprechen.«

Luisa Herzog ließ die Schultern fallen, ihre Pupillen zogen sich kurz zusammen.

»Oder wir erledigen das jetzt«, fuhr Romy fort. »Das hätte den Vorteil, dass Sie sich nicht das ganze Wochenende mit der Frage befassen müssen, was die Polizei von Ihnen will.«

Luisa Herzog atmete tief durch. »Das ist ein überzeugendes Argument. Lassen Sie uns reingehen.« Sie schloss die Haustür auf und ging voran in den zweiten Stock.

Die Wohnung war klein und gemütlich. Bunte Vorhänge, Korbmöbel, weiß gekalkte Wände. Auf einer Anrichte standen ein paar Fotos – gerahmte Familienbilder, wie es schien, seltsam aus der Zeit gefallen. Wahrscheinlich Geschenke, überlegte Romy und dachte an ihre Mutter, die ihr letztens ein Porträtfoto von einer Familienfeier geschickt hatte – ein Cousin ihres Vaters aus Neapel hatte es geknipst und an die komplette Verwandtschaft verteilt. Romy kannte nur die wenigsten Menschen auf dem Bild. Sollten ihre Eltern in nächster Zeit vorhaben, sie auf der Insel zu besuchen, durfte sie nicht vergessen, das Foto aufzustellen.

Sie setzten sich an den kleinen Esstisch im Wohnzimmer. Finn klappte sein Tablet auf. Luisa Herzog war nervös, das war unübersehbar. Sie kaute immer wieder an ihrem Daumen und blinzelte. »Was ist mit Tenner?«, fragte sie schließlich und sah Romy an.

»Kennen Sie ihn näher?«

»Er arbeitet häufig mit Paulsen zusammen. Wir sind uns begegnet, als ich in der Baufirma beschäftigt war. Aber das wissen Sie wahrscheinlich.«

Romy nickte. »Erzählen Sie uns von dem Richtfest in Göhren im letzten Jahr.«

Luisa Herzog verschränkte die Arme vor der Brust. »Würden Sie mir erst mal sagen, worum es hier geht?«

Romy überlegte kurz. Die Frage war natürlich berechtigt. Ausweichmanöver und Herumgedruckse würden sie nicht weiterbringen. »Wir versuchen, einer Gruppe von Männern auf die Spur zu kommen, die im Zusammenhang mit schweren Gewalttaten gegen Frauen – einschließlich Mord – immer wieder in den Fokus geraten sind«, erklärte sie in lapidarem Ton. »Und nun überprüfen wir alle möglichen Namen und Verbindungen.«

Herzogs Augen hatten sich geweitet. »Wie bitte? Das kann doch nicht Ihr Ernst sein.«

»Das ist mein völliger Ernst. Sie waren nach dem Richtfest zwei Tage verschwunden. Was ist passiert?«

Luisa Herzog ließ die Arme sinken. Sie sah zur Seite und wandte den Blick dann wieder Romy zu. »Keine Ahnung! Ich bin versackt – hatte zu viel getrunken. Filmriss. Ist Ihnen sicher auch schon passiert.« Sie sprach schnell, fast hektisch.

»Eigentlich nicht.«

»Nun ...«

»Wenn wir die anderen Gäste befragen – werden die bestätigen, dass Sie viel getrunken haben?«, fragte Romy.

»Keine Ahnung. Das ist doch ...«

»Sie hatten nicht zu viel getrunken. Was ist passiert?«

»Ich sagte gerade – ich hatte einen Filmriss!«

»Hat man Ihnen etwas in den Drink gekippt?«

»Das weiß ich nicht.«

»Okay.« Romy beugte sich vor. »Hat Tenner Ihnen Avancen gemacht?«

Luisa Herzog starrte sie an.

»Wollte er was von Ihnen? Hat er Sie bedrängt? Aber Sie hatten keine Lust?«

Erneut blickte sie zur Seite.

»Und warum schweigen Sie?«

Die junge Frau sah Romy wieder an. »Dreimal dürfen Sie raten: Weil ich nichts zu sagen habe«, flüsterte sie dann. »Ich weiß nicht, was an dem Abend geschehen ist, so einfach ist das. Und damit kann ich Ihnen wohl kaum weiterhelfen. Tenner hat mit mir geflirtet. An mehr kann ich mich nicht erinnern.«

»Sie können aber auch nicht ausschließen, dass in der Nacht etwas passiert ist.«

»Nein. Kann ich nicht. Aber noch einmal: Ich kann keine Vermutungen und Verdächtigungen aussprechen. Damit wäre …«

»Wie haben Sie sich gefühlt, als Sie wieder anfingen, klar zu denken?«, fiel Romy ihr erneut ins Wort. »Was ist Ihnen aufgefallen – an Ihnen, Ihrem Körper?«

Luisa Herzog schluckte. »Es ging mir nicht gut. Ich hatte Kopfschmerzen und fühlte mich wie zerschlagen …«

»Spuren von Gewalt?«

Herzog blickte auf ihre Hände. »Schwer zu sagen.«

Romy wartete einen Moment. »Halten Sie es für möglich, dass Sie vergewaltigt wurden?«

Die junge Frau hob den Blick. Plötzlich sackten ihre Schultern ein, und sie deutete ein Nicken an. »Er war sauer«, flüsterte sie.

»Sie sprechen von Tenner?«

Erneutes Nicken.

»Sie haben ihn abgewiesen, und das fand er gar nicht amüsant, richtig?«

»Ich wollte das Fest verlassen, genauer gesagt: den Club. Wir waren inzwischen mit einer kleinen Gruppe noch in einen Club weitergezogen.«

Finn hob den Blick. »Können Sie sich an den Namen erinnern?«

»Ein angesagter Club am Hafen. Jemand hatte die Idee, dort noch ein bisschen Party zu machen. Und ich bin mitgefahren, weil ich ja ohnehin in die Hansestadt zurück musste. Ein Drink, hieß es, und ein bisschen tanzen. Ich habe mich überreden lassen, dann ist Tenner immer aufdringlicher geworden, und ich habe gesagt, dass ich gehen will. Er wurde richtig wütend. Okay, okay, meinte er schließlich abwiegelnd, ich hab's verstanden. Du stehst nicht auf mich. Dann lass uns einen letzten Drink nehmen – zur Versöhnung. Es wirkte, als würde er sich entschuldigen wollen. Ich habe mich darauf eingelassen.« Sie überlegte kurz. »Auf dem Weg zum Ausgang ist es dann passiert. Mir wurde schlagartig schwindelig und schwarz vor Augen. Jemand half mir …«

»Wer?«

»Ich weiß es nicht. Ich kannte den Mann nicht.«

»Jemand vom Club?«, fragte Finn.

»Möglich.«

»Und weiter?«

»Nichts. Ich weiß nichts mehr.«

»Wo sind Sie aufgewacht?«

»In meinem Wagen – auf Rügen. Ich war völlig desorientiert.«

Romy holte tief Luft. »Wo genau?«

»Auf einem Parkplatz in der Nähe von Gager«, sagte Luisa Herzog leise. »Es war sehr unheimlich, denn es waren zwei Tage vergangen. Das Fest war am Freitag, und als ich zu mir kam, war es Sonntagnachmittag. Ich war völlig verwirrt.«

»Inzwischen hatten ihre Freunde eine Vermisstenanzeige aufgegeben«, fügte Romy hinzu.

»Ja, wir waren am Samstag verabredet, und ich gelte als sehr zuverlässig.«

Es blieb still. Luisa Herzog hielt plötzlich Romys Blick fest. »Ich denke, wir wissen, was passiert ist. Aber das allein nützt gar nichts. Es gab keine Zeugen, keine Beweise.«

Finn erhob sich und bedeutete Romy, dass er telefonieren würde. Sie nickte ihm zu, und er ging in den Flur.

»Sind Sie Lars Tenner danach wieder begegnet?«, fragte Romy.

Luisa Herzog schüttelte den Kopf. »Nur von Weitem. Ich habe kurz darauf das Praktikum beendet.«

»Wie hat sich Paulsen verhalten?«

»Wie immer.«

Romy nickte. Er war im Hintergrund geblieben, oder dieser Übergriff war ein Alleingang von Tenner gewesen.

»Mir fällt noch etwas ein«, fügte Luisa Herzog hinzu, als Romy die Unterredung beenden wollte.

»Ich hatte einen Stempel am Oberschenkel – so in der Art, wie man ihn in Clubs aufs Handgelenk gedrückt bekommt. Allerdings konnte ich nichts damit anfangen – nur Zahlen und …«

»Koordinaten?«, fragte Romy in angespanntem Ton.

»Ja, möglich«, erwiderte Herzog verwundert. »Es war alles ein bisschen verwischt, aber das ist denkbar.«

Finn kam wieder zur Tür herein und setzte sich zu ihnen. »Suchst du mal die Koordinaten heraus«, bat ihn Romy.

»Na klar.« Er brauchte keine zehn Sekunden. »54°17'38.2"N13° 39'01.7"E«, las er vor und drehte das Tablet zu Luisa Herzog herum.

Sie starrte einen Moment schweigend auf die Zeile. »Was soll das bedeuten?«

»Sie waren am Nonnenloch«, erklärte Romy. »Und Sie waren nicht die Erste dort.«

Luisa Herzog rückte ein Stück mit ihrem Stuhl zurück und stemmte die Hände auf ihre Knie. »Es gab einen Mord auf Rügen – ich habe davon gelesen«, sagte sie leise. »Denken Sie etwa, dass Tenner da mit drinhängt?«

»Das wissen wir nicht, und ich darf auch keine Spekulationen darüber anstellen. Dieser Mord hatte sehr wahrscheinlich einen anderen oder auch zusätzlichen Hintergrund. Fest steht, dass dieser Ort eine besondere Bedeutung hat. Ihre Aussage …«

»Ich kann nichts aussagen!«, warf Herzog ein. »Ich weiß nicht, wer mir was angetan hat. Das dürfte deutlich geworden sein.«

»Noch nicht«, betonte Romy. »Manchmal kehren Erinnerungen doch zurück und …«

»Nach einem Jahr? Vergessen Sie es. Ich kann mich kaum an Bruchstücke erinnern. Da wird weder plötzlich noch allmählich etwas zurückkommen.«

»Und doch wäre es ein Ansatz – wir müssten lediglich einen Zeugen finden, der gesehen hat, wie Tenner Sie bedrängte, dazu kämen dann noch Ihre Schilderungen über den Verlauf des Abends sowie die Vermisstenanzeige Ihrer Freunde und der Stempel auf Ihrem Bein. Damit hätten wir genügend belastende Hinweise, um Tenner zu vernehmen!«, erklärte Romy energisch.

»Glauben Sie wirklich daran?«

Romy hob das Kinn. »Lassen Sie es uns versuchen.«

»Sie finden keinen Zeugen.«

»Abwarten.«

Wenig später verließen sie Herzogs Wohnung. Romy warf Finn einen fragenden Blick zu. »Ich nehme an, wir fahren in den Club, der deinem alten Freund gehört.«

Er nickte. »Ich habe gerade mit ihm telefoniert. Jakob ist nicht begeistert, aber in Anbetracht der Geschehnisse wird er sich ein Foto von Luisa Herzog ansehen und vielleicht gesprächig werden.«

»Vielleicht? Das hoffe ich doch sehr.«

»Na ja …« Finn strich sich über den Nacken und setzte sich hinters Steuer. »Ich weiß nicht, ob er tatsächlich den Namen seines Kontaktmannes herausrückt.«

»Wir werden sehen.«

Finn lag richtig mit seinen Bedenken. Jakob Buster war alles andere als erfreut über den Besuch von zwei Kommissaren. Er wollte Finn wohl nicht vor den Kopf stoßen, hielt sich aber mit einer klaren Aussage zunächst zurück. Als Finn ihm Fotos von Luisa Herzog, Lars Tenner und Richard Paulsen zeigte, zuckte er mit den Achseln. »Möglich, ja – ich muss wohl kaum erwähnen, dass hier ständig Leute feiern, auch in Gruppen, auch Geschäftsleute. Und diese Party liegt …«, er sah hoch und warf Romy und Finn einen skeptischen Blick zu, »ein Jahr zurück? Im Ernst – wie soll ich …«

»Du vergisst kein Gesicht«, warf Finn ein. »Das war schon in der Schule so.«

»Es ist meist dunkel, wenn es hier so richtig losgeht. Die Leute schieben sich an die Bar oder auf den Floor. Ich gucke doch nicht jedem ins Gesicht.«

»Lars Tenner ist nicht jeder«, bemerkte Romy. »Ich wette, er ist hier Stammgast. Und die junge Frau hätte eigentlich Hilfe benötigt. Sie wollte nicht von ihm angegrabscht werden, und da hat er kurzerhand beschlossen, sich zu nehmen, was er will, und zwar auf übelste Weise. In seiner Welt haben Frauen nicht das Recht, einen Mann abzuweisen, schon gar nicht ihn. Falls sie es doch tun, werden sie es bereuen oder sich gar nicht erinnern. Und wahrscheinlich gab es noch andere, die diese Idee ziemlich gut fanden.« Sie hielt Jakobs Blick fest. »Jemand hat ihr was in den Drink gekippt, und sie hatte einen Filmriss«, fuhr Romy in eindringlichem Ton fort. »Sie wurde auf die Insel gebracht und unten am Nonnenloch vergewaltigt.« Noch gab es keinen juristisch eindeutigen Beweis für diese Darstellung, doch Romy zweifelte nicht einen Moment daran.

Jakob starrte sie perplex an.

»Als sie wieder zu sich kam, waren zwei Tage vergangen. Sie hat nur wenige Erinnerungen an das Geschehen. Auf ihrem Bein fand sich ein Stempelaufdruck mit den Koordinaten vom Nonnenloch.« Romy beugte sich zu Jakob vor. »Vor anderthalb Wochen haben wir dort am Ufer eine Frauenleiche entdeckt. Und vor sieben Jahren wurde die Leiche einer Schulkameradin vom Mordopfer ganz in der Nähe gefunden. Die Ermittlungen führen immer wieder in eine Richtung, und wir stoßen dabei ein ums andere Mal auf eine Gruppe von Männern – frauenfeindlich und gewalttätig. Männer mit Macht und noch größerem Machtstreben, die sich unglaublich sicher fühlen. Also, Herr Buster, geben Sie Ihre Zurückhaltung bitte umgehend auf: Was haben Sie beobachtet?«

Jakob atmete tief durch, warf Finn einen fahrigen Blick zu und goss sich ein Tonic ein. »Möchten Sie vielleicht auch etwas …«

»Nein, danke.«

Jakob trank hastig. »Na schön. Tenner ist speziell, Paulsen auch. Manchmal tauchen die beiden hier auf, um ein bisschen zu feiern, oder sie bringen Geschäftspartner mit und stoßen auf neue Projekte an. Es sind nicht immer angenehme Gäste …«

»Das heißt?«

»Na ja, sie werfen sich immer ziemlich in die Brust, machen einen auf ganz dicke Hose, sind aber verdammt spendabel. Paulsen hat mir bei einem Umbau in den hinteren Räumen ein sehr gutes Angebot gemacht.« Jakob hob kurz die Hände. »Um genau zu sein, das Ganze hätte auch gut und gerne das Doppelte kosten können, und selbst das wäre noch günstig gewesen.«

»Sie stehen in seiner Schuld?«

»Nicht direkt, aber …«

»Schon klar. Kommen Sie zum Punkt. Was ist an dem Abend passiert?«

Jakob biss sich auf die Unterlippe. »Tenner wollte die Abfuhr nicht einfach so stehen lassen, so wirkte es. Ich ...«

»Beschreiben Sie es mal genauer.«

»Sie hat ihn auf der Tanzfläche weggestoßen. Ihre Worte konnte ich natürlich nicht verstehen.« Er senkte kurz den Kopf. »Ich habe nicht sehen können, was da ablief, aber etwas später wollte das Mädchen aufbrechen, und ihr Gang war alles andere als sicher. Ich dachte, die hat aber mächtig geladen. Tenner hat sie begleitet ...«

»Wer noch?«

»Ich weiß nicht ...«

»Ist Paulsen hinterher?«

»Möglich, aber beschwören kann ich das nicht. Ich dachte ... Na ja, ich hatte kein gutes Gefühl.«

»Geht das genauer?«

»Ich dachte, dass ich als junge Frau nicht zu Tenner in den Wagen steigen würde – schon gar nicht, nachdem sie ihm einen Korb gegeben hatte. Aber was sollte ich machen? Es wirkte ja nicht so, als ginge sie gegen ihren Willen mit ihm, verstehen Sie?«

»So ungefähr.« Romy presste die Kiefer aufeinander. »Woher kennen Sie das Stichwort Nonnenloch im Zusammenhang mit Gewalt gegen Frauen?«

Jakob sah Finn an und atmete tief ein. »Sie haben sich hier mal darüber unterhalten – an der Theke«, erwiderte er schließlich leise.

»Wer genau?«

»Paulsen und Tenner. Ich habe keine Einzelheiten verstehen können«, betonte Jakob.

»Und was haben Sie verstehen können?«

»Es ging darum, Frauen beizubringen, wie der Hase läuft – mit allen Mitteln«, stieß Jakob hervor. »Und dabei fiel der Ortsname – es gebe keinen besseren Platz als ihn. Am Nonnenloch könne man Frauen auf den richtigen Weg bringen.«

Das Bild zeigte sich immer klarer – und seine bösartigen Strukturen traten zunehmend deutlicher hervor. Doch als alleiniger Beweis taugte auch diese Aussage nicht. Und das wusste Paulsen, dachte Romy. Es ist ihm völlig egal, mit wem wir noch sprechen und wen wir als Zeugen gewinnen können – eine Anklage musste er nicht befürchten.

»Danke, Herr Buster«, sagte Romy schließlich. »Bitte behalten Sie unser Gespräch für sich.«

»Damit habe ich kein Problem.«

Wenig später brachte Romy Finn nach Hause, der sich auffallend wortkarg von ihr verabschiedete, und fuhr dann selbst Richtung Insel weiter. Es war spät. Der lange Tag würde in ihr weiterrumoren. Sie legte am Südstrand von Göhren einen Zwischenstopp ein, zog die Schuhe aus und ging hinunter zum Wasser. Es war angenehm kühl. Sie blickte zum Horizont. Sie kommen damit durch, wenn wir keinen Weg finden, dachte sie. Könnte man Tenner oder Paulsen eine Falle stellen? Sie setzte sich in den Sand. Ein paar Meter weiter knutschte ein Paar und sprang dann nackt in die Wellen. Die Frau lachte laut. Sie wirkten vergnügt, verliebt, voller Lebensfreude. Ein schöner Tag auf der Insel ging zu Ende.

Lars Tenner war mit einer jungen Frau verheiratet, Paulsen ebenfalls. Dessen Ex-Frau ließ kein gutes Haar an ihm. Wie würden die beiden reagieren, wenn Romy versuchte, die Ehefrauen zum Reden zu bringen? Das kam darauf an, wie viel die Frauen wussten und wie stabil die Beziehungen waren. Und wie sehr die beiden sich provozieren ließen.

Staatsanwalt Schwedtner dürfte kaum mit dieser Vorgehensweise einverstanden sein. Es wäre sehr vernünftig, ihn im Vorfeld in ihre Überlegungen einzubeziehen – sollte sie tatsächlich die Ermittlungen auf die Partnerinnen ausweiten.

22

Es war ein Fehler gewesen, Jakob nicht gleich beim ersten Gespräch auf den Zahn zu fühlen. Finn hatte sich seinerzeit von seinem Gerede über einen angeblichen Kontaktmann, dessen Namen er unmöglich preisgeben könne, beeindrucken lassen. Romy hatte wenig Mühe gehabt, Jakob zu einer vergleichsweise deutlichen Darstellung zu bewegen, und nun wirkte der Laden alles andere als sympathisch: In Jakobs Club gingen Leute wie Tenner und Paulsen ein und aus, brüsteten sich mit ihren Positionen und Erfolgen, bedrängten Frauen und schleppten sie ab, wenn sie nicht mitspielten.

Finn holte sich eine Cola und ließ sich aufs Sofa fallen. Er stülpte Kopfhörer über und aktivierte seine Playlist – eine bunte Mischung aus House und altem Techno, die heute niemand mehr hörte, zumindest kaum jemand in seinem Alter. Er schloss die Augen und wippte mit den Füßen. Natürlich gab es in Jakobs Laden eine Videoüberwachung – allerdings wurden die Aufzeichnungen regelmäßig gelöscht beziehungsweise überspielt. Länger als eine Woche oder zwei dürften die Dateien kaum verfügbar sein. An der Stelle kamen sie also kaum weiter. Aber womöglich existierten Aufnahmen außerhalb des Clubs. Finn schlug die Augen wieder auf. Er trank einen Schluck. Es hatte auch Videos vom Ausflug nach der Geburtstagsfeier gegeben. Und die lag Jahre zurück. Diese Typen geilten sich im Nachhinein immer wieder an ihren Taten auf. Womöglich benutzten sie sogar einzelne Ausschnitte, um die betroffenen Frauen unter Druck zu setzen. Es war ein Leichtes, eine Vergewaltigung so darstellen, als habe einvernehmlicher leidenschaftlicher Sex stattgefunden. Und/oder die Szenen dienten zur Profilierung in der Szene.

Finn nickte nachdenklich. Deshalb war Paulsen damals bei Vogt aufgetaucht. Er hatte nicht nur genau gewusst, dass er sich die Videos regelmäßig ansah – sie gehörten zum gesamten Prozedere dazu. Der plötzliche Tod von Vogt und die Reaktion der Witwe hatten Paulsen vor Augen geführt, dass sie bessere Vorsorge treffen mussten. Eine Möglichkeit wäre dabei, das Prozedere zu ändern – und auf die Filme zu verzichten. Verzicht war nicht die Stärke dieser Typen. Es dürfte wohl eher so abgelaufen sein, dass sie das Ganze professioneller gestaltet hatten. Verschlüsselte Festplatten, gut gesicherte Accounts, und ein Experte aus der Branche hatte sich darum gekümmert, dass bei der Weitergabe und dem Speichern nichts schiefging. Es war zwar nicht auszuschließen, dass Paulsen und Tenner den Job selbst erledigt hatten, aber Finn tippte eher darauf, dass sie einen Profi beauftragt hatten. Wenn man in Erfahrung bringen könnte, wen sie engagiert hatten …

Finn stand auf und holte sich den Rest von einem ausgezeichneten Kirschkuchen aus dem Kühlschrank. Der Rest war ein üppiges Stück, das auch mit Sprühsahne hervorragend schmeckte. Er aß zwei Bissen, dann schrieb er Lou eine Nachricht. Sie meldete sich zehn Minuten später über einen anonymen Chat. *Was gibt's?*

Ich brauche deine Hilfe. Finn schilderte seine Überlegungen in zwei Sätzen.

Lou ließ sich drei Minuten Zeit mit der Antwort. *Okay, ich höre mich mal um. Du kannst allerdings nicht ausschließen, dass der zuständige IT-Mann oder die IT-Frau aus einem der Unternehmen stammen, oder?*

Nein, aber ich vermute, dass insbesondere Paulsen vorsichtig geworden ist. Er wird einen externen Fachmann beauftragt haben – und er hat sicher keine Frau ins Boot geholt!

Aber so furchtbar kompliziert ist das ja nun auch wieder nicht, dass man dafür jemanden braucht – man benutzt halt kein Standard-

handy, sondern eine externe Kamera und verschlüsselt den Account mehrfach. Wo ist das Problem?

Für uns ist das kein großes Ding, eher Alltagskram, aber die sind nicht vom Fach. Und gerade Paulsen dürfte gesteigerten Wert darauf gelegt haben, dass es nie wieder Probleme mit Dateien gibt, an die er in einer prekären Situation nicht herankommt.

Sofern du richtig liegst.

So ist es.

Gut – ich schau mir mal die Internetpräsenzen der Firmen genauer an. Vielleicht finden sich Hinweise darauf, dass die beiden einen gemeinsamen IT-ler beauftragt haben, der auch für andere Jobs infrage kommt.

Zum Beispiel. Das wäre ein Ansatz. Danke dir.

Keine Ursache. Ich melde mich.

Finn spürte Erleichterung aufsteigen – und wenig später große Müdigkeit. Die Cola hatte nur für kurze Zeit anregend gewirkt. Er ging ins Bett und schlief sofort ein.

Der Wecker klingelte um kurz vor sieben. Finn war sofort munter und beschloss, noch eine Runde joggen zu gehen. Als er zurückkehrte, war der Kaffee durchgelaufen. Er sprang unter die Dusche und ließ das Frühstück ausfallen. Da Romy ihn am Vorabend zu Hause abgesetzt hatte, war sein Wagen in Bergen stehengeblieben, und er musste heute früh mit dem Zug auf die Insel fahren. Er kaufte sich am Bahnhof einen Imbiss. Etliche Touristen waren bereits unterwegs, doch davon abgesehen war es ruhig – sonntägliche Trägheit. Finn aktivierte seine Kopfhörer, rief eine Nachrichtensendung ab und sah zum Fenster hinaus. Der Strelasund schimmerte im Morgenlicht. Er stutzte, als in den Nachrichten eine schwere Gewalttat gemeldet wurde.

Der junge Mann aus Schwerin, der zu Besuch auf Rügen war, wurde in der letzten Nacht Opfer eines gewalttätigen Übergriffs und kam schwerverletzt ins Krankenhaus. Zu den Hintergründen ist noch nichts bekannt geworden. Wir berichten zu gegebener Zeit.

Finn runzelte die Stirn und wollte gerade in Bergen anrufen, als Lou sich meldete. »Ich schick dir gleich mal drei Namen«, erklärte sie in munterem Ton. »Das sind Profis, die hier oben gerne unter der Hand tätig werden und als absolut verschwiegen gelten. Nur zu deiner Info – es dürfte schwer bis unmöglich werden, einen von denen zum Reden zu bringen, egal, worum es geht.«

»Warten wir es ab – Romy ist ja ziemlich hartnäckig und lässt sich auch nicht so schnell abwimmeln.«

»Dann hoffen wir mal das Beste.«

»Ach, sag mal, ich bin gerade unterwegs und habe zufällig gehört, dass es auf Rügen einen Überfall auf einen jungen Mann gab. Weißt du zufällig schon Näheres?«, schob Finn nach. »Du bist doch immer gut informiert.«

»Ein Typ aus Schwerin – hieß es im Polizeifunk«, erwiderte Lou. »Hat richtig was abgekriegt. Brauchst du es genauer? Dann mach ich mich sofort schlau.«

»Gerne. Ich sitze im Zug und die Verbindung …«

»Schon gut – ich melde mich gleich noch mal.«

Finn schickte zunächst die drei Namen der IT-Leute an Max weiter, die wenig später eintrafen. Als Lou erneut anrief, waren kaum fünf Minuten vergangen. »Oliver Mertel«, sagte sie.

Finn stutzte.

»Sagt der dir was? Bild ist schon unterwegs. Ansonsten gehe ich jetzt erst mal frühstücken. Es ist Sonntagmorgen, falls dir das entgangen sein sollte.«

»Gut, dass du es erwähnst.« Finn lächelte. Dann musterte er die Aufnahme eingehend. Der Mann kam ihm irgendwie bekannt vor. Er öffnete das Dokument zur Fallermittlung und gab den Namen ein. Seine Augen weiteten sich. Oliver Mertel war ein Schulkollege von Marina und Svenja gewesen, mit dem Romy sich zur Befragung in Binz getroffen hatte. Aber das war noch nicht alles, wie Finn schlagartig klar wurde. Mertel war der junge Typ gewesen, der Paulsen am Samstagmorgen auf dem Parkplatz angesprochen hatte. Finn war nicht hundertprozentig sicher, denn er hatte ihn nur von hinten und im Profil gesehen. Aber die Szene stand ihm wieder deutlich vor Augen: Mertel – wenn er es tatsächlich war – hatte beim Chef vorsprechen wollen, und der hatte ihn von oben herab aufgefordert, seine Visitenkarte im Büro abzugeben und einen Personalbogen auszufüllen. Paulsen hatte noch hinzugefügt, dass er keinen Berater brauche und gut allein klarkäme, auch wenn es mal eine Flaute gebe – in höchst arrogantem Ton. Mertel war als Berater tätig – wie Finn nachlas, während der Zug in den Bahnhof einfuhr. Warum hatte er sich ausgerechnet bei Paulsen vorgestellt?

Romy las den Bericht der Schutzpolizei ein zweites Mal, nachdem Finn seine Beobachtung vom Vortag ausführlich beschrieben hatte.

»Wie gesagt – vielleicht irre ich mich auch, aber …«

Romy blickte wieder hoch. »Das werden wir bald genauer wissen …« Sie sah zur Tür, als Max eintrat.

»Oliver Mertel arbeitet seit zwei Jahren in einer Beratungsfirma in Schwerin«, erklärte er. »Schwerpunkt sind Personalmanagement und PR-Maßnahmen. Kleines Unternehmen, sympathischer Internetauftritt, gute Mischung aus jungen Leuten und erfahrenen Mitarbeitern.«

»Ich erinnere mich an seine lebhaften Beschreibungen«, entgegnete Romy nachdenklich. Sie griff zum Telefon. »Er wird mit Marion Dollner gesprochen haben. Vielleicht hatte er eine gute Geschäftsidee und wollte sie Paulsen vorstellen.«

»An einem Samstag auf dem Parkplatz vor der Firma?«, wandte Max ein. »Klingt nicht sonderlich überzeugend.«

»Mal sehen, was sie dazu sagt. Wir fahren anschließend ins Krankenhaus, Finn.« Romy lauschte dem Freizeichen – drei-, viermal – und wollte gerade auflegen, als Marion Dollner abhob.

»Es ist Sonntag, Frau Kommissarin …«

»Und ich entschuldige mich in aller Form«, betonte Romy. »Aber es ist tatsächlich so wichtig, dass es keinen Aufschub duldet. Hat gestern ein junger Mann seine Visitenkarte bei Ihnen abgegeben?«

»Woher wissen Sie das?«, fragte Dollner verblüfft.

»Oliver Mertel?«

»Genau der.«

»Er wurde gestern Nacht überfallen – man fand ihn am südlichen Ende vom Binzer Strand, abseits des offiziellen Bereichs, in der Nähe der Teufelsschlucht. Er liegt schwerverletzt in der Klinik. Mehr wissen wir im Moment noch nicht.«

»Ach du liebe Güte!«, entfuhr es Dollner.

»Was genau wollte er in der Firma?«

»Das ist eine gute Frage«, meinte die Sekretärin nachdenklich. »Ich habe nicht nachvollziehen können, worum es ihm ging, und sein Auftritt war etwas seltsam. Er meinte, dass der Chef ihn geschickt habe, und legte mir seine Karte auf den Tisch. Ich denke, er wird sich an mich erinnern, erklärte er, und er lächelte auf eine Weise, die ich nicht sympathisch fand.«

Romy hatte die Lautsprecherfunktion aktiviert und blickte Finn mit hochgezogenen Brauen an. »Und weiter?«

»Der Chef rief mich später an und erkundigte sich nach der Bewerbung. Als ich ihm schilderte, dass Mertel sich gar nicht beworben habe, wollte er haarklein wissen, wie er sich geäußert und verhalten hat.«

Romy stellte sich die Szene vor ihrem inneren Auge vor. »Und wie hat Paulsen reagiert?«

»Gar nicht. Er meinte, ich solle die Karte wegwerfen, und hat wieder aufgelegt.«

Romy schüttelte den Kopf. Das klang seltsam. »Hat Mertel etwas darauf notiert?«

»Nein.«

»Können Sie das Teil wieder aus dem Papierkorb holen?«

»Das kriege ich hin. Ich nehme an, mein Chef soll davon nichts mitbekommen.«

»Das wäre klasse. Danke, Frau Dollner. Ich hoffe, ich muss Sie heute nicht mehr stören.«

»Darauf würde ich nicht wetten.«

Romy lächelte und verabschiedete sich. Sie starrte einen Moment ins Leere, dann sah sie in die Runde. »Ich muss mit dem zuständigen Kollegen aus Binz reden, der Bericht allein ist mir zu oberflächlich.«

»Und ich könnte auch erst mal im Krankenhaus anrufen«, warf Finn ein. »Vielleicht lassen sie uns noch gar nicht zu ihm.«

»Stimmt, das sollten wir vorher prüfen …« Sie wandte sich an Max. »Versuch, mehr zu Mertel herauszufinden, und vergiss nicht …«

»Die drei IT-Leute, die Lou genannt hat. Nein, vergesse ich nicht.« Er schlüpfte aus der Tür – vielleicht etwas flinker als sonst, bevor Romy auf die Idee kommen konnte, ihn außerhalb des Kommissariats einzusetzen.

Romy ließ sich mit dem zuständigen Kollegen in Binz verbinden.

»Wir haben einen Anruf vom Rettungsdienst erhalten, dass ein verletzter Mann im Bereich der Teufelsschlucht liegt«, erklärte der Beamte.

»Und wer hat den Rettungsdienst alarmiert?«

»Ein Pärchen, das ein stilles Plätzchen suchte. Sie haben ihn dort bewusstlos vorgefunden. Er konnte reanimiert werden«, fuhr der Kollege fort. »Es hatte ihn schwer erwischt.«

»Was genau ist passiert?«

»Er wurde zusammengeschlagen. Das war offensichtlich – auch ohne dass ein Arzt sich dazu äußerte. Zeugen haben wir nicht ausfindig machen können.«

»Ist die Auffindestelle gesichert worden?«

»Es war dunkel, aber wir haben ein paar Aufnahmen gemacht. Mehr war nicht drin.«

Romy stöhnte leise.

»Da gab es irgendwo eine Prügelei, Kommissarin Beccare«, betonte der Kollege unwirsch. »Ich kann doch nicht bei jeder Schlägerei die gesamte Technik und Spurensicherung anfordern. Die lachen mich aus. Wir sind hier doch nicht beim LKA.« Das klang dezent angesäuert.

»Der Mann ist halbtot geschlagen worden, wenn ich Sie richtig verstanden habe«, entgegnete Romy in eindringlichem Ton. »Wir haben darüber hinaus den Verdacht, dass es einen Zusammenhang mit unseren Mordermittlungen geben könnte.«

»Und woher soll ich das wissen?«

Vielleicht mal nachfragen, dachte Romy, aber sie sparte sich die Bemerkung. »Schon gut, Kollege. Ich fordere die Techniker und die Spusi an, und es wäre schön, wenn wir Ihre Bilder vom Auffindeort so bald wie möglich bekämen.«

»Das lässt sich machen.«

»Noch was … Haben Sie sein Handy gesichert?«

»Er hatte keins dabei.«

Natürlich nicht. »Okay, danke.« Romy unterbrach die Verbindung und kontaktierte anschließend Marco Buhl, der versprach, sich so schnell wie möglich zu kümmern. Sie hob den Kopf, als Finn eintrat.

»Wir können nicht zu ihm. Er wird operiert. Schwere innere Verletzungen. Es ist unklar, ob er überhaupt durchkommt.«

Romy verschränkte die Hände und sah einen Moment ins Leere. »Wir brauchen Leute für die Zeugenbefragung«, sagte sie dann. »Da muss doch jemand was beobachtet haben, wenn ein Mann so brutal zusammengeschlagen wird.«

Finn nickte langsam.

»Dann sollten die Überwachungskameras in der Umgebung

gecheckt werden«, fuhr Romy fort. »Vielleicht taucht jemand auf, den wir von den Ermittlungen schon kennen.«

»Ist notiert.«

»Die Familie muss benachrichtigt werden … Moment, Mertels Schwester arbeitet in Binz!«, fiel Romy ein und stand auf. »Wir fahren da gleich hin.« Sie reichte Finn den Schlüssel, und sie liefen kurz darauf die Treppe hinunter. »Haben wir die Adresse?«

»Dauert nur eine halbe Minute.«

»Gut. Fährst du? Ich muss mit Jan telefonieren. Er soll die Schweriner bitten, bei Mertels Wohnung vorbeizufahren.«

»Warum?«

»Ich möchte, dass sie versiegelt wird. Falls hier eins mit dem anderen zusammenhängt, müssen wir schnell reagieren.«

Romy ließ sich kurz darauf in den Sitz fallen und schloss die Augen. Sie wusste, dass sie sich von einer ungesunden Hektik treiben ließ – zum einen waren Geschäftigkeit und Rastlosigkeit durchaus übliche Attribute ihres Arbeitsstils, doch zum anderen durchdrang sie gerade die Befürchtung, im zunehmend ausufernden Umfeld der Ermittlungen in der Hast etwas Wichtiges zu übersehen. Je intensiver sie suchten und nachforschten, desto deutlicher wiesen die Spuren in die Richtung einer Gruppe von Männern, deren einfache Lebensformel offenbar darin bestand, sich alles zu nehmen, wonach ihnen der Sinn stand – insbesondere von Frauen und notfalls mit Gewalt, die auch mit Mord enden konnte, wobei die Beweislage immer noch dürftig war. Bestrafung und Rache. Wut, Drohgebärden und selbstherrliche Machtphantasien. Nonnenloch. Paulsen und Tenner. Vogt, der wie auch immer plötzlich verstorben war. Aus der Gruppe war – soweit sie wussten – ein Duo geworden, aber womöglich bildeten die beiden nur die bislang erkennbare Spitze des Eisberges. Und nun rückte erstmals ein Mann als Opfer in den Fokus. Ein Mann, der es womöglich gewagt hatte, Paulsen zu bedrängen.

Das ist doch Unsinn oder stellt zumindest eine vorschnelle Einschätzung dar, wandte sie in Gedanken ein. Mertel könnte von wem auch immer verprügelt worden sein. Romy schlug die Augen wieder auf. Natürlich gab es einen gemeinsamen Nenner, er war nur noch nicht juristisch eindeutig herleitbar, wie so oft. Mertel fing Paulsen auf dem Parkplatz ab, der ihn unfreundlich abwimmelte, und hinterließ seine Karte in Verbindung mit einer seltsamen Andeutung, aus der eine unterschwellige Warnung durchaus abgeleitet werden konnte. Ich denke, er wird sich an mich erinnern, hielt sich Romy Dollners Schilderung vor Augen. Oliver Mertel wusste etwas und war Paulsen so auf die Füße getreten, dass der einen Schläger losgeschickt hatte. Oder zwei.

Mertels Schwester Patricia war anfangs kaum zu einer klaren Stellungnahme fähig. Sie stand völlig neben sich. Als sie sich ein wenig beruhigt hatte, berichtete sie, dass ihr Bruder in den letzten Tagen anders war als sonst. »Irgendwie unruhig. Sonst kann er sich immer gut erholen auf der Insel, doch diesmal …« Sie schüttelte den Kopf. »Er wollte aber nicht darüber reden.«

»Und wann fing diese Unruhe an?«, fragte Romy.

»Schwer zu sagen. Ich glaube … Na ja, diese alte Geschichte beschäftigte ihn. Das hat ihn wohl doch ganz schön umgehauen. Nun war noch eine junge Frau ermordet worden, die er persönlich gekannt hatte – noch eine ehemalige Mitschülerin. Das hat ihn nicht kaltgelassen.«

So hatte Mertel nicht auf Romy gewirkt, überlegte sie – zumindest nicht bei ihrem Treffen. Er war selbstsicher und eloquent aufgetreten, keine Spur von tiefer Nachdenklichkeit oder Ruhelosigkeit. Womöglich hat er nur die Haltung bewahrt, dachte sie.

»Dürfen wir uns mal in seinem Zimmer umsehen?«, fragte Romy schließlich.

»Ja, machen Sie nur – ich muss wieder an die Arbeit, sobald ich mich beruhigt habe. Sie wissen auch nicht, wann ich zu ihm kann?«

»Nein, tut mir leid.«

Mertels Schwester händigte ihnen den Schlüssel aus.

Oliver bewohnte ein kleines Gästezimmer mit Teeküche in einem der Apartmenthäuser der Ferienanlage. Seine Kleidung war über Sessel und Sofa verstreut, und es roch, als hätte er einige Tage nicht vernünftig gelüftet. Auf dem Esstisch lag ein Ladegerät mit zwei Anschlüssen.

»Smartphone und Tablet«, meinte Finn.

»Er könnte beides dabeigehabt haben.«

»Oder es war jemand hier. Vielleicht war Mertel gar nicht so unordentlich.«

»Möglich.«

Finn durchsuchte das Bad und den Küchenbereich, Romy nahm sich Kleidung und Kommode vor. Sie griff nach ihrem Handy, als Jans Konterfei auf dem Display aufleuchtete.

»Zu spät«, sagte er statt einer Begrüßung. »Die Kollegen aus Schwerin haben sich gerade gemeldet. In der Wohnung war jemand. Sie war unverschlossen, und es gibt Einbruchsspuren am Schloss, wenn auch nur dezent.«

»Lass mich raten – PC oder Laptop sind verschwunden.«

»So sieht es aus.«

»Können wir irgendetwas veranlassen?«

»Ich nehme an, du spekulierst auf Bilder von der Verkehrsüberwachung?«

»Das wäre meine Idee, denn auch hier in seinem Gästezimmer könnte bereits jemand vor uns dagewesen sein.«

»Ich hake da nach.«

»Gut.« Romy atmete tief aus.

»Hoffen wir, dass der Mann durchkommt und uns mehr erzählen kann«, sagte Jan.

»Ja. Bis später.« Romy legte auf. Er wird nicht reden, dachte sie. Die haben ihn so eingeschüchtert, dass er seinen vorwitzigen Auftritt längst bereut.

Sie drehte sich um, als Finn sie ansprach. »Schau mal, was ich gefunden habe.« Er reichte ihr eine Ansichtskarte. Eine körnige Schwarz-Weiß-Abbildung, die in mehreren Einzelaufnahmen beliebte Bilder aus dem südlichen Mönchgut zeigte: Hafen von Gager, Lobber Strand, Leuchtturm von Thiessow, die Halbinsel Reddevitz. Das Mönchgut, wie es vor vielen Jahren, Jahrzehnten ausgesehen hatte – als Urlauber noch Postkarten verschickt oder gesammelt hatten.

»Er hatte mehrere Exemplare mit diesen Motiven«, fügte Finn hinzu. »Sie lagen im Bad – zwischen den Seiten eines Comic-Hefts neben dem Klopapier.«

Romy sah verblüfft auf.

Finn zuckte mit den Achseln. »Ich denke, er liest auf dem Klo und …«

Romy runzelte die Stirn. »Hat er sie dort versteckt?«

»Schwer zu sagen. Fest steht, dass die Dinger nicht wirklich alt, sondern auf alt getrimmt sind. Das Papier ist neu, der Druck auch. Es gibt Leute, die auf so was stehen.«

»Aber zu dieser Kategorie gehört Oliver Mertel sicher nicht«, überlegte Romy. »Und ich denke auch nicht, dass er Paulsen eine neue bahnbrechende Werbeidee für seine Firma vorschlagen wollte, die auf alten Postkartenansichten basiert.«

Finn sah sie gespannt an. »Er weiß etwas?«

Romy nickte langsam. »Oder ihm ist nach der Befragung etwas klar geworden. Vielleicht hat er Paulsen wiedererkannt oder …«

»So wie Svenja?«

»Tja … Wir müssen herausfinden, was Mertel in den letzten Tagen unternommen hat«, fuhr sie nach kurzem Überlegen fort. »Dass ihn die alte Sache beschäftigt hat, steht außer Frage. Dass er Paulsen aufgesucht und unter Druck gesetzt hat, ebenfalls.

Vielleicht hat er ihm eine solche Postkarte geschickt – und Tenner womöglich auch.«

Romy griff zum Telefon. »Wir müssen dafür sorgen, dass niemand zu Mertel ins Zimmer geht.«

»Was ist mit Paulsen?«, warf Finn ein. »Sollten wir ihn vernehmen?«

»Noch nicht. Er wird behaupten, dass Mertel sich bewerben wollte. Ende. Und damit kommt er durch.«

23

Im Laufe des Tages verdichteten sich die Hinweise darauf, dass Oliver Mertel auf dem Parkplatz am Klünderberg überfallen worden war. Ein Zeuge meldete sich und berichtete, dass er von Weitem eine »Art Auseinandersetzung« mitbekommen habe. Detaillierter konnte er die Szene nicht beschreiben, auch ein polizeiliches Kennzeichen oder Fahrzeugmodell fielen ihm bedauerlicherweise nicht ein. Da Buhls Leute Mertels Wagen auf dem Parkplatz entdeckt hatten, konnte die Schilderung des Zeugen als zutreffend eingeschätzt werden. Der weitere Ablauf lag auf der Hand. Vom Klünderberg führte die Route quer durch den Wald bis zur Höhe Teufelsschlucht. Mertel war dort zusammengeschlagen worden. Dafür sprachen die Spuren, die Buhls Leute gesichert hatten.

Mertels Zustand blieb den ganzen Tag über kritisch. Der Arzt, mit dem Romy schließlich sprechen konnte, hielt sich mit einer Einschätzung zurück. »Er ist jung und fit. Das könnte ihn retten.« Mehr ließ sich der Mediziner nicht entlocken.

Romy tauschte sich anschließend ausführlich mit Jan aus. Er teilte ihre Ansicht, dass es wenig sinnvoll war, Paulsen mit einem Verdacht zu konfrontieren, solange es keine weiteren Hinweise gab. Und das Gleiche galt natürlich für Tenner.

»Aber wir müssen beide im Blick behalten«, betonte sie.

»Mal abgesehen davon, dass wir eine Observation nicht einfach so durchkriegen – glaubst du wirklich, dass die beiden sich ausgerechnet jetzt eine Blöße geben werden und zum Krankenhaus fahren?«, fragte Jan.

»Wahrscheinlich nicht«, gab Romy zu. »Es fällt mir aber schwer …«

»Die Füße stillzuhalten – klar, das verstehe ich. Warten wir ab, wie Mertel sich äußert …«

»Falls er dazu in der Lage sein wird.«

»Hoffen wir das Beste.«

»Und ansonsten vertrauen wir auf Max und Lou und einige gute Einfälle und Gedankenblitze?« Das klang ein wenig verzweifelt.

»Es wäre nicht das erste Mal.«

Romy legte das Telefon beiseite. Im Nebenzimmer saß Finn vor seinem Laptop, Max hatte sich in sein Büro zurückgezogen. Die Stralsunder überprüften die Verkehrsüberwachung, aber Romy machte sich wenig Hoffnung. Falls Paulsen Schläger beauftragt hatte, würden die in keine der üblichen Fallen tappen oder sich zufälligerweise bei einer Geschwindigkeitsüberschreitung erwischen lassen. Sie haben ihn im Blick behalten, grübelte Romy. Das heißt, dass sie ihn verfolgt haben müssen. Oder sie wussten, was er vorhatte. Romy kniff die Augen zusammen. Vielleicht hatte Paulsen ein Treffen vorgeschlagen und ihn in eine Falle gelockt. Sie griff erneut zum Handy und rief Mertels Schwester an.

»Können Sie sich daran erinnern, dass Ihr Bruder sich mit jemandem verabredet hat?«

»Er hat auf einen Anruf gewartet – das ist allerdings nicht ungewöhnlich für Oliver«, erklärte Patricia Mertel. »Er wartet immer auf irgendeinen Anruf oder eine Nachricht. Um ehrlich zu sein … Na ja, er nimmt sich ein bisschen wichtig, wenn ich das mal so sagen darf, auch wenn das gerade im Moment unfreundlich klingt …«

»Machen Sie sich bitte darüber keine Sorgen. Wir sind für jeden Hinweis dankbar.« Romy kritzelte mit einem Stift auf irgendeinem Behördenschreiben herum. »Aber Sie haben keine Ahnung, worum es ging?«

»Nein.«

Schade, dachte Romy. Bis wir die Daten vom Provider seines Mobilfunkanbieters haben, können Tage ins Land gehen.

»Der Anruf kam ins Hotel«, fügte Patricia hinzu.

Romy hielt inne. »Ach?«

»Ja. Ich habe mich noch gewundert. Oliver meinte, er hätte einem Geschäftspartner auch die Nummer gegeben – falls das Handynetz mal wieder wackelig ist.«

»Und Sie haben den Anruf entgegengenommen?«

»Ja – ich nehme so gut wie alle Anrufe entgegen. Das ist mein Job. Ich habe übrigens den Namen nicht verstanden, bin mir allerdings sicher, dass es ein Mann war.«

»Was hat er gesagt?«

»Dass er meinen Bruder sprechen will. Das war's.«

Romy war plötzlich wie elektrisiert. »Können Sie vielleicht die Anrufliste überprüfen?«

»Ja, klar. Ich schaue mal nach und schicke Ihnen eine Liste.«

»Vielen Dank.«

Romy saß zehn Minuten wie auf heißen Kohlen, dann traf die Liste mit sechs Telefonnummern ein. Der dritte Anruf war von einem Festnetz-Anschluss aus Schwerin erfolgt. Max brauchte keine Minute. »Ein Tennisclub.« Er lächelte. »Große Überraschung: Lars Tenner trainiert dort.«

Romy atmete tief durch. Eine kurze Begegnung mit Paulsen, ein Anruf aus dem Tennisclub von Tenner, und Stunden später lag Mertel brutal zusammengeschlagen in der Nähe des Binzer Strands. Wenn wir jetzt noch wüssten, was genau Mertel in der Hand hat, dachte Romy. Sie blickte hoch. »Ihr macht jetzt Feierabend.«

»Und was machst du?«

»Ich fahre ins Krankenhaus.«

»Sie werden dich nicht zu ihm lassen. Der Mann ist …«

»Schon gut, Finn. Das habe ich auch begriffen. Und trotzdem werde ich mich dort ins Wartezimmer setzen, und vielleicht kann mir eine Ärztin oder ein Pfleger etwas sagen. Fahrt nach Hause.«

»Ich könnte …«

»Finn!«

»Okay, okay.«

Es war ein lauer Sommerabend. Romy hatte sich unterwegs etwas zu essen besorgt und kurz mit Jan telefoniert. Dann fuhr sie in die Klinik. Mertel lag auf der Intensivstation, und sein Zustand war unverändert. Die zuständige Schwester riet ihr, nach Hause zu fahren. »Selbst wenn er irgendwann in den nächsten Stunden ansprechbar sein sollte, dürfen Sie noch nicht zu ihm.«

»Mag sein. Ich …« Sie schüttelte den Kopf.

»Na schön«, seufzte die Schwester. »Falls Sie einen Kaffee möchten, sagen Sie Bescheid – und trinken Sie auf keinen Fall die Brühe aus dem Automaten. Das ist ein medizinischer Ratschlag.« Sie lächelte.

»Danke für die Warnung.«

Romy nahm im Flur auf einer Bank Platz und stellte ihre Laptoptasche neben sich ab. Hin und wieder eilte jemand den langen Gang entlang, die Pieptöne der Monitore drangen bis nach draußen, leise Stimmen, manchmal eindringlich. Romy versuchte, sich zu entspannen, lehnte sich zurück und schloss die Augen. Was will ich hier? Mertel hat etwas in Gang gesetzt und war nicht auf die Konsequenzen vorbereitet. Oder wir haben etwas übersehen. Sie öffnete die Augen. Marinas Tod lag sieben Jahre zurück. Sie rief sich das Gespräch mit Oliver Mertel in Erinnerung. Er hatte sich kritisch zu seiner Mitschülerin geäußert. Romy klappte ihren Laptop auf und suchte das Memo heraus, das sie zu der Befragung geschrieben hatte. Mertel hatte die Schulkameradin als eine Persönlichkeit bezeichnet, die stets für Stress gesorgt hatte, mit der Rolle der Anti-Teamplayerin offenbar bestens zurechtgekommen war und sogar eine Show daraus gemacht hatte. Außerdem war sie eine begabte Schülerin gewesen, der es leichtfiel, gute Zensuren zu schreiben, ohne großartig dafür lernen zu müssen. »Sie fühlte sich überlegen«, hatte Mertel gesagt. »Sie hat sich über Leute lustig gemacht, die im Stoff nicht so gut mitkamen. Und das geschah meist sehr leise, unauffällig – ein süffisantes Lächeln, ein leiser Spruch hier, eine beiläufige Bemerkung dort. So in der Art. Sie war zynisch.«

Romy hatte sich ihren Teil zu Mertels Darstellung gedacht – schließlich war er kein besonders leistungsstarker Schüler gewesen, sondern hatte die Jahrgangsstufe wiederholen müssen. Ein weiterer Punkt in seiner Darstellung war die angespannte Situation zwischen Marina und Rolf Bernburg gewesen, einem der Lehrer, der sich häufig über die Sonderrolle aufgeregt hatte, die Marina ganz selbstverständlich für sich in Anspruch nahm. Schließlich hatte Mertel geschildert, was seiner Ansicht nach an dem Abend passiert war.

»Sie ist gegangen und hat sich eine andere Party gesucht.« Auch an den Satz erinnerte sich Romy wörtlich. Mertel hatte ihn voller Überzeugung ausgesprochen. Marina habe einfach irgendwo anders weitergefeiert … »Und dann kann doch alles Mögliche passiert sein, was sich in den Tagen zuvor in keiner Weise angedeutet hatte. Dann könnte etwas eskaliert sein«, hatte er noch hinzugefügt.

Das klang immer noch realistisch. Vor dem Hintergrund der aktuellen Geschehnisse fragte sie sich jetzt allerdings, ob Mertel das Fest auch verlassen hatte. Und auch davon hatte niemand etwas bemerkt – so wie niemand mitbekommen hatte, dass Marina sich auf den Weg gemacht hatte. Er könnte ihr gefolgt sein, dachte Romy. Warum sollte er? Marina war ihm nicht sonderlich sympathisch. Sie hat ihn womöglich provoziert, und er war neugierig gewesen. Romy runzelte die Brauen. Oliver Mertel muss reden, dachte sie. Er ist ein Zeuge. Sie klappte den Laptop zu. Dann hörte sie Schritte im Gang. Eine junge Ärztin sah ihr entgegen. Sie trat näher, blickte Romy einen Moment still an, dann setzte sie sich kurzerhand neben sie. »Man hat mir gesagt, dass Sie sich nicht beirren lassen.«

Romy nickte. »Ich weiß, dass ich nicht zu ihm kann. Er könnte ein wichtiger Zeuge sein.«

»Und es lässt Sie nicht kalt, was passiert ist, nehme ich an.«

»Richtig.«

»Trinken wir einen Kaffee zusammen? Ich habe Nachtdienst und bin jetzt schon müde.«

»Kaffee klingt gut.«

»Kommen Sie mit in mein Dienstzimmer, da ist er noch besser als bei den Schwestern und Pflegern – doch das bleibt unter uns.«

Die Ärztin hieß Tamara Kling, und sie hatte nicht zu viel versprochen – der Kaffee war überragend. Das Dienstzimmer war spärlich eingerichtet, aber immerhin standen ein paar Blumen auf dem Tisch und eine Schale mit Süßigkeiten. »Greifen Sie zu – aber verzichten Sie auf die Pralinen. Wenn mich nicht alles täuscht, stammen die noch aus der Weihnachtszeit.«

Romy lachte. »Patientengeschenke?«

»Ja – und sie bringen immer alle die gleichen Pralinen mit. Die Leute gucken zu viel Werbung.«

Romy lächelte. Doktor Kling war erfrischend. Ihr Humor tat gut.

»Ist es ein schlimmer Fall, den Sie gerade bearbeiten?«, fragte die Ärztin plötzlich.

»Ja. Er bringt mich um den Schlaf, aber ehrlich gesagt berühren mich die meisten Fälle tiefer, als sie sollten.«

»Sie lassen sie zu nah an sich heran?«

»Fast immer«, bestätigte Romy. »Daraus ziehe ich allerdings auch meine Stärke. Sachliche Erwägungen, Beweismaterial, Spuren und Hinweise stellen nur eine Seite der Ermittlungen dar, die andere besteht darin, die einzelnen Aspekte zuzuordnen, zu gewichten, in den Fokus zu rücken und mich dabei auch auf mein

Bauchgefühl zu verlassen. Es braucht oftmals mehr als Verstand und objektive kriminalistische Fähigkeiten.«

»In meinem Beruf ist es im Grunde ganz ähnlich«, meinte Doktor Kling nach kurzem Überlegen. »Medizinische Erkenntnisse und Anwendungen, Operationen und Befunde sind die Basis, doch auf der Suche nach dem Übel und auch im Gesundungsprozess kommt noch viel mehr dazu.«

»Hat Oliver Mertel eine Chance?«

Die Ärztin nickte. »Doch keiner weiß im Moment, wie es ihm gehen wird, wenn er wieder bei Bewusstsein ist. Wir können zurzeit nichts ausschließen.«

»Das heißt genau?«

»Er könnte beträchtliche Ausfälle haben – auch im kognitiven Bereich. Die Auswirkungen der Hirn-Schädel-Traumata lassen sich nicht ad hoc einordnen. Vielleicht erholt er sich gut, vielleicht geht es auch nur schleppend und nicht vollständig voran und er muss zumindest zeitweise im Rollstuhl sitzen. Damit muss man ehrlicherweise rechnen.« Sie hielt kurz inne. »Wer ihm das angetan hat, wollte ihn womöglich zerstören.«

Romy schluckte. Doktor Kling musterte sie. »Was sind das für Leute? Was veranlasst sie zu einer solchen Gewaltorgie?«

»Der oder die Täter vergreifen sich sonst eher an Frauen«, erwiderte Romy prompt. »Frauen, die nicht ihrer Norm entsprechen oder die es wagen, ihre eigenen Entscheidungen zu treffen. Und dieser Mann weiß womöglich etwas, womit ich Verdächtige in Schwierigkeiten bringen könnte. Das zumindest ist eine realistische Annahme, der ich nachgehen möchte.«

»Ich verstehe.« Doktor Kling trank einen Schluck. »Ich verspreche Ihnen – sobald er ein Lebenszeichen von sich gibt oder gar bei Bewusstsein ist, melde ich mich bei Ihnen.«

Romy sah die Ärztin an. »Schicken Sie mich nach Hause?«

»Ja. Fahren Sie nach Hause, und gönnen Sie sich eine Auszeit. Völlig überreizt und müde lösen Sie diesen Fall nicht.«

Romy lächelte zögernd. »Nach diesem Kaffee brauche ich zwei Tage keinen Schlaf mehr.«

»Sie schlafen sofort ein, wenn Sie sich ins Bett legen.«

Doktor Kling sollte recht behalten. Als Romy nach Hause kam, wartete Jan auf sie. »Lass uns schlafen gehen«, flüsterte er und zog sie in seine Arme. Sie schlief ein, kaum dass sie die Decke über ihre Schulter gezogen hatte.

Max hatte gewartet, bis die Kollegen sich verabschiedet hatten, dann war er an seinen Schreibtisch zurückgekehrt. Mit dem Überfall auf Oliver Mertel gab es einen weiteren Fall, der den bisherigen Fallermittlungen zugeordnet werden musste. Die ersten vorliegenden Ergebnisse, Daten und Berichte mussten eingepflegt sowie Querbindungen entschlüsselt werden. Hinzu kam, dass Max mit der Überprüfung der IT-Leute, auf die Lou hingewiesen hatte, ein gutes Stück weitergekommen war. Nun fokussierte er sich auf einen Experten namens Harlekin. Der Mann war bereits vierzig, hatte in zig Firmen gearbeitet und war inzwischen Freiberufler. Max hatte recherchiert, dass er sowohl für Tenner als auch für Paulsen beziehungsweise für die jeweiligen Firmen tätig geworden war. Insofern war ein weiterer Check an der Stelle berechtigt.

Max verglich mehrere Internetauftritte, für die Harlekin verantwortlich zeichnete. Seine Technik überzeugte, die Sicherheitsmaßnahmen waren gut, aber nicht perfekt. Die weitergehende Vermutung – ursprünglich auf Finns Überlegungen basierend – lautete demnach, dass Harlekin möglicherweise unter der Hand tätig geworden war, um brisante Daten, einschließlich Videomaterial, professionell zu sichern. Videos und Fotos von Überfällen sollten nur ganz bestimmten Leuten zugänglich gemacht werden und nach außen geschützt bleiben. Niemand ohne Zugriffsrecht durfte die Möglichkeit haben, Daten abzurufen. Andererseits stellte sich die Frage, ob es nicht viel zu gefährlich war, einem Außenstehenden Einblick in das Material oder auch nur in die Absichten der Gruppe zu gewähren. Zum zweiten war es tatsächlich kein Hexenwerk – auch nicht für Laien –, Dateien auf einer externen Festplatte zu sichern, an die niemand herankam, und für die Aufnahmen anonymisierte Geräte zu verwenden sowie Logindaten bei der Freigabe abzufragen.

Max rieb sich übers Kinn und ließ sich die Schlussfolgerungen zu Romys Befragung bei Sandra Vogt noch einmal durch den Kopf gehen. Paulsen hatte die Witwe kurz nach dem Tod ihres Mannes besucht, weil er das Material sichern wollte. Sie hatte ihm einen Korb gegeben und benutzte die Dateien seitdem als Druckmittel – diesen Schluss legten die Nachforschungen zumindest sehr nahe. Paulsen seinerseits schien auch etwas gegen Sandra Vogt in der Hand zu haben, die beiden hatten sich demnach zähneknirschend in einer Pattsituation eingerichtet.

Max kniff die Augen zusammen. An Paulsens Stelle hätte ich versucht, Vogts Account zu hacken, dachte er – und zwar den von Sandra und Stefan. Er nickte. Das könnte durchaus ein Job gewesen sein, den Harlekin übernommen hatte. Max kaute eine gute Viertelstunde auf dem Gedanken herum, der ihn zunehmend mehr überzeugte, dann schrieb er Lou eine Nachricht. Sie rief ihn zehn Minuten später an. »Arbeitet ihr auf der Insel tatsächlich alle rund um die Uhr? Auch an einem Sonntag?«, fragte sie verblüfft. »Mit Finn habe ich bereits heute früh gesprochen, als er im Zug saß, nun geht es auf die Nacht zu. Ihr seid echt krass.«

»Wenn ein Fall ansteht, gibt es kein Wochenende«, meinte Max. »Und ich kann am besten arbeiten, wenn hier Ruhe ist.«

»Okay.« Lou seufzte leise. »Dann lass uns zum Punkt kommen. Womöglich liegst du richtig mit deiner Überlegung. Sie klingt plausibel. Soll ich mal vortasten?«

»Das heißt?«

»Ich nehme Kontakt zu Harlekin auf – im Sinne von: Hackerjob zu vergeben.«

»Darauf springt der an?«

Lou lachte. »Da wette ich drauf. Allein vom artigen Website-Bauen kannst du heute auch nicht mehr leben.«

»Du könntest ein paar Andeutungen machen«, schlug Max vor.

»Ich denke darüber nach.«

»Aber du musst vorsichtig sein.«

»Echt jetzt? Danke für den Hinweis.«

Max räusperte sich. »Sorry, ich …«

»Schon gut. Vergiss es. Ich melde mich.«

»Alles klar.«

Max legte auf. Er blickte auf die Uhr. Es ging auf Mitternacht zu. Er fuhr den Rechner herunter und machte sich auf den Heimweg.

Lou zögerte nicht, sondern schrieb Harlekin über einen anonymen E-Mail-Service unter einem Pseudonym. *Brauche schnelle Hilfe. Bezahlung erstklassig.*

Die Antwort traf keine halbe Stunde später ein, als Lou sich ein spätes Abendessen gönnte und gerade einen aus dem Netz heruntergeladenen Film streamen wollte.

Worum geht es?

Lou lächelte, legte die Gabel beiseite und rieb sich die Hände. *Ein ehemaliger Mitarbeiter hat Daten mitgehen lassen. Das muss ich genauer wissen. Kannst du helfen?*

Kommt drauf an.

Bezahlung ist erstklassig.

Woher kennst du mich?

Ich suche schon länger jemanden. Dabei fiel dein Name.

Welche Branche?

Lou zögerte nur einen Moment. *Baubranche. Ich hab gehört, das ist dein Ding.*

Schon möglich. Aber ich bin nicht billig, und ich will kein Bitcoin oder so was.

Du kannst es bar haben, wenn du willst. Und beim Preis einigen wir uns bestimmt.

Klingt gut. Ich melde mich. Dann vereinbaren wir ein Treffen. Alles Weitere dann mündlich.

Okay. Bis dann.

Lou summte leise vor sich hin, während sie das Gespräch an Max weiterleitete. Dann nahm sie ihre Gabel wieder zur Hand und startete den Film »Das neunte Leben des Louis Drax«.

24

Romy fühlte sich ausgeruht und erfrischt, als sie Montagmorgen im Kommissariat eintraf, aber ihre Unruhe hatte sich natürlich nicht verflüchtigt. Zu Oliver Mertel gab es keine Neuigkeiten, und das war eine gute Nachricht, wie die Ärztin ihr persönlich versicherte, bevor sie ihren Nachtdienst beendete.

Romy staunte nicht schlecht, als ihr Max von Harlekin und seinen Überlegungen berichtete. »Und wie soll das weitergehen, Stichwort ›Treffen‹?«

Max kratzte sich am Hinterkopf. »Lou kann ihm sicher etwas entlocken.«

»Wir stellen ihm eine Falle, weil wir vermuten, dass er für Paulsen aktiv geworden ist, in welcher Weise auch immer?«

»So was in der Art.«

»Und wenn der Ansatz nicht stimmt?«, fragte Romy.

»Dann versuchen wir es mit dem nächsten Kandidaten auf der Liste.«

»Okay. Und wenn er tatsächlich für Paulsen als Hacker tätig war, fühlen wir ihm auf den Zahn?«

»Ja.« Max zuckte mit den Schultern. »Ich bin zunehmend mehr davon überzeugt, dass Paulsen unbedingt wissen wollte, was auf Vogts Rechner war – und ob die Witwe ihn damit belasten könnte.«

»Das halte ich auch für denkbar. Wenn wir richtig liegen, können wir das allerdings nicht verwenden, weil der Typ garantiert nicht aussagt – das tut in diesem Fall offensichtlich niemand«, überlegte Romy. »Aber wenigstens erfahren wir, wie es gelaufen sein könnte.«

»Wir erfahren vielleicht noch mehr«, meinte Max. »Wenn er

den Account geknackt hat und mitgekriegt hat, worum es da ging …«

Romy stand auf und ging ein paar Schritte durch den Raum, dann setzte sie sich wieder. »Das würde einiges ändern«, sagte sie leise. »Denn damit könnten wir Sandra Vogt konfrontieren. Vielleicht erklärt sie sich dann zu einer Aussage bereit.«

Max nickte. Sein Handy klingelte. »Das ist Lou«, sagte er und stellte die Verbindung her. »Ich aktiviere den Lautsprecher«, erklärte er. »Die Chefin hört mit.«

»Alles klar. Guten Morgen in die Runde. Harlekin hat es offenbar eilig. Wahrscheinlich braucht er Geld. Er hat ein Treffen in Stralsund vorgeschlagen – heute Abend um zwanzig Uhr in einer Kneipe am Hafen. Was sagt ihr dazu?«

»Das sollten Jan und Finn übernehmen«, erwiderte Romy.

»Mir traust du das nicht zu?«

»Selbstverständlich. Ich gehe allerdings davon aus, dass Jan ohnehin noch ein Wörtchen mitreden möchte, erst recht im Fall einer inoffiziellen Aktion. Das ist das eine.«

»Und das andere?«

»Diese Typen fackeln nicht lange, wenn sie sich bedroht fühlen«, entgegnete Romy. »Das haben sie eindringlich bewiesen. Ich möchte nichts riskieren. Und Jan wird das ähnlich sehen, da bin ich ziemlich sicher. Da du das Ganze in Gang gesetzt hast, möchte ich dich unbedingt aus der Schusslinie nehmen. Und das würde ich auch tun, wenn du ein Mann wärst.«

»Ein weißer Mann.«

»Auch in dem Fall.«

Lou schwieg einen Moment. »Okay. Meldet euch, sobald der Ablauf klar ist«, sagte sie dann.

»So machen wir es.« Romy unterbrach die Verbindung und sah Max an. »Wie siehst du das?«

»Ähnlich.«

»Sag bitte Finn Bescheid, dass er in Stralsund bleibt. Ich rede gleich mit Jan über die Aktion.«

Jan hatte natürlich Bedenken, aber er schob sie schnell beiseite. Die Aussicht, Paulsen endlich belasten zu können – wenn auch über einen Umweg –, wog schwerer. Die Chance, ihn damit womöglich aus der Reserve zu locken, war ein weiterer Aspekt. Sie verabredeten sich für den frühen Abend, um die weiteren Einzelheiten durchzugehen.

Romy brütete den Rest des Tages über den Akten – abgesehen von einem kurzen Besuch in der Klinik. Ein ums andere Mal ging sie in Gedanken die zeitlichen Abläufe der einzelnen Überfälle durch – diesmal ausgehend von Mertel, der Paulsen aufgeschreckt hatte. Die Fakten waren dünn, aber sie zeigten die Spur des Geschehens auf: der Anruf aus dem Tennisclub, hinter dem mit allergrößter Wahrscheinlichkeit Tenner steckte, der Mertel in eine Falle gelockt hatte. Der Überfall war schließlich auf dem Parkplatz am Klünderberg erfolgt. Worüber sie so gut wie nichts wussten, waren Mertels Beweggründe. Dass sie sich auf Marina bezogen, war eine gut begründete These, aber auch ein Zusammenhang mit Svenjas Nachforschungen nach dem Entdecken der Fotos war nicht gänzlich auszuschließen – auch sie war eine Schulkollegin gewesen. Auf ihrem Handy waren keine Hinweise feststellbar gewesen, die auf eine entsprechende Suche oder Begegnung schließen ließen, die in diesem Zusammenhang bedeutsam waren. Doch das allein hieß noch nichts, wie sie auch schon festgestellt hatten. Svenja war womöglich keine exzessive Smartphone-Nutzerin gewesen, oder der beziehungsweise die Täter hatten Daten gelöscht – gründlich gelöscht. Ein Experte würde sich Svenjas Handy noch einmal ansehen – das hatte Jan bereits in die Wege geleitet.

Als Marco Buhl anrief, war Romy die Befragungsprotokolle zum wiederholten Mal durchgegangen und hatte sich mit einem Imbiss versorgt. »Schön, dass du dich meldest«, sagte sie. »Dann muss ich nicht immer drängeln. Habt ihr was entdeckt?«

»Ein blutiges Taschentuch«, erwiderte Buhl in lapidarem Ton.

Romy setzte sich gerade auf. »Im Ernst?«

»Na ja, wir haben die Umgebung vom Parkplatz durchkämmt und uns natürlich auch am Auffindeort gründlich umgesehen. Das Taschentuch könnte weggeweht sein. Wir haben es in einem Gebüsch entdeckt. Ich schätze, das Opfer hat sich gewehrt und für eine blutige Nase beim Angreifer gesorgt. Wir lassen es natürlich sofort im Labor untersuchen und mit ein paar Getränkebechern abgleichen, die wir am Parkplatz gesichert haben und die einigermaßen neu aussehen. Wenn wir Glück haben, landen wir einen verwertbaren Treffer.«

»Das wäre ja mal was.« Romy atmete tief aus. »Das klingt richtig gut, Buhl – klasse.«

»Wir tun, was wir können.«

»Falls wir also demnächst auf jemanden mit demolierter Nase stoßen, könnten wir auf der richtigen Spur sein.«

»Wäre auch mein Gedanke. Ich schicke euch den Kram natürlich so schnell wie möglich.«

»Weiß ich. Danke.« Sie schob das Telefon beiseite und starrte auf den Bildschirm.

Es war schwer zu sagen, wann die Gewalttaten gegen Frauen begonnen hatten, überlegte sie. Eines der ersten Opfer war Julia/Simon gewesen, aber womöglich gab es noch deutlich mehr; der Überfall auf ihn und die Begegnungen auf dem Geburtstagsfest hatten den Mord an Marina nach sich gezogen – das war im Moment die wahrscheinlichste These. Ein halbes Jahr später und kurz nach dem Fund von Marinas Leiche in der Bauruine war Stefan Vogt gestorben, und Paulsen und Co. waren unter Druck geraten – auch das war ein gut begründeter und überzeugender Ansatz. Im Umfeld der Nachforschungen zu Svenjas Tod hatten sie schließlich zahlreiche Querverbindungen entdeckt. Svenja und Marina war dabei nur eine Verknüpfung; weitere zeigten sich mit Robert Berner und Lars Tenner. Der Architekt hatte besonders heftig auf Fragen reagiert – und die Nachforschungen hatten das Team zu einer Vermisstenmeldung aus dem letzten Jahr geführt: Luisa Herzog. Auch sie war ein Opfer von Tenner – und womöglich weiteren Männern – geworden, weil sie es gewagt hatte, den Architekten abzuweisen. K. o.-Tropfen, Entführung, Vergewaltigung, der Stempelaufdruck mit den Koordinaten vom Nonnenloch. All das muss ein Ende haben, dachte Romy, und zwar so schnell wie möglich.

Jan hatte in einem langen Gespräch mit Schwedtner einiges erreicht. Der Staatsanwalt hatte schließlich den Versuch abgesegnet, Harlekin mithilfe einer eingefädelten Aktion zum Reden zu bringen und zu observieren. Falls eine direkte Verbindung zu Paulsen oder Tenner erkennbar war, sollten weitere Schritte eingeleitet werden. Aber erst dann. Und womöglich zeigte er sich ja kooperativ. Das blieb abzuwarten.

Jan hatte sich die Frage verkniffen, wie es weitergehen sollte, falls das Gespräch mit Harlekin noch weitere Früchte tragen sollte und er Bereitschaft signalisierte, Paulsens Account zu hacken. Eine nachträgliche Genehmigung eines solchen Zugriffs war nicht ganz einfach. Nicht jeder Richter und auch nicht jede Richterin spielte da mit, doch falls das Ergebnis beeindruckend war, würde sich bestimmt eine pragmatische Lösung finden. Wir werden sehen, dachte Jan.

Anschließend besprach er sich mit Finn und ließ sich verkabeln. Das Gespräch sollte natürlich aufgezeichnet werden. Außerdem würde er mit Lou in Verbindung bleiben – falls die Unterredung spezielles Hackerwissen erforderte, konnte sie ihm als Souffleuse helfen. Jan traf eine halbe Stunde vor dem Termin in der Kneipe ein. Er setzte sich in den kleinen Billardraum – wie Harlekin angeben hatte – und bestellte ein alkoholfreies Bier sowie Fisch und Kartoffelsalat. Er legte eine Fachzeitschrift für Angler auf den Tisch – auch das hatte Harlekin im Vorfeld so festgelegt.

Harlekin traf eine Minute nach acht ein. Er trug ein Hemd in schreiend bunten Farben, die Hose war deutlich zu eng, das halblange Haar hing ihm in fettigen Strähnen ins Gesicht. Eher kein Frauentyp, sondern ein alternder Computerfreak und Nerd der ersten Stunde, dachte Jan und wusste, dass der Gedanke unfair war. Er blickte hoch, als Harlekin an seinem Tisch vorbeiging und sich nach kurzem Zögern und einem Blick in die Runde setzte.

»Du bist also der Angler«, sagte Harlekin. Seine Stimme klang dunkel und angenehm.

»Und du …«

»Keine Namen«, warf Harlekin ein. »Wie bist du auf mich gekommen?«

»Ich suche schon seit einer Weile«, erwiderte Jan und hörte, dass Lou in seinem Ohr leise auflachte. »Du hast einen guten Namen.«

»Dann erzähl mal, worum es geht.«

»Brisante Interna, Betriebsgeheimnisse. Ich habe den Verdacht, dass ein ehemaliger Mitarbeiter mich beklaut und wichtige Unterlagen mitgenommen hat, um sie an einen Konkurrenten weiterzugeben. Und das muss ich genauer wissen«, erläuterte Jan, wie im Vorfeld besprochen.

»Und was machst du?«

»Ich habe einen kleinen Baubetrieb, Schwerpunkt Ingenieurleistungen und hochspezialisierte Lösungen. Wenn er das anbietet, bin ich mehrere große Aufträge los.«

»Wie heißt dein Betrieb?«

»Dazu sagst du natürlich nichts«, warf Lou in seinem Ohr sofort ein. Jan zog eine Braue hoch. »Wie heißt du mit richtigem Namen?«

Harlekin lehnte sich zurück und grinste. »Man kann es ja mal versuchen.«

Die Kellnerin warf einen fragenden Blick quer durch den Raum, und er bestellte Bier und Buletten mit Salat. Dann faltete er die Hände über seinem Bauch. »Na schön. In diesem Geschäft legen alle Beteiligten besonders großen Wert auf Anonymität. Auf welchem PC soll ich mich genauer umsehen, und wonach suchst du?«

»Mein ehemaliger Mitarbeiter ist jetzt für den Bauunternehmer Richard Paulsen tätig«, erklärte Jan und behielt Harlekin scharf im Blick. »Kennst du den vielleicht zufällig?«

Der IT-Mann stutzte. »Allerdings«, erwiderte er dann.

»Wie gut?«

»Ich habe schon für ihn gearbeitet.«

»Das klingt gut«, flüsterte Lou in Jans Ohr. »Harlekin macht kein Geheimnis aus der Verbindung.«

»Und was bedeutet das jetzt für unser Geschäft?«

»Gute Frage«, murmelte Harlekin.

Sein Essen wurde serviert. Er biss von seiner Bulette ab, nachdem er sie tief in den Senf getaucht hatte, und wirkte nachdenklich.

»Ich verstehe ja nicht so viel von dem ganzen PC-Kram, aber würde es deinen Job nicht erleichtern?«, ergriff Jan wieder das Wort.

Harlekin wischte sich über den Mund. »Der Typ hat mich gut bezahlt. Ist nicht ganz fair, wenn ich ...«

»Du hast seinen Internet-Auftritt gestaltet?«

»Genau. Wie gesagt, das war ein guter Job, und ich ...«

»Paulsen ist alles andere als fair«, warf Jan ein.

»Wieso? Weil er bereit ist, fremdes Expertenwissen zu nutzen, das ihm angeboten wird?« Harlekin blies die Wangen auf. »Wenn es weiter nichts ist. Die Baubranche ist knallhart ...«

»War das dein einziger Job für ihn?«

Harlekin ließ seine Gabel mit der aufgespießten Bulette sinken. »Spielt das eine Rolle?«

»Hat er dich mal beauftragt, einen Account zu hacken?«

»Was …«

Jan beugte sich vor. »Sagt dir der Name Stefan Vogt was? Oder auch Sandra Vogt?«

Harlekin starrte ihn perplex an. »Was wird das denn hier?« Er schob den Teller beiseite, stützte die Hände auf den Tisch und wollte aufstehen.

»Bleib sitzen!«, forderte Jan ihn auf. Er war nicht hundertprozentig davon überzeugt, ob es richtig war, die Karten bereits jetzt auf den Tisch zu legen, doch die Situation bot das an. »Geh es langsam an«, sagte Lou in seinem Ohr. »Die Überraschung ist dir auf jeden Fall schon mal ziemlich gut gelungen.«

Harlekin wischte sich mit dem Unterarm über die Stirn. »Bist du ein Bulle? Habt ihr mich gehackt? Das kann nicht sein …«

»Wir haben auch Experten«, wandte Jan in lapidarem Ton ein. »Und deine Aktivitäten sind nicht immer sauber, das wissen wir längst.« Das war ein Schuss ins Blaue, doch Harlekin war kein abgeklärter Profi, sondern inzwischen stark verunsichert, und er wusste immer noch nicht, aus welcher Ecke der Wind ihm gerade ausgesprochen heftig ins Gesicht blies.

»Und was wollt ihr von mir?«

»Du hast für Paulsen und Tenner gearbeitet und tust es immer noch – und damit meine ich nicht die braven Firmendarstellungen im Netz und die hübschen Updates und das ganze normale Zeug, ohne das heute kaum noch jemand am Markt bestehen kann.«

Harlekin trank einen Schluck und wischte sich den Schaum von den Lippen. »Das ist lange her.«

»Ein paar Jahre? Wie lange genau?«

»Ich muss hier nicht sitzen bleiben, oder? Und du hast kein Recht, mich so unter Druck zu setzen.«

Jan lächelte. »Nein, habe ich nicht. Damit liegst du richtig. Aber es wäre eine gute Idee, mit uns zusammenzuarbeiten. Erspart dir sehr viel Ärger.«

»Du machst das gar nicht schlecht«, flüsterte Lou. »Und solltest dich für mein Kompliment nicht gerade jetzt bedanken.«

»Was meinst du mit Ärger?«, fragte Harlekin.

Jans Lächeln vertiefte sich. »Ich helfe dir mal ein bisschen auf die Sprünge – okay? Paulsen wollte, dass du dich auf Vogts PC umsiehst, vielleicht auch auf dem seiner Frau beziehungsweise der Witwe, denn Stefan hatte inzwischen den Löffel abgegeben, und das war das Problem. Paulsen befürchtete, dass sein Kumpel Dateien auf seinem PC hatte, von denen niemand etwas wissen durfte. Videoaufzeichnungen, Fotomaterial. Er wollte verhindern, dass jemand Zugriff darauf bekam. Liege ich richtig?«

Harlekin war blass geworden. Damit beantwortete sich Jans Frage. »Kranker Kram übrigens«, fuhr er fort. »Deiner Reaktion nach zu urteilen, weißt du genau, wovon ich spreche. Ich schlage also vor, dass du ganz offen mit mir sprichst.«

Harlekin knetete seine Finger. »Wenn Paulsen erfährt, dass ich …«

»Wird er nicht.«

»Der ist doch nicht bescheuert! Außerdem nützt es euch gar nichts, wenn ich …«

»Aus dem Nähkästchen plaudere? Und ob. Du hast dir angesehen, was Paulsen sichern wollte. Solche Jobs, wie du sie erledigst, sind nicht ganz ungefährlich. Du wolltest etwas in der Hinterhand haben, oder?«

»Ich habe den Kram nicht mehr, falls du …«

Jan schlug mit der flachen Hand auf den Tisch. »Soll ich wirklich deine Bude durchsuchen lassen und unsere besten Experten auf deinen PC und alle Konten loslassen?«, fuhr er ihn an. »Was werden wir finden? Schmutzige Geschäfte mit schmutzigen Filmchen?«

»Nein! So was mache ich nicht.«

»Merkwürdig, aber deine Antwort überzeugt mich nicht.« Jan schüttelte den Kopf. Er blickte auf seine Uhr und sah Harlekin dann wieder an. »Redest du jetzt, oder soll ich die Kollegen losschicken?«

Harlekin rieb sich über die Augen. »Schon gut«, stieß er hervor. »Ja, ich rede! Paulsen wollte, dass ich beide PCs angreife, besser gesagt: die Accounts ausschnüffle. Die besagten Dateien waren gelöscht, aber ich konnte sie wiederherstellen. Und ich hatte keine guten Nachrichten für Paulsen. Ich konnte nachvollziehen, dass die Daten gesichert worden waren.«

»Was war da drauf?«

»Wie du schon sagtest – kranker Scheiß.«

»Etwas genauer bitte.«

Harlekin atmete tief durch. »Vergewaltigungen. Gewalt gegen Frauen.«

»Waren die Täter zu erkennen?«

Zögern. »Dieser Vogt, und man hat Stimmen gehört. Paulsen hat viel Geld für meine Aktion bezahlt.« Er wandte kurz den Blick ab. »Und er hat mir gedroht.«

»Schon klar. Paulsen droht gerne, und die anderen aus seinem Trupp tun das auch.«

»Und nun?«, fragte Harlekin. »Ich habe die Aufnahmen nicht. Und ich werde offiziell nichts dazu sagen.«

»Nein?«

»Nein.«

»Und wenn es gelänge, einen Gewalttäter oder sogar eine ganze Gruppe von Gewalttätern zu überführen?«

Harlekin rieb sich erneut nervös die Hände, und Jan meinte, seinen Schweiß riechen zu können.

»Es gibt zu viele, die sich scheuen, klare Kante zu zeigen. Wenn es soweit ist, wird die Staatsanwaltschaft dich als Zeugen laden, darauf kannst du wetten. Und spätestens dann stellt sich die Frage, auf wessen Seite du stehst – auf der von Typen, die Frauen quälen, vergewaltigen, Machtphantasien ausleben, sogar im Zusammenhang mit Mord in Verdacht geraten sind? Oder doch besser auf der anderen Seite – wobei der Job manchmal unschöne Nebenaspekte mit sich bringt, die man am besten schnell wieder verdrängt? Denk darüber nach. Und komm nicht auf die Idee, den Mann zu warnen. Wir kriegen das mit.«

Harlekin starrte ihn entgeistert an.

»Oder gehörst du zu ihnen? Zu diesen Männern, für die Frauen entweder nach ihren Vorstellungen funktionieren oder auf den richtigen Weg gebracht werden müssen?«

»Bist du irre? Ich bin seit fünfzehn Jahren mit meiner Frau zusammen, wir haben zwei Kinder, und ich käme nicht auf den Gedanken, ihr etwas anzutun!«

Soweit dazu, dass Harlekin kein Frauentyp war, sondern ein Nerd, dessen Leben hinter einem Monitor verrann, dachte Jan. »Umso besser – denk gut nach über unser Gespräch, behalte es für dich, und melde dich, wenn du noch was zu sagen hast.« Damit stand er auf und klopfte auf den Tisch. »Guten Hunger noch. Du bist natürlich mein Gast. Ach, bevor ich es vergesse – ein Typ, der im Zusammenhang mit den Ermittlungen Druck auf Paulsen ausüben wollte, liegt übrigens in der Klinik. Es geht ihm nicht gut. Also mach keinen Scheiß.«

Jan verließ das Lokal über den Hinterausgang, wo Finn im Wagen wartete. Er beugte sich zum Seitenfenster hinunter. »Ich glaube nicht, dass er Kontakt zu Paulsen aufnimmt, aber man kann nie wissen.«

»So ist es«, schaltete Lou sich wieder ein. »Wenn er sehr knapp bei Kasse ist, dürfte er auch noch auf andere Ideen kommen.«

Jan war anderer Ansicht, aber es konnte nicht schaden, dass Finn ihm eine Weile folgte.

»Ich schicke die Aufzeichnung nach Bergen«, meinte Lou.

»Tu das. Danke für die Unterstützung.«

»Nicht der Rede wert.«

Jan fuhr ins Kommissariat zurück und machte sich wenig später auf den Heimweg. Die letzten Berichte konnte er auch auf dem Sofa lesen.

Romys Nachricht erreichte ihn kurz hinter Zirkow. *Ich fahre noch mal in die Klinik. Wir reden später.*

Die Ärztin hatte sie angerufen, und Romy war sofort aufgebrochen. Als sie in der Klinik eintraf, wartete Doktor Kling bereits auf sie.

»Oliver Mertel ist vor einer Stunde wach geworden«, sagte sie leise. »Erfreulich stabile Vitalwerte.«

»Ansprechbar?«

»Schwer zu sagen, aber ich schätze, er bekommt zumindest etwas mit.«

»Haben Sie außer mir noch jemanden benachrichtigt?«

Kling schüttelte den Kopf. »Nein. Ich schlage vor, Sie setzen sich einen Moment zu ihm, und ich bleibe zunächst dabei.«

»Einverstanden.«

»Sie sollten nicht erschrecken. Der Patient dürfte wenig Ähnlichkeit mit dem Mann haben, dem Sie kürzlich begegnet sind oder den Sie von Fotos kennen.«

Das war ein treffende Beschreibung, dachte Romy, als sie das Zimmer hinter der Ärztin betrat. Es herrschte Halbdunkel, nur die Monitore blinkten hell. Oliver Mertels Kopf war bandagiert, sein Gesicht geschwollen. Es war nicht eindeutig zu erkennen, ob er die Augen geöffnet hatte. Umfangreiche Gesichtsverletzungen, einschließlich Kiefer-, Schläfen- und Schädelbruch, resümierte Romy den Arztbericht. Sie zog sich einen Stuhl heran und setzte sich ans Bett.

»Können Sie mich verstehen, Herr Mertel?«, fragte sie leise. »Ich bin Kommissarin Ramona Beccare, wir haben uns vor etlichen Tagen in einem Café in Binz getroffen und über alte Zeiten geplaudert.«

Keine Reaktion. Oliver Mertel atmete ruhig. Seine Hände lagen über der Bettdecke. Die Knöchel der rechten Hand waren ebenfalls geschwollen. Es ist ihm gelungen, ordentlich zuzuschlagen, überlegte Romy. Wenn wir wüssten, wen er erwischt hat … »Erinnern Sie sich daran, was geschehen ist?« Sie musterte sein Gesicht.

Tiefes Atmen.

»Sie sind überfallen worden – vor zwei Tagen. Jemand hat sie zu einem Treffpunkt geschickt. Parkplatz am Klünderberg.«

Keine Reaktion.

Romys Blick glitt über sein Gesicht. »Wir möchten die Angreifer fassen. Dazu brauche ich Ihre Aussage. Wer hat Sie angerufen? Paulsen oder Tenner?«

Seine rechte Hand zuckte. Romy beugte sich vor. Es sah so aus, als versuchte Mertel zu sprechen. Ein leises Flüstern war plötzlich zu hören. »Keiner.«

»Keiner von denen?«

Seine Hand deutete eine Bewegung an, die man mit etwas gutem Willen als Zustimmung auffassen konnte.

»Haben Sie jemanden erkennen können?«

Oliver Mertel bewegte fahrig die Hand.

»Die Männer waren vermummt?«

Erneute Zustimmung.

»Zwei Männer?«

Bestätigung.

Romy atmete tief durch. Mertel war in der Lage, zu kommunizieren. Das Ergebnis brachte sie im Moment nicht weiter, machte aber Hoffnung. Sie tauschte einen schnellen Blick mit Doktor Kling.

»Ich denke, das reicht fürs Erste«, sagte die Ärztin.

»Zwei Minuten noch, bitte.«

»Na schön, aber keine Sekunde länger.« Dann verließ Doktor Kling den Raum.

Romy blickte erneut Mertel an. »Sie haben Paulsen am Samstag vor seiner Firma abgefangen«, sagte sie in eindringlichem Ton. »Was wollten Sie von ihm?«

Einen Augenblick lang hatte sie den Eindruck, dass Mertel erstarrte.

»Sie wissen etwas, oder? Geht es um Marina?«

Seine Hand blieb regungslos.

»Sie müssen mit mir reden«, fügte Romy hinzu. »Wir können Sie schützen.«

Keine Reaktion. Sie wartete gut zwei Minuten, dann verließ sie das Zimmer. Es läuft wieder auf das Gleiche hinaus, dachte sie. Keine Spuren, keine eindeutigen Beweise, keine klare Aussage. Der Zusammenhang drängte sich auf, aber auf dieser Grundlage würden Paulsen und Tenner erneut davonkommen. Die Alibis für die Tatzeit dürften längst stehen.

Romy ging zu ihrem Wagen und blieb einen Moment stehen. Das kann und darf nicht sein, dachte sie. Irgendjemand muss endlich mit der Sprache herausrücken, über seinen Schatten springen, Ängste besiegen und eine klare Haltung beweisen. Das war leichter gesagt als getan.

Als sie im Mönchgut eintraf, stand ein farbiger Mond am Himmel. Jan war auf dem Sofa eingeschlafen. Sie strich ihm übers Gesicht, und er öffnete sofort die Augen. Sie setzte sich neben ihn und berichtete vom Klinikbesuch und ihrer Frustration.

»Ich habe bessere Nachrichten«, sagte er schließlich. »Hör dir die Aufzeichnung des Gesprächs noch an – das Ergebnis wird dir gefallen –, und komm dann ins Bett. Du wirst dann besser schlafen.« Er gab ihr einen Kuss und ging nach oben ins Schlafzimmer.

Romy war beeindruckt. Harlekin. Ein weiteres Puzzlestück. Ob es ausreichen würde, war allerdings auch an dieser Stelle fraglich. Selbst wenn Harlekin aussagen würde, dürfte Paulsen eine Möglichkeit finden, sich dagegen zu wappnen. Er konnte schlicht leugnen und den Spieß umdrehen, indem er behauptete, dass der Hacker ihn zu erpressen versucht hatte. Womit wir erneut bei Sandra Vogt angelangt sind, schlussfolgerte Romy. Sie ist die Einzige, die die entscheidenden Fäden in der Hand hält. Und sie nutzte sie nicht, weil sie am Tod ihres Mannes womöglich mitschuldig war – oder zumindest befürchtete, zur Verantwortung gezogen werden zu können. Ein Risiko, das sie zu überrollen drohte. Ich werde trotzdem noch einmal mit ihr reden. Wenigstens das.

25

Romy war in aller Frühe wach. Sie trank nur einen Espresso, legte Jan einen Zettel auf den Küchentisch und machte sich auf den Weg nach Wittow. Um sechs Uhr morgens schien die Welt noch in Ordnung. Einige Berufstätige waren unterwegs, die Luft roch frisch, die Insel selbst schien die Stille zu genießen. Sie benötigte eine Stunde bis Schwarbe. Was genau sie sich von diesem erneuten Vorstoß versprach, konnte sie kaum sagen. Ein weiterer beharrlicher, womöglich vergeblicher Versuch, die beiden aus ihrem Rückzug zu holen. Vielleicht gelang es ihr, sie wachzurütteln, wenn sie auf weitere Opfer hinwies – Luisa Herzog, Oliver Mertel. Vielleicht würde Sandra Vogt diesmal erst gar nicht die Tür öffnen. Das war nicht auszuschließen. Vielleicht kam Simon ins Wanken. Simon, der die Insel nie endgültig verlassen hatte. Der sich im Körper einer Frau in Melanie verliebt hatte, der Freundin von Robert Berner, und so hatte es damals begonnen. Doch das war eine unvollständige Betrachtungsweise. Auch ohne Berners rasende Eifersucht und seinen speziellen Liebeskummer hatten die Leute um Paulsen bereits agiert. Simon war nicht das erste Opfer gewesen.

Als Romy den kleinen Ort erreichte, war es immer noch friedlich und ruhig. Irgendwo lief ein Rasensprenger, leises Hundebellen, das Quietschen einer Pforte. Sie blickte an der Toreinfahrt hoch und betätigte die Klingel. Die Haustür öffnete sich wenig später, und sie konnte Simon erkennen. Einen Augenblick später tauchte Sandra Vogt auf. Sie kam den Weg hinunter und sah ihr mit argwöhnischem Blick entgegen. »Ich hoffe, Sie haben einen guten Grund für Ihren Besuch. Wir haben noch nicht mal gefrühstückt.«

»Ich auch nicht.«

Vogt hob eine Braue. »Haben Sie Neuigkeiten?«

»Ja. Es gibt zwei weitere Opfer. Eine junge Frau ist im letzten Jahr überfallen, entführt und vergewaltigt worden, und ein junger Mann liegt mit schweren Verletzungen im Krankenhaus. Darüber hinaus wissen wir jetzt einiges mehr zu Paulsens Bemühungen, mehr von dem zu erfahren, was sich auf dem Laptop Ihres Mannes befand. Soweit der Stand unserer Ermittlungen bis heute.«

Sandra Vogts Augen hatten sich zusammengezogen, sie verschränkte die Arme. »Und was genau …«

»Lassen Sie uns zusammen frühstücken. Ich erzähle Ihnen von Luisa und Oliver und von Harlekin, einem Hacker …«

Vogt blickte sie einen Moment entgeistert an. »Was versprechen Sie sich davon?«

»Das liegt auf der Hand, oder? Es muss etwas passieren.«

»Wie oft noch, Kommissarin Beccare?«

»Bis wir zu Erkenntnissen gelangen, mit denen wir die beiden belasten können.«

Sandra Vogt ließ die Arme wieder sinken.

»Wollen Sie sich bis ans Ende Ihrer Tage hier oben verkriechen?«, fuhr Romy fort. »Und wie lange noch wird Simon seinen Eltern aus dem Weg gehen – aus Angst vor alten und neuen Bedrohungen, alten und neuen Wahrheiten?«

»Das geht Sie nichts an!«, herrschte Vogt sie an. »Lösen Sie Ihren Fall, oder lassen Sie es sein – alles andere …«

»Womit hat Paulsen Sie in der Hand?« Romy hob den Blick, als sie Simon Glauber sah, der aus dem Schatten der Haustür trat.

»Paulsen hat nach seinem vergeblichen Versuch, Sie zur Herausgabe von Vogts Laptop zu bewegen, jemanden beauftragt, der den Computer Ihres Mannes beziehungsweise seinen Account gehackt hat – und Ihren übrigens auch«, fuhr Romy fort und stellte mit einer gewissen Genugtuung fest, dass Vogt erbleicht war. »Sie hatten den Kram bereits gelöscht, aber der Hacker hatte wenig Mühe, das Ganze wiederherzustellen. Und er konnte darüber hinaus nachvollziehen, dass jemand eine Kopie angefertigt hatte.«

Vogt ballte die Hände zu Fäusten.

»Dieser Hacker ist alles andere als begeistert, unter Umständen als Zeuge aussagen zu müssen, aber wir sind entschlossen, ihn vor Gericht zu zitieren. Wenn es eng wird, ist es besser für ihn, die Karten auf den Tisch zu legen.« Das war eine mutige Ankündigung, mit der Romy auch falsch liegen konnte. Aber das spielte im Moment keine Rolle.

Simon kam näher. »Wir sollten drinnen weiterreden«, meinte er und legte Sandra kurz eine Hand auf die Schulter. »Und das Frühstück reicht auch für drei.«

Romy atmete tief aus.

»Das Frühstück würde auch für fünf reichen, aber ob ich Lust habe, mit der Polizei an einem Tisch zu sitzen, ist eine ganz andere Frage«, erwiderte Sandra Vogt in einem höchst unfreundlichen Ton, drehte sich um und kehrte mit schnellen Schritten zum Haus zurück.

Wenig später saßen sie zu dritt am Esstisch. Vogt hatte ein weiteres Gedeck aufgelegt, und ihre abrupten Bewegungen und die verkniffene Miene ließen keinen Zweifel daran aufkommen, was sie von Romys morgendlichem Überfall und dem erneuten Zusammentreffen hielt. Simon goss Kaffee ein und reichte Romy den Brotkorb. »Wie läuft Ihr Studium?«, fragte sie.

»Bestens«, antwortete er ohne Zögern und nahm sich den Käseteller.

»Haben Sie sich schon immer für Medizin interessiert?«

»Ja, seit der Mittelstufe.« Er lächelte.

»Warum machen Sie sich eigentlich die Mühe, für Smalltalk zu sorgen?«, giftete Vogt sie an.

»Vielleicht ist es gar kein Smalltalk.«

»Wie bitte?«

Romy fasste Simon wieder ins Auge. »Und warum haben Sie das Schulpraktikum seinerzeit nicht bei einem Arzt oder in einer Klinik gemacht?«

Simon ließ sein Messer langsam wieder sinken. Er zögerte. »Das wollte ich, aber es hat nicht geklappt.«

»Stattdessen sind Sie in dem Touristikbüro gelandet.«

Simon biss von seinem Brot ab und kaute einen Moment. »Diese Entscheidung hat einiges nach sich gezogen. Wollen Sie darauf hinaus?«

»Das ist eine interessante Feststellung. Andererseits ist dieses Was-wäre-wenn-Spiel ausgesprochen müßig. Sie sind Melanie und Berner begegnet, und Ihr Leben änderte sich schlagartig.«

Vogts Unterteller klapperte, als sie ihre Tasse abstellte. »Kommen Sie zum Punkt, Kommissarin. Ich habe keine Lust, Sie auch noch beim Mittagessen am Tisch zu haben.«

Romy drehte ihr das Gesicht zu. »Ich will die Dateien«, sagte sie leise. »Und ich weiß, dass Sie darüber verfügen.«

Vogt holte Luft, doch Romy kam ihr zuvor. »Sie hören sich jetzt an, was ich zu sagen habe!«, erklärte sie energisch. »Wir haben eine weitere junge Frau ausfindig gemacht, die aller Wahrscheinlichkeit nach von Tenner und Co. entführt wurde. Sie wachte zwei Tage nach irgendeinem Baustellenfest in ihrem Auto auf und weiß bis heute nicht, was geschehen ist – abgesehen davon, dass Tenner sie bedrängt hatte. Sie hatte ihn abgewiesen und wollte die Party nach einem letzten Drink verlassen. Ein Zeuge berichtet, dass Tenner sie nach draußen brachte. Auf ihrem Oberschenkel befand sich ein Stempel mit den Koordinaten vom Nonnenloch, die Spuren an ihrem Körper wiesen auf Missbrauch hin. Beweise? Null. Sie erinnert sich an nichts mehr, und die Bezüge, die wir herstellen, nützen nicht viel.« Romy unterbrach kurz und trank einen Schluck. »Am Wochenende ist ein junger Mann brutal zusammengeschlagen worden – der Verdacht gegen Tenner und Paulsen ist herleitbar. Aber Genaueres wissen wir noch nicht. Wenn wir Pech haben, überlebt der junge Mann den Überfall nicht, oder er wird nicht reden. Allerdings …«

»Weil er Angst hat?«, warf Sandra Vogt ein, diesmal jedoch in deutlich ruhigerem Ton.

»Ich werde ihn davon überzeugen auszupacken.«

»So wie Sie mich … uns überzeugen wollen?«

Romy beugte sich vor. »Sie wissen, was das für Typen sind, und könnten aussagen. Wenn alle Betroffene das täten und über ihren Schatten springen würden, käme genug zusammen …«

»Das ist Ihre sehr optimistische Einschätzung, für die ich ja durchaus Verständnis habe, auch wenn man es mir nicht immer anmerkt.« Sie zuckte mit den Achseln. »Aber …«

»Sie verfügen über Beweise, die brutalste Gewalttaten an Frauen belegen! Darunter befindet sich mindestens ein Todesopfer«, fiel Romy ihr ins Wort. »Und die Tatsache, dass Sie lediglich bereit sind, sich selbst und Simon zu schützen und sich ansonsten soweit wie möglich herauszuhalten, kann nur eines bedeuten: Das Pfand, das Paulsen gegen Sie in der Hand hat, muss ausgesprochen beeindruckend sein. Und stellen Sie sich vor, ich kann mir inzwischen sogar so ungefähr ausmalen, worum es geht.«

Simon legte sein Brot auf den Teller zurück.

»Was ist passiert?«, fragte Romy. »Ihr Mann hat eine Blutdruckattacke erlitten, die er nicht überlebte.« Sie suchte Vogts Blick. »Hat er seine Medikamente nicht genommen? Hat er sie vergessen zu nehmen? Und was könnte Paulsen in diesem Zusammenhang herausgefunden haben?« Romy spürte plötzlich, dass sie auf der richtigen Spur war. »Sagen Sie mir, was passiert ist. Vielleicht gibt es eine Möglichkeit …« Sie ließ den Satz unvollendet. Stille trat ein.

Romy begab sich auf gefährlich dünnes Eis, wenn sie Sandra Vogt quasi dazu einlud, Hintertüren zu benutzen. Damit geriet sie schnell in den Verdacht, Beweismittel zu fälschen oder fragwürdige Methoden zu deren Beschaffung zu nutzen – mit dem Ziel, einen Täter zu belasten, von dessen Schuld sie fest überzeugt war. Sie verließ damit den juristisch mit klaren Eckpunkten ausgewiesenen Weg der objektiv agierenden Ermittlerin – und das wäre ein gefundenes Fressen für Leute wie Paulsen.

Sandra Vogt stand plötzlich auf und trat an die Spüle. Sie goss ein Glas Wasser ein und setzte sich wieder. Dann tauschte sie einen schnellen Blick mit Simon und gab sich einen Ruck. »Sie liegen richtig mit Ihrer Vermutung. Er hat seine Medikamente verwechselt«, sagte sie schließlich. »Ich habe zu der Zeit ein Vitaminpräparat eingenommen. Die Schachtel sah ganz ähnlich aus, und Stefan könnte irrtümlich seine Dosis daraus entnommen haben – er hat immer einen Zehnerstreifen eingesteckt.« Sie trank einen Schluck Wasser und atmete tief durch.

So könnte es gewesen sein, dachte Romy. Oder auch in einem wesentlichen Detail ganz anders. Es war nicht auszuschließen, dass Sandra Vogt auf die Idee gekommen war, die Ähnlichkeit der Verpackungen auszunutzen. Die Darstellung klang auf jeden Fall plausibel, und falls sich herausstellte, dass die Verpackungen tatsächlich vergleichbar waren, klang die Begründung nicht schlecht. »Wie haben Sie bemerkt, dass Ihr Mann womöglich sein Medikament nicht genommen hat?«

Sie zögerte. »Paulsen stand vor meiner Tür, und er hat ziemlich giftig reagiert, als ich ihm den Zutritt zu Stefans Büro verwehrte. Mir war ja klar, was er wollte. Er hat dann ein paar böse Sprüche losgelassen.«

»In welcher Richtung?«

»Ich sei doch froh, dass er tot sei. Vielleicht hätte ich sogar nachgeholfen – so was in der Art.« Sandra Vogt schluckte.

»Wie kam er darauf?«

»Stefan dürfte erzählt haben, dass es nicht gut läuft in unserer Ehe. Ich habe dann später nach den Medikamenten gesehen und war ziemlich entsetzt, als mir klar wurde, was passiert war und dass Paulsen mich mit einem solchen Verdacht anschwärzen könnte, wenn er wollte.«

»Und weiter?«

»Ich habe die Medikamente entsorgt. Als die nächste Mail von Paulsen eintraf, in der er mich aufforderte, den angeblich nur ausgeliehenen Geschäftslaptop unverzüglich herauszugeben, sonst würde er Maßnahmen ergreifen, die mir gar nicht gefallen dürften, habe ich ihm geantwortet, dass er sich besser zurückhalten sollte mit irgendwelchen wilden Drohungen. Die Aufzeichnungen zu den privaten Männertreffen befänden sich an einem sicheren Ort und dürften jede Polizeidienststelle auf den Plan rufen. Zwei Stunden später schickte er mir ein Bild, auf dem zu erkennen ist, wie ich die Medis entsorge; ein zweites beweist, dass er an meiner Mülltonne war und sie herausgefischt hat – er oder jemand, den er beauftragt hat …«

Romy schwieg einen Moment perplex. »Und Sie haben tatsächlich befürchtet, es würde aufgrund solcher Hinweise zu einer Mordermittlung kommen?«

»Ja. Und das hat mich ziemlich mitgenommen. Viele wussten, dass unsere Ehe nicht besonders gut war, und Paulsen ist einflussreich und um keine miese Idee verlegen, wenn es um seine Interessen geht …« Sie sah Simon an. »Ich wollte auf jeden Fall verhindern, dass die Polizei kommt und Fragen stellt und mich verdächtigt.«

»Und nun bin ich andauernd hier, stelle Fragen und lasse mich sogar an Ihrem Frühstückstisch nieder.«

»Ich konnte kaum ahnen, dass es noch dicker kommen würde.«

Sie hat es nicht getan, nicht allein, dachte Romy – sie haben diesen Plan gemeinsam ausgeheckt: Simon, schon damals medizinisch interessiert und vielleicht auch versiert, und Sandra Vogt. Beide haben unter diesem Mann gelitten und hielten ihn für brandgefährlich, die Aufzeichnungen dürften weitere Belege dazu geliefert haben. Der Austausch der Tabletten gegen ein Vitaminpräparat schien ein guter Plan, der fast gelungen wäre – hätte nicht Paulsen nachgehakt und eins und eins zusammengezählt. Die Tatsache, dass Sandra Vogt und auch Simon sich bislang geweigert hatten, die Ermittlungen zu unterstützen, sprach dafür, dass sie sich schuldig fühlten – weil sie womöglich tatsächlich schuldig waren: im Sinne einer planmäßig durchgeführten Mordtat. Und Paulsen hatte Beweise dafür – oder zumindest Belege, mit denen sehr viel Dreck aufgewühlt werden könnte.

»Ich brauche die Mail, die Paulsen Ihnen geschickt hat«, sagte Romy.

»Die habe ich längst gelöscht und auch die dazugehörigen Bilder.«

»Dann stellen Sie mir die Dateien zur Verfügung, die Sie gesichert haben – oder Ihre detaillierte Aussage, am besten beides.«

Es blieb still am Tisch. Romy sah von einem zum anderen. »Ohne Ihre Stellungnahme schaffen wir es nicht.«

Simon sah sie an. »Lassen Sie uns etwas Bedenkzeit«, ergriff er das Wort. »Wir melden uns im Laufe des Tages.«

Romy nickte und stand auf. »Danke für das Frühstück. Ich finde allein hinaus.«

Sie ging langsam den Weg hinunter und ließ Vogts Darstellung sacken. Paulsen hatte jemanden beauftragt, das Haus im Blick zu behalten und den Müll zu durchwühlen; damals wohnten die Vogts noch in Bergen. Und Sandra Vogt war so unvorsichtig gewesen, die Medikamente in ihren Hausmüll zu werfen. Ein gefundenes Fressen für Paulsen. Die beiden waren eine Art Stillhalteabkommen eingegangen, das Jahre gehalten hatte – Sandra Vogt musste nicht befürchten, des Mordes verdächtigt zu werden, und Paulsen konnte sicher sein, dass die belastenden Aufzeichnungen nicht gegen ihn verwendet wurden. Romy griff zum Autoschlüssel, als ein Gedanke in ihr aufstieg. Sie nahm ihr

Handy und wählte Vogts Nummer. »Hat Paulsen Ihnen mal Geld angeboten?«, fragte sie.

»Sie meinen als Bezahlung für den Laptop?«

»Ja. Viel Geld für Ihr Schweigen.«

»So etwas klang an, als er hier war. Aber kurz darauf war ja die Situation eine andere. Und ich hatte die Videos vom Laptop gelöscht, nachdem ich die Daten gesichert hatte«, erklärte Sandra Vogt. »Worauf wollen Sie hinaus?«

»Das weiß ich selbst noch nicht so genau, aber ich denke darüber nach«, erwiderte Romy.

Sie beendete das Gespräch und setzte sich hinters Lenkrad. Ein Austausch, dachte sie – Beweise gegen Beweise. Vogt könnte Paulsen eine Falle stellen. Der Gedanke blieb noch verschwommen, eine erste Idee – mehr als riskant, juristisch bedenklich, wenn man es aus Sicht der Staatsanwaltschaft betrachtete, aber vielleicht eine vielversprechende Möglichkeit, Paulsen tatsächlich in Bedrängnis zu bringen. Oder auch nur ein Strohhalm in Form einer waghalsigen Idee, für die sich außer ihr niemand erwärmen würde.

Romy startete den Motor und fuhr in die Klinik. Offensichtlich hatte Doktor Kling mit dem diensthabenden Arzt der Tagesschicht gesprochen, denn niemand verwehrte Romy den Zutritt zu Mertels Zimmer. Ein Krankenpfleger erläuterte ihr, dass der Patient sich auf niedrigem Niveau stabilisierte und seine Schwester ihn kurz besucht hatte.

»Aber er spricht nach wie vor nicht?«, fragte Romy.

Der Krankenpfleger schüttelte den Kopf. »Sie dürfen nicht zu viel erwarten.« Damit verließ er das Zimmer.

Romy setzte sich zu Mertel wie am Abend zuvor. »Erinnern Sie sich an mich?«, fragte sie in leisem Ton und blickte auf seine Hände. »Ich war gestern schon hier, und wir sprachen über den Angriff auf Sie. Ich hatte den Eindruck, dass Sie mich verstehen.«

Keine Reaktion.

»Was wollten Sie von Paulsen?«

Oliver Mertel war still und regungslos. Romy blieb noch zehn Minuten bei ihm sitzen, stellte immer wieder die eine oder andere Frage und wollte gerade aufgeben, als sie plötzlich das Zucken seiner Hand spürte. Dann hörte sie ein kaum wahrnehmbares Räuspern. Sie rückte noch dichter an ihn heran und nahm erneut seine Hand.

»Marina«, flüsterte er.

Romys Puls beschleunigte. »Sie wissen etwas darüber, was Marina vor sieben Jahren passiert ist?«

Er drückte ihre Hand. »Ich bin … ihr gefolgt.« Er sprach leise und holprig, die Stimme klang heiser und brüchig.

»Als sie die Party am Strand verließ?«

»Sie war … in dem Gasthaus.«

Romy holte tief Luft. Sie aktivierte die Aufnahmefunktion ihres Smartphones. »Noch einmal, Oliver, ich muss das ganz genau wissen: Sie sind Marina nachgegangen, als sie die Jahrgangsfeier verließ, und waren auch in dem Gasthof, wo die Geburtstagsfeier stattfand?«, fragte sie in eindringlichem Ton.

»Ja.«

Vielleicht ist er zufällig fotografiert worden, und Svenja hat auf einer der Aufnahmen auch ihn erkannt, fuhr es ihr durch den Kopf. Hat sie versucht, Oliver zu erreichen? War das bedeutsam in diesem Augenblick? Nein. Wichtig war nur, dass Oliver Mertel redete. »Und weiter?«

»Sie war plötzlich verschwunden.«

Sie hat sich mit Julia zurückgezogen, dachte Romy – mit Simon, um genau zu sein.

»Aber irgendwann habe ich sie wiedergesehen – mitten in der Nacht«, flüsterte er. »Ich wollte zurück zur Unterkunft …«

»Sie waren die ganze Zeit auf diesem Fest in dem Gasthof?«

»Ja. Es war lustig, das Essen war gut … und ich dachte, sie taucht noch mal auf.«

Er hat sie verfolgt, dachte Romy. Aber warum? Die Feier mit den Schulkollegen hat ihn gelangweilt. Er war neugierig. Er hat nie viel von ihr gehalten. Vielleicht war es auch andersherum: Sie hat nie viel von ihm gehalten, weil sie ihm haushoch überlegen war und ihn das auch spüren ließ. Das hat ihn geärgert. Mindestens.

»Sie ist zum Hafen runtergelaufen und hat sich auf die Kaimauer gesetzt …«

»Das heißt, Sie sind ihr erneut gefolgt?«

»Wir hatten fast den gleichen Weg …«

»Aber Sie haben sie nicht angesprochen?«

»Nein. Marina hat nie mit mir geredet …« Er brach ab.

»Oliver? Wie ging es weiter?«

»Es kam ein Wagen, und drei Männer stiegen aus«, flüsterte er. »Es hörte sich an, als würden sie Marina kennen – von der Feier.« Mertels Stimme wurde noch leiser, schwankte und brach erneut ab.

Marina ist nach dem Treffen mit Simon noch einmal auf die Feier zurückgekehrt, rekapitulierte Romy den Ablauf. Simon hatte von den Geschehnissen am Nonnenloch erzählt und dabei Namen genannt. Marina könnte die drei provoziert haben, das passte zu ihr, oder zumindest einen von ihnen, wahrscheinlich Paulsen. Die Überlegung war nicht neu, und ein solches Szenario hielt auch Simon für möglich. Romy sah Mertel an. »Wie ging es dann weiter?«

»Es klang erst nach Streit. Dann hörte ich ihr Lachen. Marina macht sich mal wieder lustig, dachte ich. Typisch.«

»Und dann?«

»Sie haben sie mitgenommen.«

Romy runzelte die Stirn. »Marina ist freiwillig in den Wagen eingestiegen?«

»Das war nicht zu erkennen … Es war dunkel, keine Ahnung, ob …« Er brach erneut ab. »Sie sind nur ein paar Meter weitergefahren – zum Anleger«, fuhr er nach kurzer Pause fort. »Das konnte ich noch sehen.«

Marina hat bereits die Nacht auf der Yacht verbracht oder wurde dort zumindest gefangen gehalten, bevor sie am nächsten Tag mit ihr rausfuhren, überlegte Romy. Und alle drei Männer waren daran beteiligt: Vogt, Paulsen, Tenner. Sie verkniff sich die Frage, warum Mertel nicht reagiert hatte – weder in dem Moment noch später, als Marina verschwunden war. Denn dann wäre das Gespräch wahrscheinlich sofort beendet, und das wollte sie auf keinen Fall riskieren. »Konnten Sie noch mehr beobachten?«

»Sie sind auf eines der Boote. Sie lässt es sich gut gehen mit denen, dachte ich.«

»Würden Sie die Männer wiedererkennen?«

Er drückte ihre Hand. »Sie waren auf der Feier.«

»Und die Yacht hat abgelegt?«

»Ja.«

»Wollten Sie Paulsen erpressen?«

Kurzes Zögern. »Ich wollte einen vernünftigen Auftrag. Mein Stand in der Firma ist nicht besonders gut. Ich dachte … Na, Sie wissen schon … Ich bin jetzt sehr müde«, flüsterte er dann.

»Eine Frage noch für den Moment: Warum erst jetzt der Versuch, die Situation auszunutzen?«

»Die Ermittlungen … Ich habe nachgehakt und … Das war wohl keine gute Idee.«

»Die Postkarten sollten Paulsen klarmachen, dass Sie zu der alten Geschichte etwas beitragen könnten?«

»Ja, so ähnlich. Ich habe mir meinen Teil gedacht, nachdem klar wurde, worum es hier geht.«

»Hat Svenja Kontakt zu Ihnen aufgenommen?«

»Ich weiß nicht … ich kann jetzt nicht mehr«, flüsterte er.

»Ich verstehe. Vielen Dank. Wir reden noch einmal, sobald es Ihnen besser geht.«

Romy stand auf. Sie verschickte die Audiodatei und verließ das Krankenhaus. Im Wagen notierte sie auch noch ein kurzes Memo zu ihrem Besuch bei Sandra Vogt und brach dann auf. Jan antwortete wenig später: *Besprechung in Stralsund. Der Staatsanwalt will es genauer wissen.*

Inzwischen herrschte dichter Verkehr auf der Insel, und Romy musste langsam fahren. Viel Zeit zum Nachdenken. Warum hatte Paulsen angegeben, dass der Ausflug erst am nächsten Tag startete? Womöglich irrte sich Mertel, oder seine Erinnerungen waren unvollständig, getrübt. Der Gedanke ließ sie nicht los – schließlich wählte sie die Nummer von Claudia Paulsen. Die Ex-Frau bestätigte ihr, dass Paulsen am nächsten Tag aufgebrochen war und nicht in der Nacht der Geburtstagsfeier.

»Und er hat zu Hause geschlafen?«

»Er kam spät nach Hause, eher früh – es dämmerte schon. Ich war bereits deutlich eher aufgebrochen. Das Fest lief ja schon seit den Nachmittagsstunden.«

Falls die Beobachtung von Oliver Mertel zutraf, war Marina nachts in die Fänge der Männer geraten, die sie auf die Yacht entführt hatten und dann mit ihr rausgefahren waren. Nach Paulsens Aussage waren sie jedoch erst am nächsten Tag in See gestochen. Es war allerdings auch nicht auszuschließen, dass Paulsen als Einziger nach Hause gefahren war und die beiden anderen auf der Yacht geblieben waren – mit Marina an Bord.

Vielleicht sind sie nur ein Stück rausgefahren, für ein, zwei Stunden, überlegte Romy weiter. Dann sind sie zurückgekehrt. Und Marina hat während der Zeit die Hölle auf Erden erlebt. Machte es einen Unterschied, ob die Tour einige Stunden früher oder später stattgefunden hatte? Vielleicht.

Romy hielt ihre Gedanken in ihrer Audio-App fest und schickte sie nach Bergen und Stralsund, bevor sie sich auf den Verkehr konzentrierte.

Er erinnerte sich an alles, was an diesem Abend, in dieser Nacht vor sieben Jahren geschehen war – daran hatten der Überfall, seine schweren Verletzungen und die Schmerzen nichts geändert. Nicht einmal die Lebensgefahr, in der er zumindest zeitweise schwebte, hatte die Sicht auf die Ereignisse trüben können. Und der Schock schon gar nicht. Zugleich war ihm klar, dass er sehr sorgsam darauf achten musste, was er sagte. Paulsen war zu allem fähig, das hatte er inzwischen begriffen, und das galt auch für die anderen, die damals dabei waren oder jetzt zu ihm gehörten. Umso sorgsamer musste er seine Worte wählen – insbesondere bei den Befragungen durch die Polizei. Erinnerungslücken vorzutäuschen, konnte an der einen oder anderen Stelle sinnvoll sein, ein kompletter Blackout schien aber nicht ratsam. Dazu hatte die Polizei bereits zu viel herausgefunden. Es war klüger, die Geschehnisse so zu schildern, dass sie gar nicht erst auf die Idee kamen, ihre Sichtweise zu erweitern. Im Grunde lief es in etwa so ab wie bei Produktwerbung in Filmen – lass die Protagonisten immer in schicken Fahrzeugen eines Fabrikats herumfahren, und niemand achtete auf andere Modelle.

Die drei waren mit ihrem Gast damals ein ganzes Stück rausgeschippert; die kleine Yacht war hell erleuchtet und nahm westlichen Kurs. Und einer von ihnen war der Gastgeber gewesen, das Geburtstagskind. Oliver hatte sich vorgestellt, was Marina mit den drei Typen treiben würde. Oder sie mit ihr. Er hatte vorher ein paar Fotos am Kai gemacht und war näher herangeschlichen. Natürlich war sie nicht freiwillig eingestiegen – weder ins Auto noch auf die Yacht. Er zweifelte keine Sekunde daran, dass die Männer nicht gut auf sie zu sprechen waren, und Marina unterschätzte die Gefahr, in der sie sich befand – oder sie tat so. Sie wirkte immer abgeklärt und zeigte nie Angst. Respekt war ihr auch fremd. Sie stand über allem und ließ das andere spüren. Einige der Lehrer hatten das gar nicht amüsant gefunden.

Oliver hatte noch eine ganze Weile am Bootsableger gestanden und darüber nachgedacht, dass Marina sich diesmal in eine Situation hineinmanövriert hatte, die böse enden konnte – zumindest sehr unerfreulich für sie. Denn das war nicht auszuschließen, wenn er sich das Handgemenge und die lauten Worte vor Augen hielt, die gefallen waren. Er hatte zwar nichts verstanden, aber dass dort keine Freundlichkeiten ausgetauscht wurden, war klar.

Er wusste nicht, wie viel Zeit vergangen war, als er sich entschloss, in die Unterkunft zurückzukehren – oder noch einmal im Gasthof vorbeizuschauen. Er warf noch einen Blick aufs Wasser und bemerkte dabei, dass die Yacht wieder langsam näherkam. Sie bringen sie zurück, dachte er. Vielleicht hat Marina die drei besänftigen können, oder sie hatten ihr klargemacht, dass sie sich nicht von ihr angiften ließen … Bilder stiegen in ihm auf. Unruhe machte sich in ihm breit. Er wartete. Dann verließ er den Anleger und hockte sich hinter ein Gebüsch. Er schoss noch ein paar Aufnahmen, obwohl er wusste, dass in der Dunkelheit nicht viel zu erkennen sein würde.

Oliver schob die Erinnerungen beiseite und öffnete vorsichtig die Augen, als die Tür aufgeschoben wurde. Ein Arzt trat ein, kontrollierte seine Werte und sah ihn an. »Geht es Ihnen etwas besser?«

Er deutete ein Nicken an.

»Wunderbar«, sagte der Arzt. »Das hätte auch ganz anders ausgehen können. Ich gebe Ihnen Ihr Schmerzmittel.«

Eine halbe Minute später war er wieder allein. Müdigkeit stieg in ihm auf. Das werdet ihr bereuen, dachte er, dann schloss er die Augen und stürzte in einen tiefen Traum.

26

Die Besprechung mit Schwedtner hatte mehr als eine Stunde gedauert. Sein anschließendes Resümee und seine Forderungen nahmen beträchtlich weniger Zeit in Anspruch: »Das kann doch nicht sein, dass die damit durchkommen! Die tote Frau vom Nonnenloch ist immer noch eine Schlagzeile in den Medien. Beschaffen Sie endlich die nötigen Beweise! Und falls Sie zusätzliche Leute brauchen, müssen wir die aus anderen Abteilungen abziehen – aus welchen auch immer.«

»Stichwort: Observation?«, hakte Jan sofort nach.

»Zum Beispiel. Ich befürworte das augenblicklich.«

Gut zu wissen, dachte Romy. Darüber hinaus klang der Staatsanwalt so, als ob er gar nicht so genau wissen wollte, ob sie immer alle Vorgaben millimetergenau einhielten. Das war ein klares Signal, das ihnen Spielraum verschaffte.

»Was ist mit Online-Durchsuchungen?«, schob sie nach.

Schwedtner verzog das Gesicht. »Das reicht noch nicht. Das wissen Sie.«

Man kann es ja mal versuchen, dachte Romy. Sie begleitete Jan anschließend in sein Büro. Sie tranken Espresso und schwiegen eine Weile.

»Die Aussage von Mertel reicht aus, um Paulsen und Tenner vorzuladen«, sagte Jan schließlich.

»Und doch ist es zu wenig«, wandte Romy ein. »Er hat versucht, Paulsen zu erpressen. Das macht nicht gerade einen vertrauenswürdigen Eindruck, auch wenn er das sofort zugegeben hat. Sie werden versuchen, den Spieß umzudrehen. Außerdem sind sie darauf vorbereitet, dass wir den Überfall mit ihnen in Verbindung bringen.«

Jan wiegte den Kopf. »Die junge Frau – Luisa Herzog?«

»Auch ein Aspekt, aber zu vage für den ganz großen Angriff. Wir brauchen das Material, das Sandra Vogt aufbewahrt. Und ich habe die Hoffnung, dass die beiden arg ins Grübeln geraten sind und die richtige Entscheidung treffen werden.«

»Und wo bleibt bei all dem Svenja?«, fragte Jan.

»Wenn wir genau wissen, was mit Marina passiert ist, werden wir auch den Mörder von Svenja haben.«

»Da bist du dir sicher?«

»Natürlich. Sie kennt fast alle Beteiligten und hat mit Nachfragen in ein Wespennest gestochen ...« Romy brach ab.

»Was ist?«

»Ich überlege gerade, ob das Videomaterial ausreichen wird. Sandra Vogt hat ihren Mann erkannt und einzelne Stimmen. Simon hat berichtet, dass die Männer maskiert waren.«

»Unsere Experten werden das entschlüsseln können«, meinte Jan. »Daran zweifle ich nicht.«

Romy atmete tief aus. Sie griff nach ihrem vibrierenden Handy. Es war Doktor Kling. Einen Moment lang befürchtete Romy das Schlimmste.

»Können Sie in die Klinik kommen, Kommissarin Beccare? Der Patient möchte mit Ihnen sprechen.«

»Natürlich. Ich mache mich sofort auf den Weg. Es dauert aber eine Weile, ich bin gerade in der Hansestadt.«

»Kein Problem. Ich denke, er wird auf Sie warten.«

Romy sah Jan an. »Kommst du mit?«

Er nickte und stand sofort auf. »Wir sollten ein paar Beamte in der Rückhand haben. Ich kläre das von unterwegs.«

»Gut.« Romy rief Max an, während sie zum Auto gingen. »Es kann sein, dass Bewegung in die Ermittlungen kommt«, sagte sie und setzte ihn ins Bild. »Wo ist Finn?«

»Er hat sich noch mal an die Fersen von Harlekin geheftet – keine Auffälligkeiten – und ist jetzt bei Lou ...«

»Alles klar. Er soll sich bereithalten.«

»Sag ich ihm.«

»Bis später.«

Sie brauchten eine knappe halbe Stunde. Romy war angespannt. Sie überlegte, unterwegs noch einmal Kontakt zu Sandra Vogt aufzunehmen, entschied sich aber dagegen. Dafür war immer noch Zeit, sobald klar war, was Mertel vorzubringen hatte.

Finn sah Lou mit schrägem Blick an. Sie diskutierten seit einer halben Stunde über die Aufzeichnungen, die die Überfälle der Gruppe dokumentierten und die Paulsen seinerzeit unbedingt hatte sichern wollen. Harlekin hatte bei seinem Zugriff entdeckt, dass Sandra Vogt aktiv geworden war.

»Paulsen wird diese Videos auch haben«, betonte Finn zum wiederholten Male.

»Na klar – und dieser andere Typ …«

»Tenner.«

»Ja – der auch. Sie werden aber nicht so dumm sein, die Dateien auf einem offiziellen Rechner gespeichert zu haben«, fuhr Lou mit konzentrierter Miene fort. »Sie wissen, dass dieses brisante Zeug sie in große Schwierigkeiten bringen kann. Aber verzichten wollen sie auch nicht auf die Filmchen. Sie haben eine Bedeutung in ihrer Gruppe und ihrem Selbstverständnis, so schräg sich das auch für uns anhören mag.«

»Also externe Geräte und/oder Darknet.«

»So ist es.«

»Sandra Vogt verfügt über das Zeug – das mittlerweile sieben Jahre alt und wichtig für die Ermittlungen zum ersten Opfer Marina ist«, überlegte Finn weiter. »Es wird noch viele weitere Aufzeichnungen geben.«

»Auf die ihr erst stoßen werdet, wenn weitere Beweise vorliegen, die mit Wohnungs- und Onlinedurchsuchungen einhergehen.«

Finn nickte. Er sah auf sein Smartphone. »Romy und Jan sind unterwegs in die Klinik. Max meint, es könnte langsam was passieren.« Er sah hoch. »Wird ja auch Zeit. Wo würdest du wichtigen Kram verstecken?«

»In einer mehrfach verschlüsselten Cloud im Darknet und/oder auf einem gut versteckten Stick mit Passwort.« Lou hob die Hände. »Da kommst du nicht ran, wenn du nicht ungefähr weißt, wo du suchen sollst.«

»Wenn ich Geschäftsmann wäre, würde ich auch darüber nachdenken, das Zeug in der Firma zu verstecken«, meinte Finn. »Da kommt man nicht so schnell drauf und hat jederzeit Zugriff.«

Lou spitzte die Lippen. »Ein durchaus interessanter Gedanke. Bei einem Beschluss wäre er ja zunächst als Privatmann dran. Aber das kann man schnell erweitern.«

»Kann man. Aber die Firma ist groß, hat mehrere Zweigstellen. Da kannst du sehr gut was verbergen – unter einem unauffälligen Phantasienamen. Ähnliches gilt dann übrigens auch für Tenner.«

»Okay. Worauf willst du hinaus?«, fragte Lou.

»Wenn es so ist, wie ich gerade vermute, dann werden entweder Tenner oder Paulsen oder auch beide ihre dreckigen Videos stets auf eine externe Platte oder einen Laptop überspielen. Sonst kann man sich das ja nicht vernünftig ansehen.«

»So weit waren wir schon zigmal. Und?«

»Der Überfall auf Svenja hat vor ziemlich genau zwei Wochen stattgefunden«, überlegte Finn weiter. »Die Entführung von Luisa Herzog war im letzten Jahr. Ich könnte mir vorstellen, dass bei den Gewalttaten auch gefilmt wurde. Wenn man nach den entsprechenden Daten in der IT der Firmen beziehungsweise im Netzwerk sucht, könnte man womöglich an den Tagen kurz nach den Taten im Protokoll hohe Übertragungsraten feststellen.«

»Keine schlechte Idee.« Lou lächelte. »Wenn es einen offiziellen Beschluss gibt, lässt man uns beide vielleicht den Job erledigen. Was hältst du davon?«

»Ich wäre sofort dabei.«

Wenig später brach Finn nach Bergen auf. Auf halber Strecke erreichte ihn Romys Nachricht. *Fahr nach Schwarbe, und behalt das Haus im Blick. Und niemand sollte etwas davon mitbekommen.*

Natürlich nicht, dachte Finn. Ich bin doch kein Anfänger. Er grinste. Doch, er war ein Anfänger. Aber allein die Tatsache, dass Romy ihn ohne Begleitung losschickte, stellte einen Vertrauensbeweis dar ... Na ja, und es spiegelte den Personal- und Ressourcenmangel wider. Aber damit hatten sie ja schließlich überall zu kämpfen.

Er parkte den Wagen in einem Feldweg und lief die hundert Meter zum Vogt-Haus zurück. Alles wirkte idyllisch und friedlich. Niemand war zu sehen. Finn suchte sich einen geschützten Platz hinter einigen Bäumen am Wegesrand. Zwei Radfahrer fuhren an ihm vorbei, ohne ihn zu bemerken. Er hatte seinen Kaffeebecher und ein Stück Kuchen dabei. Das Fahrzeug fiel ihm auf, als er den Platz verließ, um von der anderen Seite einen Blick aufs Grundstück zu werfen. Er trat in den Schatten zurück. Der Wagen fuhr langsam, wendete zweimal, blieb kurz stehen und fuhr dann langsam weiter. Schweriner Kennzeichen. Der Fahrer war nicht zu erkennen. Finn fotografierte eilig und schickte Max die Daten zum Abgleich. Fünf Minuten später gab der Fahrer Gas und entfernte sich schnell.

Finns Herzschlag beschleunigte. Falls das Kennzeichen im Zusammenhang mit dem Überfall auf Mertel erfasst worden war, hatten sie einen Treffer. Er lächelte und suchte sich einen neuen Beobachtungsplatz. Das Grundstück war gut geschützt. Allzuviel war von außen nicht zu sehen. Finn nahm sein Fernglas und versuchte, zwischen dichtem Buschwerk etwas zu erkennen. Wenn ihn nicht alles täuschte, saß jemand auf der Terrasse und starrte in seine Richtung. Finn ließ das Fernglas wieder sinken. Wenige Minuten später fuhr ein Motorrad vom Grundstück. Finn wusste, dass er nicht schnell genug war, um ihm folgen zu können, und schickte Max und Romy eine Info. Auf der Terrasse saß immer noch jemand und blickte in seine Richtung. Finn nahm seinen schattigen Platz wieder ein. Es konnte nicht schaden, noch eine Weile hier zu bleiben.

Romy hatte neben dem Bett Platz genommen wie bei ihren vorherigen Besuchen, Jan war im Hintergrund stehen geblieben. Mertels Augen waren halb geöffnet. Er sah sie an.

»Die Ärztin hat gesagt, dass es bergauf mit Ihnen geht.«

»Das hat sie mir auch gesagt«, flüsterte er.

»Sie meinte auch, dass Sie großes Glück hatten. Das hätte auch anders ausgehen können.«

»Ich weiß. Und darum ...« Zögern. »Ich denke, die wollten mich umbringen.«

»Und jetzt wollen Sie eine Aussage machen?«

»Ja.«

»Sie wissen, dass ich dieses Gespräch aufzeichne und mein Kollege dabei ist?«

»Das ist gut so.«

Romy atmete tief durch. »Sie können sich an den Überfall auf Sie genau erinnern?«

»Ja.«

»Erzählen Sie mal, was passiert ist, nachdem Sie Paulsen angesprochen haben.«

»Woher wissen Sie eigentlich davon?« So leise und flach seine Stimme auch war, die Verwunderung klang deutlich durch.

»Nun, wir haben Paulsen im Blick behalten.«

»Ach so ... Na ja, er war ziemlich abweisend ...«

»Er wusste, worauf Sie anspielten?«

»Da bin sicher.«

»Warum?«

»Ich hatte …« Oliver Mertel überlegte angestrengt.

»Die Postkarten?«

»Und woher wissen Sie davon?« Das klang beeindruckt.

Romy lächelte kurz. »Ihr Gästezimmer in Binz und Ihre Wohnung in Schwerin wurden durchsucht«, erklärte sie dann. »Dort hat sich jemand sehr gründlich umgesehen, und wir mussten das natürlich auch tun. Dabei fielen uns die Postkarten in die Hände. Ansichten vom Mönchgut – ein bisschen auf alt getrimmt, wie mein Kollege feststellte. Hatten Sie etwas darauf vermerkt?«

»›Ausflug 2009‹ habe ich draufgeschrieben.«

Romy nickte. »Und nun wollten Sie Paulsen direkt konfrontieren? Sie hatten ihn in der Nacht erkannt.«

»Ich wollte einen Auftrag reinholen«, betonte Mertel. »Später habe ich ihn dann angerufen. Er war weiterhin unfreundlich, taute aber schließlich auf und meinte dann, dass wir das regeln würden. Es gebe für alles eine Lösung. Jemand werde sich bei mir melden.«

»Wer hat Sie angerufen?«

»Er hat seinen Namen nicht genannt. Er meinte, dass wir Einzelheiten besprechen müssten, und Paulsen habe ihn beauftragt, mit mir in Kontakt zu treten.«

»Treffpunkt Parkplatz am Klünderberg. Darauf haben Sie sich eingelassen?«, fragte Romy verwundert.

»Ja, das war wohl ziemlich gefährlich und dumm«, gab Mertel zu. »Ich dachte, Paulsen lässt wegen einer kleinen Abfindung verhandeln. Aber dann waren da zwei Typen, die mich relativ schnell überwältigten und in ihren Wagen zerrten.«

»Sie kannten die beiden nicht?«

»Nein, noch nie gesehen. Das waren bezahlte Schläger. Einer von ihnen sagte, dass sein Auftrag lautete, richtig draufzuhauen, so dass wenig übrig blieb von mir, unter Umständen gar nichts.

Und das taten sie dann auch. Sie brachten mich runter an die Teufelsschlucht, und dann weiß ich nichts mehr.«

Romy warf Jan einen Blick zu, der bereits sein Smartphone gezückt hatte. Er würde seine Leute benachrichtigen und Tenner und Paulsen festnehmen lassen.

»Einen von ihnen haben Sie erwischt.«

Mertel überlegte. »Ja, da tauchte plötzlich noch jemand auf, oder ich habe ihn erst in dem Moment wahrgenommen. Und der war maskiert. Er hat zugesehen. Es ist mir zwischendurch irgendwie gelungen, um mich zu schlagen, und dabei habe ich ihn wohl getroffen.«

Paulsen oder Tenner, dachte Romy. Warum sonst sollte der Dritte sich maskieren? Und damit gab es DNA-Spuren von einem potenziell Verdächtigen. Sie warf Jan einen Blick zu, der ihr zunickte.

»Das bringt uns in eine gute Position«, meinte Romy. »Lassen Sie uns noch einmal auf die Nacht vor sieben Jahren zurückkommen. Sie haben beobachtet, dass drei Männer Marina mitgenommen haben – erst im Wagen und dann auf die Yacht?«

»Genau. Sie sind ein Stück rausgefahren … Ich habe noch eine Weile am Hafen gesessen, es war eine schöne laue Nacht, und wollte dann zurück in die Unterkunft. Dann bemerkte ich, dass die Yacht zurückkehrte.«

Romys Augen weiteten sich.

»Die drei kamen zurück …«

»Und Marina?«

»Sie war dabei. Sie gingen von Bord und stiegen wieder gemeinsam ins Auto.«

»Das haben Sie beobachtet?« Und niemals jemandem gesagt? Entrüstung stieg in ihr auf. Sie schob ihre Gefühle energisch beiseite. »Konnten Sie Genaueres erkennen?«

»Schwer zu sagen. Ich war nicht nah genug dran. Aber … ja, zwei Männer hatten sie untergehakt.«

»Halten Sie es für möglich, dass sie verletzt war?«

»Das würde ich nicht ausschließen«, erwiderte Mertel nach kurzer Pause. »Nach dem, was ich heute weiß.«

»Und was dachten Sie damals?«

Er schwieg einen Moment. »Dass es eine Privatparty gegeben hatte. Marina hatte sich mit denen eingelassen.«

»Mit drei Männern? Sie hatten zuvor aber berichtet, dass es laut wurde, dass es Streit am Kai gab.«

»Ja. Ich könnte mich ja geirrt oder das Geplänkel falsch gedeutet haben. Nun war sie wieder da …«

»Sie ist nie wieder aufgetaucht!«, warf Romy nun mit deutlich erhobener Stimme ein. »Sie war mit drei Männer auf einer Yacht, die sie später zurückbrachten – vielleicht verletzt, vielleicht nur angetrunken, vielleicht alles Mögliche –, und ein halbes Jahr später fand man ihre Leiche.« Sie hörte, dass Jan sich leise räusperte. Ja, ich bin zu laut, dachte Romy, und zu energisch. Mertel ist immer noch schwer angeschlagen, und sie sollte froh sein, dass er zumindest jetzt so offen aussagte. Wenigstens das.

»Ich weiß. Ich …«

»Nicht einmal nach dem Leichenfund haben Sie Ihre Beobachtungen der Polizei geschildert. Warum nicht?«

»Ich habe mich geschämt, und es war zu spät.«

»Sie haben Paulsen erkannt!«, entgegnete Romy. »Man hätte bereits damals …«

»Ich weiß!«, warf Mertel ein. »Es tut mir leid.« Seine Stimme klang plötzlich verzweifelt und brüchig. »Ich habe das völlig falsch eingeschätzt, und als es zu spät war, hatte ich nicht den Mut, meine Beobachtungen zu schildern.«

Dafür kommst du Jahre später auf die glorreiche Idee, im Zusammenhang mit laufenden Ermittlungen die alte Geschichte auszubuddeln, ein paar zusätzliche Recherchen anzustellen und dann deine Karte auszuspielen, um Paulsen zu erpressen, dachte

Romy. Aber diese Karte war kein Ass und auch kein Joker. Doch zumindest spielt uns die Situation jetzt in die Hände.

»Kannten Sie die Namen der anderen Männer?«, fragte Romy weiter.

»Wie bitte?«

»Die Namen der anderen …«

»Sie müssen entschuldigen – ich bin jetzt sagenhaft müde. Können wir das jetzt beenden?«

»Natürlich. Wir reden ein anderes Mal weiter.« Romy beendete die Aufnahme, stand auf und verließ mit Jan das Krankenzimmer. Sie gingen eine Weile schweigend den Gang entlang.

»Was hast du veranlasst?«, fragte Romy, kurz bevor sie den Ausgang erreichten.

»Festnahme und Durchsuchungsbeschluss. Die Kollegen in Schwerin kümmern sich um Tenner und bringen ihn nach Stralsund. Das Gleiche sollten wir mit Paulsen machen.«

Romy nickte und sah auf ihr Handy. Finn und Max hatten sich gemeldet. Ein Fahrzeug, das in Schwarbe aufgetaucht war, war auch am Abend des Überfalls auf Mertel in der Nähe des Tatorts von einer Kamera erfasst worden. Und jemand hatte ein Paket in Bergen abgegeben. Ein Mann auf einem Motorrad. Simon, dachte Romy. Jetzt geht alles ganz schnell. »Lass uns erst noch ins Kommissariat fahren und mit Max und Finn sprechen. Die haben augenscheinlich einige Neuigkeiten.«

»Wir haben genug Zeit.«

Warum sind sie in der Nacht zurückgekommen?, fragte sich Romy, während sie ins Kommissariat fuhren. Marina hat noch gelebt – das zumindest war nach Mertels Schilderung die wahrscheinlichste Annahme. Und dann? Sie sind mit ihr zur Ruine gefahren und haben sie dort getötet und liegen gelassen. Sie kannten das alte Gebäude und wussten, dass die Leiche dort über einen langen Zeitraum nicht entdeckt werden würde. Auch das passte zum Ablauf. Warum hatten sie sich gegen ein Grab in der Ostsee entschieden? Und auf einen Ausflug zum Nonnenloch verzichtet? War die Gefahr zu groß, dass Rückschlüsse auf das Fest gezogen werden würden? Ja, wahrscheinlich. Marina war zudem keines ihrer üblichen Opfer. Sie musste sterben, weil sie zu viel wusste und eine Gefahr darstellte. Auch Mertels Tod war billigend in Kauf genommen worden. Dass er aussagen würde, hatte wohl niemand angenommen – auch Romy war überrascht gewesen.

Blieb immer noch die Frage, warum sie Marina nicht über Bord geworfen hatten. Sie waren nicht weit genug draußen gewesen. Dann hätten sie ihr Opfer am nächsten Tag beseitigen können … Alle Aspekte passten noch nicht zusammen, aber sie waren zum ersten Mal soweit, dass die Verdächtigen festgenommen werden konnten.

Max trat ihnen entgegen, kaum dass sie das Kommissariat betreten hatten. »Wir haben die Videos und Bilder«, sagte er. »Simon hat einen Stick vorbeigebracht. Finn ist übrigens noch in Schwarbe …«

»Hast du dir die Filme angesehen?«, warf Romy hastig ein.

»Nein. Ich habe auf euch gewartet.«

»Gut, dann los jetzt«, meinte Jan. Auch seiner Stimme war die Anspannung anzuhören.

Sie gingen in Max' Büro. Der Stick enthielt mehrere Videoclips, jeweils mit Datum versehen. Romy holte tief Luft, als Max die erste Datei abspielte. Marina auf der Yacht. Drei Männer. Paulsens und Tenners Stimmen waren zu erkennen. Die Szene zeigte ausschließlich Stefan Vogt als Vergewaltiger und Schläger – er trug keine Maske.

Romy wandte den Blick ab. Momente war sie wie erstarrt. Weder Sandra Vogt noch Simon Glauber – selbst ein Opfer furchtbarer Gewalt – waren in der Lage gewesen, angesichts dieses Beweises alle Bedenken und Ängste abzustreifen und die Polizei hinzuziehen. Bedrohung funktionierte, und sie funktionierte umso besser, je größer die eigene Angst oder Schuld war.

»Das reicht erst mal an der Stelle«, sagte Jan in ernstem Ton. »Damit haben wir sie, was Marina angeht.« Er legte Romy kurz eine Hand auf die Schulter. »Weiter«, forderte er Max auf.

Drei Filmszenen waren am Nonnenloch entstanden. Auf ihnen waren die Männer maskiert, und die Ausschnitte zeigten jeweils einen Mann als Täter, und die Gesichter von zwei Opfern waren nur schemenhaft zu erkennen. Das dritte Opfer zeigte ein junges Mädchen: Julia. Simon. Romy stockte der Atem.

Sie betätigte die Pausentaste. »Das sind Ausschnitte – Vogt hat sich die Szenen zurechtgeschnitten, in denen er aktiv ist«, sagte sie. »Mit dem Fokus völlig auf ihn.«

Jan nickte nachdenklich. »Wir werden sowohl die Täter als auch die anderen Opfer eindeutig identifizieren, da bin ich sicher. Das LKA wird uns unterstützen. Aus der Nummer kommen die nicht mehr raus.«

»Vielleicht hat jeder von ihnen seine persönlichen Ausschnitte, in denen er selbst im Vordergrund steht«, überlegte Romy weiter. »Der Durchsuchungsbeschluss muss auch …«

»Für den Online-Bereich gelten und die Firmen einschließen«, warf Max schnell ein. »Lou und Finn haben sich dazu einige interessante Gedanken gemacht.«

»Gut zu wissen.« Jan sah auf die Uhr. »Lasst uns die Einzelheiten für die Vernehmungen gleich noch einmal im Detail durchsprechen und dann aufbrechen.«

»Wenn der Beschluss schnell vorliegt, kann Finn schon in Paulsens Betrieb fahren«, meinte Romy.

»Ja, das macht er aber nicht allein«, wandte Jan ein. »Wir schicken da ein Team rein. Das muss alles Hand und Fuß haben. Ich kümmere mich sofort darum.« Er wandte sich um und begann zu telefonieren.

Eine gute Stunde später fuhren sie nach Stralsund. Es war Abend. Vor zwei Wochen war Svenja ermordet worden.

27

Lars Tenner hatte bei der Festnahme Theater gemacht, wie die Kollegen berichteten, als Romy und Jan eintrafen. Paulsen hätte nur mit den Achseln gezuckt und herablassend darauf hingewiesen, dass sein Anwalt sich kümmern würde – sollte es überhaupt nötig sein.

Sie hatten sich entschieden, mit Paulsen zu beginnen und Tenner zunächst warten zu lassen. Letzterer verlor deutlich schneller die Nerven, und die Warterei sollte ihn zermürben. Währenddessen durchsuchten bereits mehrere Teams, unterstützt durch IT-Experten, die privaten und geschäftlichen Räumlichkeiten. Finn würde sich melden, sobald sie fündig wurden. Das konnte natürlich die halbe Nacht dauern oder Tage, auch wenn Kollegen aus Schwerin hinzugezogen worden waren. Staatsanwalt Schwedtner hatte alle Hebel in Bewegung gesetzt.

Paulsen blickte auf, als Romy und Jan den Raum betraten. »Ach, Sie schon wieder«, bemerkte er in provozierend lässigem Ton. »Worum geht es denn diesmal? Und sparen Sie sich die Frage – noch komme ich gut ohne Anwalt klar.«

Romy ignorierte seine Einlassungen, öffnete ihre Dokumentenmappe und zeigte ihm ein Foto von Oliver Mertel, während Jan die Gesprächs- und Videoaufnahme der Vernehmung startete. »Ist Ihnen dieser junge Mann schon einmal über den Weg gelaufen?«, entgegnete sie betont sachlich.

Paulsen nahm das Foto zur Hand. »Schwer zu sagen … ich denke nicht.«

»Ich denke doch, und zwar am letzten Samstag. Er sprach Sie auf dem Parkplatz vor Ihrer Firma an.«

Die Überraschung war gelungen. Paulsen blickte sie perplex an. »Ach ja«, sagte er dann. »Der Typ, der unbedingt einen Job wollte. Ich habe ihm gesagt, dass er einen Personalbogen ausfüllen soll, und bin gegangen. Solche Anfragen kriege ich ständig. Unsere Firma ist ein begehrter Arbeitgeber.«

»Aber Sie haben ihm klargemacht, dass Sie keinen zusätzlichen Berater brauchen. Sie kriegen das alleine hin mit ihren Geschäften und Aufträgen, nicht wahr?«

Er kniff die Augen zusammen. »Was tut das zur Sache?«

Romy zog eine der Postkarten aus ihrer Mappe. »Die haben Sie kürzlich erhalten.«

Diesmal schwieg Paulsen länger. Als er hochsah, war sein Blick von mühsam gezügelter Wut durchtränkt. »Was geht Sie meine private Post an?«

Er kommt diesmal schnell auf Touren, dachte Romy. Gut so. »Oliver Mertel hat Sie Ihnen geschickt mit dem Hinweis auf einen Ausflug auf Ihrer Yacht im Sommer 2009, an Ihrem Geburtstag, den Sie ganz groß in Gager gefeiert haben.«

»Sie wiederholen sich. Darüber sprachen wir schon mehrfach«, warf Paulsen ein und winkte ab. »Und weiter?«

»Ich erinnere mich natürlich an unsere Unterredung. Und um Ihre erste Frage noch zu beantworten – im Zusammenhang mit zahlreichen Gewalttaten und Tötungsdelikten, die wir unter anderem Ihnen anlasten, geht uns alles etwas an, auch Ihre Post.«

Paulsen atmete scharf ein. »Was reden Sie da für eine …«

»Bleiben Sie doch bitte sachlich«, unterbrach Romy ihn. »Oliver Mertel ist überfallen und brutal zusammengeschlagen worden, nachdem er sich auf ein Treffen eingelassen hatte.«

»Das kann ja unmöglich mein Problem sein.«

»Doch, ist es. Lars Tenner hat aus seinem Schweriner Tennisclub angerufen und einen Termin mit Mertel vereinbart. Er sollte angeblich in Ihrem Namen mit ihm verhandeln. Und wir wissen auch, worum es ging. Mertel hat mitbekommen, was im Sommer nach der Party zu Ihrem fünfzigsten Geburtstag passiert ist, und Sie wollten sich sein Schweigen erkaufen – das zumindest hatte Mertel angenommen, als sich Tenner meldete und eine Besprechung unter vier Augen vorschlug. Die Details werden gerade geprüft. Es kam dann aber ganz anders.«

Paulsen starrte sie mit schmalen Augen an. Eines stand fest – mit diesem Verlauf hatte er nicht gerechnet.

»Vielleicht legen Sie einfach ein Geständnis ab«, schaltete Jan sich ein. »Das macht es …«

»Ein Geständnis?« Paulsen lachte auf. »Ihr habt sie doch nicht mehr alle!«

»Vergewaltigung in zig Fällen und Mord in zwei Fällen, dazu diverse Gewalttaten.« Jan hob eine Hand, bevor Paulsen ihn unterbrechen konnte. »Wir durchsuchen gerade jeden Winkel in Ihrem Haus und in Ihren Geschäftsräumen sowie bei Lars Tenner, doch wir verfügen bereits jetzt über Beweise, die den Staatsanwalt gerade sehr fröhlich stimmen – hinsichtlich der Möglichkeit, Sie beide schwer zu belasten. Was die Taten selbst angeht, so könnte der Ausdruck Fröhlichkeit kaum weniger angemessen sein.«

»Ach, wirklich? Wen soll ich getötet haben?«

»Marina Arnold und Svenja Bollheim. Die eine junge Frau vor sieben Jahren, die andere vor wenigen Wochen.«

»Wie bitte? Und dafür haben Sie Beweise? Das ist so lächerlich, dass ich tatsächlich nicht mal meinen Anwalt einschalten muss – es sei denn, ich beauftrage ihn, Beschwerde gegen Sie und Ihre Methoden einzulegen.«

Er hält mächtig dagegen, aber die Vergewaltigungen hat er nicht abgestritten, dachte Romy. Das ist sehr interessant.

»Tja, das ist Ihr Standpunkt, der sich mit unseren Erkenntnissen so gar nicht deckt. Fangen wir mit Marina Arnold an. Und dazu sollten wir uns mal gemeinsam anhören, was Oliver Mertel ausgesagt hat«, schlug Jan vor. »Der Mann ist schwer verletzt, und es sah einige Stunden gar nicht gut aus. Glücklicherweise hat er sich erholt und war bereit, mit uns zu sprechen, sobald das möglich war.«

Er nahm sein Tablet zur Hand und öffnete die Audio-App. Wenig später war Oliver Mertels Stimme zu hören. Romy behielt Paulsen im Blick, während Mertel den Überfall beschrieb. Jan stoppte die Wiedergabe, nachdem er geschildert hatte, wie die drei mit Marina von Bord gegangen und gemeinsam ins Auto gestiegen waren.

Paulsen war zunehmend erstarrt und blickte nun ins Leere. Eigentlich müssten sie ihn jetzt fragen, ob er angesichts dieser Aussage doch seinen Anwalt hinzuziehen wollte, aber weder Jan noch Romy mochten an dieser Stelle eine Unterbrechung riskieren. Er hat nicht damit gerechnet, dass Mertel es wagen würde, sich derart explizit zu äußern, dachte Romy.

»Ihre Schilderungen zu dem Ausflug nach Ihrer Geburtstagsfeier und dem zeitweiligen Aufenthalt von Marina auf der Yacht, wo Vogt sich mit ihr vergnügt hat, sind in keiner Weise zutreffend«, ergriff Romy betont sachlich wieder das Wort. »Es war komplett anders. Marina hat Sie provoziert, sie wusste von dem Überfall auf Julia Glauber und hat Sie darauf angesprochen, vielleicht auch die anderen. Das konnten Sie unmöglich so stehen lassen. Sie haben sie noch in der gleichen Nacht überfallen und an Bord gebracht – für eine Stunde etwa? Wie lange genau haben Sie sie gequält und vergewaltigt, bevor Sie gemeinsam entschieden, Marina in einer Bauruine zu töten und das Ganze als Unfall zu inszenieren?«

Paulsen schüttelte die Erstarrung ab, atmete tief ein und legte die Hände übereinander. »Ich bin wirklich gespannt, wie Sie das alles …«

»Beweisen wollen? Kein Problem«, erklärte Jan. »Wir haben bereits erste Funde sichergestellt – im Haus von Sandra Vogt. Wie schon erwähnt, wir werden auch bei Ihnen und Tenner fündig werden – und wenn es Tage dauert und Sie Ihr Versteck noch so gut gewählt haben. Irgendwann finden wir jeden Stick, jede Festplatte, jede Kopie. Es hinterlässt Spuren im Netzwerk, wenn man große Datenmengen sichert.« Jan winkte ab. »Aber mit derartigen Details sollten wir uns in diesem Moment gar nicht befassen. Sind Sie bereit, ein Geständnis abzulegen? Das wäre eine ziemlich gute Idee. Bevor wir alles vor Ihnen ausbreiten und weitere Ermittlungen in Ihrem gesamten privaten und geschäftlichen Umfeld anschieben, sollten Sie den ersten beherzten Schritt wagen. Der Richter oder die Richterin werden das sicher zu Ihren Gunsten auslegen. Sie wissen ja – Ressourcen sparen kommt immer gut an.«

»Sie können mich mal mit Ihrem großspurigen Getue«, flüsterte Paulsen in feindseligem Ton. »Freut euch bloß nicht zu früh.«

»Tenner hat mir empfohlen, mich zu verpissen, als ich ihn in seinem Tennisclub besuchte«, entgegnete Romy in aufgeräumtem Ton. »Interessant – wenn Sie unter Druck geraten, verlieren Sie Ihre Manieren.«

Paulsen starrte sie an. Und Romy wusste genau, was er dachte. »Würden Sie mir gerne Manieren beibringen?«, fragte sie leise.

Sein rechtes Augenlid zitterte.

»So wie in diesen Videos, die wir entdeckt haben?«, fuhr Jan fort. »Schauen wir uns einen Ausschnitt an – fangen wir mit Marina an.«

Minutenlang blieb es still, während die Szenen über den Bildschirm flackerten, die Romy auch beim zweiten Durchgang kaum ertragen konnte. Paulsen rieb sich mit einer Hand übers Kinn. Als der Ausschnitt beendet war, blickte er auf. »Das war Vogt«, erklärte er in schneidendem Ton. »Das dürften Sie wohl auch erkannt haben.«

»Wie bequem, sich darauf zu konzentrieren, einem Toten die Schuld in die Schuhe zu schieben«, ergriff Romy das Wort. »Mal abgesehen davon, dass Sie gemeinschaftlich gehandelt haben: Die Videos sind bearbeitet. Vogt hatte die Filmchen für sich gesichert, die ihn am meisten interessierten und in denen er im Vordergrund stand. Wenn unsere Leute bei Ihnen und Tenner mit der Durchsuchung fertig sind, werden wir ähnliche Clips finden, in denen Sie und Ihr Kompagnon agieren. Das ist schon ziemlich ...« Sie sparte sich den Rest.

Paulsen wandte den Blick ab und sah wieder auf den Monitor, als Jan die anderen Videos abspielte. Auf die letzte Szene mit Julia reagierte er deutlich. Er zuckte zusammen, als seine Stimme erklang, sie war gut zu erkennen. *»Was passiert, wenn du dich nicht daran hältst und dich wieder dem bösen Geist überlässt?«*

»Wir werden alle Opfer identifizieren – auch diejenigen, auf die wir stoßen werden, wenn wir Ihre Filme entdecken. Die dürften dann auch aktuellere Fälle beinhalten«, erläuterte Jan schließlich und legte das Tablet beiseite. »Eine eigens einzurichtende Soko wird sich damit befassen. Wie gesagt, Sie könnten das Ganze abkürzen ...«

Paulsen rührte sich nicht.

»Ist das Ihr Ernst, Herr Paulsen? Sie haben ausgespielt«, betonte Jan. »Wollen Sie wirklich weitere monatelange Ermittlungen riskieren? Die Presse wird sich sehr bald auf die Sache stürzen. Was passiert mit Ihrer Familie? Dem Geschäft? Kommen Sie uns entgegen und wir ...«

»Lassen Sie es.«

»Sagt Ihnen der Name Luisa Herzog etwas?«, warf Romy ein.

Er sah sie stumm an.

»Sie wird aussagen, dass sie nach einem Baustellenfest im letzten Jahr entführt wurde«, fuhr Romy fort. »Tenner hat sie mit K.o-Tropfen betäubt, weil sie nicht an ihm und seinen Avancen interessiert war. Als sie aufwachte, waren zwei Tage vergangen, und sie war völlig orientierungslos. Sie hatte einen Aufdruck der Koordinaten des Nonnenlochs auf ihrem Bein – neben zahlreichen Spuren brutaler Gewalt. Dieses Video werden wir auch entdecken. Zusammen mit ihrer Aussage ist allein dieser Fall erdrückend klar.«

»Wie wäre es, wenn Sie dem Gedanken, mit uns zusammenzuarbeiten, eine Chance geben würden?«, fragte Jan erneut. »Legen Sie ein Geständnis ab.«

Paulsen hoben den Blick »Sie können sich Ihre ständigen Beteuerungen sparen. Es gibt nichts zu gestehen. Ich habe niemanden umgebracht, und diese Videos sind irgendwelches Schundmaterial, das Vogt aufbewahrt hat. Was habe ich damit zu tun? Sie wissen noch nicht mal, ob der Kram vor Gericht überhaupt ...«

Romy beugte sich vor. »Ihre Stimme auf dem Boot und am Nonnenloch ist klar zu erkennen, und wir werden weitere Beweise finden, die Sie noch eindeutiger belasten werden.«

»Ach kommen Sie, Sie müssen wesentlich früher aufstehen, um mich zu überführen.«

»Sie meinen – weil ich eine Frau bin?«

Er zog einen Mundwinkel hoch.

Romy deutete ein Lächeln an. »Soweit ich informiert bin, war es eine Frau, die Ihnen vor einigen Jahren Ihre Grenzen aufgezeigt und Ihre Schulter ausgekugelt hat. Peinlich, was? Im Krankenhaus haben Sie dann erzählt, dass Sie blöd gefallen wären. Ich würde sagen – das ist insgesamt ganz blöd gelaufen. Man könnte es auch anders ausdrücken: Sie haben die Lachnummer eines Möchtegern-Machos abgegeben. Das finde ich höchst amüsant.«

Paulsen umklammerte die Tischkante mit beiden Händen. Seine Augen sprühten. »Das werden Sie ...«

»Bereuen? Ich denke nicht. Andersherum wird ein Schuh daraus. Legen Sie endlich die Karten auf den Tisch, damit wir dieses Theater hier beenden können!«

»Wir haben niemanden umgebracht.«

»Und was ist mit den Vergewaltigungen?«

»Dazu sage ich nichts mehr. Ich möchte jetzt eine Pause.«

»Gut«, erwiderte Jan. »So machen wir es. Wir lassen Ihnen etwas zu trinken bringen, und Sie denken noch einmal über alles nach. In der Zwischenzeit werden wir uns mit Lars Tenner unterhalten und nachfragen, was unsere Leute entdeckt haben.« Sein Ton klang munter und aufgeräumt.

»Ach, noch was – Sie sind doch sicher damit einverstanden, dass wir eine DNA-Probe und Ihre Fingerabdrücke nehmen«, fügte er bereits an der Tür stehend noch hinzu.

»Und falls nicht?«

»Dann legen wir in wenigen Minuten den Beschluss vor. Der Staatsanwalt wartet nebenan. Ihre Entscheidung.« Jan zuckte mit den Achseln.

Kurz darauf trafen sie mit Staatsanwalt Schwedtner im Besprechungsraum zusammen.

»Ich hoffe, unsere Leute finden tatsächlich ausreichendes Belastungsmaterial«, meinte Schwedtner nachdenklich. »Auf den Videos spielen alte Fälle eine Rolle, im Mittelpunkt steht Vogt, und der Mord an Marina ist bislang nur herleitbar – das verschafft Paulsen und auch Tenner eine recht gute Ausgangslage. Das wird Paulsen klar, sobald er in Ruhe darüber nachdenkt und obwohl Sie ihn ganz schön aus der Balance gebracht haben. Wir dürfen ihn nicht unterschätzen. Der wird um sich schlagen, solange es geht.« Der Staatsanwalt sah Romy an. »Was war das für eine Geschichte mit der Schulter?«

»Seine Ex-Frau hat mal Judo gemacht und sich im richtigen Moment an die richtige Wurftechnik erinnert«, erklärte sie.

»Schöne Geschichte.«

»Das finde ich auch. Ich dachte, er geht mir an die Gurgel.«

»Das würde er nur allzu gerne«, meinte Jan, goss Kaffee ein und setzte sich an den Tisch. »Er ist angeschlagen. Mertel belastet ihn schwer – damit hat er überhaupt nicht gerechnet. Er ist davon ausgegangen, dass der Mann bei dem Angriff stirbt oder nie wieder etwas gegen ihn auszurichten wagt. Und die Punkte reichen aus, um ihn erst mal festzuhalten. Da kann sein Anwalt nicht viel machen – außer das Ganze in die Länge zu ziehen. Aber ich habe den Eindruck, dass Paulsen nach seiner eigenen Lösung sucht.«

Romy nickte. »Er versucht, aus der Mordnummer herauszukommen. Warten wir ab, wie er seine Argumentation aufbaut.«

»Ich schlage vor, wir essen eine Kleinigkeit und gehen dann zu Tenner«, meinte Jan.

»Wann können wir mit dem DNA-Ergebnis rechnen?«, fragte Romy. »Es wäre sinnvoll, wenn der Abgleich mit dem blutigen Taschentuch vorliegt, wenn wir ihn befragen.«

»Ich kümmere mich selbst darum«, meinte Schwedtner und stand auf. »Fürs Erste genügt ja ein vorläufiges Ergebnis. Kommen Sie beide mal einen Moment zur Ruhe.«

Jan sah dem Staatsanwalt nach. »Der Fall geht ihm nahe – genauer gesagt: die Fälle. Ich habe ihn selten so erlebt.« Er wandte sich wieder Romy zu. »Hunger?«

Sie nickte. »Ein wenig.«

»Ich hole uns ein paar Fischbrötchen.«

Romy schloss die Augen und atmete einige Male tief durch, als sie plötzlich allein war. Die Stille hallte genauso laut in ihr nach wie Paulsens Auftritt: Seine sprühenden hasserfüllten Blicke, die herablassende und unverschämte Abwehr ihrer Argumente im Wechsel mit offensichtlicher Bestürzung über den Ermittlungsfortschritt hatten sie nicht erschüttert, aber Spuren blieben immer zurück. Er würde dem Team ordentlich einzuheizen versuchen, falls es ihm gelang, ein Schlupfloch zu entdecken und zu nutzen. Das darf nicht passieren, dachte Romy und öffnete die Augen. Wir müssen diesen Kerl und seine Mitstreiter stoppen. Sie griff nach ihrem Handy und rief Finn an. »Wie sieht es aus?«

»Wir wühlen alles durch, aber bisher … na ja, eher nichts.

Auch in seinem Haus konnten die Kollegen bislang keine belastenden Beweismittel finden.«

»Gibt es einen Tresor?«

»Ja, klar – im Büro, aber der enthält nur Geschäftskram. Und was die IT angeht, da sitzen die Kollegen noch dran. Bei Tenner sieht es ähnlich aus. Das kann alles noch lange dauern. Gründlichkeit geht schließlich vor.«

»Unbedingt.« Romy überlegte kurz. »Ist Marion Dollner in der Firma?«

»Ja, sie zeigt sich sehr hilfsbereit.«

Das wundert mich nicht, dachte Romy. »Gib sie mir mal«, sagte sie nach kurzem Überlegen.

»Okay, dauert nur eine halbe Minute. Ich muss hochgehen.«

Wenig später meldete sich die Sekretärin. »Sie haben ja ganz schön was angeschoben«, sagte sie leise, und es klang nicht, als sei sie besonders erschüttert.

»Ja, die Beweise sind eindeutig, und wir können jetzt zügig und auf allen Ebenen handeln.«

»Und was genau … Also, dürfen Sie darüber reden?«

»Mord in zwei Fällen, Entführungen, Vergewaltigungen, diverse Gewaltdelikte, hauptsächlich gegen Frauen – über viele Jahre hinweg«, meinte Romy. »Ihr Chef kommt aus der Nummer nicht mehr heraus, sein Geschäftsfreund Tenner auch nicht. Vogt gehörte bis zu seinem Tod dazu. Aber die beiden werden alles versuchen, um sich irgendwie herauszuwinden. Das passt zu ihnen, oder?«

Schweigen.

»Vielleicht können Sie helfen.«

»Ich wüsste nicht, wie.«

»Wir suchen nach Videomaterial und anderen Dateien im Zusammenhang mit den Gewalttaten«, erklärte Romy. »Wir sind davon überzeugt, dass die Beteiligten Beweise ihrer Taten gespeichert haben – um sich immer wieder daran zu ergötzen und andere Gleichgesinnte teilhaben zu lassen. Das ist hochbrisantes Material, das natürlich gut verschlüsselt und versteckt ist. Wenn Sie irgendeine Idee haben, an welcher Stelle wir genauer hinsehen sollten, bin ich für jeden Hinweis dankbar.«

Marion Dollner räusperte sich. »Ich denke darüber nach … Bestimmt nicht hier in der Firma.«

»Sind Sie sicher?«

»Ja …«

»Haben Sie eine Idee?«

»Es klingt vielleicht ein bisschen absurd, aber …«

»Nur heraus damit!«

»An Ihrer Stelle würde ich mir das Baumhaus näher ansehen, das er für seine Kinder gebaut hat.«

Romy hielt kurz die Luft an. »Wie kommen Sie darauf?«

»Ein Telefonat, bei dem ich zufällig Fetzen aufgeschnappt habe – Paulsen hat eine Bemerkung gemacht, die ich seltsam fand. Und das Baumhaus seiner Kinder spielte eine Rolle.«

»Danke, Frau Dollner, vielen Dank.«

Einen Augenblick später hatte sie Finn wieder in der Leitung. »Sag den Kollegen in Gager Bescheid – sie sollen sich das Baumhaus der Kinder gründlich ansehen.«

»Ähm … okay.«

»Und melde dich, wenn du ansonsten fündig wirst.«

»Natürlich. Bis später.«

Romy drehte sich um, als Jan mit den duftenden Fischbrötchen zur Tür hereinkam. Sie lächelte. »Ich habe einen Mordshunger«, verkündete sie.

»Ach? Ich dachte schon, ich könnte von deiner Portion noch die Hälfte abhaben.«

»Falsch gedacht.« Sie griff sich ein Brötchen, biss herzhaft hinein und setzte Jan ins Bild. »Wenn das stimmt …«

»Wird Paulsen noch mehr staunen und herumwüten.«

Eine Viertelstunde später beendeten sie die Pause. Paulsen saß regungslos auf seinem Stuhl. Sein Wasser hatte er getrunken, den Kaffee aber nicht angerührt.

Jans Handy vibrierte. »Auf zur zweiten Runde«, sagte er und lächelte leise, während er die Kurznachricht las. »Tenner wartet schon sehnsüchtig auf uns – der DNA-Abgleich bestätigt, dass unser Tennisfan sich eine blutige Nase von Mertel eingefangen hat. Wir kommen langsam so richtig in Schwung.«

Romy ballte eine Hand zur Faust. »Machst du diesmal den Anfang?«

»Aber gerne doch.«

28

Tenner blickte auf das Foto von Mertel und zuckte lässig die Schultern. »Sie lassen mich länger als eine Stunde hier sitzen, um mir dann so ein blödes Bild unter die Nase zu halten? Was habe ich damit zu tun, dass der Typ Prügel bezogen hat?«

Jan seufzte. »So ziemlich alles. Und apropos Nase – Sie waren am Tatort.«

»Was? Geht's noch …«

»Hören Sie doch mit diesem peinlichen Theater auf!«, warf Jan ein. »Wir haben ein Taschentuch mit Blut gefunden – Blut von Ihnen, wie der erste DNA-Abgleich ergeben hat. Außerdem liegt uns die Aussage von Oliver Mertel vor. Die hören Sie sich jetzt an, bevor wir weiter Zeit verlieren mit Ihren billigen Lügengeschichten.«

Jan setzte die Audioaufnahme in Gang, und Tenners Reaktion fiel ähnlich aus wie Paulsens eine gute Stunde zuvor. Er war perplex und wütend zugleich.

»Sie haben zwei Leute engagiert, die Mertel einheizen sollten«, führte Jan aus. »Die Show wollten Sie sich nicht entgehen lassen – zuschauen, wenn andere gequält werden, scheint ja zu Ihrem ganz besonderen Vergnügen zu gehören. In diesem Fall haben Sie sich einfach zu nah herangewagt, und zu Ihrem Pech hat Mertel Sie dann noch irgendwie erwischt. Tja … was soll ich sagen? Wenn es mies läuft, dann läuft es richtig mies – oder wie ein geschätzter Freund mal in nachdenklicher und bildhafter Weise zugleich ausführte: Haste Scheiße am Schuh, haste Scheiße am Schuh. Die klebt lange.«

»Sie finden sich wohl richtig witzig, was?«, fuhr Tenner ihn an. »Das wird Ihnen noch vergehen …«

»Ich denke, Ihnen wird bald alles vergehen. Bereit für ein bisschen Kino?«, schaltete Romy sich ein. »Achtung Spoiler: Es geht auf eine Yacht und ans Nonnenloch, und später werden wir Sie noch mit der Aussage von Luisa Herzog konfrontieren. Habe ich was vergessen? Ach ja, unsere Leute durchsuchen alles, wo Tenner draufsteht oder draufstehen könnte – privat und geschäftlich. Wenn ich richtig informiert bin, läuft außerdem auch noch eine Halterabfrage – ein Wagen mit Schweriner Kennzeichen hat sich heute vor dem Haus von Sandra Vogt herumgetrieben. Einer Ihrer Schläger? Das werden wir ebenfalls sehr bald konkret wissen.«

Tenner wandte ihr das Gesicht zu. Sein Blick sprach Bände, und Romy hatte keine Mühe, ihn zu übersetzen: Wenn ich dich mal irgendwo zu fassen kriege, ergeht es dir schlecht.

»Sie kriegen mich aber nicht zu fassen«, sagte sie leise. »Schauen Sie mal lieber, was wir in Vogts Haus gesichert haben.« Das klang so, als hätte Sandra Vogt keine andere Wahl gehabt, und lenkte die Aufmerksamkeit weg von ihren eigenen Motiven.

Tenner wandte den Blick ab und starrte auf den Monitor. Jan ließ alle Videos hintereinander durchlaufen. »Diese und ähnliche Filmchen werden wir auch bei Ihnen und Paulsen sicherstellen – dann jeweils mit anderen Hauptrollen besetzt«, erklärte er. »Möchten Sie eine Weile darüber nachdenken oder sofort ein Geständnis ablegen?«

Tenner wirkte sichtlich schockiert. »Vogt …«

»Ja, in diesen widerlichen Zeugnissen Ihrer Taten steht Vogt im Vordergrund. Aber was heißt das schon? Als Mittäter sind Sie ebenfalls dran. Und wir werden auch die anderen Videos finden. Verlassen Sie sich darauf, und zeigen Sie wenigstens jetzt einen Rest von Anstand, auch wenn es mir schwerfällt, den Begriff in diesem Zusammenhang überhaupt zu verwenden.«

Tenner wischte sich mit dem Handrücken über den Mund. »Wir haben die nicht umgebracht.«

»Von wem sprechen Sie?«, fragte Romy. »Marina, die Sie provoziert hat, weil sie von Julias traumatischem Erlebnis wusste, und Sie oder Paulsen darauf angesprochen hat? Oder von Svenja, die sieben Jahre später einen Zusammenhang mit dem Tod ihrer Mitschülerin erahnte und Sie kontaktiert hat? Schließlich sind Sie alte Bekannte.«

Er schüttelte den Kopf. »Warum sollten wir Marina töten?«, entgegnete er schließlich in deutlich ruhigerem Ton. »So ein Quatsch.«

Auch er leugnete zunächst nur die Morde, stellte Romy fest. »Der Grund liegt doch auf der Hand. Nach allem, was wir über sie in Erfahrung gebracht haben, war sie eine ungewöhnlich toughe und direkte junge Frau, die mit ihrer Meinung nie hinterm Berg gehalten hat. Sie hätte Sie und Ihre Kumpel angezeigt, nachdem ...«

»Wirklich? Völliger Blödsinn! Die Kleine war komplett zugedröhnt. Die hätte nicht mehr viel erzählen können – und falls doch, hätte ihr kaum jemand geglaubt.«

Das klang so höhnisch, dass Romy Mühe hatte, ruhig zu bleiben. »Sie haben sie unter Drogen gesetzt – und dann?«

»Haben wir eine kleine Tour mit ihr gemacht und sie wieder zurückgebracht. Wir haben sie am Anleger rausgelassen. Ende. Sollte sie doch zusehen, wie sie zu ihrer Unterkunft kommt.« Er zuckte mit den Schultern. »Dieser Mertel erzählt eine riesengroße Scheiße – er lügt, wenn er behauptet, wir hätten sie nach der Rückkehr in den Wagen verfrachtet. Wir sind noch eine Weile auf der Yacht geblieben. Irgendwann ist Paulsen nach Hause gefahren. Am nächsten Tag haben wir dann abgelegt und ...«

»Was war mit Vogt?«

»Ich weiß es nicht. Ich glaube, er ist auf der Yacht geblieben.«

Romy lehnte sich zurück. »Ihr Freund Paulsen hat bei seiner ersten Version behauptet, Sie hätten Marina am nächsten Tag mitgenommen – zunächst unbemerkt, weil Vogt sie bereits auf die Yacht gebracht hatte. Warum erzählt er so etwas?«

»Keine Ahnung. Vielleicht denkt er, dass es so war …«

»Oder er wollte den Zusammenhang mit dem nächtlichen Ausflug verwischen«, mutmaßte Romy. »Noch einmal – wo war Vogt?«

»Noch einmal – ich bin nicht sicher. Ich denke aber, dass er nicht mehr durch die Gegend gefahren ist. Wir hatten ganz schön getankt, selbst Paulsen war vorsichtig und hat erst mal Kaffee getrunken und eine Pause eingelegt, bevor er nach Hause gefahren ist. Er wohnt ja gleich um die Ecke.«

Romy musste fast widerwillig zugeben, dass das ziemlich logisch klang.

»Vogt hat das Mädchen nicht umgebracht – so wenig wie ich oder Paulsen«, fügte Tenner nach kurzer Pause hinzu. »Sie konnte uns nicht gefährlich werden. Die Drogen hatten sie völlig ausgeknockt. Und niemand hätte ihr geglaubt, wenn sie irgendwelches dummes Zeug erzählt hätte.«

»Aber sicher ist sicher.«

»Quatsch.«

»Das hatten wir schon.«

»Na und?«

»Julia würde nicht reden – davon waren Sie hundertprozentig überzeugt.«

Dazu schwieg er.

»Aber auch das könnte sich ändern.«

Er blickte kurz zur Seite. »›Könnte‹ wird Sie nicht weiterbringen.«

»Sie waren die Letzten, die Marina lebend gesehen haben«, fuhr Romy fort.

»Damit liegen Sie definitiv falsch. Ihr Mörder war der Letzte.«

Eins zu null für ihn, dachte Romy, und sie sah Jan an, dass er den gleichen Gedanken hegte. »Lassen wir das vorerst so stehen.«

»Dann kann ich ja gehen, oder?«

»Sie haben Talent als Komiker«, entgegnete Jan. »Zigfache Vergewaltigung, Entführung, brutale Misshandlung von Frauen – warum sollten wir Sie gehen lassen?«

»Ich habe hier nur Vogt gesehen …«

»Das hatten wir schon. Wir finden ähnliche Aufnahmen, die Sie zeigen.«

»Ich bin gespannt, wann Sie damit anfangen, die Fakten auf den Tisch zu legen, statt zu spekulieren und anzukündigen. Für mich sieht es so aus, als hätten Sie keine echten Beweise gegen mich.«

»Machen wir mal weiter mit Svenja«, schaltete Romy sich wieder ein. »Sie hat Sie kontaktiert, weil sie Sie auf einem Foto von der Geburtstagsfeier wiedererkannt hat.«

»Na und? Sie wollte tatsächlich wissen, ob ich damals etwas beobachtet hatte. Die alte Geschichte würde ihr gerade nahegehen. Ich habe ihr gesagt, dass ich nichts weiß und mir nichts aufgefallen sei. Ende.«

»Von wo hat sie angerufen?«

»Keine Ahnung. Ich habe mich nicht näher damit befasst. Warum sollte ich darüber nachdenken, woher ihr Anruf kam?«

Romy stöhnte innerlich auf. Ihr Handy vibrierte – ein Anruf von Finn – sie verließ den Raum. »Ich hoffe, du hast was«, sagte sie in beschwörendem Ton.

»Ja. Der Tipp von Marion Dollner war richtig. Die Kollegen haben eine Festplatte entdeckt – gut versteckt in den Bohlen des Baumhauses. Es sind etliche Videos darauf, auch Fotos. Auf die Schnelle kann ich schon mal sagen, dass alle drei als Vergewaltiger zu identifizieren sind, wobei in den letzten Jahren nach Vogts Tod lediglich Paulsen und Tenner auftreten und aktuell hin und wieder ein anderer dritter Mann. Der guckt meistens zu – vermummt. Ob es immer derselbe ist, bleibt noch unklar. Eine Identifizierung ist bislang nicht möglich, also nicht aus dem Stegreif.«

»Robert Berner?«

»Das denke ich auch. Aber wir müssen abwarten, was die Experten dazu sagen.«

»Von wie vielen Fällen sprechen wir?«

»Mindestens ein Dutzend, eher mehr.«

»Und alle sind am Nonnenloch entstanden?«

»Auch das lässt sich nach dem ersten Check noch nicht sagen«, erklärte Finn.

»Okay – schickst du mir mal einige Beispiele, die den beiden klarmachen, dass wir sie damit kriegen?«, fragte Romy.

»Natürlich. Aber da ist noch mehr. Paulsen hat die Beweise gegen Sandra Vogt. Schicke ich dir auch zu.«

»Gut.«

»Wie läuft es?«, fragte Finn.

»Etwas anders als erwartet. Sie streiten die Morde ab ...«

»Das ist keine Überraschung.«

»Nein, aber Tenners Darstellung klingt leider sehr überzeugend«, führte Romy aus und schilderte Finn die Stellungnahme des Verdächtigen. »Wenn das halbwegs glaubhaft auch von Paulsen so dargelegt wird, müssen wir davon ausgehen, dass die beiden als Mörder womöglich raus sind, sich gut herausreden können oder tatsächlich in dem Punkt die Wahrheit sagen.«

»Und wir fangen wieder von vorne an?«, fragte Finn.

»Das wohl nicht. Wir müssen schnell herausfinden, wer der neue dritte Mann im Bunde ist. Und wir müssen noch mal mit Oliver Mertel reden.«

»Alles klar.«

Die Datenübertragung dauerte eine Weile, doch schließlich lagen die Dateien vor. Romy leitete einen Teil direkt an Jan weiter, damit er Tenner sofort damit konfrontieren konnte, und öffnete die Mail, die Paulsen an Sandra Vogt geschrieben hatte.

Kommen Sie bloß nicht auf die Idee, irgendwelchen Blödsinn zu verbreiten! Was wird die Polizei wohl daraus schließen, dass Sie Me-

dikamente entsorgen, die sich als falsche Blutdrucksenker entpuppen? Ich hätte da eine Idee. Sie wollten Stefan loswerden, und das ist Ihnen auch gelungen. Ich würde eine entsprechende Aussage zu Protokoll geben.

Im Anhang befanden sich Bilder, wie Sandra Vogt sie beschrieben hatte – sie zeigten sie selbst am Mülleimer sowie Abbildungen von Medikamentenpackungen samt Inhalt. Die Verpackungen sahen tatsächlich ähnlich aus, und damit waren beide Versionen möglich: ein tatsächliches Versehen oder eine Manipulation. Sollte Paulsen seine Drohung gar nicht ins Spiel bringen, da er eine Aussage oder Hinweise von Sandra Vogt bislang überhaupt nicht in Erwägung zog, könnte dieser Aspekt des Falls unberücksichtigt bleiben.

Romy nickte nachdenklich, wartete noch einige Minuten und stand schließlich auf, um wieder in den Vernehmungsraum hinüberzugehen. Tenner blickte starr auf den Bildschirm.

»Haben wir zu viel versprochen?«, fragte Jan gerade in leisem schneidenden Ton. »Und unsere Experten haben gerade erst angefangen.«

»Wie nennen Sie das Ganze?«, fragte Romy. »Bestrafungsrituale?«

Er sah sie an. »Aber ich habe niemanden getötet, keiner von uns. Das waren wir nicht.«

»Sie haben Mertel fast totschlagen lassen«, entgegnete Romy. »Warum sollten Sie das tun, wenn doch so gar nichts an dem Überfall auf Marina dran war?«

»Das ist ein mieser kleiner Erpresser, der seine Chance gewittert hat, ordentlich abzusahnen – die Ermittlungen haben ihn auf die Idee gebracht.«

»Das wissen wir längst. Und? Der erpresserische Hinweis auf seine Beobachtungen hat Sie dennoch aufgeschreckt – Sie haben ihn überfallen, seine Wohnung und das Zimmer in Binz durchsuchen lassen. Ihre Verbindungen zu entsprechenden Leuten scheinen übrigens sehr intensiv zu sein. Warum sollten wir Ihnen keinen Mord zutrauen? Sie quälen Frauen, Sie lassen Mitwisser überfallen …«

»Er hatte Fotos!«, warf Tenner hastig ein.

»Was für Fotos?«

»Fotos vom Hafen. Man sieht uns mit dem Mädchen. Das hätte tatsächlich unangenehm werden können.«

Romy lehnte sich zurück und tauschte einen schnellen Blick mit Jan.

»Liege ich richtig mit der Annahme, dass Sie die Fotos bei den Durchsuchungen entdeckt haben?«

»Ja.«

»Die brauchen wir«, meinte Jan. »So schnell wie möglich.«

Tenner zögerte. Dann griff er in seine Hosentasche und zog sein Handy heraus. »Ich muss telefonieren.«

»Tun Sie das.«

Wenige Minuten später traf eine Fotodatei mit mehreren Aufnahmen auf seinem Smartphone ein. Romy und Jan beugten sich darüber. Grobkörnige Aufnahmen vom Hafen von Gager – sehr dunkel und schemenhaft, aber das Auto war zu erkennen, die Yacht im Hintergrund und drei Männer, die mit Marina am Kai zusammenstanden. Ein Bild, das sehr wahrscheinlich später entstanden war, erfasste eine weitere Szene am Anleger. Jan wies auf das Bild. »Hier sind Sie zurückgekehrt?«

Tenner nickte. »Genau.«

Jan kopierte die Bilder auf sein Tablet. In der Vergrößerung war zu sehen, dass die drei Marina stützten. Ihr Gesichtsausdruck war schwer einzuschätzen angesichts der schlechten Fotoqualität. Romy runzelte die Stirn. Es gab kein Bild, das zeigte, wie die drei mit Marina ins Auto stiegen. »Wo haben Sie sie abgesetzt?«

»Direkt am Hafen. Sie ist losgetorkelt.«

»Sie stand unter Drogen!«

»Deswegen konnte sie trotzdem laufen.«

Das war schlecht zu widerlegen. »Einer von Ihnen ist ihr gefolgt«, fuhr Romy fort. »Sicher ist sicher …«

Er schüttelte den Kopf. »Sie liegen falsch. Wir waren fertig, der Tag, die Nacht waren lang gewesen. Wir haben sie gehen lassen.«

»Ich glaube Ihnen kein Wort.«

»Ich auch nicht«, pflichtete Jan bei. »Wir werden jetzt noch mal mit Paulsen sprechen. Können wir Ihnen etwas spendieren? Eine Kleinigkeit zu essen?«

»Nein, danke, nur etwas zu trinken.«

Jan stand auf. »Noch etwas – falls Sie Ihr Handy nutzen, kriegen wir das natürlich mit.« Er lächelte.

Romy stand ebenfalls auf. An der Tür blieb sie stehen. »Wer ist der dritte Mann in den neueren Videos? Gab es einen Nachfolger, der Vogts Platz eingenommen hat? Oder ist Robert Berner hin und wieder dabei gewesen – als Beobachter wie schon einmal, als Julia Ihr Opfer war?«

Tenner schüttelte den Kopf. »Dazu kann ich nichts sagen.«

Romy starrte ihn an. »Oder durften Männer aus Ihrer Gruppe wechselweise zusehen? Besonders eifrige Mitglieder? Einfallsreiche Frauenhasser? Typen, die sich nur bei der Erniedrigung von Frauen und in Gewaltorgien stark fühlen? Ich kann Ihnen gar nicht sagen, was mir so alles durch den Kopf geht. Und es ist wohl auch besser so.«

Er schwieg.

»Warum haben Sie eigentlich die Yacht gekauft?«

Tenner hob den Blick.

»Ein Dankeschön für einen Gefallen?«

»Sie haben eine ziemlich düstere Phantasie«, erwiderte er. »Paulsen wollte sich was Neues zulegen, ich hatte Interesse und …«

»Düstere Phantasie?«, unterbrach ihn Romy. »Das wäre ja fast witzig, aber nach Lachen ist mir wirklich nicht zumute.«

Sie traten auf den Gang. Ein Beamter schloss die Tür hinter ihnen ab. Romy blickte einen Moment in die Ferne. »Was hältst du von seiner Darstellung?«, fragte sie dann.

»Schwer zu sagen. Ich fürchte …« Er winkte ab. »Bringen wir zunächst Paulsen auf den neuesten Stand der Ermittlungen und hören uns an, was er zu sagen hat.«

Romy spürte, dass der lange Tag und die nächtliche Anspannung ihren Tribut zu fordern begannen. Noch war der Adrenalinspiegel so hoch, dass sie keine Müdigkeit bemerkte, aber ihre Energie würde bald absacken.

An der Tür zum zweiten Raum blieb Jan stehen. »Alle Opfer vom Nonnenloch sind gequält und vergewaltigt worden, aber sie leben – soweit die Auswahl der uns bisher vorliegenden Videos diesen Schluss zulassen«, fasste er seine Überlegungen zusammen. »Und sie haben den Koordinaten-Stempel. Weder Marina noch Svenja wurden auf diese Weise in die Nähe dieser Taten gerückt. Svenja wurde dort lediglich gefunden – als Opfer schwerster Gewalttaten.«

»Beide Mordopfer haben etwas entdeckt, was die Täter in Schwierigkeiten gebracht hätte, oder wussten Bescheid – wie in Marinas Fall«, führte Romy weiter aus. »Simons Aussage belegt das, und die Entführung auf die Yacht hat mit dieser Geschichte zu tun, das streitet insbesondere Tenner nicht ab – Paulsen wird im nächsten Durchgang sicherlich Ähnliches berichten. Außerdem hat Svenja die Fotos entdeckt und den Architekten erkannt – die Kontaktaufnahme gibt Tenner sogar zu.«

Jan nickte. »Mord aus Angst vor Entdeckung.«

»Und aus Rache.«

»Das passt.«

Romy runzelte die Stirn. »Aber eins passt nicht.«

»Mertels Aussage.«

»Die Fotos stimmen nur teilweise mit seinen Beschreibungen überein«, fuhr sie fort.

»Er hat nicht alles fotografiert, und Tenner könnte seine Aussage entsprechend angepasst haben.«

»Es bleibt dabei …«

»Das Bild ist noch nicht vollständig.« Jan öffnete die Tür und ließ Romy den Vortritt.

Paulsen sah müde aus. Er wirkte angeschlagen. Die aktuellen Videos ließ er unkommentiert, Fragen dazu beantwortete er nicht. Dass die Polizei über diese Beweismittel bereits verfügte, traf ihn jedoch sichtlich.

»Ich finde es schon bemerkenswert pervers, dass Sie den Unterschlupf Ihrer Kinder – dieses wunderbare Baumhaus – als Versteck für die Beweise Ihrer Taten nutzen«, bemerkte Romy.

Er stützte das Kinn auf seine verschränkten Hände. »Wir haben sie nicht umgebracht«, sagte er schließlich.

»Wen genau?«

»Weder die eine noch die andere. Wir hatten andere Ziele.«

Romy hob beide Brauen. Bestrafungsrituale. Jan warf ihr einen beruhigenden Blick zu. »Wie war das, als Sie mit der Yacht zurückkehrten?«, fragte er. »Erzählen Sie mal.«

Paulsen überlegte nur kurz – und beschrieb die Situation dann ähnlich wie Tenner. Abgesprochen wirkte seine Darstellung nicht. »Warum sollten wir sie töten?«, meinte er abschließend. »Nie und nimmer hätte sie uns belasten können mit ihrem Gefasel.«

»Ich denke, es war anders«, entgegnete Romy. »Einem von Ihnen ist das Ganze doch zu heiß geworden – er ist Marina gefolgt und hat sie getötet.«

Er schüttelte den Kopf. »Nein, wir waren ja fertig mit ihr …«

Romy presste die Kiefer aufeinander. »Sie sind bemerkenswert kaltblütig«, stellte sie schließlich fest. »Ich traue Ihnen alles zu. Sie haben keinen Moment gezögert, Julia Glauber, die Tochter der Wirtsleute, die Sie seit vielen Jahren kennen, zu entführen und zu quälen. Und warum? Weil sie …«

»Sie hat einem Freund die Frau ausgespannt und sich als Junge aufgespielt!«, entfuhr es Paulsen.

»Sie hat nichts anderes verdient? Wollen Sie das damit sagen?«

Paulsen wischte sich über den Mund.

»Ich bin gespannt, wie Ihre Frau reagieren wird und wie sich Ihre Geschäftsfreunde verhalten werden.«

Er blickte sie abwartend an. »Da machen Sie sich mal gar keine Sorgen«, flüsterte er. »Meine Frau weiß, wo ihr Platz ist, und ich habe die richtigen Freunde an meiner Seite.«

Einen Moment lang befürchtete Romy, dass sie aufspringen und ihm eine scheuern würde, dann spürte sie Jans Hand auf ihrem Rücken.

»Na, mal sehen, wie das alles für Sie weitergeht, wenn die Presse ausführlich zu berichten beginnt«, meinte er in lapidarem Ton und zwinkerte Paulsen zu. »Dann werden aus Freunden und Partnern, die anfangen, um ihre Geschäfte zu bangen, ganz schnell ehemalige Freunde, die sich aus Ihrem Dunstkreis entfernen werden, solange es noch geht. Wer will schon mit einem miesen Vergewaltiger und Frauenschläger in einen Topf geworfen werden? So viele von denen gibt es gar nicht, dass Sie einfach so weitermachen können mit Ihrem Betrieb.« Jan lächelte. »Und Ihre Frau wird auch ins Grübeln geraten, wenn niemand mehr etwas mit ihr zu tun haben will und Ihre Kinder keine Freunde finden.«

Paulsen gab sich Mühe, keine Miene zu verziehen, aber seine Gesichtsmuskeln waren angespannt.

»Und noch was: Verlassen Sie sich drauf – in der Vollzugsanstalt wird es auch nicht lustig. Für Leute wie Sie gibt es keinen Bonus – von keiner Seite …«

»Hören Sie schon auf!«, fuhr Paulsen ihn an.

»Wer ist der dritte Mann, der in den letzten Videos zu sehen, aber nicht zu erkennen ist?«, warf Romy ein.

»Keine Ahnung – mal der, mal der. Und jetzt will ich, dass Sie mich in Ruhe lassen.«

»Ach, wirklich?« Jan lächelte. »Legen Sie ein Geständnis ab und …«

»Es gibt nichts zu gestehen. Ihre Videos sind eine Sache, zwei Morde eine andere. Und damit haben wir nichts zu tun.«

»Aber vielleicht der dritte Mann.«

»Erledigen Sie Ihren Job selbst.«

»Na schön«, ergriff Jan das Wort. »Dann sehen wir uns später wieder …«

»Morgen früh will ich meinen Anwalt sprechen.«

»Das lässt sich machen.«

Wenig später beendeten sie das Verhör. Paulsen und Tenner wurden abgeholt. Es war drei Uhr früh, und sie hatten viel erreicht – doch das Ziel, den oder die Mörder dingfest zu machen, schien erneut in die Ferne gerückt.

»Wir müssen ein paar Stunden schlafen«, entschied Jan. »Finn und Max kümmern sich weiter um die Analyse der gesicherten Daten. Sie legen eine Nachtschicht ein. Morgen geht es dann auch für uns weiter.«

Romy schüttelte den Kopf. »Ich kann jetzt unmöglich schlafen …« Dann dachte sie an die Worte von Doktor Kling. »Na schön. Viel erreichen wir jetzt ohnehin nicht mehr.«

»Das sehe ich auch so. Möchtest du auf die Insel zurück? Oder sparen wir uns die Heimfahrt und nutzen mein Dienstzimmer für ein paar Stunden Schlaf?«

Ich sehne mich nach dem Geruch der Salzwiesen und möchte am frühen Morgen die Stille am Wasser genießen, während die Sonne aufgeht und die See erstrahlen lässt, dachte Romy. Aber vernünftiger wäre es …

»Ich ziehe die Frage zurück«, sagte Jan mit leisem Lächeln und strich ihr durchs Haar. »Komm, wir fahren.«

Finn rieb sich die Augen und gähnte unterdrückt. Er saß neben Max, und sie starrten gemeinsam auf den Bildschirm. Die zigfache Vergrößerung des vermummten Mannes brachte sie auch nicht weiter. Ihm war klar, dass Romy und Jan ihn schnellstmöglich identifizieren wollten – ob sie damit die Tötungsdelikte unter einem anderen Blickwinkel betrachten konnten, war die entscheidende Frage. Womöglich gab es zwei Mörder – das hatte Max vor ungefähr einer Stunde in den Raum geworfen.

»Hast du irgendeinen Vorschlag?«, fragte Max und gähnte lauthals. »Oder warten wir einfach auf weitere Daten vom IT-Team.«

»Ich finde, du solltest deine Datenbank ins Spiel bringen«, meinte Finn.

»Netter Gedanke, aber …«

»Wir können sicherlich feststellen, wie groß dieser dritte Mann ist – und zum Beispiel die Wahrscheinlichkeit prüfen, ob es tatsächlich immer derselbe ist. Ich wette, du verfügst über entsprechende Suchfunktionen …«

»Damit liegst du richtig«, gab Max zu. »Und dann sehen wir uns mal an, ob wir anhand anderer Merkmale etwas erkennen – dazu fahren wir die Fotodatei wieder fast auf Normalgröße zurück.«

»Klingt nach einem Plan.« Finn stand auf und reckte sich. »Kaffee?«

»Ausnahmsweise.«

Was Finn nicht aus dem Kopf ging, war die Tatsache, dass es keine Fotos gab, die Mertels Schilderung belegten, nach der die Rückkehrer Marina im Anschluss an den Yachtausflug in den Wagen verfrachtet hatten. Ein entscheidendes Detail. Zufall oder ein unglücklicher Umstand? Vielleicht waren sie beseitigt worden. Er war gespannt, was Mertel dazu sagen würde.

29

Jan fuhr nach wenigen Stunden Schlaf und einem kurzen gemeinsamen Frühstück nach Stralsund, während Romy sich auf den Weg nach Bergen machte. Sie hörte sich Mertels Aussage während der Fahrt ein weiteres Mal an. Als sie das Krankenzimmer betrat, sah Oliver Mertel ihr entgegen. Er wirkte munterer, und sie hatte den Eindruck, dass die Schwellungen in seinem Gesicht zurückgegangen waren.

»Wie geht es Ihnen heute?«, fragte sie und zog einen Stuhl heran.

»Wieder ein wenig besser. Die Ärzte sind ganz zufrieden. Lächeln kann ich allerdings noch nicht.«

»Ich bin sicher, dass es nicht mehr lange dauern wird, bis auch das wieder funktioniert.«

»Haben Sie etwas erreicht?«, fragte er.

»Sehr viel. Wie es aussieht, können wir die Täter überführen – auch dank Ihrer Aussage«, berichtete Romy. »Der Überfall auf Sie ist nahezu aufgeklärt, die Angriffe gegen zahlreiche Frauen über viele Jahre hinweg ebenfalls.« Sie sah, dass er tief durchatmete.

»Das ist großartig«, sagte er leise. »Und der Mord an Marina? Wer hat ihn begangen? Dürfen Sie mir das sagen?«

Romy schlug ein Bein über das andere. »Hierzu fehlen noch einige Details. Ein Geständnis konnten wir bislang niemandem entlocken. Sie hatten bei Ihrer Aussage nicht erwähnt, dass Sie damals fotografiert haben.«

Sein Blick wurde nachdenklich. »Nein? Hatte ich das vergessen? Nun, ich bin ja ganz schön mitgenommen.«

»Das ist nur zu verständlich.«

»Aber woher wissen Sie davon?«, hakte er nach. Seine Stimme klang hell, verwundert.

»Ihre Wohnung wurde durchsucht und auch Ihr Zimmer in Binz.«

»Ach ja, das hatten Sie schon erwähnt, oder? Ich habe es wohl vergessen.«

»Die Täter sind fündig geworden. Sie haben auch die Fotos entdeckt. Und nun wissen wir ebenfalls davon. Allerdings fehlt ein Bild«, schob Romy nach kurzer Pause nach. »Wissen Sie, welches ich meine?«

Er sah sie einen Moment schweigend an. Dann hob er eine Hand. »Sagen Sie es mir.«

»Die Aufnahme, wie die drei Männer Marina nach der Rückkehr von der Yacht wieder ins Auto bugsieren.«

»Die Szene habe ich nicht fotografiert«, erklärte er rasch. »Es war sehr dunkel, man hätte ohnehin nichts erkannt.«

Romy nickte. Alle Bilder waren im Halbschatten oder unter spärlichen Lichtbedingungen aufgenommen worden. Das entscheidende fehlte. Vielleicht hatte es nie existiert. Vielleicht doch. Sie legte ihre Hände auf die Knie. Eine dunkle Ahnung stieg in ihr auf. Sie fasste ihn ins Auge. »Marina war eine anstrengende Persönlichkeit, die häufig aneckte – sie war herablassend und hat sich über Mitschüler lustig gemacht, die nicht so gut im Stoff mitkamen«, gab sie Mertels Worte aus dem ersten Gespräch wieder. »Sie haben sie als zynisch bezeichnet.«

»Richtig. Bernburg hatte auch seine Probleme mit ihr.«

»Sie waren kein guter Schüler.«

»Nein. Das hat mich aber nicht besonders gejuckt.«

»Ich denke schon«, widersprach Romy.

»Wie bitte?«

»Marina hat Sie verletzt und zur Weißglut getrieben.«

»Ach? Nun, zugegeben, ich hätte sie nie zur Klassensprecherin gewählt«, gab er zu. »Aber was …«

»Sie sind ihr nachgegangen, als sie vom Hafen den Weg zur Unterkunft einschlug – unsicher auf den Beinen, mit Drogen vollgepumpt, kaum in der Lage, die Situation zu erfassen und mehr als ein paar taumelige Schritte hinzubekommen. Das war Ihre Chance.«

»Meine Chance?«

»Sie haben es ihr heimgezahlt.«

Es blieb still. Eine Minute, zwei. Die Monitore piepten leise. Draußen war das Geräusch eiliger Schritte zu hören.

»Wir haben die halbe Nacht mit Vernehmungen und Recherchen verbracht – mein Team und ich«, sagte Romy schließlich. »Und als ich heute Morgen nach wenigen Stunden Schlaf aufgestanden bin, habe ich mir erneut die Bilder angesehen, die nach dem Leichenfund in der Bauruine entstanden sind. Ich bin sie schon x-mal durchgegangen und konnte nie etwas Entscheidendes entdecken. Aber heute früh fiel es mir auf – ein Stück Metall, eine Art Scheibe, die da irgendwo zwischen dem Schutt herumlag, bislang völlig nebensächlich, unwichtig. Doch je länger ich sie betrachtete, umso klarer wurde mir, was ich sah – einen Objektivdeckel. Sie haben ihn damals verloren. Sie hatten einen Fotoapparat dabei. Ihre Bilder sind nicht mit dem Handy entstanden – die Smartphones vor sieben Jahren sind in der Fotoqualität kaum mit den heutigen Modellen vergleichbar.«

Mertel starrte zur Decke.

»Sie sind ihr schon den ganzen Tag gefolgt – auf das Fest und später an den Hafen. Sie hatten eine Mordswut im Bauch. Wahrscheinlich hat sie mit irgendeinem Spruch das Fass zum Überlaufen gebracht und Ihren Zorn heraufbeschworen …«

»Sie war ein Miststück«, flüsterte Mertel plötzlich. »Ich habe sie immer gehasst. In der Nacht, als sie vor mir durch die Gegend torkelte, habe ich die Gelegenheit ergriffen.«

»Was haben Sie getan?«

»Wir kamen an der Bauruine vorbei. Ich habe sie da reingelotst. Ich habe zugeschlagen, sie vergewaltigt und eine der wackligen Wände auf sie herunterkrachen lassen. Ihr Handy hatte ich mir vorher genommen – und eine Nachricht geschrieben, damit alle dachten, sie sei weitergereist, ohne sich zu verabschieden. Wie es ihre Art war.«

Romy ließ die Worte nachhallen. Ihr war elend. Die Tat war aufgeklärt, und sie empfand keinerlei Genugtuung – nur Entsetzen über so viel Hass und Grausamkeit. Ein geplanter und inszenierter Mord aus niederen Beweggründen.

»Sind Sie enttäuscht?«, fragte er.

»Enttäuscht?« Sie sah ihn verblüfft an.

»Sie haben mich ganz anders eingeschätzt, nicht wahr?«

»Stimmt. Verraten Sie mir eins – warum haben Sie mit dieser Erpressernummer überhaupt auf sich aufmerksam gemacht?«

»Ich dachte, ich stünde auf der sicheren Seite. Und ich hatte Beweise, die Ihren Verdacht bestätigten. Es hätte klappen können, oder?«

»Ja. Das stimmt.« Romy stand auf und steckte ihr Smartphone ein. Sie hatte das Geständnis aufgezeichnet. Sie verließ das Krankenzimmer ohne ein weiteres Wort.

Im Auto verschickte sie die Datei nach Stralsund und ins Kommissariat. Wenige Minuten später rief sie Jan an. Einen Moment waren sie beide sprachlos. Schließlich ergriff er das Wort. »Das habe ich nicht erwartet«, sagte er leise. »Aber sag mal – die Sache mit dem Objektivdeckel …«

»Das war eine spontane Idee, als mir klar wurde, dass wir Marinas Mörder haben. Max hatte erwähnt, dass die Fotos nicht vom Smartphone stammten, und plötzlich kam mir dieser Gedanke.«

»Alle Achtung.«

»Was Neues bei dir?«

»Nein. Beide haben jetzt Anwälte hinzugezogen«, berichtete Jan. »Und die IT-Leute arbeiten weiterhin unter Hochdruck. Wir werden übrigens einen Aufruf in den Medien starten. Der Ansatz stammt von Lou. Wir benutzen die Daten aus den Videos und bitten Frauen, sich bei uns zu melden, falls sie in dem genannten Zeitraum Opfer von Gewalt wurden.«

»Gute Idee.«

»Darüber hinaus laufen die Identifizierungsrecherchen weiter. Auch wenn Tenner und Paulsen nichts mit den Morden zu tun haben oder wir ihnen keine direkte Beteiligung nachweisen können – sie werden verurteilt und lange sitzen müssen.«

»Das klingt gut.« Romy sah kurz zum Fenster hinaus. »Bleibt noch Svenja«, sagte sie dann. »Ich hoffe sehr …«

»Ich auch. Wir reden später weiter. Ich muss die neueste Entwicklung mit Schwedtner besprechen und den Pressetermin vorbereiten.«

»Alles klar.« Sie legte auf und fuhr ins Kommissariat.

Finn und Max sahen ihr mit müden, übernächtigten Gesichtern und fragenden Blicken entgegen. Finn reichte ihr einen Kaffee. »Oliver Mertel also. Und ein Objektivdeckel.« Er hob eine Braue. »Interessant.«

»Irgendwas in der Art wird da garantiert herumliegen.«

»Denke ich auch«, schaltete Max sich ein.

»Und was habt ihr an neuen Ergebnissen?«

»Wir haben uns intensiv mit dem dritten Mann beschäftigt.«

»Es ist immer derselbe?«

»Nein. Wir haben ein paar Vergleiche angestellt. Es sind eindeutig mehrere Männer – unterschiedliche Größen, andere Körpermaße und Schuhgrößen. Aber der Mann aus dem letzten Video ist interessant. Es entstand vor einigen Monaten.« Max aktivierte den Wandmonitor, und mehrere Standbilder zeigten unterschiedliche Ansichten der vermummten Gestalt.

Romy studierte die Fotos.

»Schuhgröße vierundvierzig«, fügte Max hinzu, und seine Stimme klang angespannt. »Der Mann ist groß und sehr schlank.«

Romy warf dem Kollegen einen scharfen Blick zu. »Du hast eine Vermutung, richtig?«

»Wir waren nicht untätig …«

»Natürlich nicht! Wer ist das?«

»Warte. Sieh dir mal die Schuhe an.« Max vergrößerte den Ausschnitt.

Romy runzelte die Stirn. »Nun, das sind derbe Outdoorstiefel. Ich weiß nicht, was …« Dann sah sie es. Die winzige Aufschrift einer Firma auf der Kappe.

»Diese Dinger werden auf dem Bau getragen«, warf Finn ein.

»Baubranche. Und?«, fragte Romy. »Wahrscheinlich ein Betrieb im Umfeld von Paulsen.«

»Nicht ganz. Diese Firma baut in der Nähe von Berlin ein neues Unternehmen auf.«

Romys Augen weiteten sich. »Jascha Fehlberg?« Sie war völlig entsetzt. »Das kann nicht sein …«

»Haben wir auch gedacht.«

»Und? Habt ihr sein Alibi noch einmal überprüft?«

»Haben wir«, erklärte Finn. »Er war den ganzen Tag unterwegs – das kann alles Mögliche heißen …«

»Und der Geburtstag des Kollegen?«

»Wir haben eben gerade mit zwei Leuten telefoniert. Es waren sämtliche Mitarbeiter und Kolleginnen eingeladen, aber ob Fehlberg tatsächlich da war, kann niemand wirklich bestätigen. Wir nehmen uns jetzt noch mal die Daten der Verkehrsüberwachung vor, einschließlich der Routen, die über Fähren führen. Wenn er mit einem Dienstwagen unterwegs war, womöglich Berliner Kennzeichen, ist er uns beim ersten Check natürlich durchgerutscht.«

Romy rieb sich mit beiden Händen übers Gesicht. »Die Trennung war nicht einvernehmlich«, überlegte sie. »Er hat sie ganz und gar nicht verwunden. Die Gelassenheit war nur vorgeschoben. Wer weiß, was in dieser Beziehung vorgefallen ist, ohne dass irgendjemand etwas mitbekommen hat. Er hat die Nähe zu Männern wie Tenner gesucht – die sind sich durch die geschäftlichen Aktivitäten ihrer Firmen ohnehin über den Weg gelaufen.«

»Und Tenner hat ihn informiert, dass seine Ex auf Rügen herumschnüffelt«, ergänzte Max. »Daraufhin ist er persönlich aktiv geworden.«

»Kein Bestrafungsritual, sondern Rache und Mord aus Angst vor Entdeckung. Und Tenner kennt den Mörder.« Romy richtete sich auf und griff nach ihrem Smartphone. »Wir müssen ihn noch einmal vernehmen. Ihr sucht nach weiteren Spuren, die Fehlbergs Aufenthalt belegen. Und ich will wissen, wo er heute Morgen ist.«

»Okay, Chefin.«

Romy benötigte zwei Versuche, Jan ans Telefon zu bekommen. Er schwieg einen langen Moment, nachdem sie ihn auf den neuesten Stand gebracht hat.

»Schick mir die Fotos«, sagte er dann. »Ich übernehme das hier. Vielleicht verkürzt Schwedtner an dieser Stelle das Verfahren.«

»Und ich mache mich auf den Weg nach Neubrandenburg.«

»Ich werde die Kollegen vor Ort kontaktieren. Du brauchst ihre Unterstützung.«

»Alles klar.« Romy unterbrach die Verbindung und machte sich auf den Weg.

Sie war eine knappe Stunde unterwegs, als Jan sich meldete. »Keine eindeutige Aussage. Wäre ja auch zu schön gewesen. Allerdings hat Tenner es auch nicht großartig abgestritten. Ich würde mal darauf tippen, dass wir Hinweise auf einen Kontakt zwischen den beiden entdecken könnten.«

Romy nickte angespannt. »Was ist mit den Kollegen vor Ort?«

»Sie holen Fehlberg ab und erwarten dich. Er ist in seiner Firma zu einer Besprechung. Der Beschluss für eine Wohnungsdurchsuchung müsste auch demnächst vorliegen.«

»Okay.«

»Romy?«

»Ja.«

»Es ist vorbei. Wir haben ihn.«

Romy atmete tief durch. »Ich melde mich.«

Sie erreichte die KPI zwanzig Minuten später. Max hatte sich zwischenzeitlich gemeldet – es lagen Bilder der Verkehrsüberwachung vor, nach denen Fehlberg am Tag des Mordes Richtung Rügen gefahren war. Der Dienststellenleiter erwartete sie bereits. »Er wollte gerade losfahren«, erklärte er. »Der Besuch bei uns gefällt ihm gar nicht.«

»Kann ich mir denken. Vielen Dank, Kollege.«

»Möchten Sie einen Kaffee trinken?«

»Gerne.«

Romy bemühte sich, ihre Anspannung abzustreifen, bevor sie wenig später den Vernehmungsraum betrat. Jascha Fehlberg blickte hoch. Seine Augen weiteten sich.

Sie setzte sich und sah ihn an. »Was ist schiefgegangen?«

»Ich verstehe nicht …«

Romy schüttelte den Kopf. »Doch, das tun Sie, Herr Fehlberg. Lassen Sie uns direkt zum Punkt kommen. Ich habe die Nase voll von irgendwelchen Ausflüchten, Lügen und Ablenkungsmanövern. Die Feigheit von angeblich so starken und dominanten Männern kotzt mich an. Letztlich geht es doch nur um eins – wer ist körperlich überlegen und kann diesen Vorteil nutzen, um Gewalt auszuüben? Wie billig!« Sie beugte sich vor. »Wir wissen, dass Sie auf Rügen waren – Ihr Alibi ist durchlässig, weil niemand Sie auf der Geburtstagsfeier gesehen hat. Und es gibt Beweise, dass Sie zur Nonnenloch-Gruppe gehören. Wir konnten Sie bei Recherchen zu Tenner und Paulsen identifizieren. Die beiden sitzen übrigens in Untersuchungshaft. Ein Kontakt zwischen Ihnen und Tenner liegt auf der Hand. Also – noch einmal: Was ist schiefgegangen zwischen Svenja und Ihnen?«

Fehlberg befeuchtete seine Unterlippe und verschränkte die Hände. »Ich will einen Anwalt.«

»Natürlich. Den brauchen Sie auch. Aber noch einmal: warum?«

Er rieb sich übers Kinn. »Sie …«

Romy beugte sich vor.

»Sie hatte andere Pläne und wollte die Beziehung beenden«, stieß er hervor. »Friedlich, einvernehmlich.« Das klang fast höhnisch. »Sie bot sogar an, so zu tun, als sei es meine Entscheidung gewesen. Sie hat sie beendet – mit einem Lächeln. Es interessierte sie überhaupt nicht, wie ich mir unser Leben vorgestellt hatte und dass ich ganz und gar nicht ihrer Ansicht war. Es passt eben nicht, sagte sie. Gut, dass wir es rechtzeitig gemerkt haben. Ich dachte, mich trifft der Schlag.« Er sah kurz auf seine Hände. »Außerdem … Sie hat die Pille genommen, obwohl ich dagegen war und …«

Romy war fassungslos. Sie atmete tief ein. »Und dann? Haben Sie Pläne geschmiedet, oder wie muss ich mir das vorstellen?«

»Ich habe verlangt, dass sie uns noch eine Chance gibt. Sie hat abgelehnt, und dann habe ich mich umgesehen«, warf er ein. »Mal recherchiert, wie andere Männer mit solch bitteren Erfahrungen umgehen. Ich wollte ja gar nicht, dass es dazu kommt … Verstehen Sie, ich …«

»Nein! Das verstehe ich nicht. Haben Sie denn tatsächlich angenommen, Svenja würde zu Ihnen zurückkehren und Ihrer Beziehung noch eine Chance geben, nachdem Sie ihr Gewalt angetan haben?«

»Nein, das natürlich nicht.« Er schüttelte den Kopf.

»Sondern? Wollten Sie sich rächen?«

»Ja. Sie sollte meinen Schmerz spüren – am ganzen Körper, überall. So war es mir auch ergangen, nur innerlich.« Er sah kurz ins Leere. »Ich war vermummt. Aber sie hat geahnt, dass ich es bin und mir die Maske vom Kopf gerissen. Was sollte ich tun?«

»Wer war dabei?«

»Niemand.«

»Das ist eine Lüge«, widersprach Romy. »Der Rechtsmediziner hat festgestellt, dass es mehrere Täter waren. Ich schätze, es war Tenner. Denn der hatte auch noch eine Rechnung mit ihr offen.«

Fehlberg blinzelte. »Ich sage jetzt nichts mehr.«

»Das ist auch nicht nötig. Sie werden demnächst nach Stralsund in die zuständige Kriminalpolizeiinspektion überführt.« Romy stand auf und stand schon in der Tür. Dort zögerte sie und drehte sich noch einmal um. »Warum haben Sie sie wieder angezogen?«

Er rieb sich mit dem Handrücken über den Mund. »Ich weiß nicht. Ich … Ich wollte wohl nicht …« Er schüttelte den Kopf und wandte das Gesicht ab.

Romy wartete noch einen Moment. Dann verließ sie den Raum.

Sie brauchte fast eine Viertelstunde, bis sie in der Lage war, mit Jan zu telefonieren. »Fehlberg und Tenner haben Svenja überfallen«, sagte sie leise. »Auch wenn der Architekt wohl im Moment noch eine kleine Chance sieht, beim Mord an Svenja außen vor zu bleiben. Rache, Wut, Frauenhass und die Angst vor Entdeckung …«

»Es ist vorbei«, erwiderte Jan nach kurzer Pause. »Komm nach Hause.«

»Noch nicht. Ich muss erst mit Svenjas Mutter sprechen.«

Jan schwieg lang. »Okay«, sagte er leise. »Bis später.«

Die Medien berichteten noch im Laufe des Tages ausführlich zu den Ermittlungen und Anklagen der Stralsunder Staatsanwaltschaft. Niemand zweifelte mehr daran, dass die Taten vollständig aufgeklärt werden würden; Mertel und Fehlberg sowie Paulsen und Tenner mussten mit langen Haftstrafen rechnen, und dabei war die Ermittlungsarbeit der IT-Spezialisten noch lange nicht abgeschlossen. Die Chancen standen gut, dass auch andere Mittäter aus der Nonnenloch-Gruppe identifiziert werden konnten. Romy schaltete auf der Rückfahrt schließlich das Radio aus.

Das Gespräch mit Svenjas Mutter war ebenso kurz wie schmerzvoll gewesen. Ihr Entsetzen, die Fassungslosigkeit hatten wie dunkle Schatten im Raum gestanden, und auch wenn sie diesmal nicht schrie, hatte Romy Mühe gehabt, ihre Gefühle zu beherrschen. Fünf stumme Minuten hatte sie neben der Frau gesessen, bis die sie mit ihren kummervollen Augen angesehen hatte. »Sie können jetzt fahren, Frau Kommissarin. Ich krieg das schon hin. Mein Sohn wird mich demnächst besuchen. Danke, dass Sie nicht geruht haben, den Täter zu finden.«

Romy fuhr direkt ins Mönchgut, parkte in Gager, lief über die Zickerschen Berge hinunter zum Nonnenloch und setzte sich ans steinige Ufer. Der Ort hatte beträchtlich von seinem Zauber verloren – in diesem Moment. Es würde eine Weile dauern, bis sie wieder in der Lage sein würde, unvoreingenommen über die See zu blicken und die Atmosphäre zu genießen.

Als sie den Rückweg antrat, sah sie von Weitem die Gestalt eines Mannes, der ihr entgegenkam. Sie erkannte ihn auf den zweiten Blick. Simon. Sein Gesichtsausdruck war ernst. Sie blieben voreinander stehen. Plötzlich lächelte er. »Sie haben Sandra fast zur Weißglut getrieben.«

Romy erwiderte das Lächeln. »Manchmal muss das sein.«

»Sie hatten ja recht mit Ihrer Hartnäckigkeit.« Er blickte plötzlich auf seine Füße. »Wissen Sie schon, ob zu der anderen Sache …« Er brach ab und sah wieder hoch.

»Kann ich mir nicht vorstellen«, meinte Romy. »Nichts weist im Moment darauf hin.«

Er nickte. »Ich werde jetzt übrigens meine Eltern besuchen. Und über alles mit ihnen reden.«

»Das freut mich.« Romy gab ihm die Hand. »Alles Gute, Simon.«

»Für Sie auch, Kommissarin.«

Romy fuhr in der Abenddämmerung nach Hause. Jan saß auf der Terrasse und wartete auf sie. Er stand auf und zog sie in seine Arme. Sie spürte sein Atmen und das starke Klopfen ihrer Herzen. Und für diesen Moment war alles gut.

***